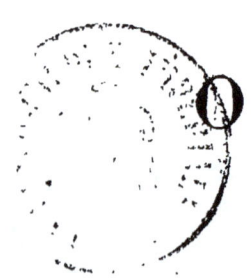

OPUSCULES,

PAR

L. A. F. CAUCHOIS-LEMAIRE.

A PARIS,

Chez
{
BRISSOT-THIVARS, Libraire, rue Chabanais, n° 2 ;
MONGIE, Libraire, boulevard Poissonnière, n° 18 ;
BAUDOUIN, rue de Vaugirard, n° 36 ;
CORRÉARD, Libraire, au Palais-Royal;
}

ET CHEZ LES PRINCIPAUX LIBRAIRES.

—

MAI 1821.

Rien de nouveau dans tout ceci; ce n'est qu'une seconde édition où des compositions éparses et isolées sont réunies en un volume. Quelques notes enchaînent, autant que possible, ces mélanges, et en font comme les chapitres d'un même ouvrage. Chacune de ces notes porte l'empreinte de la circonstance où elle fut écrite; et depuis quatre mois que ce recueil est sous presse, les circonstances se sont donné bien des démentis: mais il suffit de savoir que la nature des choses ne se démentira pas; et l'histoire, non moins que la raison, prouve que, dans le grand drame des révolutions de l'esprit humain, quelques scènes épisodiques retardent, sans le changer et quelquefois pour mieux l'accomplir, le dénouement nécessaire. Pour tout expliquer, il faut attendre la fin; mais pour prévoir ou, si l'on veut, pour prédire quelle sera cette fin, il ne faut que du bon sens.

On triomphe, parce qu'on n'a pas été vaincu d'abord! on triomphe quand la moitié de l'Europe s'est soulevée, quand le génie du siècle qui entraîne les peuples s'est révélé à tous les yeux! De bonne foi, quel gouvernement est jaloux d'avoir à remporter de pareilles victoires, et combien en faut-il de semblables au despotisme pour qu'il ne s'en relève jamais?

Le mouvement moral et universel est aujourd'hui une vérité de fait : combien de temps restera-t-il comprimé par la force physique? A quoi tient-il que cette force physique ne passe du côté de la force morale, son alliée naturelle? Cette double question, sur laquelle l'expérience jette un si grand jour, peut se trouver résolue d'un moment à l'autre. Oui, la chance des nations est belle, puisque le lendemain d'une défaite peut toujours être la veille d'un succès; puisque l'ennemi n'a qu'une partie à perdre; puisqu'il n'en gagne pas une qui ne l'affaiblisse et ne lui coûte des sacrifices nouveaux; puisque, durant la paix même, son salut l'oblige à demeurer sur le pied de guerre; puisqu'au milieu des siens il est comme en pays conquis. Ces vainqueurs du peuple rappellent Annibal en Italie écrivant à Carthage : *J'ai triomphé ; envoyez-moi des armes, de l'or et des soldats.*

En vain ceux que l'apparence préoccupe proclament habiles les hommes qui leur paraissent forts : je ne m'en dédis point, ces grands politiques sont également petits et dignes de pitié (1); car ils ont pris les armes

---

(1) Cette pitié pourrait s'étendre jusqu'à ceux qui ont pris les rênes des nouveaux gouvernemens constitutionnels. Il y a des choses si simples et si faciles qu'ils n'ont pas faites, qu'en vérité il semble qu'en Europe on lutte d'impéritie. Une quadruple alliance, n'eût-elle eu d'effet que par un manifeste, aurait suscité des alliés nouveaux à la cause générale, et une seule démarche hardie, en temps opportun, eût été décisive. La politique contraire a laissé briser une à une les armes dont rien n'aurait pu rompre le faisceau. On dirait que les peuples libéraux, par la faute ou la trahison de leurs chefs, ont pris à tâche d'imiter les Curiaces, et de tendre, l'un après l'autre, la gorge à un ennemi plus fort que chacun d'eux et plus faible qu'eux tous.

Dans une brochure que l'événement a rendue ridicule, et où l'auteur a eu le tort de compter sur un peu de courage et de bon sens, dans un écrit sur *Naples et la déclaration de Laybach*, la prévoyance la plus naturelle a dicté ce que le péril imminent fait à peine entrevoir aujourd'hui à ceux qui, alors, pouvaient conjurer l'orage. Il est triste que le passage suivant soit le seul qui ait le mérite de l'à-propos :

« Grâce au manifeste du congrès, chacun sait à quoi s'en tenir. Naples est prévenue qu'elle n'a le choix qu'entre une invasion à laquelle il lui est défendu de s'opposer, et une invasion qu'elle peut empêcher en s'y opposant; elle est prévenue qu'il ne lui est permis d'opter qu'entre l'occupa-

contre des idées, comme si les idées, quand elles ont gagné les masses, se tuaient avec du

---

tion par quarante mille hommes, sans garantie, sans gouvernement légal, et la défense de ses lois et de son indépendance contre l'irruption de quatre-vingt mille Vandales. La France apprend que ce sont les *principes* de la révolution que l'on veut combattre à force ouverte, et conclut, si Naples succombe, que l'aristocratie compte, en échange des services rendus, sur une autre coalition de Pilnitz. L'Angleterre entrevoit que, s'il est plus difficile de la châtier, elle n'est pas moins coupable que la France, et qu'après avoir balayé sur le continent les *immondices constitutionnelles*, pour renouveler une expression jadis familière, les mercenaires de la monarchie absolue pourront trouver une flotte qui les conduira jusqu'à son île, et des ministres qui leur en favoriseront l'accès. Le Portugal n'ignore pas qu'il a les mêmes crimes que Naples à expier ; l'Italie sait à quelle inquisition ses carbonari l'exposent, et ces derniers ne se dissimulent point qu'il y va de leur tête ; le Piémont a laissé trop tôt échapper des désirs qui lui coûteront cher ; l'Espagne, enfin, est bien avertie que c'est à sa constitution que l'on fait la guerre, que c'est la péninsule qui a donné naissance à ce monstre que le congrès veut étouffer. De frivoles concessions ne l'abusent pas au milieu d'entreprises aussi sérieuses ; son opiniâtre et victorieuse résistance ne lui fait pas illusion sur la possibilité d'une invasion plus opiniâtre et plus formidable, qui se fortifierait de la trahison intérieure : elle voit que le contre-coup de la chute de Naples, en traversant la France, ira ébranler jusque dans sa base l'édifice de sa liberté, en écraser sous ses ruines les fondateurs, et couvrir de sang et de deuil ses cités à peine échap-

fer; comme si, de tout temps, les vainqueurs n'avaient pas été subjugués par les mœurs des vaincus moins barbares qu'eux!

------

pées aux bourreaux. L'Espagne signale un ennemi présent dans l'Autriche armée contre les cortès de Naples, et reconnaît un ennemi prochain dans la France, devenue, par le triomphe de l'Autriche, impuissante à garder la neutralité. Voilà les salutaires enseignemens que ces diverses nations doivent au manifeste de Laybach : c'est en ces termes qu'il a posé la question européenne ».

OPUSCULES.

LES PERSÉCUTIONS, LA FUITE

ET

LES PROJETS DU NAIN JAUNE;

MÉMOIRE RÉDIGÉ PAR LUI-MÊME.

Bruxelles, mars 1816.

Suis-je libre en effet? est-il bien vrai que je puis parler sans mentir, et n'être pas mis sous la surveillance paternelle de la police; que je puis me plaindre, et n'être pas incarcéré en vertu de l'amnistie? Oui, je sens mon courage renaître; me voilà enfin à l'abri de la clémence des députés.

Ami lecteur, toi qui a bien voulu t'intéresser à mon sort, et qui, plus d'une fois peut-être, t'es écrié, sans considérer les temps ni les personnes : *Tu dors Brutus*, écoute le récit naïf de mes aventures. Je serai sincère ; je ne suis plus en France.

Pendant l'interrègne, je me suis un peu dédommagé des tourmens que m'avaient causés quatre mois

I

de censure royale (1). J'ai signalé les fautes du
gouvernement éclipsé (2). J'ai ridiculisé des gens
ridicules ; j'ai osé prétendre que les princes étaient
faits pour les peuples et non les peuples pour les
princes ; que tout bon Français devait s'armer pour
soustraire son pays à une invasion étrangère ; et,
comme je défendais les principes et non pas un
individu, j'ai critiqué amèrement *l'acte additionnel* (3);
j'ai annoncé avec éloge une *défense des volontaires
royaux* (4) ; j'ai accueilli avec empressement *l'apologie de la maison du roi* (5); j'ai publié la satyre la
plus envenimée, la plus sanglante de la tyrannie de
Napoléon : BONAPARTE AU 4 MAI ; je l'ai publiée sous
les yeux même de l'empereur (6).

Le 5 juillet, j'accusai le gouvernement provisoire
*de s'être hâté de livrer Paris, et de n'avoir stipulé au-
cune garantie contre les projets de vengeance et de
réaction* (7). M. Courtin, alors préfet de police par
intérim, reçut l'ordre de me prouver, en m'arrêtant,
qu'il ne fallait pas toujours si bien voir, ni si bien

---

(1) *Nain Jaune*, 25 mars 1815, pag. 1.
(2) *Nain Jaune*, 10 juin. *Les quarante causes ;* etc.
(3) 30 avril. *Tablettes historiques.*
(4) *Chronique littéraire.*
(5) 5 mai. *Commission des réclamations.*
(6) 10 mai. *Portefeuille trouvé.*
(7) *Nain Jaune,* 15 juillet. *Tablettes historiques.*

prévoir : mais M. Courtin était un bon français; il me réprimanda pour la forme, et ne me fit point arrêter. M. Courtin figure aujourd'hui sur *la liste des* 38.

Le 10, je pris la licence de donner quelques leçons à messieurs les émigrés, dans l'allégorie un peu transparente de l'*île des crasseux ;* je dis leur fait à nos *amis les ennemis*, et je pleurai nos désastres en m'écriant dans l'amertume de mon ame :

> Ils ne sont plus les fils de la victoire !
> Mars a trahi leurs efforts et nos vœux !
> Pleurez, Français : l'appui de votre gloire
> Est descendu dans la tombe avec eux.

Et en répétant ce dernier cri de bravoure :

> La garde meurt, elle ne se rend pas.

Le préfet de police (ce n'était plus M. Courtin) me manda, me tança, me menaça. . . . Que n'ai-je chanté le triomphe des Anglais, je serais aujourd'hui le journal de la cour !

Le 15 juillet, je hasardai de parler constitution ; je prenais bien mon temps ! je traitai de ridicule l'importance que l'on attachait à l'opinion politique d'un comédien ; on prit la chose au sérieux. Je fis paraître une *défense des volontaires impériaux*, parce que Bonaparte avait laissé publier une *défense des volontaires royaux ;* belle conséquence ! nous étions

alors sous le joug de la tyrannie. Je prêchai la douceur, l'oubli du passé ; on m'appela anti-royaliste.
J'eus recours à une nouvelle allégorie que j'intitulai
LE RÊVE ; on trouva que je ne rêvais point lorsque je
voyais un *fantôme vêtu d'une longue robe blanche,*
tachée de sang, dont les yeux enflammés respiraient la
fureur, et dont la main était armée d'un poignard ; je
citai à propos Henri IV qu'on cite à tout propos ; je
prétendis que des militaires pouvaient choisir un
autre champ de bataille que la Montansier, et d'autres
victimes que les glaces et les lustres ; cinq d'entre eux
envahirent l'appartement d'un homme seul et sans
armes, pour lui affirmer qu'une autre espèce d'adversaires ne les effrayait pas (1).

Je touche à la catastrophe qu'éclaira l'aurore du
20 juillet. Je m'avançais, fort de la pureté de mes
intentions, affublé du manteau protecteur de l'apologue (2), lorsque, sous ces replis épais, certains
nobles originaux crurent se reconnaître, tant la
conscience a l'œil pénétrant. Aussitôt vingt alguazils
me démontrèrent mathématiquement que, chez moi,
je n'étais pas chez moi, que ma propriété n'était pas
ma propriété, et que j'avais tort d'avoir raison.

Je ne perdis pas courage ; j'espérais, à la faveur

---

(1) FANTAISIES. *Macédoine.*
(2) *Ibid.* Pot-pourri.

d'un déguisement, sous un nom inconnu, achever en paix mon obscure existence.

Je me baptisai LES FANTAISIES, et je me hasardai dans le monde au mois d'août. Mais j'eus l'audace de crier au voleur, parce qu'on m'avait volé ; je fus assez imprudent pour démasquer mes ennemis ; j'invoquai la bonté du roi ; j'en appelai à la justice des chambres (1) : on me vola de nouveau, et l'on me mit un bâillon, parce que ces mots de bonté, de justice, sans cesse répétés en vain, auraient pu éveiller l'attention, et qu'il ne faut jamais troubler le repos public. Un grand diplomate, que ses fréquentes relations avec les cours étrangères ont sans doute rendu étranger, me prit pour un ennemi parce que je suis français. Il dit au roi que je valais une armée de dix mille hommes, et les vingt alguazils furent chargés de s'emparer des dix mille hommes.

Tant de revers ne m'ôtèrent point encore toute espérance. Je résolus de laisser l'orage s'apaiser, et cependant je me préparai à une troisième métamorphose. A quoi nous réduit la nécessité ! je devais m'aider des conseils d'un homme adroit, souple, accoutumé à se plier sans effort à tous les rôles : je fis alliance avec un abbé, et bientôt, grâce à lui, décoré du titre pompeux de *Journal des Arts et de la*

(1) FANTAISIES. Préface.

Politique , j'apparus à mes lecteurs étonnés, sous la forme d'un fantôme blanc ; mais, grâce à lui aussi, je m'exprimais d'un ton si grave, si solennel, si compassé, qu'on me méconnut complètement, et si complètement qu'il fallut changer de style pour n'être pas disgrâcié de mes abonnés. Je m'égayai donc un peu, puis un peu plus ; j'eus de l'esprit, du courage, du sens : c'était me déclarer journal d'opposition. Que ma situation devint alors épineuse ! j'étais obligé de jurer mes grands dieux que je n'étais pas moi (1). Étais-je un peu trop *blanc* par peur, je persiflais. Ne l'étais-je pas assez, je frondais. Une réticence donnait lieu à mille suppositions perfides ; et les intervalles qui séparaient mes alinéas étaient dénoncés comme tenant la place d'une épigramme ou d'une vérité (2).

Je voulus raconter des anecdotes, faire des portraits ; nouvelle imprudence ! je ne nommais pas, c'était nommer mille personnes. Mais une imprudence plus funeste encore, ce fut de plaisanter aux dépens d'un illustre pélerin : j'avais dit ce que tout le monde pense : *que ses écrits et sa conduite prouvent qu'il existe une grande différence entre l'esprit et le Génie du Chris-*

---

(1) *Journal des Arts et de la Politique*, n° 13.

(2) Voy. le *Journal général* du 2 octobre 1815, et le *Journal des Arts*, du 3.

tianisme (1) ; Je ne sais lequel de ses pieux amis répondit à cette épigramme par une dénonciation.

Tant de fiel entre-t-il dans l'âme des dévots !

L'horizon se rembrunissait ; les ministres étaient disgrâciés pour s'être montrés tolérans, ce qui faisait d'avance l'éloge de leurs successeurs. Un bruit sourd et sinistre, semblable à celui qui précède un vaste incendie, annonçait la nouvelle chambre des députés. Je rappelai plus fortement que jamais la *charte*, la nécessité d'une amnistie (j'ignorais alors le sens qu'on attacherait un jour à ce mot) ; je parlai principes enfin : dès ce moment ma perte fut résolue ; on n'attendit qu'un prétexte.

Chassez le naturel, il revient au galop.

Gaîté et variété, c'est la devise des Français ; c'est la mienne. Dans un accès d'humeur folâtre, je m'avisai d'emboucher la double trompette si plaisamment décrite par Voltaire (2) ; le tocsin eût jeté moins

(1) *Journal des Arts*, n° 15. *Chronique.*
(2) *Journal des Arts*, n° 22.

La Renommée a toujours deux trompettes,
L'une, à sa bouche appliquée à propos,
Va célébrant les exploits des héros,
L'autre est au cul, puisqu'il faut vous le dire
C'est celle-ci qui sert à nous instruire
De ce fatras de volumes nouveaux,
Vers de Danchet, prose de Marivaux,

d'alarmes. Les voltigeurs, les éteignoirs, les purs, se retournaient déjà comme Pourceaugnac, pour voir si la fatale trompette ne les poursuivait pas. Un cri d'effroi s'élève : *C'est le Nain jaune.* Les journalistes, le ministère, la cour, tout est en l'air. . . . pour deux trompettes. Je suis atteint et convaincu d'avoir ri et d'avoir fait rire.

On hésitait encore sur le genre de châtiment qui me serait infligé, lorsque M. Bertin de Vaux, secré-taire-général de la police, et l'un des principaux propriétaires du *Journal des Débats,* reçut, dit-on, le billet suivant du caissier :

« Les fonds baissent sensiblement ; la désertion de » nos abonnés est effrayante ; le *Journal des Arts* est » gai, franc et libéral..., *Indè mali labes* ».

Monsieur le secrétaire-général journaliste vole à son bureau et improvise le plus éloquent rapport où les mots d'intérêt public, de bonnes mœurs, d'au-torité légitime, découlaient de sa plume avec cet abandon, avec cette chaleur qui semblent n'appar-tenir qu'à la conviction.

PECUNIA *est quod disertos facit.*

Productions de plumes mercenaires
Et du Parnasse insectes éphémères,
Qui, l'un par l'autre éclipsés tour à tour,
Faits en un mois périssent en un jour.

PUCELLE, *chant* 6e.

Le rapport est lu, admiré, applaudi, et l'ordre de la suppression est lancé, non pas ostensiblement, officiellement : on respecte trop pour cela l'opinion publique. Il est dit quelque part dans l'Evangile que Jésus-Christ viendra nous surprendre comme un voleur : la police qui se pique de suivre l'Évangile, descend chez moi à la sourdine, vers la pointe du jour, me saisit et me supprime de par la loi..... du plus fort. J'en appelle, c'est-à-dire que je présente une pétition au roi, dans laquelle je me plains des manières un peu brusques de monsieur son ministre. Ma pétition qui, sans doute, ne parvint point à son adresse, est renvoyée à celui que j'accuse, et l'on me donne ma partie pour juge. Oh! ma partie était furieuse. Elle mande l'abbé, mon protecteur, qui ne manqua pas de jouer son rôle d'abbé. Il avait touché la veille ses honoraires : il m'abandonna au moment du péril; il me désavoua comme un petit libertin qui n'avait pas voulu écouter ses sages avis, qui riait toujours, et qui le compromettait : bref, il se sauva en hâtant ma ruine.

Je suis donc à mon tour sommé de comparoir par devant l'équitable tribunal de son excellence : je comparois, et monseigneur qui fut, il y a bien long-temps, aussi petit que moi, m'apostrophe en ces nobles termes : « Qu'est-ce? qu'ai-je appris? vous avez » présenté une pétition, je crois? Que signifie cela?

» — Monseigneur, je..... — C'est fort mal, je pour-
» rais vous faire une affaire ; je veux bien ne donner
» aucune suite à cette impertinence.—Puisque votre
» excellence a tant de bonté, daignera-t-elle me dire
» pour quelle raison elle me ruine en me supprimant?
» — Un article affreux..... défendre un proscrit (1) !
» — Monseigneur, le *visa* du censeur....— Eh bien !
» je casserai le censeur. D'ailleurs, un esprit épou-
» vantable, un bonapartisme dégoûtant. — Mais,
» monseigneur, quels sont les passages....? (*Mon-*
» *seigneur s'appuyaut sur le coude droit et levant né-*
» *gligemment la jambe gauche :*) Puis-je me les rap-
» peler ? est-ce que je lis les gazettes ? — Cependant
» votre excellence les supprime.—Et vos trompettes !
» fi ! les mœurs!.... ».

S. E. oubliait que les plus infâmes gravures sont
étalées sur les boulevards, et que des femmes pros-
tituées assiégent toutes les bornes, sans respect pour
l'enfance, qu'il faut condamner à une réclusion perpétuelle, ou exposer à une corruption presque inévitable.

Mais cela ne touche que la morale publique,
j'avais blessé des intérêts particuliers; je fis donc *in
petto* mes réflexions; puis reprenant la parole, j'in-
sistai sur le respect dû aux propriétés particulières,

---

(1) *Journal des Arts et de la Politique*, n° 22.

à l'opinion publique, à la charte : je m'efforçai d'é-
mouvoir sa sensibilité, sa pudeur, son patriotisme.....
Que monseigneur devait rire sous cape! Il daigna
cependant me répondre en baillant; je suis dé-
solé.... impossible.... c'est votre faute ; et une ré-
vérence de ministre m'avertit que la séance était
levée.

Trois mois s'écoulèrent. La stupeur avait pris la
place du respect ; et cette expression favorite des
journaux, *administration paternelle*, devenait de jour
en jour une ironie plus sanglante. L'opposition n'était
plus que dans le silence, et le petit nombre de
feuilles qui n'était point encore vendu, n'avait pas
toujours la permission de se taire. Ce fut à cette
époque que les réclamations réitérées de mes sous-
cripteurs me forcèrent à une nouvelle démarche : je
présentai au ministre de la police une pétition où je
sollicitais la faveur de m'occuper exclusivement *des
arts, des sciences et de la littérature*. J'ai, lui disais-je,
des engagemens sacrés à remplir : ma fortune, mon
existence en dépendent. Son excellence me répondit
qu'il y avait déjà un trop grand nombre de journaux
(trois feuilles nouvelles parurent peu de temps après),
et qu'il lui était impossible de me rendre mon pri-
vilége *quant à présent* : ce qui revenait à dire que,
quant à présent, je pouvais mourir de faim, qu'on
songerait ensuite à me faire justice. Le désespoir rend

le courage. Je l'éprouvai : on ne m'accordait rien ; je jurai de tout conserver.

Non, le feu sacré du patriotisme et de la vérité ne s'éteindra point, m'écriai-je. Le franc-parler et la saillie se réfugieront là où s'est réfugié tant de gloire, de bravoure et de constance.

« Adieu, tyrans, je pars ! »

Après ce beau mouvement, que je n'ose appeler tragique, vu ma taille, je fis mon paquet, que la bonté des ministres a singulièrement allégé, et je cheminai vers une terre hospitalière et libre : mes lecteurs ont nommé la Belgique (1).

Je ne voyageais pas seul : j'avais pour compagnons six personnes de professions différentes, qui m'étaient inconnues et qui ne me connaissaient pas. Le voyage fut sombre et triste, comme l'air qui nous environnait, la conversation rare et guindée. Nos figures étaient mornes comme celles des habitans que nous quittions : nos regards s'épiaient ou se fuyaient. Nous touchons enfin à ce court intervalle qui sépare du sol de l'esclave (2), le sol de l'indépendance ; nous le

(1) Qui depuis.... mais alors son gouvernement respectait les lois et le malheur. Voyez plus loin : *Extradition. De l'influence étrangère*, et les fragmens de l'*Appel à l'opinion*.

(2) Nous étions alors en 1815, et l'on sait combien nous en sommes éloignés aujourd'hui.

franchissons......Dieu ! quelle explosion d'indignation
et de douleur ! On eût dit que la France tout entière était là. Mais quel contraste ! Plus d'espions,
plus de bourreaux, plus de supplices : partout des
fronts sereins et radieux : partout règnent la franchise
et l'indépendance!..... J'avance, j'entends un Belge
censurer un acte de l'autorité. Que faites-vous mon
ami ? vous frondez ! vous allez vous compromettre
et compromettre le salut de l'état.... Il rit.... : chacun
parle et la tranquillité n'est pas troublée. Les prisons et les échafauds ne sont donc pas essentiels au
bonheur d'une nation ? Personne ne porte jusqu'aux
nues un gouvernement doux et clément, et je ne vois
partout que clémence et douceur ! ici les effets, là
les paroles...... Quel sujet de méditations !

Figurez-vous un homme transporté tout à coup
de la profondeur des cachots dans la plaine la plus
riante, du milieu d'une troupe d'assassins, dans les
bras d'un ami : c'était moi. Mes émotions, du moins,
ne seraient ni plus vives, ni plus variées. Je bondis-
sais de joie, je pleurais sur le sort de mes compatriotes, je frémissais d'indignation, et l'espérance renais-
sait dans mon cœur. O mon pays! un ruisseau te
sépare de la terre du bonheur et de la liberté !

Recevez ici les témoignages de ma reconnaissance,
peuples hospitaliers. Ce fut près de vous que Bayle,
persécuté, comme moi, pour ses opinions libérales,

vint chercher un asyle; puissai-je, comme lui, payer
ce bienfait en combattant avec succès nos ennemis
communs, les ennemis des lumières et de la civilisation! Si je ne vous dois pas mon esprit d'indépendance, c'est chez vous qu'il s'est retrempé. Peut-être
votre caractère un peu grave ne s'accommodera-t-il
pas de mes folles saillies, de mon humeur un peu
bouffonne; mais tandis que le parisien me passera le
fonds en faveur de la forme, vous me passerez la
forme en faveur du fonds.

Et vous, seigneurs éteignoirs, aux bienfaits desquels je me suis dérobé, je n'ai qu'un petit nombre
de grâces à vous demander. Ne poussez point la charité très-chrétienne jusqu'à me faire bannir de mon
exil volontaire pour m'honorer ensuite de la palme
du martyre; et, non contens de me laisser en paix
dans ma retraite, daignez me permettre de rire quelquefois à vos dépens. Ce mot vous révolte, mes pères;
mais songez donc qu'il y aurait de la cruauté à
me refuser. Ce serait me condamner au supplice
de Tantale. Çà, raisonnons : Quand je vois la grande
colère de l'illustre chambre contre une femme qui a
sauvé son mari; quand je vois les postes décuplés,
les ministres en grand conseil, l'échafaud prévôtal
dressé, parce que quelques imbécilles ont fredonné
des chants injurieux; quand je vois l'histoire de
l'Europe depuis 25 années mise à l'index; quand je

vois des officiers de quinze ans commander les vieilles
moustaches d'Austerlitz, ou les héros de l'*œil de bœuf*
passer en revue les conscrits de 1814; quand je vois
que l'on s'occupe de faire des prêtres et de chanter
des messes, lorsqu'il nous faut des soldats et du pain;
quand je vois les journaux, dociles au frein que gouverne la police, s'écrier le même jour en parlant du
même objet; c'est bien, c'est mal, c'est juste, c'est
injuste, c'est gai, c'est triste; ou bien : les soldats qui
crient, *vive le Roi,* sont payés, ils ne sont pas payés (1) :
Convenez-en, mes pères, et mettez la main sur la
conscience, ne faut-il pas que j'étouffe ou que je
rie? La plaisanterie vous irrite, dites-vous? Eh bien !
soit. Je saurai tremper mes pinceaux dans des couleurs aussi noires que vos âmes. Le côté hideux n'est
malheureusement pas celui que vous présentez le
moins souvent. Quel français ne frémira à la vue de
notre infortunée patrie ! Je peindrai la chambre qui
se dit nationale déchirant le contrat par qui elle
existe; la politique d'un pays de moines et d'inquisiteurs adoptée comme l'unique salut d'un peuple de
philosophes et de soldats; nos braves proscrits,
lorsque l'étranger est dans nos murs; l'un emprison-
nant la moitié de la population par ambition et par

---

(1) Voyez la *Gazette de France* du 8 et le *Journal de Paris*
du 10 février 1816.

faiblesse, l'autre demandant au sénat la tête d'un héros qui n'est pas encore jugé ; ceux-là épouvantant la France parce qu'ils tremblent, les cachots regorgeant de victimes, la vengeance siégeant sur un tribunal de sang, les massacres du midi , et, ce qu'il y a de plus horible encore , les projets de certains hommes.

Ainsi , tantôt léger, sémillant et malin ; tantôt grave, caustique, inflexible ; je pénétrerai dans les salons et dans les palais.

Le temps n'est plus où les princes élevaient un mur d'airain entre eux et la vérité : la vérité jaillit aujourd'hui de toutes parts ;

Et la garde qui veille aux barrières du Louvre
N'en défend pas les rois (1).

---

(1) Le *Nain Jaune* étant ici personnifié et parlant lui-même, il est inutile de remarquer que l'auteur des *Opuscules* n'a point prétendu s'attribuer ce qui appartient réellement à la rédaction générale ; loin de là, il s'est abstenu, dans ce qui le concernait, de rappeler autre chose que les démarches qu'il a faites comme éditeur et comme propriétaire.

CHACUN POUR SOI.

JUIN 1816.

CHACUN *pour soi*, messieurs; vous avez bien raison: c'est aussi ma devise. Je suis plus égoïste que personne, mais je le suis à ma manière. Vous l'êtes par instinct et par habitude; je le suis par système et par réflexion. Voyons si vous sentez mieux que je ne raisonne.

Chacun pour soi, dit, en quittant son poste, un lâche qui se cache derrière les murs qu'il devrait défendre : l'ennemi pénètre dans la ville par le poste abandonné, et le déserteur tombe écrasé sous le toît qui lui servait d'abri.

Chacun pour soi, dit, en se recouchant, un fort honnête homme réveillé en sursaut par un incendie; la maison du voisin est assez éloignée de la mienne pour que je n'aie aucun risque à courir, et d'ailleurs le vent souffle dans une direction contraire : le vent change, souffle avec violence, l'incendie se propage et dévore l'honnête homme endormi.

Chacun pour soi, répond à son compagnon d'infortune un naufragé qui pense prudemment que la petite provision qu'il a eu le bonheur de sauver avec lui ne saurait être trop ménagée dans ce lieu désert :

2

e compagnon indigné s'arme de son fusil, et parcourt les bois péniblement, mais non pas en vain; au bout de quelques jours, plus de provisions, et notre chasseur de répliquer en saisissant son fusil : *Chacun pour soi.*

Ce langage était, dit-on, celui de tous les hommes avant qu'ils fussent civilisés; et, comme les extrêmes se touchent, c'est aussi le langage des hommes trop civilisés; voilà pourquoi, sans doute, on prend quelquefois pour de la barbarie ce qui n'est au fait qu'un excès de politesse. *Chacun pour soi,* est une formule usitée, reçue, avouée dans le monde; je veux dire dans le grand monde : car la classe moins bien élevée se contente d'en faire la règle secrète de sa conduite. C'est ainsi que, dans le cours de la révolution, on vit se succéder à l'échafaud tant de citoyens qui se disaient tout bas, la veille, en fuyant leurs amis condamnés: *Chacun pour soi.*

C'était la maxime chérie des Troglodytes (1) qui ne se dérobaient au fer des tyrans que pour se tuer entre eux. Ce fut naguère celle de trente millions d'infortunés qu'on appelle *Français;* c'était la maxime de cet âne qui refusa de nourrir le chien dont il n'obtint à son tour qu'un refus au moment du péril (2); c'est la maxime enfin de tant d'illustres per-

(1) Lettres Persanes.
(2) Fables de Lafontaine.

sonnages que nous avons tous l'honneur ou le malheur de connaître.

Chacun pour soi, disait jadis un général en capitulant à la tête de quatre-vingt mille braves ; mon pays subira un joug ignominieux, mais je conserverai mon hôtel, et j'obtiendrai des dignités nouvelles. Cet excellent citoyen ne s'était pas tout-à-fait trompé : il conserva son hôtel, mais il ne put l'habiter de si tôt ; quant aux dignités, long-temps il n'y songea plus : trop heureux si l'honneur l'eût consolé de la perte des honneurs !

Chacun pour soi, répétaient, au milieu de leur patrie conquise, des militaires chargés de licencier l'armée nationale. Nos cités restent sans défenseurs, le soldat sans pain ; mais nous aurons des pensions et des grades. A la cour du vainqueur, chaque demande leur vaut un refus, chaque morceau de pain une insulte ; de la part de leurs concitoyens, chaque plainte leur vaut un reproche, chaque parole le mépris.

Chacun pour soi, pensait plus que jamais, dit l'histoire, un grand ministre. Je trompe un prince jeune et que l'on dit magnanime ; j'avilis et je perds ma nation ; mais j'aurai fait un roi, ne pouvant l'être, et je régnerai sous son nom. La couronne et le ministère échappent au grand ministre, qui descend du trône à l'antichambre ; et le colosse, sans piédestal, étonne plus par la réputation qu'on lui a faite, que par celle qu'il mérite.

Chacun pour soi, disait en ricanant un fin politique, qui fut un tribun sanguinaire; j'abuse tous les partis; je me moque des plus courageux comme des plus adroits; j'agis à ma tête, en dépit des soldats et des citoyens; les hommes et les choses obéissent à ma plus secrète volonté; je fais tout mouvoir invisiblement; je suis le plus grand homme d'état de mon siècle, de tous les siècles peut-être.

Le grand homme d'état est renversé par l'idole qu'il a élevée de ses propres mains; l'échafaudage de sa réputation s'écroule : on retrouve l'homme de sang, on cherche le fin politique.

Quelques exemples malheureux, direz-vous, ne prouvent rien; et sans vouloir ici nous citer, que de diplomates qui ne sont pas ministres, que de militaires qui ne sont pas grands capitaines, doivent à ce principe uniquement et constamment suivi, leur avancement, à leur avancement leurs richesses, à leurs richesses leur renommée! Eh! messieurs, un moment, vous avez pour vous, j'en conviens, une longue et douce expérience; *mais attendez la fin:* aujourd'hui, comme autrefois, votre cœur, votre bourse et votre porte sont fermés à tout le monde; le prudent *chacun pour soi* est votre seule réponse; jusqu'ici c'est à merveille, et si un fait est un argument, vous avez raison. Mais, dans le siècle où nous vivons, qui peut répondre des événemens ? La fortune est si aveugle et si bizarre ! elle vous a bien souri ; ne pourrait-elle pas favoriser tel individu qui a besoin de vous et dont vous auriez besoin alors ? Il serait désagréable qu'il vous répondît à son tour : *Chacun pour soi.*

N'allez pas croire que c'est l'égoïsme en lui-même que je vous reproche. A Dieu ne plaise que je combatte un sentiment si naturel ! Je le répète, c'est l'égoïsme mal entendu, contre lequel je m'élève. Ainsi, à la place de la sentinelle, j'aurais gardé mon poste, non par dévouement, mais pour appeler mes camarades à mon secours, à l'apparition de l'ennemi.

A la place du naufragé, j'aurais partagé mon pain avec mon compagnon, non pas pour lui sauver la vie, mais pour qu'il me nourrît à son tour quand mes provisions auraient été épuisées. A la place de l'honnête homme, la ruine de mon voisin m'eût été comme à lui fort indifférente ; mais la seule possibilité d'être enveloppé dans le même malheur m'eût fait voler à son aide.

A la place du général et des ministres dont j'ai parlé, je trouverais fort ridicule et fort bourgeois qu'on vînt me dire : l'honneur national, le bien public, le vœu de vos concitoyens vous commandent d'agir ainsi; mais si l'on me faisait sentir qu'il est de mon intérêt d'agir dans l'intérêt de l'honneur, du bien, du vœu de tous, le *chacun pour soi* bien entendu me déterminerait à l'instant, et je sauverais tout le monde pour me sauver; je serais citoyen pour rester ministre.

Une étude attentive des événemens de la vie, et surtout des derniers événemens, m'a convaincu d'une vérité qui vous fera rire, messieurs : c'est que l'intérêt individuel est dans l'intérêt général, et que l'homme le plus habile est l'honnête homme. Bien des gens, à ce compte, deviendront difficilement habiles gens ; mais pour moi, j'ai su me vaincre ; et quoique je ne me soucie de personne, je ne désoblige personne, parce que je veux que personne ne me désoblige. Aujourd'hui même je vais plus loin; je pousse l'obligeance jusqu'à la charité; je vous admoneste doucement pour que vous ne receviez pas plus tard de pénibles admonestations. Que n'ai-je pu dire en 1793 à mes compatriotes étonnés : Vous ne songez point assez à vous, vous n'êtes pas véritablement égoïstes; vous laissez périr votre frère innocent : Rien de mieux si sa mort était l'effet d'uu simple accident; mais du train dont les choses vont, le même sort vous attend peut-être demain ; chaque victime aplanit le chemin qui mène jusqu'à vous, et vous précède à l'échafaud. Votre prudence est un suicide. *Chacun pour soi;* c'est le moment ou jamais de le dire : votre ami a été frappé, mais le coup s'adressait à vous comme à lui ; car vous suiviez le même drapeau. La première ligne foudroyée, la seconde est exposée à tout le feu de l'ennemi, et la troisième est vivement menacée. Que chaque soldat se groupe autour de son camarade : il se défend en le défendant. Les Curiaces réunis n'eussent pas succombé.

Voilà le langage que j'aurais tenu à tous les Français ; j'aurais dit à quelques-uns : Vous aspirez moins à l'indépendance qu'au repos ; votre existence et votre fortune vous semblent également garanties. Vous vous trompez encore : que la tyrannie s'affermisse, elle s'accroîtra, et vos biens ne seront pas plus sacrés pour elle que ne l'a été votre personne ; qu'elle soit renversée, les vainqueurs, dans le premier feu du triomphe, pourraient bien confondre les déserteurs avec les fuyards, et les dépouilles du lâche avec celles du vaincu. Vous êtes dans la situation de ces troupes dont la valeur ou la foi est douteuse ; devant elles est l'ennemi, derrière elles, les baïonnettes croisées de leurs propres compagnons.

Ne vous fâchez pas, messieurs, je me résume et je finis. Nous sommes dans un temps où le nombre des dupes diminue tous les jours : *Chacun pour tous* est devenu le synonyme de *chacun pour soi*. Je ne dirai

pas à un homme : Sois meilleur ; la vertu ne s'apprend
pas ; mais je lui dirai : A défaut de cœur, aie de l'esprit : sois brave par peur, franc par politique, libéral
par spéculation, bon par égoïsme ; car la loi du talion
reçoit tôt ou tard son application.

Maintenant, messieurs, fâchez-vous, si bon vous
semble ; j'aurai gagné ma cause et celle de la patrie,
si l'on prend mon discours, *chacun pour soi* (1).

(1) La même idée est reproduite dans un dialogue dont il
ne m'est possible de transcrire ici que les passages suivans :

« ..... Qu'est-ce qu'un individu de plus ou de moins ?
Puis-je, seul, faire pencher la balance ? Il y aurait plus
que de la folie ; il y aurait une vanité ridicule à le tenter. »
— J'ai plus d'orgueil que vous. Vous avez un nom, de la
fortune et des clients ; je ne suis que simple soldat dans
l'armée des libéraux, et je crois mes efforts utiles, nécessaires à la cause commune.

Si chaque individu dont se compose une armée, cédant
à cette modeste persuasion de son inutilité personnelle, se
dispensait de charger son fusil parce qu'une balle de plus ou
de moins ne décidera pas de l'affaire, la bataille serait perdue
avant d'être livrée ; mais tous sont forts du courage de
chacun : quelques-uns succombent, plusieurs portent des
coups inutiles, le reste frappe et tue : tous cependant ont
également contribué à la victoire. Il y a plus, et cette
différence distingue essentiellement *l'armée civile* de l'armée
militaire. L'opposition manifestée de chaque citoyen, la
certitude de trouver dans chacun d'eux une égale résistance
à l'injustice, suffit pour les rendre invincibles : c'est une force
d'inertie plus puissante que les plus puissantes attaques.

Des volontés particulières réunies se forme le faisceau de

la volonté générale que rien ne peut rompre. Aussi, voyez avec quelle adresse le despotisme nous détache de la masse pour nous briser snccessivement. Chacun alors dans son imprudent égoïsme cède, et tous succombent......

Que puis-je seul ? dites-vous. Cette excuse si elle est bonne pour vous, l'est aussi pour moi, pour chacun, pour tous ; elle l'est aujourd'hui, elle le sera demain, elle le sera toujours.....

« . . . . Allez, mauvais citoyen ; car à la fin la patience m'échappe ; allez dans un char élégant que traînent des coursiers magnifiques, insulter aux misères du peuple à qui vous devez tout, et qui n'obtient rien de vous. Personne n'est dupe de votre feinte timidité. Cette excuse cache un sentiment plus lâche que la peur. Votre hôtel, vos trésors, ces trésors qui vous furent prodigués moins comme la récompense de quelques services passés que comme un encouragement pour des services nouveaux, voilà votre patrie, voilà ce qu'il faut conserver avant tout. Ami de tout le monde, vous attendez paisiblement l'issue du combat ; si elle est heureuse, vous partagerez les honneurs du triomphe ; si elle ne l'est pas, vous triompherez encore. Il est commode, j'en conviens, de jouir des douceurs de la paix et des fruits de la victoire : cette tactique n'a que trop long-temps réussi ; mais tant de révolutions ont ouvert les yeux aux plus aveugles. Le peuple se lasse enfin de verser son sang pour maintenir au faîte des honneurs et des richesses quelques intrigans dont il n'obtient pour récompense que des refus et des mépris. Cette fois le sort des faux amis sera pire que celui des ennemis déclarés. Songez-y bien, et puis que de plus nobles motifs n'ont aucun empire sur vous, soyez du moins courageux par prudence et généreux par calcul ».

EXTRADITION.

SEPTEMBRE 1816.

Ainsi que tant d'honorables victimes, je suis Français et réfugié. L'antique hospitalité des Belges, la loi fondamentale, la loyauté du monarque nous offraient en Belgique les plus touchantes comme les plus sûres garanties : c'est donc au gouvernement de la Belgique que nous sommes venus, pleins de confiance, demander asile et protection. Que de titres, depuis cette époque, et le prince et son peuple ont obtenus à notre reconnaissance ! Ah ! s'il en est parmi nous dont les ouvrages aillent à la postérité, de quelles énergiques couleurs ils lui peindront et nos infortunes et les bienfaits de nos protecteurs !

Mais c'était trop peu pour nos nouveaux compatriotes de se montrer à notre égard, hospitaliers *de fait*; eux-mêmes se sont empressés de proclamer *nos droits* à leur hospitalité : il n'est pas un journal quelle que soit l'opinion politique de ses rédacteurs, qui ait combattu ce généreux principe ; et la plupart ont élevé la voix en sa faveur. Tout récemment, au sein des États-Généraux, cette cause sacrée a été solennellement défendue ; l'enceinte auguste de la représentation nationale a retenti de ces paroles :

La liberté individuelle de quiconque se trouve sur le territoire du royaume des Pays-Bas lui est garantie par la loi fondamentale..... et la loi fondamentale ne sera pas chez nous un vain formulaire (1).

Dans cette même séance, M. Dotrenge a invoqué, à l'appui de cette liberté, la constitution, le serment spécial de la chambre, les vertus et la bonne foi du monarque. Son discours, consigné dans toutes les feuilles publiques, fut accueilli par les applaudissemens unanimes de ses concitoyens dont il était l'organe, par les larmes et les bénédictions des infortunés dont il protégeait les droits. Pour moi, fort d'une déclaration aussi authentique, je me reposais, avec sécurité, sous la double sauvegarde de la parole nationale et royale, lorsque le bruit se répand qu'au mépris de cette parole, la liberté individuelle vient d'être indignement violée dans la personne de Simon, Français réfugié.

Cet acte porte un caractère si odieux, offre une telle complication de cruauté, de perfidie et de témérité, qu'il me semble impossible d'en pénétrer le mystère. Quoi ! au moment même où la seconde Chambre accueille la réclamation d'un citoyen, au moment où en sa faveur, elle rappelle avec énergie

_____

(1) Projet d'adresse, par M. Dotrenge.

les garanties constitutionnelles, au moment où la loyauté du monarque est invoquée , un individu , le procureur criminel de Luxembourg, décide ce qui est en délibération , et , de son autorité privée, livre , pieds et poings liés , une victime qui compte parmi ses avocats les représentans de la nation. Quoi! le souverain est supplié de faire procéder à un *examen,* et le sujet *exécute!* Quoi! le règnicole protégé par toutes les lois, tant qu'il n'est pas jugé, est traité en criminel par un fonctionnaire chargé de faire respecter les lois! Quoi! lorsque la Chambre est convaincue *qu'il importe au roi , à la nation , à toutes les parties du service public , que la constitution ne soit violée , ni par la participation , ni par la connivence, ni même par le silence de ceux qui doivent en assurer le maintien ,* un magistrat la viole *dans le point qui intéresse le plus tous ceux dont elle garantit les droits;* il la viole publiquement, impudemment aux yeux du roi et de la nation! On l'accuse d'avoir injustement plongé un citoyen dans les fers, et il répond en l'envoyant à la mort! Il se justifie par un assassinat! Où en sommes-nous, grands dieux! si notre existence est abandonnée à la merci d'un individu qui peut se jouer de la majesté nationale et royale, et outrager impunément la nature et les lois! Quelles inductions ne peut-on pas tirer d'un attentat semblable commis à la face de l'Europe! Quels soupçons naissent en foule! .... Est-ce un trafic du sang humain? Est-ce un piége tendu à la bonne-foi? Sommes-nous dans ces contrées barbares, au milieu de ces hordes d'antropophages qui vous comblent de caresses pour vous égorger plus sûrement?

Non, sans doute; car nous vivons sous l'empire d'une constitution que les membres des ÉTATS-GÉNÉRAUX *ont juré d'observer et de maintenir et dont ils ne souffriront pas que l'on s'écarte sous aucun prétexte quelconque.* Nous vivons sous les lois d'un monarque dont *le cœur, les principes et les vertus* (1) nous offrent d'infaillibles garanties. Un grand exemple va donc être donné : une éclatante violation du droit des gens va donc être effacée par une réparation non moins éclatante; l'insulte publique faite à la nation et au roi sera vengée publiquement.

Les ÉTATS-GÉNÉRAUX n'oublieront pas *qu'une représentation nationale tombée dans la déconsidération, ne peut plus être utile ni au peuple qui s'en défie, ni au roi, dont sa coopération suffirait pour rendre les-intentions suspectes* (2). Et si la seule arrestation illégale d'un régnicole a éveillé toute leur sollicitude, son *extradition* armera toute leur justice et toute leur puissance....

Cependant, qu'il me soit permis de déplorer ici la

(1) Projet d'adresse.
(2) *Idem.*

lenteur nécessaire des délibérations et la funeste activité du pouvoir exécutif : je plaide aujourd'hui pour
les principes, et peut-être n'est-il déjà plus temps de
plaider pour l'homme envers lequel ils ont été violés !
Nouveau Calas, son ombre seule obtiendra justice !...
Mes craintes ne sont-elles pas trop fondées ? c'est
aux cours prévôtales qu'il a été livré !

Elle retentit encore dans tous les cœurs cette
voix noble et touchante qu'il éleva du fond des
cachots :

« Prêt à quitter le sol de la Belgique, s'écriait-
» il, ce sol que tranquille, libre et soumis aux seules
» lois, je m'attendais à ne quitter jamais, auquel
» pourtant la violence m'arrache aujourd'hui, je crois
» de mon devoir, et comme homme et comme ci-
» toyen, de protester contre l'acte qui non-seule-
» ment me repousse de ma nouvelle patrie, mais me
» livre à la vengeance de mes ennemis les plus
» acharnés ».

Mais c'est en vain qu'il fit parler l'humanité, la
justice et les lois : le *procureur criminel* fut impitoyable, et acheva froidement son ouvrage. Cet acte
si révoltant de sa nature, si funeste dans ses résultats, est encore environné de circonstances tellement
aggravantes, qu'on ne sait si le délire ne l'emporte
pas sur l'atrocité. Un démenti solennel est donné par
un particulier à la nation et au roi ! L'opprobre est

publiquement déversé sur ce qu'il y a de plus auguste,
de plus sacré ! Les plaintes de l'innocence sont étouf-
fées, la plus insigne barbarie éclate au milieu des
cris d'allégresse et de bonheur, au moment de l'arrivée d'un couple généreux ! Le sang d'une victime
injustement immolée jaillit presque sous ses yeux ; et
le poignard de la trahison se lève et frappe au moment où apparaît au milieu de nous un prince si
renommé pour ses vertus chevaleresques (1) !...

Naguère encore, paisible au sein de sa retraite,
l'infortuné Simon blâmait un ami d'oser concevoir
des alarmes. « Moi, craindre ! disait-il ; et quoi ?
» l'arbitraire ? la constitution est là. Les lois ? je
» m'y conforme. Le prince ? je serais un monstre si
» je payais d'un soupçon l'hospitalité qu'il m'accorde.
» Non, non ; l'*extradition* est rangée maintenant au
» nombre des assassinats. Si le gouvernement des
» Pays-Bas, dont je n'ai jusqu'à présent reçu que des
» bienfaits, voulait, contre toute vraisemblance,
» changer de conduite, un acte législatif ne nous
» laisserait aucun doute sur sa volonté ; ou, du
» moins, à tant de bienveillance il ajouterait une
» dernière grâce, celle de nous *prévenir publique-*
» *ment* que nous ne pouvons plus compter sur sa
» protection. Non, mon ami, encore une fois, non,
» je n'ai rien à craindre ».

---

(1) S. A. R. le prince d'Orange arrivait alors de Russie
et l'on célébrait les fêtes de son mariage.

J'ai tenu long-temps le même langage : un exemple
fatal ne m'en fait point changer : j'attends avec confiance LA DECISION qui calmera les inquiétudes de
tant d'infortunés, et tous les Belges qui attachent
quelque prix à la liberté et à la loyauté ne l'attendent
pas avec moins d'assurance. Plaise au ciel que l'infortuné Simon vive encore, afin que le triomphe de
la justice soit en même temps celui de l'humanité (1) !

_____

(1) Les états-généraux qui avaient d'abord pris en considération *l'adresse au roi* proposée par M. Dotrenge au sujet
de l'extradition de M. Simon, gardèrent ensuite un silence
peu différent d'une véritable complicité. Mais la clameur
publique fut telle en Belgique et en France même, que la
cour prévôtale n'osa, dit-on, prononcer un arrêt de mort.
Toutefois depuis ce temps, soit prudence, soit tout autre
cause, personne n'a ouï parler de M. Simon, qui nous est
d'ailleurs absolument inconnu, et pour lequel nous n'avons
réclamé alors que dans l'intérêt des principes et de l'humanité. Cette extradition est considérée comme la première
qui ait eu lieu dans le nouveau royaume des Pays-Bas,
parce qu'elle fut la plus éclatante ; mais elle avait été
précédée de celle du colonel Latapie. Il est vrai que celui-ci
parvînt à se soustraire aux conséquences mortelles qu'elle
allait avoir pour lui, mais sans qu'il y eut le moins du monde
de la faute du gouvernement belge qui en a tous les honneurs. Aujourd'hui la chose est passée en coutume, et l'on
a extradit en peu de mois, outre les déserteurs et les
prétendus conspirateurs, un officier français et trois rédacteurs du *Vrai-Libéral*. Voyez la note de NOS ADIEUX,

~~~~~~

LES

JOURNALISTES.

MARS 1817.

Détruire la liberté de la presse en ce qui concerne les journaux, et détruire la représentation
nationale, est à nos yeux une seule et même
chose. Quand les journaux cessent d'être libres,
les assemblées législatives ne sont plus que des
conseils privés, auxquels l'opinion publique ne
peut imprimer aucun mouvement, et qui n'exercent eux-mêmes d'autre influence que celle que
le ministère veut bien leur donner. Parmi les
funestes effets que produit l'asservissement de
la presse, le plus remarquable est donc de changer la nature du gouvernement et de substituer
la volonté de quelques individus à la volonté nationale.

(Censeur européen.)

——————

Folliculaires ! *folliculaires !* s'écriait le ministre,
en interrompant sa lecture avec une grande agitation.
Cette lecture n'était autre chose qu'un article d'un
journal, que le ministre prenait, rejetait et reprenait
tour à tour, en répétant *folliculaires ! folliculaires !* —

3

Mais, Monseigneur..... — *Folliculaires*, vous dis-je, c'est une engeance qu'il faut bâillonner. — Mais votre excellence me permettra...—qu'il faut expulser pour l'intérêt, le bonheur, le repos.... — des ministres, sans doute, Monseigneur? — des citoyens, de l'Europe entière. Eh! de quoi se mêlent ces petits messieurs, ou plutôt de quoi ne se mêlent-ils pas? Est-il mystère de haute politique auquel ils ne prétendent initier l'univers? est-il personnage si auguste dont ils ne contrôlent les actes sacrés? On ne peut faire un pas sans les rencontrer; on ne peut proposer la moindre loi, arrêter le plus chétif citoyen, aventurer la plus légère imposition, que de maudits écrivassiers ne soient là tout prêts à crier au despotisme, sans que les plus éminentes dignités puissent obtenir d'eux au moins le silence, comme preuve de respect. Et à qui sacrifie-t-on notre tranquillité, la tranquillité publique? à une douzaine de *folliculaires*.

Il paraît, Monseigneur, que ce mot *folliculaire* a un grand sens dans votre bouche, qu'il dit *plus de choses quil n'est gros*, qu'il vaut à lui seul les meilleures raisons du monde; car vous le répétez sans cesse, et il semble que ce soit là le fonds de votre logique, comme *goddam* est le fonds de la langue anglaise. Mais, de grâce, entendons-nous; car si ce mot, par hasard, n'avait pas tout le mérite que vous

lui trouvez, si ce n'était qu'une vague exclamation
qui vous dispensât de raisons précises et concluantes,
il faut convenir que *ces petits messieurs* pourraient
bien rire du superbe dédain de certains grands ministres.

Une des plus dangereuses innovations du siècle, c'est
que l'on raisonne, c'est que l'on veut des choses et non
des mots, c'est que l'on n'admet un principe qu'après
l'avoir examiné, discuté, c'est que l'on ne croira bientôt plus que ce que l'on comprendra ; et cela, il faut
l'avouer, *c'est la faute de Voltaire, c'est la faute de Rousseau* ; c'est aussi celle de Montaigne, de Montesquieu,
de Locke, de Condillac ; c'est la faute d'une foule de
philosophes modernes, voire même des journalistes,
des *folliculaires*, Monseigneur. Il était commode, j'en
conviens, de mener quelques centaines de millions
d'hommes avec deux ou trois paroles magiques : cela
abrégeait singulièrement le code politique, et dispensait les grands hommes d'état de mille petites
formalités gênantes qui sont indispensables dans ce
siècle corrompu.

Et pour ne citer qu'un exemple entre mille : *hérétiques ! hérétiques !* s'écriaient aussi quelques ministres
du bon vieux temps ; et à ce mot plein de sens et de
raison, de paisibles et d'industrieux citoyens étaient
persécutés, emprisonnés, égorgés, brûlés. Hélas !
pourquoi cette bienheureuse exclamation est-elle

tombée en désuétude ? Je sais bien qu'elle a été rem-
placée par une foule de mots qui ont successivement
exercé sur les pauvres humains un empire absolu. Je
sais bien qu'aujourd'hui même, dans cet âge de lumière,
un mot non moins profond, non moins mystérieux,
non moins vaste dans la multiplicité de ses acceptions
et de ses effets, *la légitimité* enfin règne en souveraine
sur presque tons les peuples de l'Europe; je sais
bien qu'au nom de cette légitimité on a commis les
actes les moins légitimes, privé des millions de citoyens de leurs légitimes droits, outragé la nature et
les lois, source de toute légitimité; mais il y a du
moins cette immense différence entre le bon vieux
temps et le nôtre, qu'alors l'imbécille vulgaire obéis-
sait par conviction, et qu'aujourd'hui le vulgaire
même se soumet contre sa conviction : or, de l'incrédulité à la résistance, il n'y a qu'un pas; et quoi que
l'on puisse faire, le temps approche où le droit sera
plus puissant que la force, où la raison sera la véritable raison d'état, où l'opinion, souveraine du monde
et des maîtres du monde, raffermira par les lois ces
mêmes trônes que l'on prétend en vain consolider
par les baïonnettes, offrira aux gouvernemens, dans
la seule loyauté, la puissance qu'ils ne devront jamais
à une politique tortueuse; proclamera comme le
plus grand, comme le plus absolu, comme le plus
légitime, le monarque citoyen qui commandera

par les institutions auxquelles il obéira le premier.

Je me suis moins écarté de mon sujet que
vous ne pensez, Monseigneur ; car lorsqu'il s'agit
d'institutions, de lois, d'opinion, il faut nécessairement admettre la libre émission de la pensée publique, la libre circulation de tous les écrits, et
surtout des écrits que publient les *folliculaires*. Mais
enfin, ce mot, qui dans votre bouche est une réfutation complète et presque un titre de proscription,
ce mot que tant d'*excellences* ne prononcent pas sans
colère, que tant de gens qui savent à peine lire
laissent tomber avec un si éloquent mépris, quelle
est donc sa signification précise, absolue ? La dénomination de *folliculaire*, à ne considérer que l'étymologie, que le sens primitif et naturel, abstraction
faite de toute acception relative et personnelle, désigne une classe d'écrivains qui déposent leurs pensées ou celles d'autrui sur des *feuilles* volantes. Ces
pensées peuvent être vraies ou fausses, bonnes ou
mauvaises ; mais cela est probablement fort indépendant de la feuille où elles sont consignées. Jusqu'au moment où l'on aura statué par une loi, de
quelle quantité de pages, de quelle dimension, de
quelle couleur doit être la feuille, la brochure ou le
volume qui renferme ces pensées, pour qu'elles deviennent ou cessent d'être justes et utiles, il nous
sera permis de croire que le format et même le mode

de publication ne font rien à l'affaire, et qu'en un mot ce qu'on écrit, et non le papier sur lequel on écrit, est innocent ou coupable. In-8° ou in-18, en une ou en vingt feuilles, l'ouvrage d'un sot auteur est toujours un sot ouvrage.

Il y a plus, Monseigneur : ces feuilles que vous proscrivez en masse, messagères indifférentes, interprètes impassibles, vous apportent les nouvelles les plus opposées, vous présentent, l'une auprès de l'autre, les opinions les plus contradictoires, accolent et confondent ce qu'il y a de plus inconciliable, les discours nobles et libéraux du roi de Wurtemberg, les inintelligibles et interminables harangues de M. de Gagern, les insolentes menaces du favori D...., les protestations courageuses des Lanjuinais et des d'Argenson, l'appel énergique fait à la constitution par M. Dotrenge (1), l'apologie de l'extradition prononcée par M. Byleveld (2), les adieux simples et touchans du président Madisson, les despotiques motions de Castlereagh ; tout cela, et mille contrastes non moins étranges, trouvent également place dans ces mêmes feuilles qui publient aussi les actes de l'autorité, vos propres actes, Monseigneur ; et vous voilà, sans vous en douter, au nombre des *folliculaires*.

_____

(1 et 2) Députés belges.

Convenez donc qu'une feuille n'étant que ce qu'on la fait, n'ayant aucune qualité par elle-même, la dénomination de *folliculaire* ne prouve rien, ne réfute rien, ne répond à rien, même quand c'est un ministre qui parle ; qu'auteur, écrivain, publiciste, rédacteur, c'est l'ouvrage, c'est l'écrit, c'est l'article qu'il faut blâmer ou approuver, selon qu'il est digne d'approbation ou de blâme, et non le genre dans lequel on s'exerce, et la toile sur laquelle repose le tableau. Que si cela est tellement vrai, tellement clair, qu'on ait le droit de m'accuser de démontrer ici l'évidence, pourquoi donc, Monseigneur, contre cette même évidence, ne répliquez-vous à un fait précis, à une assertion positive, que par une vague exclamation, par une appellation générique, qui, fût-elle injurieuse, ne prouverait rien contre l'individu auquel vous l'adressez ? Pourquoi tous ces freluquets qui singent les grands seigneurs, répètent-ils après vous, en minaudant devant une glace et en caressant la rosette de leur cravatte : « Ces journalistes, voyez-vous, ce sont des *folliculaires* ! » comme si ce mot, parce qu'il vous épargne, à vous, toute discussion, à eux tout examen, constatait votre justice et leur supériorité ! Cessez donc, eux et vous, d'articuler pour preuve unique, pour unique démonstration, un mot qui évidemment ne prouve et ne démontre rien, sinon qu'il vous est plus facile de condamner,

que d'énoncer un seul des motifs de cette condamnation ; sinon que, dans l'impossibilité de signaler
les vices ou les erreurs que recèle tel article de tel
journal, vous trouvez plus commode et plus expéditif
d'envelopper tous les journalistes dans une vaste et
même proscription. Je prends acte ici que le mot
folliculaire, toutes les fois que vous l'appliquez va-
guement à des écrivains qui vous déplaisent, est de
votre part l'aveu positif, non pas seulement que vous
ne sauriez alléguer la preuve de leurs torts, mais
que vous savez trop bien qu'ils ont raison ; non pas
que vous ne voulez, mais que vous ne pouvez leur
répondre ; non pas qu'ils ne sauraient convaincre
personne, mais que vous êtes fâché de vous trouver
convaincu vous-même. Sur ce pied, Monseigneur,
et maintenant que nous nous sommes expliqués franchement, répétez tant qu'il vous plaira l'honorable
injure de *folliculaires* : dans votre bouche, c'est aveu,
conviction, dépit ; dans la bouche de vos singes et
de vos perroquets, c'est ignorance et stupidité.

Voudrait-on, par hasard, rendre tous les rédacteurs de journaux responsables des fautes de quelques-uns d'entre eux, et flétrir les plus intègres, les
plus distingués, parce qu'en effet il a existé et qu'il
existe encore de misérables journalistes, que nous
appellerons, si vous le voulez, *folliculaires* ; car la
chose une fois définie, le mot est indifférent. Hé

bien ! j'admets cette étrange solidarité , pourvu que tous les citoyens, chacun selon le rang qu'il occupe, la place que lui assigne son mérite ou sa naissance, suivant la nature des fonctions qui lui sont dévolues, la partage également. A ce compte, Monseigneur, je vous le demande à vous-même , qu'elle serait la plus injurieuse, la plus sanglante qualification ? Et s'il fallait opter entre le titre de *folliculaire* et celui de *ministre,* de quel côté se rangerait tout ami de la vertu, de l'honneur et de l'humanité ? Veut-on seulement , énumération faite des mauvais et des bons, de part et d'autre, décerner la palme à la *bonne* majorité ? Monseigneur , ouvrez l'histoire et jetez les yeux autour de vous. Veut-on enfin prendre pour terme de comparaison les effets funestes de leurs attentats respectifs ? Monseigneur, les larmes, les sueurs, le sang des peuples ont décidé la question ; et si quelquefois des journalistes se rendent complices de ces attentats, à qui sont-ils vendus ? aux ministres, Monseigneur ; et ce n'est pas contre ces journalistes là que l'on tonne à la tribune et que l'on conspire dans l'ombre des cabinets. Disons la vérité tout entière : tant que les gazettes n'ont offert que d'insignifiantes compilations, que la stérile nomenclature des annonces littéraires ou des réceptions de la cour ; tant qu'elles n'ont été que l'éternel panégyrique des vertus et des hauts faits des grands sci-

gneurs et des ministres, on n'a point tonné, on n'a
point conspiré, on n'a point sévi contre leurs paisibles
rédacteurs; l'utilité des journaux a éveillé le soupçon,
leur courageuse véracité a fait leur crime; chaque
jour en fournit un nouvel exemple, et, dès qu'un
écrivain signale les atteintes portées à l'édifice constitutionnel, dont la chute peut entraîner celle de l'état,
vous entendez de toutes parts et de très-haut crier
au révolutionnaire, au folliculaire; et cela par des
politiques aussi habiles et aussi sages que cet administrateur de Ham qui, sans l'intervention du roi
de Prusse, allait intenter un procès au journaliste de
la ville, pour avoir dit que le pont menaçait ruine,
et avoir indiqué les réparations à faire.

Quant au nom de métier, par lequel la sotte ignorance croit ravaler l'occupation du journaliste, parce
qu'aussi bien que le militaire, le juge, le prêtre et le
ministre, le journaliste vit aux frais du public, avec
cette différence, cependant, que l'impôt qu'il lève
est purement volontaire; je n'ai pas même l'intention
de m'en défendre : je m'honore d'exercer un métier
utile ; et celui que j'ai choisi, tel que je le conçois,
me paraît utile et glorieux. Présenter dans un ouvrage qui, publié périodiquement et par feuille,
obtient chaque jour un nombre immense de lecteurs;
présenter, dis-je, d'après un système fixe et suivi,
le résumé des progrès politiques et littéraires du

monde entier; réunir en un faisceau les lumières
éparses chez tant de peuples divers; annoncer, en quelque sorte, heure par heure, les conquêtes de la raison
et de la vérité, pour leur en préparer de nouvelles;
faire de l'expérience et du génie particulier de chaque
nation une propriété commune à toutes; semer chez
les uns, développer et accroître chez les autres les
grands principes de la civilisation européenne; opposer aux efforts de la gothique barbarie le rempart
de l'opinion; sonner l'alarme et signaler le piége à
chaque invasion secrète et déclarée; ouvrir aux
plaintes de l'opprimé une voie certaine et prompte;
lui servir d'avocat, lorsqu'il ne peut ou qu'il n'ose
parler; mettre ainsi les rois et les peuples dans une
relation perpétuelle et nécessaire à leur salut, à leur
bonheur commun; tel est le but que les rédacteurs
de cette feuille ne se flattent pas d'atteindre, mais
vers lequel ils marchent constamment. Et cette entreprise, Monseigneur, sans être décorée de titres
pompeux, n'en est, je le répète, ni moins utile, ni
moins glorieuse; et c'est ce qu'achèvent de me démontrer les persécutions mêmes de certaines excellences, et leur acharnement à perdre certains *folli-*
culaires.

Les perdre! Monseigneur, cela n'est pas rigoureusement impossible; mais ce qui surpasse toute
puissance humaine, c'est d'anéantir avec eux l'es-

prit qui les anime. Pour une voix étouffée, mille se feront entendre ; pour une vérité comprimée, mille pénétreront, jailliront, retentiront de toutes parts. Le besoin d'une sage liberté est dans le sang de la génération actuelle ; et si votre excellence, Monseigneur, ou tout autre plus puissant qu'elle, avait réellement formé le projet d'enchaîner la presse, dans un pays où elle est libre depuis si long-temps ; je le dis à regret, un tel ministre aurait la vue bien courte, bien bornée, des idées bien retrécies ; car il prendrait pour une volonté faible et individuelle l'irrésistible volonté de tous ; il oublierait que *les journaux ne font pas l'opinion, mais qu'ils l'expriment* (1), et que ce n'est pas dans ce siècle qu'on met l'opinion aux fers.

---

(1) Paroles de M. de Villèle, député.

~~~~~~

COUR SPÉCIALE
EXTRAORDINAIRE (1).

—————

AFFAIRE DE M. DE MOOR,

Imprimeur du Spectateur belge.

BRUXELLES, MAI 1817.

Cour *spéciale extraordinaire!....* Cette exclamation
s'échappait de toutes les bouches, à l'entrée, dans

————————————————

(1) Cette commission, instituée à l'époque de l'invasion
de la Belgique, et tombée depuis en désuétude, fut réta-
blie pour suppléer la censure préalable qui n'existe pas dans
ce pays. Le cri d'indignation fut tel qu'il fallut la supprimer
et rentrer dans le droit commun. Une célébrité si odieuse
s'est attachée au nom de ceux qui remplirent les fonctions
de juges à cette inquisition de la presse, qu'un écrivain,
pour avoir rappelé ces noms*, fut traduit en justice et condamné comme coupable de diffamation.

Les diverses tentatives que l'on a faites et que l'on renou-

* MM. Goubau, président; Dequertemont, Wyns, Buchet,
Defranquen, Powis, Locke, Delannoy; de Stoop, avocat général.

l'enceinte, au sortir du tribunal. Personne n'ajoutait un mot, une réflexion. Faut-il imiter cet exemple, et ne répéter avec le public que ce peu de syllabes qui valent un volume : *Cour spéciale extraordinaire?*

Incedo per ignes. Je marche sur des charbons ardens. J'ai promis de parler de l'arrêt qui condamne M. de Moor; mais par où commencer? où trouver dans la langue des expressions assez innocentes pour qu'il soit impossible de les envenimer par l'intention?

---

velle en France pour établir la jurisprudence de la complicité des imprimeurs rendront ce morceau moins étranger aux circonstances Puissions - nous, sous ce rapport du moins, adopter la législation qui a repris vigueur chez nos anciens compatriotes! Puisse, chez nous comme chez eux, le nom prononcé des inquisiteurs de la pensée devenir une diffamation digne d'être juridiquement poursuivie! N'empruntons à ce gouvernement ni ses lois fiscales, ni sa loi anti-nationale des 500 florins, ni son abominable usage d'extradition et d'inhospitalité qui a fait de la Belgique une seconde Tauride ; mais empruntons-lui sa procédure relative à la responsabilité des écrivains Cette procédure est aujourd'hui, et depuis l'abolition de la cour extraordinaire, éminemment juste et morale. Distributeur, imprimeur, éditeur, tous sont mis hors de cause dès que l'auteur est connu. C'est d'après ce principe, que M. Maubach, éditeur du *Vrai Libéral*, a été récemment acquitté par les tribunaux de Bruxelles. De cette manière, il n'y a point de responsabilité frauduleuse ; l'honneur vient au secours de la loi, et le vrai coupable, en supposant qu'il y ait délit, est atteint ou déshonoré.

Je n'ai plus d'idées fixes, je n'aperçois plus de règles positives ; la limite qui sépare le juste de l'injuste s'efface et disparaît à mes yeux. Ce qui m'avait paru clair, évident, démontré jusqu'à ce jour, me semble obscur, incertain, ambigu, et la loi, l'immuable loi, variable et susceptible, comme les oracles anciens, de mille interprétations diverses et opposées. J'ai tort, sans doute ; je sens que cela ne peut pas être, n'est pas ; mais au moment où je rassemble mes idées, où, la main sur la conscience, interrogeant ma raison et l'expérience, je me dispose à écrire sous leur dictée, ce mot, *cour spéciale extraordinaire*, retentit à mon oreille, et je m'arrête.

Je m'arrête, et peut-être n'est-il plus temps ; peut-être ai-je déjà tracé ma sentence. Où est le délit ? dans quelle ligne, dans quel mot ? je n'en sais rien ; il échappe à l'œil le plus exercé ; mais quand il sera temps, il deviendra palpable. Et qu'importe, s'il ne s'agissait que de moi ! tout est préférable au supplice de Damoclès. Mais cette même épée est aussi suspendue sur la tête d'un autre, d'un autre qui n'a point lu, qui ne lira peut-être pas cet article, et qui, d'ailleurs, en vertu d'un acte signé avant que l'on songeât au rétablissement de la *cour spéciale*, est tenu de l'imprimer sous peine d'un dédit au paiement duquel il serait *judiciairement* condamné ; car, à cette époque, ne comptant l'un et l'autre que sur la justice ordinaire, ma responsabilité fut considérée comme suffisante. Et cependant il n'en est rien ; je ne suis que pour moitié dans ce que je pense, dans ce que j'écris maintenant, seul, sans témoins ; et mon invisible complice n'est pas moins coupable que moi, si, dans un rapide coup-d'œil que la célérité d'une composition journalière lui permet à peine de jeter sur mon discours, il ne saisit pas, il ne prend pas sur le fait la *criminelle* pensée que j'enveloppe ici à loisir, et qui se dérobe aux regards du lynx même de la police.

Le lecteur stupéfait croit peut-être que je crée une législation imaginaire, pour avoir le facile honneur de la combattre : il se trompe ; il y a des choses qu'on n'inventerait jamais. Cette *complicité* d'une espèce nouvelle vient d'être proclamée sous l'empire de la liberté de la presse ; M. de Moor vient d'offrir en Belgique le premier exemple d'un imprimeur qui ne trouve plus de garantie dans la responsabilité, dans la condamnation d'un auteur :

Le vrai peut quelquefois n'être pas vraisemblable.

Heureusement que jusqu'à présent les décisions d'un tribunal extraordinaire ne font pas autorité pour les tribunaux ordinaires ; mais.... Osons enfin aborder la cause qui fait le sujet de nos réflexions.

M. de Stoop, faisant les fonctions du ministère

public, a soutenu que les imprimeurs étaient responsables des écrits qu'ils impriment, et que cette responsabilité résulte de l'article 227 de la loi fondamentale et de l'arrêté du 23 septembre 1814. Il a insisté pour qu'on fît un *exemple*, attendu que rien n'était aussi utile, rien n'inspirait un effroi aussi salutaire que les exemples (témoins l'Espagne et la France).

Mᵉ. Vleeschouder, avocat de l'accusé, n'a pas dissimulé les inquiétudes dont il ne pouvait se défendre à la vue d'un tribunal que son titre seul d'*extraordinaire* rendait redoutable; mais, a-t-il ajouté, les lumières et l'intégrité des magistrats qui le composent, me rassurent pleinement contre la nature et les formes nécessairement sévères d'une pareille institution. Après cet exorde, l'avocat a combattu la doctrine du ministère public comme attentatoire à la liberté de la presse; il a démontré que l'intention du législateur, qui était toujours d'atteindre le vrai coupable, ne punissait l'imprimeur qu'en l'absence de l'auteur; que le gouvernement même de Napoléon n'offrait pas un seul exemple de l'application d'un principe tel que celui qu'on voulait établir; qu'il résulterait de ce principe que l'auteur coupable se déroberait presque toujours au châtiment, dès qu'il aurait rencontré un imprimeur, puisque celui-ci ne trouvant aucune espèce de bénéfice à dénoncer l'au-

4

teur, se garderait bien d'augmenter inutilement le
nombre des victimes ; que les presses clandestines se
multiplieraient, puisqu'il y aurait du moins une
chance favorable dans la possibilité de n'être pas
découvert. Il a posé en fait que l'imprimeur n'était
qu'un simple ouvrier, à la censure duquel un homme
de lettres ne se soumettra jamais ; que, si quelques
imprimeurs faisaient exception à la règle commune,
cette exception ne prouvait rien en thèse générale ;
qu'il y avait alors deux hommes dans le même homme;
que, dans l'espèce, une feuille, un ouvrage publié
par livraisons pouvait être et avait été fort innocent
pendant une longue série de numéros; qu'il faudrait,
pour appréhender au passage le numéro ou la phrase
coupable, une surveillance inquisitoriale, impossible,
humiliante, destructive de toute indépendance, et
qui exigerait de la part de l'imprimeur un discerne-
ment et un tact qui n'appartiennent qu'à un bien
petit nombre de personnes très-éclairées, ou inté-
ressées à voir souvent ce que l'auteur lui-même n'a
pas vu ; que ce qu'il venait d'établir à l'égard des
imprimeurs en général n'était point une hypothèse
à l'égard de son client en particulier, qui ne pouvait
être réellement considéré que comme un simple ouvrier, hors d'état de sentir toutes les conséquences des
passages dénoncés, conséquences que bien des publicistes n'avaient pas prévues eux-mêmes, jusqu'au

jour où la *cour spéciale* les avait rendues évidentes pour tout le monde ; qu'enfin il avait agi sur la foi de la législation ordinaire, sans se douter, ainsi que beaucoup d'autres, de l'interprétation qu'on donnerait plus tard à des articles auxquels on était accoutumé à donner un tout autre sens.

Le ministère public a répliqué que, si l'imprimeur était dépourvu de l'intelligence nécessaire à la censure des ouvrages qu'il publiait, il n'était pas *prudent* d'autoriser un tel homme à publier ces ouvrages ; ce qui a servi au ministère public de transition pour arriver à une philippique contre les pamphlets, les libelles, les feuilles incendiaires, etc.... ; après quoi il a rappelé et développé, dans le sens qu'il voulait leur donner, l'article 227 de la loi fondamentale (qui, selon nos faibles lumières, nous semblait au contraire garantir la liberté de la presse), et l'arrêté du 23 septembre.

L'avocat du prévenu a répliqué à son tour : une discussion s'est élevée sur le véritable sens de l'article, de cet arrêté sur lequel se fonde le ministère public ; le voici :

Sont responsables les auteurs, imprimeurs, distributeurs, colporteurs, etc.... Puis, dans un article subséquent et explicatif : *l'imprimeur* SEUL *sera puni, s'il ne désigne l'auteur.* D'où il suit, reprend alors l'avocat, que l'auteur étant désigné, l'imprimeur cesse d'être responsable ; car, ou cet article n'a aucun sens, ou il signifie : à défaut de l'auteur, on punit l'imprimeur; à défaut de celui-ci, le distributeur, etc.; ce qui n'est qu'un moyen de provoquer la dénonciation, et d'assurer le châtiment du véritable coupable.

La cour, après avoir délibéré pendant près de deux heures, a considéré M. de Moor comme complice du délit de M. l'abbé de Foere ; mais vu les circonstances atténuantes, elle ne l'a condamné qu'à cent florins d'amende et aux frais.

La peine est légère, sans doute; mais ce jugement donne au délit de complicité une extension inconnue, immense, *extraordinaire*, et qui justifierait toutes les alarmes des amis de la liberté de la presse, liberté qui garantit toutes les autres, liberté sans laquelle la constitution est un mot vide de sens, si, comme l'avocat de M. de Moor, ils n'étaient pleinement rassurés par la sagesse, le patriotisme et l'intégrité des magistrats qui siégent à *la cour spéciale extraordinaire*.

J'ai tout dit ; j'ai pensé tout haut. J'entends déjà l'orage gronder autour de moi. Je sais ce qu'on veut, je sais ce qu'on s'est vanté de faire, EN DÉPIT MÊME DE LA VOLONTÉ ROYALE !!!

O vous qui vous êtes déjà reconnu, et que la clameur publique a nommé, n'attendez pas que je révèle vos projets ; profitez *encore* de l'absence de

votre maître ; un nouvel acte arbitraire se perdra
dans la foule. Vous direz que ce coup d'autorité
importait au salut de l'état, que vous avez fait violence à votre caractère et à vos principes; vous ajou-
terez qu'il n'y entre pas le moindre intérêt, le
moindre ressentiment particulier. Vous représenterez
des écrivains paisibles, jusqu'à la faiblesse, dans
leurs relations privées, des hommes voués à l'étude
et à la retraite, comme des conspirateurs, des per-
turbateurs, des agitateurs ; vous démontrerez que
les véritables amis des princes sont ceux qui, à l'ombre
de leur nom, multiplient les actes de cette tyrannie
subalterne qui rejaillit, d'une manière si cruelle, sur
ces mêmes princes auxquels la connaissance en est
soigneusement dérobée ; vous ferez entendre que ce
ne sont pas ces actes auxquels il faut attribuer le
mécontentement, mais la franchise avec laquelle on
en parle ; vous pourrez même insinuer que, si
quelques abus vous sont reprochés, il faut les attribuer à ces mêmes écrivains qui vous ont poussé à
bout et qui, en signalant le mal passé, vous font
faire le mal présent et vous justifient d'avance du
mal que vous ferez à l'avenir. N'oubliez pas de crier
bien fort que ce sont des *étrangers ;* une fois débar-
rassé de ceux-ci, les prétextes ne vous manqueront
pas pour vous *débarrasser des criailleries* des nationaux.
Mais hâtez-vous ; la vérité est sur le point de parvenir

jusqu'au trône : hâtez-vous ; commencez par celui
qui a l'audace de parler plus haut que les autres ;
c'est toujours une victime, et vous n'irez pas loin
pour la trouver ; c'est moi : CAUCHOIS-LEMAIRE.

NOS ADIEUX.

BRUXELLES, 22 MAI 1817.

L'ORAGE qui, depuis long-temps, grondait autour
de nous, éclate enfin. Qui ne sait plier doit rompre.
C'est ce que nous avons éprouvé en France, c'est
ce que nous éprouvons en Belgique. Aujourd'hui,
comme alors, on réfute nos raisons par un argument
qui n'a rien de commun avec la logique : l'avenir
prouvera si, en politique même, on a bien raisonné.

Nous avons défendu les principes avec quelque
chaleur ; nous ne défendrons pas nos personnes. Eh !
qu'aurions-nous à dire ? Nous nous sommes dévoués ;
on nous a pris au mot : voilà tout.

Toute participation directe ou indirecte à la rédaction des journaux nous devient étrangère à dater
de ce jour, et bientôt nous aurons quitté, non pas
volontairement, cette terre hospitalière. Nous cessons d'écrire en cessant d'être libres. Que la nation
belge reçoive ici nos adieux et l'expression de notre
reconnaissance. Nous n'affecterons point une insen-

sibilité stoïque; des sacrifices de plus d'une nature nous sont imposés. Nous sommes arrachés à une seconde patrie, à notre famille, à nos moyens d'existence : hommes privés, des regrets nous sont permis ; hommes publics, la conscience d'avoir suivi la ligne des principes, la ferme résolution de n'en dévier jamais, nous consolent de tout et nous préparent à tout.

On dit que nous sommes étrangers : nous ne répondrons pas que ce titre nous a été imputé à crime dès que nous nous sommes faits Belges dans nos écrits ; nous laissons aux Belges eux-mêmes, à décider jusqu'à quel point leur étaient étrangers des Français qui, pendant vingt-cinq ans, furent leurs fréres, qui parlent la même langue, qui sont régis par le même code, qui se glorifient de la même littérature, des mêmes faits d'armes, pour qui les sciences, les arts, le théâtre de la France sont un domaine national. Nous vous laissons, ô vous citoyens dont les droits n'ont pas d'autre garantie que la constitution, nous vous laissons à juger jusqu'à quel point des Français régnicoles étaient privés, par leur qualité d'étrangers, du bénéfice de l'article QUATRE de la *Loi fondamentale* (1).

---

(1) Article IV. Tout individu qui se trouve sur le territoire du royaume, soit régnicole ou étranger, jouit de la protection accordée aux personnes et aux biens.

Le jour de la persécution est aussi celui des émotions généreuses : nous en faisons la douce expérience et nous en conserverons un profond souvenir. Et les marques d'intérêt public, et les offres particulières de service, et le nombre de nos amis, et l'estime dont ils jouissent, nous feraient presque bénir notre sort. Que serait-ce si nous établissions un parallèle entre nos amis et nos persécuteurs ? L'orgueil même nous serait permis.

Il faut le dire : à un bien petit nombre d'exceptions près, nous devons des actions de grâces aux agens mêmes du pouvoir : l'autorité s'est montrée à notre égard plus équitable que la justice ; et, pour être sincères jusqu'au bout, le gouvernement des Pays-Bas offre toute la sécurité désirable dès qu'on ne le regarde plus comme un gouvernement constitutionnel.

Un mot, avant de finir, sur la feuille que nous cessons de rédiger. Elle nous survit: les circonstances, plutôt que notre retraite, en adouciront la teinte ; peut-être son opposition, comme celle du *Constitutionnel* à Paris, consistera-t-elle quelquefois dans le silence. Le public appréciera la difficulté des temps et jugera de l'intention. Deux de nos émules (1) partagent notre destinée, et, en vertu de la même me-

(1) Les rédacteurs du *Journal de la Flandre* et du *Journal d'Anvers.*

sure, abandonnent la carrière des feuilles périodiques. Tout nous porte à croire que le *Vrai Libéral*
pourra continuer à soutenir la concurrence. Au fait,
à quoi se réduit la perte qu'il éprouve ? à la retraite
de deux rédacteurs dont le mérite fut dans la franchise, et qui par cela seul qu'ils n'écriraient plus
librement, cesseraient d'être utiles au journal. Quant
au talent, il reste tout entier avec nos collaborateurs.
Si le public a bien voulu nous honorer personnellement de quelque intérêt, nous lui demandons,
pour faveur dernière, de vouloir bien le reporter
désormais sur le journal dont la rédaction nous a
valu son estime et l'indignation ministérielle.

Adieu, Belges ! Pensez quelquefois à nous : notre
consolation, dans la vie errante dont nous n'a-
percevons pas le terme, sera la mémoire des jours
que nous avons passés au milieu de vous, et la
certitude que ce n'est pas vous qui voyez des étrangers dans la personne des Français qui consacrent
leur plume à la défense des droits du peuple et de
l'humanité (1).

(1) Rédacteurs d'un journal, M. Guyet et moi, nous
fîmes nos adieux au public, sans donner à notre retraite plus
d'importance qu'elle n'en méritait : régnicoles et citoyens,
nous crûmes devoir protester hautement contre l'acte arbitraire par lequel on attentait dans nos personnes aux garanties légales et au droit des gens. Cette protestation notariée

et enregistrée fut, quelques mois après, mise sous les yeux des *états-généraux* avec une pétition et un mémoire étendu. Une longue et vive discussion eut lieu : le bon droit succomba et à cette session et à la session suivante ; aussi la justice et l'humanité ne tardèrent-elles pas à recevoir de nouvelles atteintes de la part du pouvoir exécutif, encouragé par la puissance législative. Deux de nos collaborateurs, qui nous avaient plus spécialement remplacés, ont été dernièrement expulsés de la Belgique avec des formes plus acerbes encore, et dans des circonstances qui ont rendu leur situation plus déplorable que la nôtre.

Au moment où nous revoyons cette note, les feuilles publiques nous apprennent qu'un nouveau rédacteur de la même feuille vient d'être enlevé par la gendarmerie. Nous ne savons pas par quel surnom les citoyens des Pays-Bas distinguent leur prince des Guillaume qui ont illustré la Hollande ; mais si l'héritier de ces grands hommes obtient quelque mention dans l'histoire de ses voisins, il nous semble que le titre qui lui sera naturellement dévolu est celui *de Guillaume l'inhospitalier.*

Notre impartialité cependant ne nous permet pas de dissimuler que ce monarque n'eût pas même été capable de mal faire de son propre mouvement. Il a sur ce point cédé à une impulsion étrangère, comme il l'aurait fait sur tout autre. Il a livré des Français comme il aurait livré des Belges, si la chose eût fait plaisir à ceux qui lui ont loué la couronne. Il ne tyrannise que par esprit de reconnaissance. Cette vertu est trop belle pour que nous ne lui pardonnions pas les sacrifices qu'elle a coûtés à son honneur et à sa sensibilité : nous nous plaisons donc à reconnaître qu'il n'a donné d'ordres qu'en vertu des ordres qu'il a reçus. Aussi l'ambassadeur de France, qui n'avait pas sur cette âme délicate et généreuse l'ascendant des services rendus, adressait-il avec beaucoup d'habileté les demandes d'exil et d'extradition au roi par l'organe de quelque autre ambassadeur plus puissant ; l'extradition ou l'exil, suivant l'occurrence, étaient soudain octroyés. Entraînés nous-mêmes par un si touchant exemple de gratitude, nous avons voulu qu'il en rejaillît quelque chose sur M. Latour-du-Pin, qui d'ailleurs a bien mérité ce petit souvenir de notre part.

La veille du jour où le commissaire de police Van Asche nous signifia l'ordre de vider les lieux, du ton de M. *Loyal* dans le *Tartuffe*, l'auteur de cette note, qui était en procès avec sa majesté catholique le roi d'Espagne, avait prononcé un plaidoyer dont il est utile à l'intelligence du morceau suivant de transcrire les passages que voici :

Si dans un état constitutionnel, sous l'empire protecteur de la liberté de la presse, une carrière est ouverte à la franchise des opinions, et peut être innocemment parcourue, c'est assurément celle que nous offre le spectacle des nations étrangères ;

S'il est une contrée où se portent avec avidité les regards du publiciste, avec un effroi mêlé d'attendrissement les regards du philosophe ; s'il est une contrée où les victimes et les bourreaux se succèdent et se multiplient sans relâche, où les plus héroïques vertus sont récompensées par la plus cruelle vengeance, où le fanatisme politique et religieux règne dans toute sa fureur, cette contrée, Messieurs, vous qui allez me juger parce que j'en ai fait le tableau, vous l'avez reconnue à ces traits, vous l'avez nommée : c'est l'Espagne ;

Enfin, s'il est un pays où, de temps immémorial et sous
un régime beaucoup moins libéral que le nôtre, tout écrivain, quelle que fût sa patrie, trouva des presses constamment
dociles à multiplier les ouvrages qu'il lui plaisait de composer, les feuilles qu'il dirigeait contre les gouvernemens voisins, c'est celui où aujourd'hui, aujourd'hui que la liberté
de la presse, déjà consacrée par l'usage, vient encore d'être
consacrée en principe et proclamée par la loi fondamentale,
c'est ce même pays où l'on me fait un crime d'émettre,
sous la double garantie des institutions et des habitudes
locales, quelques considérations justifiées par les faits. justifiées par la clameur de l'opinion européenne, justifiées par
les ineffaçables souvenirs du peuple chez lequel je les ai
publiées, du peuple qui gémit si long-temps sous le joug
d'un impitoyable Espagnol.

De toutes parts le cri de l'humanité se fait entendre ; de
toutes parts la presse fait justice d'une sanglante tyrannie :
l'Angleterre, l'Allemagne, la France, montrent une égale
indignation. Oui, Messieurs, la France, sous le gouvernement d'un proche parent du roi d'Espagne, voit éclore
dans son sein des écrits vengeurs de la réaction espagnole.
En France, on publie *l'Inquisition démasquée,* et le *Consti-*
tutionnel, qui annonce cet ouvrage, ne craint pas de dire
que *le tribunal de l'inquisition doit être en horreur à toute la*
terre. En France, M. de Pradt réclame hautement contre *le*
funeste système de réaction, contre les proscriptions et contre
l'exil de tant d'illustres citoyens espagnols. Que l'on contem-
ple, s'écrie-t-il, *en dix-huit mois, trois ou quatre générations*
de proscripteurs, proscrits à leur tour et tombant les uns
sur les autres ; puis, rappelant DOMITIEN et les AUTRES
MONSTRES de Rome (je transcris fidèlement ses termes),

M. de Pradt ajoute : *Tout ce qui a fait servir le pouvoir à la vengeance, est tombé dans l'abîme où il avait précipité les autres.* En France , un Espagnol réfugié signale à l'indignation les *monstruosités* (c'est son expression), les *monstruosités* auxquelles, dit-il, *on répugne à croire*, et qui cependant *ne sont pas rares en Espagne.* Et ce qu'on dit en France, ce que dit un Espagnol, nous ne pourrons pas le répéter, même en l'affaiblissant, sur cette terre de liberté ! Et le silence que sa majesté très-chrétienne ne se croit pas obligée d'imposer aux écrivains de France, en faveur de son parent le roi catholique ; sous un roi protestant, qui, heureusement , n'a rien de commun avec le roi d'Espagne, on prétendrait l'imposer aux écrivains de la Belgique ! Et ce tendre intérêt aurait pour objet ceux dont les prédécesseurs arrosaient du sang de vos pères les champs de la Belgique, et qui ont conservé les principes de leurs prédécesseurs ! Et ce tribunal où je comparais aujourd'hui, où vous siégez pour examiner jusqu'à quel point est criminelle une pâle esquisse de la tyrannie d'Espagne, ce tribunal, Messieurs, d'où va partir ma sentence, est élevé sur la même place où les têtes des comtes de Horn et d'Egmont tombèrent sous la hache espagnole !.......

Je l'avoue, la loi du 28 septembre * serait à la rigueur applicable aux passages dénoncés, s'il était vrai que ces passages continssent formellement, expressément, nominativement et sans qu'ils fussent susceptibles de recevoir d'autres interprétations, un outrage ou une offense au caractère personnel du roi d'Espagne ; car cette loi porte textuellement : *Ceux qui, dans leurs écrits, auront offensé ou outragé le caractère personnel des souverains et princes étrangers, etc.,*

* Vulgairement *loi des 500 florins.*

d'où il résulte, par une conséquence qui, pour être extrême, n'en est pas moins juste, que le grand turc, le roi de Maroc et l'empereur de la Chine, étant des souverains *étrangers*, se trouvent aussi sous la protection de la loi que l'on réclame en faveur du prince auquel l'Espagne doit le rétablissement de l'inquisition. Une loi qui se prête à des applications si outrées, j'allais dire si ridicules, ne doit donc être appliquée qu'avec une excessive réserve ; une loi qui étend son égide tutélaire jusqu'aux bornes du monde, et qui, à l'instar de ce petit prince sauvage lequel accorde à tous les monarques la permission de dîner, semble avertir tous les potentats qu'ils peuvent désormais régner hardiment sans craindre les feuilletons des journalistes de la Belgique, une pareille loi, pour être sauvée de l'absurde, doit être circonscrite, quant à son application, dans des limites d'autant plus étroites ; l'application des peines qu'elle prononce doit porter sur des faits d'autant plus certains, d'autant plus précis et palpables, que son extension possible est hors de toute mesure, hors de toute législation.....

M. le procureur du roi, non moins vaste dans sa sollicitude que la loi dans sa protection, prend fait et cause pour tout ce qui intéresse et les citoyens et les étrangers : il se déclare ACCUSATEUR EUROPÉEN. Qui peut, à plus juste titre, s'appliquer ce vers philanthropique :

Homo sum, nihil humani à me alienum puto.
Homme, chez les humains, rien ne m'est étranger !

Qui peut, dis-je, s'en faire une application plus juste que le ministère public ; le ministère public, par les soins *officieux* duquel une personne qui né s'est jamais plaint reçoit en même temps la nouvelle qu'elle a été calomniée et que son calomniateur est en prison ; le ministère public qui apprend à un auteur que ses expressions ne présentent pas le sens que lui, auteur, avait prétendu y attacher, mais qu'à l'aide de quelques variantes et d'une légère transposition de mots, on s'empresse de lui donner l'intelligence de ses propres écrits, moyennant 500 florins, payables par contrainte ? Mais ce n'était point encore assez pour cet infatigable champion de la justice universelle ; ses entrailles se sont émues pour le fléau des indépendans : il croit apercevoir une intention d'outrager le caractère généreux de ce monarque ; il croit saisir dans la rapide succession des numéros d'un journal que ne lit pas ce monarque, qui est écrit dans une langue que ses peuples ne parlent pas, il croit saisir une phrase mal sonnante : son zèle s'enflamme, il franchit les monts, et, nouveau Louis XIV, il s'écrie: *Il n'y a plus de Pyrénées.*

En vain on lui objecte que s'il a quelque influence dans le royaume des *auto-da-fé*, son ministère serait plus utilement employé à calmer qu'à servir les ressentimens ; il paraît persuadé que cette partie du monde où, d'après le calcul de M. Llorente, archiviste de l'inquisition, ce tribunal a dévoré près de quatre cent mille victimes, où le sang ruissèle tous les jours, où le docteur Pangloss fut pendu, est la meilleure partie du meilleur des mondes possibles. En vain lui met-on sous les yeux, pour qu'il décide dans quels termes on doit en parler, cette dépêche consignée dans la *Gazette officielle* de Madrid :

« Je vous enjoins de mettre de côté toute considération » d'humanité. Tous les insurgés, leurs fauteurs ou adhérens, » trouvés avec armes *ou sans armes*, et enfin tous ceux qui » ont pris une part quelconque à la crise dans laquelle le

» pays se trouve, doivent être fusillés sur-le-champ, sans
» aucune *procédure préalable ou sommaire* ».

Il répond que c'est une bagatelle, que les vrais coupables
sont ceux qui ont l'audace de parler de pareils personnages
avec irrévérence. Si l'on insiste et que l'on joigne à la
dépêche le texte de l'instruction suivante, également consignée dans la *Gazette* de Madrid :

« Vous ne ferez de quartier *à personne*, et vous laisserez
» vos troupes *piller* aussitôt qu'elles arriveront. Si vous
» trouvez l'ennemi faible, vous le suivrez jusqu'à Saint-
» Jean. Vous brûlerez cette place, et vous reviendrez *quand*
» *tout sera tranquille* » ;

Enfin si, dans l'espoir de le convaincre, on lui donne la
preuve, toujours *officielle*, que ces ordres sanguinaires ont
trouvé de dignes ministres ; si on lui fait lire la correspondance où un Espagnol mande à son roi :

« Le misérable *Lamargo* est mort de ma main ; je n'ai
» cessé de le frapper de mon sabre. *Je vous envoie sa tête.....*
» Je ferai décapiter en place publique le célèbre Pierre
» Nallasco Vislarubia, etc. » ;

M. le procureur du roi réplique que cela ne lui importe
nullement, mais que ce qui lui importe beaucoup, c'est
d'empêcher qu'on ne parle en *termes injurieux* de ces actes
de férocité ; que s'il agrandit son domaine accusateur, ce
n'est pas du tout pour sauver des innocens, mais pour
augmenter le nombre des *coupables* et pour offrir à S. M.
catholique, sinon, comme ce bon Espagnol, la tête d'un
insurgé, puisque cela n'est pas en son pouvoir, du moins la
bourse d'un écrivain libéral : c'est toujours un *indépendant*
de sacrifié. Cela dit, M. le procureur du roi poursuit,
et poursuit d'office.........

PROCÈS

AVEC

LE ROI D'ESPAGNE.

MÉMOIRE EN APPEL LU PAR UN FONDÉ DE POUVOIR DE L'ACCUSÉ, DEVANT LA COUR ROYALE DE BRUXELLES. (JUILLET 1817.)

> Le proscrit qui d'un coin oyait et voyait tout ,
> Et tremblait un peu pour sa tête ,
> *Aux juges* , d'un peu loin, présente sa requête.
> FABLES *de M. Arnault*, Liv. V, Fable 9.

MESSIEURS,

Depuis le jour où, par le double jugement dont j'appelle à cette audience, le tribunal correctionnel a décidé que M. le procureur du roi des Pays-Bas était l'avocat né, le défenseur d'office de tous les potentats de la terre; la politique n'a pas été plus timide dans ses procédés que la justice, et d'étranges accidens sont survenus à ma partie adverse et à moi. Sa majesté Ferdinand VII (car tel est l'adversaire que m'a suscité le zèle spontané du ministère public) sa

5

majesté catholique, au moment même où elle gagnait son procès en première instance à Bruxelles,
perdait, en Amérique et en dernier ressort, un autre
procès un peu plus important, et tout porte à croire
que la tête de l'indépendant *Lamargo* est le dernier
présent qui lui sera envoyé des colonies (1). Pour
moi, tandis que je m'épouvantais de l'extrême dis-
proportion des deux athlètes que M. le procureur du
roi forçait à se mesurer dans l'arène correctionnelle,
d'illustres personnages, si j'en crois la renommée,
s'assemblaient en conseil pour décider de mon sort,
comme s'il se fût agi de quelque haute-puissance : on
me jugeait ici ; là on me bannissait : ici la justice me
condamnait, si je ne possédais pas 500 florins, à six
mois de prison ; là on se moquait des décisions de la
justice, et l'on me délivrait un passeport dont je devais
faire usage sur-le-champ : faveur bien grande, sans
doute, puisqu'à la même époque elle a été refusée aux
sollicitations d'un prince (2) par les représentans des
maîtres du monde. J'étais donc déjà presqu'aussi heureux qu'un roi ; et, cependant, soigneuse de rappro-
cher encore plus les distances, la bizarre fortune

---

(1) Cette tête a été expédiée à S. M. Catholique, avec une
missive du colonel CEUTENO ; *voyez* l'article de la *Gazette
officielle* de Madrid, cité dans le *Libéral* du 7 février 1817.

(2) *Lucien Bonaparte.*

semblait vouloir abaisser mon adversaire autant qu'elle m'élevait ; et peu s'en est fallu, tant est grande l'ingratitude du peuple espagnol (1), que Ferdinand VII fugitif ne soit venu à Bruxelles remplacer un libéral arraché de son asile. La fortune hésite encore, il est vrai, et le coup qui allait frapper mon adverse partie demeure comme suspendu ; il n'y a jusqu'à présent que moi de chassé ; mais quelque tardive que puisse être l'issue, facile à prévoir, de ce grand procès entre un roi et une nation, le spectacle que nous avons sous les yeux n'en offre pas moins, à sa majesté catholique et à moi, une succession rapide et frappante de constrastes et de similitudes ; à nos législateurs une preuve nouvelle que la loi, l'immuable loi, ne doit jamais être fondée sur une politique mobile et capricieuse; à tous les gouvernemeus un exemple terrible des conséquences du despotisme et de l'iniquité.

Je ne pousserai pas plus loin le parallèle; mais il fait naître une question qu'il importe au succès de ma cause de soumettre aux lumières et à l'impartialité de M. le procureur du roi.

Si le cours des événemens amenait Ferdinand VII dans cette contrée *hospitalière* ; si, par une supposition que justifient tant d'exemples des vicissitudes

---

(1) La dernière insurrection de *Catalogne*, dirigée par le général LASCY.

humaines, et en particulier l'exemple du tyran de Syracuse devenu maître d'école; si, dis-je, devenue aussi regnicole et rédigeant un journal, sous la protection comme sous la surveillance des lois, S. M. catholique se permettait de *révoquer en doute la légitimité* (1) du gouvernement qui remplacerait le sien et *d'outrager le caractère personnel* (2) d'un usurpateur qui ne protégerait pas l'inquisition; je le demande à M. le procureur du roi, ne serait-t-il pas de son devoir, dans cette hypothèse, de poursuivre d'office contre le roi légitime en faveur du gouvernement usurpateur, et cela en vertu de la loi des 5oo florins, et conséquemment à la décision du tribunal correc-tionnel?

Si cette conséquence naturelle des principes sur lesquels le ministère public se fonde dans l'accusation présente, des principes sur lesquels repose le jugement qui me condamne; si cette conséquence lui paraît absurde et révoltante, quand il s'agit d'un roi véritablement coupable *d'outrages personnels*, coupable d'avoir *révoqué en doute la légitimité d'un gouvernement*, d'où vient que ces principes perdent le caractère d'absurdité qui le révolte, dès qu'il s'agit

---

(1 et 2) Termes de la loi, dite *Loi des 5oo florins*, qui fut faite sous l'influence diplomatique. Voyez *De l'influence étrangère*.

d'un simple citoyen, dont il faut torturer les expressions pour les rendre criminelles aux yeux de la loi ? M. le procureur du roi a-t-il donc des principes suivant les temps et les personnes, et suffit-il d'avoir des ennemis puissans pour être en butte à ses poursuites ? Je livre ces réflexions a votre conscience et à vos méditations, M. le substitut, et j'abandonne avec non moins de confiance à votre sollicitude le soin de poursuivre devant les tribunaux les auteurs de l'acte arbitraire par lequel je me vois aujourd'hui privé, sous les yeux de la justice, du droit sacré de me défendre, en personne, contre une attaque judiciaire. Il n'est pas question ici de quelques expressions équivoques, de quelques syllabes malsonnantes, d'un délit de convention, qui partout ailleurs n'est qu'une vérité bannale ; mais d'nn fait notoire, d'une contravention évidente aux lois et au droit des gens, dont la répression intéresse la morale et la sûreté publique : c'est là que votre ministère peut s'exercer utilement et avec honneur.

Pardon, messieurs, si ce retour sur ma situation mêle quelqué amertume à mes discours. Eh! comment ne pas rappeler en ce moment que chez une nation civilisée, on ravit à un accusé que vous allez peut-être absoudre, la faculté de plaider lui-même sa cause, que son apparition dans le sanctuaire de la justice deviendrait contre lui le signal de la vio-

lence et qu'il trace furtivement, loin de sa patrie
adoptive, loin de ses juges, loin des secours qui
sont nécessaires à sa justification, une défense qu'il
devrait, selon les plus simples lois de l'humanité,
articuler librement, et à haute voix, devant le tribunal qui va prononcer son arrêt, si les dénonciateurs
de virgules dénonçaient aussi quelquefois les attentats contre la liberté des citoyens ?

Messieurs, ce n'est pas moi seulement, c'est la
justice et la dignité des magistrats que l'on a outra-
gées dans ma personne, en se jetant insolemment
à travers les lois; c'est à la morale publique que l'on
a scandaleusement insulté, en arrachant un accusé
aux formes protectrices des tribunaux, un accusé
qui, j'ose le dire, devenait plus inviolable encore sous
la garantie même du jugement qui le condamne. Je
n'hésite donc point à croire que vous environnerez
de tous vos suffrages, que vous accréditerez de toute
l'autorité de votre juste indignation la pétition que
des citoyens courageux se sont chargés de remettre
en mon absence et de faire valoir aux états-généraux.

Je n'ai pas dû, Messieurs, lorsque je défends avec
quelque chaleur une cause d'un intérêt personnel,
laisser échapper l'occasion d'appeler vos regards sur
une cause d'un intérêt public, où l'indépendance des
organes de la loi n'est pas moins compromise que la
loi elle-même.

Je rentre et je me renferme dans la discussion des motifs sur lesquels mon appel est fondé.

Les moyens que j'ai développés en première instance et qui ont été soumis à l'opinion publique par la voie des journaux, ont paru d'une évidence qui n'a échappé qu'à M. le procureur du roi et au tribunal. C'est quelquefois un mal d'avoir trop raison, et il y a des causes que l'on devrait exposer et non plaider. Je ne vous fatiguerai point par une longue récapitulation : ma première défense vous est connue, puisqu'à coup sûr vous ne siégez point ici sans avoir éclairé votre conscience sur la cause où vous allez prononcer.

J'écarte tous les moyens que la morale, une saine politique, le sujet même que j'ai traité dans l'article dénoncé, les droits consacrés par la loi fondamentale me fournissent en abondance; je ne veux invoquer que le texte de la loi; j'arrive donc à *la fin de non recevoir.*

Le ministère public *poursuit d'office*; et la loi en vertu de laquelle je suis poursuivi, exige de la part du gouvernement qui se croit lésé une *plainte officielle.* On s'est perdu dans les citations d'article du code criminel qui autoriseraient le ministère public a une action spontanée. Il serait facile de démontrer que le code ne donne point aux attributions de M. le procureur une extension dont les conséquences sont souvent absurdes et contradictoires, comme elles le sont dans la cause qui vous est soumise (et nous venons de le prouver); mais ces armes même que fournissent le droit naturel et le sens commun pour repousser les envahissemens du ministère public, je ne veux pas en faire usage; le texte de la loi m'en offre de plus directes. Or, la loi veut qu'une plainte officielle provoque la poursuite. Où donc est cette plainte? Que m'importent les articles du code, fussent-ils péremptoires? Est-ce en vertu de ce code que je suis traduit en justice? non, c'est en vertu de la loi des 5oo florins. Pourquoi donc me poursuivre en vertu d'une loi et me condamner en vertu d'une autre? Pour peu que cette méthode fasse fortune et que l'on se perfectionne dans l'art de confondre les diverses branches de la législation, je ne vois pas ce qui empêcherait qu'incessamment une action intentée d'après la loi des 5oo florins ne devînt une affaire criminelle.

Une loi a été promulguée en faveur de tous les gouvernemens étrangers; cette loi est complète en elle-même et ne se réfère à aucun article du code; elle spécifie les peines, le mode de procédure, la nature du délit; elle indique à quels titres on doit le reconnaître, le dénoncer, le poursuivre. Un écrit existe; voilà le fait, qui n'a encore aucune qualité par lui-même; cet écrit *motive une plainte*; le délit commence à poindre : *cette plainte ou réclamation doit être officielle* ; le voilà signalé ; *elle est directement transmise par le ministère des affaires étrangères au ministre de la justice* : c'est le troisième degré ; enfin *l'auteur est poursuivi, s'il y a lieu, en justice réglée, à la diligence du procureur-général* : tel est le complément. La filiation est clairement établie par la loi : il faut que l'écrit motive une plainte ; une réclamation officielle, pour qu'une attaque judiciaire puisse avoir lieu. Je le demande encore, je ne cesserai de le demander : où est elle cette plainte, cette réclamation officielle ? Elle n'existe point ; on l'avoue, et l'on a décidé, en contradiction formelle avec le texte de la loi, que l'action du ministère public était recevable, et l'on a complètement oublié la loi que j'invoque, après qu'on l'a invoquée contre moi, pour aller chercher des articles du code, et du code d'instruction criminelle, qui certes n'a rien de commun avec la loi du 28 septembre ; et tout ce que la loi m'offre de favorable m'est enlevée, et tout ce qu'elle a de sévère m'est largement octroyé, et mes juges ont formé de je ne sais quels articles du code (1), entés sur quelques articles de la loi des 500 florins, une loi nouvelle et tout-à-fait de leur invention, dans le louable dessein d'autoriser

_____

(1) Mon départ précipité ne m'a pas permis d'avoir copie du jugement qui me condamne et dont j'ai seulement ouï la

une poursuite qui pouvait les autoriser à me condamner !

Messieurs, vous n'imiterez point cet exemple, vous ne refuserez pas à un accusé l'application littérale de la loi en vertu de laquelle il est mis en accusation ; vous n'irez pas contre le témoignagne de votre conscience ; de votre raison, de vos yeux ; vous verrez d'une part, ce que j'ai répété cent fois, ce qui est consigné dans l'article IV de la loi du 28 septembre en caractères qui n'ont pas moins de valeur que les caractères qni composent les articles précédens, en termes qui, pour être favorables à ma cause et contraires aux prétentions de M. le procureur du roi, n'en sont ni moins clairs, ni moins positifs que les termes qui énoncent la peine à laquelle j'ai été condamné : vous verrez qu'une *plainte officielle* est nécessaire pour motiver l'action du ministère public ; vous verrez d'autre part, que cette plainte ne figure point aux pièces du procès (1), que, par conséquent, l'action du ministère public est nulle et que cette nullité entraîne, par une conséquence dernière et nécessaire, la nullité du jugement qui me condamne à 5oo florins d'amende, ou en cas de non-payement à six mois d'emprison-

---

première partie à l'audience, c'est-à-dire celle qui concerne la *fin de non-recevoir.*

(1) Elle avait été portée, puis retirée par l'ambassadeur d'Espagne.

nement. Je sens qu'il est dangereux d'avoir raison contre certaines gens ; mais nous ne saurions qu'y faire, vous et moi, et il n'en est pas moins démontré matériellement que j'ai raison : cela est fâcheux, j'en conviens ; mais cela est constant ; et ce qui ajouterait à votre conviction, si cela était nécessaire, ce serait l'argument par lequel on m'a réfuté (1) et qui n'a rien de commun avec la logique, non plus qu'avec les lois, comme on l'a fort bien observé.

Le second moyen, Messieurs, après celui que je viens de mettre dans un nouveau jour, est surabondant et tout-à-fait superflu ; il n'en est pas moins fondé. Je m'en tiens toujours réligieusement aux termes de la loi. Or la loi porte, article premier :

§ « *Ceux qui dans leurs écrits auront offensé ou outragé le* CARACTÈRE PERSONNEL *des Souverains étrangers, auront constesté ou révoqué en doute la légitimité de leurs dynastie et de leur gouvernement, ou auront critiqué* LEURS ACTES *en termes offensans ou injurieux, etc.* »

Certes, elle est sévère cette loi qui défend de critiquer un *acte* du sultan en vertu duquel on décapiterait un nouveau Bajazet, qui fait payer 5oo florins une épithète injurieuse au *caractère personnel* du dey d'Alger, ou du roi Ferdinand VII. Bien des magistrats se croiraient en conscience obligés d'être d'au-

---

(1) Cet argument, c'est mon expulsion.

tant plus circonspects dans l'application de cette loi,
qu'elle est elle-même plus étrange dans ses conséquences; ils se rappelleraient qu'elle n'est dans son
principe qu'une concession arrachée par la politique;
qu'elle est tombée dans un décri universel ; qu'elle
est incompatible avec la liberté de la presse, avec la
dignité de l'état, avec la véracité de l'historien le
plus timoré; qu'une défense absolue d'écrire autre
ohose que l'apologie de tout ce qui se passe d'odieux
et d'atroce dans l'univers aurait mieux valu, du moins
sous le rapport de la franchise et de la clarté, que
les perpétuelles embûches de la loi des 500 florins :
voilà ce que des magistrats vraiment sages, vraiment
amis de la morale et des lois , ne perdraient jamais
de vue, s'ils avaient à prononcer dans un procès tel
que celui que m'a intenté le ministère publique; loin
donc de commenter et de décomposer insidieusement
les passages dénoncés, ils saisiraient avidement la
possibilité de soustraire un écrivain à l'application
d'une loi qu'il est si difficile d'appliquer sans faire
rougir à la fois le bon sens et l'équité.

Vous serez ces magistrats, Messieurs, et l'examen
attentif des phrases sur lesquelles s'acharne le ministère public, ne fera que vous confirmer dans ces
sentimens de modération et de véritable justice : car,
par un bonheur bien rare dans une entreprise si périlleuse, ces phrases sont tellement mesurées, qu'elles

se trouvent hors de l'atteinte de la loi, si l'on veut bien (je le répète) s'en tenir à cette loi toute seule et aux termes dans lesquels elle est conçue.

Je n'ai pu outrager *le caractère personnel* d'aucun souverain, puisque je n'ai nommé *personne*. On ne peut s'autoriser de l'opinion de M. Merlin (1), car elle ne fait point loi, et eût-elle force de loi, elle ne saurait, en aucune manière, servir à étendre une autre loi avec laquelle elle n'a aucun rapport, qui est complète en elle-même et qui, assurément, n'a pas besoin de recevoir une plus vaste extension. Je n'ai point critiqué les *actes* du gouvernement espagnol; les *actes* dis-je : car dans tous les pays, ce que l'on entend par *actes*, ce sont les lois, les décrets, les ordonnances, qu'il ne faut pas confondre avec les *actions*, sous peine d'ignorance ou de mauvaise foi. Ce n'est pas à vous, hommes, que je m'adresse; c'est à vous, juges (2)! Aux termes de la loi, le délit est-il matériel? non : car, encore une

_____

(1) Le ministère public s'est étayé d'un passage sur la *certitude morale*, qui se trouve à l'article CALOMNIE, inséré dans le RECUEIL DE QUESTIONS DE DROIT, ouvrage que le célèbre jurisconsulte Merlin a publié à l'époque où il était procureur-général impérial à la cour de cassation à Paris. Tout est bon pour proscrire, même l'opinion d'un proscrit.

(2) Dans le royaume constitutionnel des Pays-Bas il n'y a point de *jury*, même en matière criminelle.

fois, je n'ai nommé personne ; non : car le mot *actes* n'est pas même prononcé ; non : car le ministère public s'est livré à une foule d'argumentations, de suppositions, de *dissections*, preuve que les mots ne parlaient point d'eux-mêmes ; non : car vous ne pouvez qu'appliquer la loi et jamais l'interpréter ; non : car une interprétation défavorable donnée à une loi déjà si peu favorable ne serait qu'un guêt-à-pens contre tous les écrivains qui déplairaient au ministère ; non : car en dépit de tous les ministères, le *fait* seul est de votre ressort et non pas l'intention. Or le *fait* est que je n'ai nommé personne. Tant pis pour le roi d'Espagne s'il a une si mauvaise réputation qu'on ne puisse, sans que tout le monde le nomme aussitôt, parler *de mains teintes de sang innocent* (1). C'est à sa réputation, et non pas à moi,

_____

(1) J'ai été condamné pour avoir dit, dans le n° 66 du Vrai Libéral, du 7 mars 1817, *que les robes brodées par d'augustes mains, pour habiller la sainte Vierge, n'ont pas encore attiré sur l'Espagne les bénédictions du ciel ; et qu'il faudra, sans doute, d'autres dons présentés par des mains que le sang innocent n'aura point rougies.*

On m'écrit que le tribunal correctionnel de Bruxelles a décidé que ces mains teintes de sang sont celles de sa majesté le roi d'Espagne, Ferdinand VII, attendu que l'*Oracle* du 9 février 1815 relate que ladite majesté, lors de son séjour à Valençay, passait les matinées à broder au tambour des robes de soie pour orner l'image de la sainte Vierge.

qu'il faut s'en prendre. S'il se reconnaît à de pareils traits, je le plains, et l'Espagne est à demi-vengée. Mais tout cela n'empêche pas qu'aux yeux des honnêtes gens je ne sois irréprochable, et, ce qui est beaucoup moins facile, aux yeux même de *la loi des 5oo florins*. Je termine, comme j'ai commencé, en invoquant à grands cris l'application littérale de cette loi, et je vous adjure de laisser aux législateurs le soin de réformer, de changer, d'étendre la législation, et à Dieu celui de sonder les cœurs.

De tout ce qui précède il résulte et reste démontré qu'au tribunal de la raison et de l'humanité, si j'avais à me défendre, ce serait d'avoir cédé, en affaiblissant la vérité, à de timides considérations ; qu'aux yeux de la justice constitutionnelle, j'ai usé modérément du plus sacré des droits; qu'aux termes mêmes de la loi invoquée par le ministère public, le ministère public n'avait pas qualité pour me traduire d'office devant les tribunaux, en l'absence de la plainte de la partie qu'on prétend offensée; qu'enfin cette plainte existât-elle, je n'ai pas franchi les bornes déjà si étroites dans lesquelles la loi a circonscrit la liberté de la presse. Je ne vous demande, Messieurs, que de ne pas vous montrer plus sévères que la loi.

Je devrais sans doute me reposer avec sécurité sur tant et de si puissans motifs; mais l'expérience m'apprend chaque jour qu'il faut tout prévoir. Aussi, dans l'incertitude de l'arrêt que vous allez porter, et dans l'impossibilité où je me trouve de vous parler autrement que par écrit et à distance, j'oserai vous adresser une demande qui cessera de vous paraître extraordinaire, quand je me serai expliqué.

Si le jugement du tribunal correctionnel est confirmé par vous, je ne rougis point d'avouer que la manière dont les ministres du royaume des Pays-Bas exercent l'hospitalité ne me permet pas d'acquitter l'amende de 5oo florins prononcée par la loi du 28 septembre; je n'en rougis point; mais je rougirais également et d'être redevable de cette somme à la pitié de ceux qui me persécutent; et de rester, en quelque sorte, le débiteur de la justice. Heureusement la loi elle-même m'ouvre une voie par laquelle j'échappe, si vous le voulez, à ce double affront. La prison, au besoin, peut remplacer l'amende; je sollicite la faveur de subir la prison. Mais ma position même m'autorise à réclamer des garanties. Ces garanties sont : qu'il ne sera mis aucun obstacle à mon retour; que dans le cours de mon voyage, jusqu'à mon entrée et pendant mon séjour en prison, nulle violence physique ou morale ne sera faite à ma personne; que si je meurs pendant ma détention, mon corps sera ouvert en présence de six médecins; que si je survis jusqu'à l'expiration de mon emprisonnement, je serai libre de regagner mon premier asile, ou tout autre, également hors du royaume des Pays-Bas, sans être accompagné par la force civile ou militaire.

Je demande que la présente déclaration soit insérée dans la gazette officielle et signée par tous les ministres de sa majesté.

Je ne doute point que mes juges eux-mêmes ne se joignent à moi pour obtenir cette déclaration, qui constatera d'une manière authentique la soumission du gouvernement aux lois par lesquelles il existe, et son respect pour les magistrats qui savent maintenir ces lois (1).

---

(1) La condamnation fut confirmée, le mémoire supprimé, le *fondé de pouvoirs* qui l'avait lu, juridiquement admonesté.

Il est évident que l'accusé plaide ici en désespoir de cause. De toutes les magistratures de l'Europe, celle de Bruxelles était alors la plus avilie. En pareil cas, il faut moins se défendre que protester. Les hommes du pouvoir jetèrent les hauts cris au sujet des insinuations dirigées contre le ministère; l'exilé répondit par cette phrase de Voltaire : *Je crois que le persécuteur est abominable, et qu'il vient immédiatement après l'empoisonneur et le parricide.* (Dict. phil., art. *Symbole.*)

~~~~~~

APPEL

A L'OPINION PUBLIQUE

ET

AUX ÉTATS-GÉNÉRAUX

EN FAVEUR DES RÉFUGIÉS FRANÇAIS.

———

(EXORDE*.)

« Quelle est donc cette civilisation tant vantée et qui
ne nous préserve pas même des crimes dont un sauvage aurait horreur? Quel est ce triomphe des prin-

———

* Ce morceau et les quatre suivans sont des fragmens
d'un même ouvrage publié à La Haye au mois de novembre
1817. L'imprimeur fut arrêté ; l'auteur sollicita en vain la
faveur d'un jugement. Heureusement l'intégrité des magistrats hollandais fit justice de la basse vengeance des ministres,
et, conformément à la loi qui affranchit l'éditeur dès que
l'auteur se présente, rendit la liberté au premier, bien que
l'autorité s'obstinât à ne point traduire le second devant les
tribunaux.

cipes que l'on outrage en les proclamant ? Pourquoi tant d'institutions philantropiques et tant d'hommes poursuivis de contrée en contrée, de gîte en gîte, comme des bêtes fauves ? Qu'avons-nous gagné, enfin, depuis l'ère constitutionnelle dont on fait tant de bruit ? Nous avons des droits politiques, et le droit naturel est méconnu ; nous avons des lois sociales, et les lois de l'humanité sont comptées pour rien ; nous avons des chartes où sont stipulées, article par article, nos libertés, nos garanties, les concessions des citoyens entre eux et celles des sujets à l'égard du souverain, les conditions imposées et jurées de part et d'autre ; et, non-seulement ces engagemens solennels sont violemment rompus par le plus fort, mais le plus faible, à défaut des conventions écrites, ne trouve pas même de refuge dans ces conventions tacites et éternelles qui, avant toutes les chartes, protégeaient contre l'injustice du sort ou des hommes l'innocence et le malheur. Il n'est que trop vrai : de tout temps l'abus de la force fit des victimes, de tout temps il y eut des vainqueurs et des vaincus, des oppresseurs et des opprimés, des proscripteurs et des proscrits ; mais, du moins, ces fureurs s'exerçaient partiellement ; elles avaient pour bornes celles où étaient renfermés la peuplade, la tribu, la ville ou tout au plus l'empire en proie à la violence ; elles venaient se briser contre les limites

où commençait le territoire voisin, et là, comme
dans un port assuré, le fugitif contemplait, sans
crainte, la tempête à laquelle il venait à peine de
se soustraire. Tous les peuples divisés d'intérêts, de
mœurs, de langage, de croyance, étaient d'accord
sur un seul point : L'HOSPITALITÉ. Chez les uns, les
habitudes religieuses; chez les autres, une sorte
d'honneur qui, pour être mal défini, n'en était pas
moins sacré; chez la plupart, un sentiment d'humanité que l'art du sophisme, si perfectionné dans
notre âge, n'avait point encore émoussé; chez tous,
la conscience de ce contrat moral qui lie chaque
homme à son semblable, tenaient lieu des contrats
positifs qui, dans nos siècles de lumière, ont succédé au pacte naturel et ne l'ont point remplacé.

» Aussi l'histoire ancienne est-elle riche en exemples de cette nature, bienqu'elle nous ait transmis
seulement les plus illustres. Lorsqu'Athènes exilait
ses citoyens les plus recommandables, les autres états
leur offraient un asile, et les victimes de l'ostra-
cisme se réfugiaient avec confiance chez les despotes
de l'Asie, comme chez les rois de Macédoine. Le
tyran de Syracuse, lui-même, quoique tout couvert
du sang des Grecs, ne fut pas repoussé de Corinthe.
Caius, citoyen de Capoue, est chargé de fers et
envoyé à Carthage, par le farouche Annibal, pour
s'être opposé à l'entrée de ce conquérant dans un

pays libre ; le vaisseau de ce noble proscrit est poussé, par les vents contraires, dans le port de Cyrène : Caïus remercie les dieux, embrasse la statue du roi d'Égypte, et ce monarque lui donne l'hospitalité.

» L'histoire moderne, avant la paix générale de 1815, pouvait s'honorer de quelques traits pareils, ou tout au moins d'une tolérance qui ne trouve plus d'imitateurs depuis le traité de la sainte alliance. Qui n'a entendu parler et des secours prodigués par l'Angleterre aux fugitifs de la Hollande, au temps des fureurs du duc d'Albe, et de l'accueil fait par les Hollandais aux victimes de la révocation de l'édit de Nantes, et de l'accueil fait par la France aux Hollandais que la révolution de 1787 avait forcés de s'expatrier ? Qui ne se rappelle ces échanges de procédés généreux, cette réciprocité de bons offices à l'égard des réfugiés, preuves touchantes des vicissitudes humaines, nobles compensations de l'ingratitude domestique, par lesquelles chaque gouvernement expiait, en quelque sorte, ses préventions et ses iniquités particulières, en rendant hommage, dans la personne d'un étranger proscrit, aux talens ou aux vertus qui avaient valu la proscription à l'un de ses propres citoyens ? C'est à cet usage si consolant pour l'humanité, mais aboli de nos jours, que tant de villes en Europe doivent l'honneur d'avoir accueilli quelque citoyen recommandable et persécuté : c'est ainsi qu'on a vu , tour à tour, Arnauld , J. B. Rousseau et Raynal se réfugier à Bruxelles , Grotius à Paris et à Stockholm, Voltaire et Mira- beau à La Haye, Descartes à Breda, Bayle à Rot- terdam, d'Aubigné à Genève, Jean-Jacques à Lon- dres, et une foule d'exilés moins connus se croiser dans leur fuite et se remplacer mutuellement dans leur patrie adoptive. C'est ainsi qu'on a vu, pour citer des exemples encore plus frappans, le roi Charles II et Joyce, l'un des plus ardens persécuteurs de Charles Ier, trouver, l'un et l'autre, un asile en Hollande, le premier en dépit de toute la puissance de Cromwel, le second en dépit de toutes les me- naces de Charles II remonté sur le trône; c'est ainsi qu'on a vu, enfin, Amsterdam accueillir et protéger lord Ashley, comte de Shaftesbury, Amsterdam dont cet implacable ennemi des Hollandais avait tant de fois conspiré la ruine. C'est qu'alors le droit des gens n'était pas relégué au rang des abstractions ; on l'adoptait comme règle de conduite; on ne le faisait point céder à des considérations d'utilité réelle ou présumée, à des convenances accidentelles et va- riables. Loin de là, on savait lutter, au besoin , contre la force en faveur de l'infortune, on savait vaincre les plus justes ressentimens plutôt que de se déshonorer en violant l'hospitalité.

» Aujourd'hui, il n'y a plus d'asile en Europe :

ce n'est plus à l'exil, ce n'est plus au bannissement que tant de citoyens sont condamnés, c'est à un vagabondage éternel, à la nécessité de traverser successivement tous les pays, sans pouvoir s'arrêter dans aucun, d'errer chez des peuples dont ils ignorent le langage et les mœurs, où leur industrie est plus étrangère encore, et où ils n'ont d'autre asile à espérer que le tombeau. Les gouvernemens, si long-temps divisés, se sont réunis pour faire la guerre à des vaincus désarmés. La persécution universelle est le premier haut fait de la confédération des rois. Les barrières qui séparent leurs états respectifs, se multiplient pour entraver les utiles relations du commerce et de la pensée, et disparaissent devant les chasseurs diplomatiques qui poursuivent leur proie, l'atteignent et la frappent impunément aux pieds des souverains qui se proclamaient hospitaliers, dans le sanctuaire des lois, sous l'égide des constitutions locales. Ces constitutions ne sont elles-mêmes qu'un nouveau mal; elles endorment dans une trompeuse sécurité; c'est un piége tendu à la bonne foi; jamais la Hollande n'a violé l'hospitalité que depuis que la loi fondamentale en a fait un droit constitutionnel. Trop long-temps nous fûmes déçus par ces promesses gravées dans de belles chartes depuis qu'elles sont effacées des cœurs. Gardons-nous de céder encore à de si dangereuses illusions; notre salut est dans une

défiance et une incrédulité générales, et quiconque
n'est pas encore proscrit et tient à sa tranquillité, n'a
pas d'autre parti à prendre que de vivre à Bruxelles
et à La Haye, comme il vivrait à Tunis et à Constantinople ».

Tel est le langage qu'une longue et cruelle expérience fait tenir à une foule d'infortunés, et dont
l'amertume n'est que trop justifiée par le spectacle
que la politique européenne offre à nos regards,
spectacle en effet bien propre à désenchanter et à
flétrir le cœur d'un honnête homme. Ce langage,
cependant, n'est pas le nôtre, et nous ne désespé-
rons pas, pour quelques échecs, du triomphe de la
cause libérale. Nous embrasserons, dans le cours de
cet écrit, un horizon plus vaste; nous parlerons de
la période qui s'écoule, avec la franchise, mais avec
le désintéressement de la postérité. Nous ne perdrons
pas de vue qu'autrefois, comme aujourd'hui et à
des époques diverses, les plus simples vérités furent
obscurcies, que toutes les idées de morale et de
justice furent cruellement interverties, et que cependant elles reparurent brillantes d'un nouvel éclat;
que les outrages qu'elles avaient reçus furent expiés
par des regrets publics, par une conviction plus
éclairée et par un triomphe plus populaire. Nous
échapperons donc, en nous jetant dans l'avenir, à
l'influence des circonstances qui nous environnent;

et, si un retour sur nous-mêmes et sur les hommes
qui nous persécutent nous arrache aussi quelquefois
un cri de douleur, nous nous hâterons de nous reporter, par la pensée, quelques années au-delà du
présent : quelques années, disons-nous ; car la vitesse
du mouvement moral, comme celle de la chute des
corps, s'accroît en s'éloignant du point de départ,
dans une immense progression ; et à cette distance
nous verrons déjà, dans le calme des passions, en
présence des mêmes acteurs, l'histoire contemporaine faisant justice de la turpitude des hommes ;
consacrant les principes, loin de les confondre avec
ceux qui les ont méconnus, et parlant des horreurs
dont nous sommes témoins, comme on parle aujour-
d'hui des horreurs des siècles passés.

C'est un malheur inséparable de toutes les révolutions morales et politiques, de toutes les transitions qu'amène enfin la force des choses, du passage
de ce qui était à ce qui doit être, du mal au bien et
du bien au mieux : les individus qui assistent à la
crise sont plus ou moins heurtés ou froissés par le
choc des passions contraires ; mais le résultat général
n'en est pas moins aussi heureux qu'inévitable ; et il
ne faut pas concentrer son attention sur le point que
l'on occupe, jusqu'à méconnaître et rejeter, pour
quelques effets accidentels et passagèrement douloureux, la cause elle-même, dont les effets nécessaires

et constans seront enfin la conquête et la possession
de cette indépendance que la nature et l'intérêt social
réclament également. Il n'est si belle victoire qui ne
coûte bien des larmes aux vainqueurs même.

Ne calomnions point les institutions, quand les
hommes seuls sont coupables. Un pareil procédé,
excusable peut-être de la part de celui qui souffre,
ne saurait être réduit en système sans dessécher le
reste de sentimens généreux qui nous sauve d'un
entier égoïsme. Non, quoique le pouvoir en ait indignement abusé, les constitutions ne sont point un
mal : par elles, au contraire, un grand pas a été
fait vers le règne de la philantropie. C'est avoir
immensément gagné que d'avoir du positif. On cherche en vain à dévier, quand des fanaux toujours
allumés éclairent le rivage ; nous pouvons toujours
dire au pilote ignorant ou perfide : ce n'est pas là,
c'est ici. On s'efforce en vain de corrompre les notions du juste et de l'injuste. Les règles subsistent,
la loi est gravée sur des tables d'airain, et l'erreur
ou la mauvaise foi est bientôt mathématiquement
démontrée. Les moins habiles mesurent tout seuls
les actes aux lois, les actions aux droits, et voient
fort bien la contradiction : ils saisissent le moment
où l'on dérive et suivent la progression dont la rapidité et les conséquences ne tardent pas à les effrayer.
On n'égare pas long-temps ceux qui savent qu'on

les égare ; et quand la route est connue de tous, quand le but est signalé, quand il est l'objet de tous les vœux, de tous les efforts, un gouvernement ne rétrograde pas long-temps avec impunité. Loin donc de calomnier les constitutions, servons-nous d'elles pour accélérer l'époque de leur empire réel et permanent. Cette grande époque arrivera sans doute par la seule force de la nécessité ; mais sachons la précéder au lieu de la suivre ; aidons à la marche du siècle, au lieu de nous laisser stupidement entraîner avec lui. Ne nous lassons point d'établir entre la loi et la conduite de ceux qui ne sont rien que par la loi, un parallèle accusateur. On a, pendant des siècles, prescrit contre la nature et la raison, parce que, pendant des siècles, la nature et la raison sont restées muettes : osons les faire parler. Le silence de la vertu fait toute la puissance du vice. Si les milliers de victimes, qui, sur la surface de l'Europe, étouffent leurs gémissemens, élevaient enfin la voix, des millions de voix leur répondraient, et ce concert rendrait leurs persécuteurs un peu plus circonspects.

Nous donnons l'exemple ; nous prenons la parole sans nous informer qui nous secondera, sans être arrêtés ni par les timides suggestions de la prudence, ni par le juste sentiment de notre faiblesse, ni par les frivoles considérations d'un modeste amour-propre. C'est le devoir de tout citoyen de réclamer contre la violation de ses droits; c'est une obligation que contracte spécialement tout écrivain politique en arborant les couleurs libérales, sous peine de désertion ou de complicité. Notre sujet touche aux plus grands comme aux plus chers intérêts de l'humanité : il appartient à la plus haute éloquence; nous aurons du moins celle du cœur.

———

Récit *des persécutions essuyées par les Français réfugiés dans le royaume des Pays-Bas.*

Après avoir, au cri de liberté, rallié les peuples fatigués du joug; après leur avoir montré, dans Napoléon terrassé, le despotisme vaincu; dans le triomphe qu'ils venaient d'obtenir, la conquête de l'indépendance européenne; dans le rétablissement des anciennes dynasties, le règne de la paix et de l'humanité; on pensa que le moyen le plus propre à gagner les esprits, à ramener l'ordre et le calme était d'enchaîner toutes les libertés, de dresser des échafauds, et d'afficher des listes de proscription....

Dans ces jours de terreur, que pouvaient faire ceux qui se trouvaient atteints ou menacés? fuir, chercher un asile auquel ils avaient droit en leur simple qualité d'hommes : mais où le trouver cet asile? Il n'était donné qu'à un petit nombre de proscrits de traverser une mer de deux mille lieues, pour obtenir, en Amérique, la sécurité qu'ils avaient perdue dans leur patrie. Sur le continent, l'étendue des contrées qu'il fallait parcourir, jointe au dénuement de ressources, la différence de mœurs et de langage et surtout la politique des gouvernemens, fermaient aux Français fugitifs l'accès de presque tous les états ; l'Angleterre leur opposait son barbare *alien-bill*. A la vérité, une retraite était assignée aux *trente-huit* par les hautes puissances ; mais nous nous dispenserons de réfuter ceux qui leur reprochent de n'avoir point accepté l'asile qu'on leur ordonnait de choisir ; asile qui, sans présenter aucun avantage à l'industrie, aucune garantie à la tranquillité personnelle, avait contre lui la pire de toutes les défaveurs, celle d'être offert par les exécuteurs même de l'ordonnance du 24 juillet. Quelques-uns des *trente-huit* s'y rendirent cependant de leur plein gré ; mais le grand nombre des réfugiés et particulièrement ceux qui n'étaient portés sur aucune liste, se gardèrent bien de les suivre. Plusieurs s'étaient acheminés, avec une douce confiance, vers les montagnes de la Suisse : la Suisse les repoussa sans pitié. Tout devint France pour les proscrits ; tout, un pays excepté.

Au milieu de ce vaste naufrage, au milieu de cette Europe devenue inhabitable pour toute victime de la réaction, une terre apparaît : c'est le

royaume des Pays-Bas ; terre hospitalière de temps
immémorial ; terre où, à toutes les époques, les
orages politiques ont jeté des infortunés de tous les
pays, des Français surtout qui, toujours accueillis
avec empressement, furent constamment protégés
par la généreuse habileté du gouvernement, autant
que par la bienveillance des citoyens. A de si nobles
souvenirs ; à une succession de bienfaits non interrompue ; à cette opinion de l'hospitatité des Bataves
et des Belges, devenue, dans le monde entier, une
croyance populaire ; à toutes ces garanties de tradi-
tion et d'expérience se joignaient, depuis peu, des
garanties écrites, des promesses positives, des sermens solennels, en un mot les termes exprès de la
loi fondamentale du royaume. Par elle, ce qui n'était
que de tolérance et de générosité, ce qui n'était que
de coutume et d'intérêt bien entendu, devenait un
droit et une obligation.

Qui aurait pu concevoir alors des soupçons, non-
seulement injurieux pour le caractère national, pour
la loyauté du gouvernement, mais peu honorables
pour soi-même ? Aussi, de toutes parts, et les proscrits de la liste, et les membres de la convention et
ceux qu'exilait, chaque jour, une ombrageuse police,
et ceux qu'attendait l'échafaud, et ceux dont le cœur
s'indignait à un spectacle si honteux et si funeste,
accoururent-ils en foule dans ce refuge unique eu

Europe. Et l'infortune n'y venait point implorer la pitié, ni accroître, par sa présence inutile, ou la masse des impôts ou les charges de l'état. Chaque réfugié payait sa dette, soit par le placement de ses capitaux, soit par l'activité de son industrie. Les lettres et les arts n'y gagnaient pas moins que le commerce. Le citoyen ne cherchait point à se distinguer du simple régnicole et leurs droits étaient égaux devant la loi. Un échange continuel d'idées, de connaissances et de services unissait tous les membres de cette heureuse république, qui ne pouvait former des vœux pour elle-même, sans en former pour la durée de son gouvernement. Les émigrations volontaires se multipliaient; et ce lieu d'exil, devenu la patrie de tout homme qui pense, allait être le centre de la civilisation. Quel dieu eût opéré ce prodige ?..... La liberté.

La liberté s'évanouit bientôt, et avec elle une si douce perspective. Les réfugiés de la liste ne jouissaient, même dès le principe, que d'une tranquillité de tolérance; tranquillité trop souvent interrompue par les agens d'une autorité qui ne savait pas résister à l'impulsion étrangère; mais en plaignant cette excessive condescendance à laquelle il eût été si facile et si honorable de se soustraire, on se plaisait à la distinguer de la persécution spontanée et de l'acharnement personnel; on excusait l'illégalité des mesures en faveur des intentions dont la bienveil-

lance se manifestait par des regrets, par des égards
et surtout par l'inviolabilité dont le gouvernement
proclamait les autres classes de réfugiés investies à
jamais. Était-ce un piége, était-ce un de ces artifices
dont la politique n'est pas avare et par lesquels, en
divisant les intérêts, on isole les individus pour les
atteindre plus sûrement? Nous ne le croyons pas encore ; mais c'est un motif de plus pour nous de déplorer cette faiblesse plus funeste dans ses conséquences que la tyrannie même qui tient au caractère
du monarque et qui a pour bornes sinon la volonté,
du moins les caprices d'un seul ; car la faiblesse
tantôt subjuguée par les volontés, tantôt entraînée
par les caprices d'autrui, transforme en autant de
despotes tous ceux qui l'environnent, tous les agens
qui surprennent, à leur tour, la confiance de ceux
dont elle est environnée, et multiplie les actes arbi-
traires dans une progression qui ne s'arrête qu'au
dernier subalterne armé de quelque pouvoir.

C'est ce que l'expérience a cruellement démontré.
Le ministère de France, désespéré de voir que ses
infatigables instances n'avaient d'autres résultats que
des persécutions partielles et intermittentes qui n'é-
taient, pour ainsi dire, que des acquits de complaisance, résolut d'enchaîner, en la compromettant,
par un coup d'éclat, la politique incertaine et timide
du cabinet de Bruxelles. Par quelles manœuvres

parvint-il soit à éblouir, soit à effrayer les esprits, au point de leur dérober l'odieux et les honteuses conséquences de l'office auquel ils se ravalaient ? C'est ce que nous n'entreprendrons pas d'expliquer ici ; il nous suffit de rappeler qu'à cette époque la Belgique fut souillée d'une extradition (1). Dès-lors les réfugiés durent s'attendre à tout ; ceux que l'on se contentait de chasser devaient bénir la douceur du gouvernement.

Cependant, par un de ces retours de fortune, par un de ces exemples bien faits pour servir de leçon aux princes, et qui malheureusement ne sont pas moins perdus pour les contemporains que pour la postérité; le gouvernement français, qui venait, si l'on peut parler ainsi, d'inoculer l'arbitraire en Belgique, victime lui-même de la politique dans laquelle il instruisait les autres, touchait à une catastrophe terrible : il recula devant l'abîme qu'il s'était creusé, et dut alors son salut à l'*ordonnance du 5 septembre*. On crut à ses nouvelles promesses ; on se berça d'espérances ; on parla de constitution, de l'oubli du passé ; l'activité des bourreaux se ralentit, beaucoup de malheurs particuliers furent adoucis, les réfugiés même respirèrent. Mais le péril une fois dissipé, les lois d'exceptions, en dépit de l'ordonnance royale,

_____

(1) Voyez ci-dessus *Extradition*.

furent renouvelées ; les cours prévôtales maintenues ;
les supplices, moins nombreux, ne furent pas moins
atroces ; et la vengeance à laquelle on se voyait,
dans l'intérieur, forcé de mettre des bornes, alla
s'assouvir sur les proscrits de l'extérieur.

Qui l'aurait pensé? Les vacillations de la politique française n'avaient point lassé la complaisance
du gouvernement des Pays-Bas. Cette complaisance,
depuis le gage obtenu, était toujours la même, toujours inépuisable, toujours prête à poursuivre comme
coupables ces mêmes réfugiés dont l'innocence ne
tenait qu'à la révocation de l'édit qui faisait tout leur
crime, révocation à laquelle on songeait encore il y
a quelques jours ; de ces réfugiés que la veille elle
accueillait avec distinction ; que demain un nouveau
retour de fortune, un calcul de politique, une mesure de la police de France peut rendre à ses yeux
les plus recommandables des hommes. Admirable
mobilité, qui se plie à tout sans effort, qui commu-
nique, avec une égale promptitude et dans les direc-
tions les plus opposées, tous les mouvemens qu'elle
reçoit ! Les étrangers persécutent, la police belge
persécute ; ils hésitent, elle hésite ; ils se repentent,
elle se repent ; ils s'apaisent, elle s'apaise : ils poursuivent tout à coup avec un acharnement nouveau,
tout à coup elle redouble d'acharnement dans ses
nouvelles poursuites.

Ainsi, l'on a vu, après seize mois de résidence, lorsqu'ils avaient, en quelque sorte, contracté avec le sol, lorsque des liens de toute espèce les attachaient à leur patrie adoptive, les réfugiés français, sans distinction de classes, subitement arrachés à leurs foyers, à leurs amis, à leur famille. On a vu les uns enlevés à la direction d'un établissement qu'ils avaient créé et auquel vingt familles devaient leur existence, réduits eux-mêmes à mendier le pain qu'ils procuraient à tant d'infortunés; les autres, accablés de blessures et d'années, contraints de fuir précipitamment, à pied, chez leurs plus cruels ennemis. Ainsi, l'on n'a épargné ni les règnicoles qui avaient acquis le droit de cité par les fonctions même qu'ils exerçaient, et que l'on ne pouvait atteindre sans outrager le corps respectable auquel ils appartenaient, ni les hommes que leurs talens recommandent à l'Europe et à la postérité; et l'on a vu ces hommes, le front ceint d'une auréole immortelle, à la merci d'une troupe de gendarmes; on les a vus passer, presque sans intervalle, de la compagnie des grands, des princes même, où les témoignages les moins équivoques d'estime et d'intérêt leur étaient prodigués, entre les mains de ce qu'il y a de plus vil au monde, des agens subalternes de l'inquisition politique. Ainsi l'on a vu, en pleine paix, dans une ville amie, des maisons prises d'assaut, des femmes exposées aux

injures de la plus grossière soldatesque. Ainsi, tout a
été foulé aux pieds en même temps, et les lois et le
droit des gens, et l'humanité, et ces convenances que
l'on rougirait de méconnaître entre ennemis, et cette
espèce de point d'honneur qui tient au respect que
l'on a pour soi-même et qui répugne à l'idée de laisser froidement accabler d'outrages ceux que l'on
vient d'accabler de bons procédés, à l'idée de livrer à
d'ignobles ressentimens, peut-être aux angoisses de
la misère et de la faim, ceux que la veille on ad-
mettait dans son intimité. Nous avons presque honte
de le dire, et pourtant rien n'est plus vrai : c'est à la
plus misérable et à la plus ridicule des causes qu'il
faut attribuer cette persécution générale. Quelques
instrumens de police du plus bas étage ont mis en
mouvement tout le comité européen, dont les ordres
absolus ont été intimés au docile ministère des Pays-
Bas, lequel s'est empressé de s'y conformer de point
en point. Un rapport, fruit des spéculations et des
calculs de l'espionnage, fruit des petites haines, des
petites passions de la portion la plus honteuse de la
société, dénonçait à la police de France presque tous
les réfugiés français; ce rapport parti de Bruxelles,
arrivé à Paris, colporté chez tous les ministres, chez
tous les diplomates, soumis aux commentaires de la
plus haute politique, devient enfin le motif des mesures de sûreté européenne en vertu desquelles la

force armée est requise de *courir sus* dès qu'elle aperçoit, en Belgique, un réfugié paisible et sans défense.

Voilà, tels que l'histoire les racontera, les traitemens divers qu'ont successivement éprouvés les proscrits français dans le royaume des Pays-Bas, où la force des événemens les contraignait de se réfugier, où les institutions locales les invitaient à venir chercher un asile. L'histoire dira aussi quel homme s'est placé, dans ce même royaume, à la tête des exécuteurs de ces hautes œuvres; elle dira que, pendant vingt-cinq ans, il ne vécut au fond de son château que de souvenirs et d'espérances, qu'il ne prit aucune part aux crimes de cette période, qu'il se réserva tout entier pour celle-ci; elle n'omettra, en retraçant sa physionomie pour l'instruction du moraliste, ni la voix mielleuse, ni les paupières à demi-baissées, ni le geste caressant, ni les habitudes et les formes plutôt humbles que polies de cet homme qui ne procède, dès qu'il est loin de vous, que par dénonciations, par lettres de cachet, et qui envoie, le soir, vingt gendarmes cerner la maison de celui que, le matin, il assurait de toute sa bienveillance; l'histoire dira enfin que cet homme, nul pour tout, excepté pour le mal, a sollicité avec ardeur l'emploi qu'il a exercé avec méthode et tenacité; qu'il s'est constamment étudié à ne laisser aucun vestige écrit des actes

de barbarie auxquels il se livrait, et à ne se compromettre par aucune signature ; qu'il a poussé la
prudence jusqu'à faire précéder l'expulsion en
masse des réfugiés français, de l'expulsion parti-
lière des écrivains périodiques, de ces *folliculaires*
qu'aucune considération n'eût empêchés de prêter
leur voix à tout opprimé sans défense, et de mettre
au grand jour, à chaque nouvel acte arbitraire, la
turpitude des oppresseurs : précaution habile, et dont
le modèle se retrouve chez cette sorte d'êtres qui n'a
d'homme que le nom, et qui baillonne ses victimes
pour les égorger en toute sécurité.

De l'asile et de l'hospitalité.

On ne saurait confondre de bonne foi *l'asile* et
l'hospitalité ; celle-ci est un bienfait et une vertu ;
celui-là est un devoir et un droit. Écoutons sur le
droit d'asile les Grotius, les Vattel, les Puffendorf :
ces juges-là ne seront pas suspects.

Tous nous diront ce qu'avaient dit avant eux les
sages de l'antiquité, ce que dicte le bons sens, ce
que la nature a gravé au fond des cœurs ; tous nous
diront qu'il n'y a point d'homme qui soit étranger à
un autre homme, qu'ils sont frères, qu'ils se doivent
des égards, dans le cours ordinaire de la vie, qu'ils
se doivent secours et protection dans l'adversité ; que,

pour être exilé ou banni, on ne perd pas sa qualité d'homme ni par conséquent le droit de se choisir sur la terre une autre patrie, que ce droit on le tient de la nature ; tous nous diront que, lors même qu'il s'agit d'hommes poursuivis ou condamnés pour crime, par voie judiciaire et légale, la société dont ils ont blessé les droits, offensé les rapports, ne peut les atteindre au-delà de ses limites ; que celle dans le sein de laquelle ils se réfugient ne peut les rechercher, les punir, ni les exclure pour des faits qui ne tombent pas sous sa juridiction ; mais que, s'il s'agit d'hommes proscrits, exilés par suite de troubles civils, de révolutions politiques ou d'opinions religieuses, non-seulement l'asile leur est dû comme à ceux que l'inconstance, le désir d'améliorer leur sort ou tout autre motif ont amenés sur une terre étrangère, mais qu'ils ont, en outre, un droit spécial et sacré, celui du malheur ; ils nous diront, en termes formels, que leur droit à l'asile est surtout incontestable, lorsqu'ils ont quitté leur patrie *parce qu'une faction dominante a changé l'ordre des choses établi, diminué les garanties, créé des priviléges, flétri les actions en masse.*

Tous nous diront que le droit d'asile est acquis par la simple admission sur le territoire ; que l'admission résulte du fait seul de l'entrée de celui qui vient chercher un asile ; que, dès qu'il a touché le sol, sa personne est sacrée; qu'attenter à sa sûreté serait le plus scandaleux abus de la force; ils nous diront que ces principes sont incontestables dans leur généralité, mais que, si, par des motifs de politique locale, on peut quelquefois défendre aux étrangers l'entrée de son pays, cette défense, qui est une exception au droit naturel et aux lois de l'humanité, doit du moins être publiquement proclamée, ainsi que la peine attachée à l'infraction; que, si l'on n'a fait à l'avance aucune prohibition, l'existence du contrat se présume, parce qu'on rentre alors dans le droit naturel; qu'en conséquence, dès que le souverain a reçu sans condition les étrangers, il est obligé de les protéger comme ses propres sujets, de les faire jouir d'une entière sécurité, qu'il doit même se tenir personnellement offensé du tort qu'on pourrait leur faire, des persécutions qu'ils pourraient endurer; ils nous diront qu'abuser du silence de la législation pour laisser un libre cours à l'action sourde de la police, c'est un acte de déception, c'est attirer dans un piége, c'est un procédé indigne de tout gouvernement policé; que l'arbitraire est toujours odieux, même quand il s'exerce sur des étrangers; qu'il est atroce quand ces étrangers sont malheureux sans être coupables : tous nous diront que telle est la doctrine unanime de tous les publicistes, dont ils ne sont eux-mêmes que les échos, que cette doctrine tient à l'équité primitive, que c'est une loi innée, *non scripta sed nata lex.*

Et que parlons-nous ici de loi innée, de loi non écrite à un gouvernement, le seul peut-être entre tous les gouvernemens du monde qui ait fait de l'asile un droit écrit et positif; le seul, du moins, qui ait assimilé, dans une loi précise, dans la loi fondamentale de l'état, l'étranger à l'indigène, le règnicole au citoyen? Que diraient ces vénérables philosophes qui ont flétri du titre de honteuse déception, de procédé atroce, de violence scandaleuse, le simple renvoi de l'asile, lorsqu'il ne trouve son excuse dans aucune prohibition publique et antérieure; que diraient-ils des traitemens qu'exerce aujourd'hui sur les réfugiés français le ministère des Pays-Bas, non point en abusant du silence de la législation, mais en faisant taire la loi qui proclame hautement le droit d'asile, mais au mépris du contrat dont une seule garantie violée compromet toutes les garanties de la nation. Plût à Dieu que ces illustres sages vécussent de nos jours, et que la cause que nous plaidons dans ce moment fût portée à leur tribunal! Mais eux-mêmes, sans doute, partageraient notre sort, et, vivans, trouveraient des proscripteurs dans ceux qui n'osent refuser à leurs cendres un tribut stérile d'admiration !

Nous avons parlé du devoir ; parlons du bienfait.

L'hospitalité, cette vertu pratique des anciens, cette religion sublime devant laquelle cédaient toutes les considérations de crainte ou d'inimitié, dont les liens n'étaient ni moins chers ni moins sacrés que les liens du sang ; l'hospitalité, dans sa signification propre et précise, *c'est la libéralité que l'on exerce en recevant et logeant gratuitement les étrangers.* A ce compte, puisqu'on nous force à le dire, il est clair que nous ne devons rien au gouvernement des Pays-Bas ; et, pour être sincères jusqu'à la fin, nous ajouterons avec un de nos compatriotes qu'on avait aussi réduit à se justifier : « Vivre dans un pays, sous la protection » des lois, en observant les lois, ce n'est pas y vivre » en hôtes, mais en règnicoles. Si l'on y paie ce que » l'on y consomme, on n'est pas l'obligé de l'état ; » si l'on y importe des capitaux, des talens, une » industrie, l'état devient votre obligé ».

L'hospitalité, c'est l'accueil que Marius reçut, jusque chez les hommes qu'il avait condamnés aux jours de sa puissance ; c'est la généreuse protection que Tullus accorda au vainqueur des Volsques, à son vainqueur, à Coriolan, dès que Coriolan se fut assis à son foyer.

L'hospitalité, dans toute l'étendue de son acception, c'est la suite non interrompue de bienfaits prodigués par la Hollande, individuellement et en masse, aux victimes du fanatisme de Louis XIV : car la

Hollande ne se borna point alors à la stérile concession d'un asile ; mais elle remit à un grand nombre
de protestans réfugiés des sommes considérables ;
elle fournit à la plupart les moyens d'exercer leur
industrie, et à tous, quoiqu'ils accourussent par
milliers, des secours contre l'indigence.

L'hospitalité est encore respectée d'un gouvernement qui, par une inconséquence déplorable, ne veut
pas qu'on l'exerce envers les siens, du gouvernement
de France, qui s'est fait un devoir d'assigner une
pension alimentaire aux étrangers réfugiés sur son
territoire. Le discours prononcé à ce sujet à la tribune par M. Lainé, a obtenu les applaudissemens de
l'Europe. Comment, à chaque réclamation nouvelle,
les ministres du royaume des Pays-Bas n'ont-ils pas
répondu par le discours même du ministre français?

« La France, disait-il à la séance du 1er mars
» 1817, la France accorde l'hospitalité au malheur,
» sans s'informer même s'il est mérité. Ils ne sont
» point écrits dans les chartes diplomatiques ces de-
» voirs que les sauvages ont toujours remplis et
» auxquels les peuples civilisés rougiraient de man-
» quer.... Je n'examinerai pas si les réfugiés sont
» Espagnols, Portugais ou Égyptiens; il suffit que
» ce soient des hommes, des hommes expatriés; sans
» pouvoir rentrer dans leur pays naturel ».

Voilà les principes que l'on proclame, voilà les

actes dont on s'honore en France, où aucun article
de la charte ne protége les réfugiés ; dans les Pays-
Bas, au contraire, où la constitution assure à tous
les réfugiés une garantie particulière et inviolable,
quel langage et quelle conduite !

Mais à Dieu ne plaise que nous allions envelopper
dans une même et aveugle condamnation et les citoyens et leur gouvernement, leur gouvernement
dont les injustes rigueurs seraient depuis long-temps
expiées, si elles pouvaient l'être, par des bienfaits
qu'il n'a pas tenu à lui de tarir dans leur source !
Loin de là, cette hospitalité que le ministère n'a
point à se faire pardonner de la sainte alliance, que
de Français l'ont trouvée chez les habitans de la
Belgique et de la Hollande ! Aussi, combien il leur
est doux de répéter avec un de leurs plus illustres
compatriotes, proscrit comme eux, ces paroles, expression fidèle des sentimens de tous les réfugiés et
que nous lui empruntons à notre tour !

« Que de secours, que de bienfaits de tous genres
» ont adouci les peines et souvent prévenu jusqu'aux
» désirs de tant d'infortunés, grâce à la générosité
» des citoyens de leur nouvelle patrie ! C'est envers
» ces citoyens compatissans, assez nombreux pour
» faire une nation, que nous ne voudrions pas avoir
» blessé les droits de l'hospitalité dont ils ont véri-
» tablement rempli les devoirs. Nous serions ingrats

» si nous ne rendions pas un hommage public à leur
» vertu ; si nous ne déclarions pas que le souvenir
» de leurs bienfaits ne périra en nous qu'avec nous ;
» si nous ne les recommandions ici à la mémoire et à
» l'imitation de l'âge futur ; si nous ne nous décla-
» rions solidaires pour ceux de nos frères qui ont été
» ou qui sont encore l'objet de leur infatigable phi-
» lantropie ».

Et nous aussi, nous l'avons connue l'hospitalité
véritable, l'hospitalité du vieux temps : nous l'avons
connue du jour où toute justice nous était refusée,
où tout asile nous était interdit, et les vertus privées
ont, avec usure, vengé la morale des crimes de la
politique. O vous qu'il ne nous est pas encore permis de nommer, vous qui devintes nos amis pour
avoir le droit d'être nos bienfaiteurs, vous qui nous
fites chérir notre infortune, pardonnez si, malgré
vos prières, la reconnaissance est une fois indiscrète :
le sujet nous a entraînés, et votre éloge s'est rencontré là où nous ne cherchions qu'un exemple pour
confondre les sophismes de la servilité, et faire rougir nos persécuteurs. Qu'ils apprennent donc que
votre seule bienveillance nous a prodigué plus de
consolations réelles que leur haine n'a fait contre
nous de menaces et de vœux ; qu'elle a été plus fertile en expédiens, pour nous sauver, que ne l'ont été,
pour nous perdre, le ressentiment, l'intrigue et la

puissance réunis; qu'elle ne s'est pas montrée moins ingénieuse pour nous dérober la connaissance des périls qu'elle nous épargnait, que pour se dérober elle-même à l'expression des sentimens qu'elle faisait naître. Hélas! sentir, apprécier et nous souvenir : voilà tout ce qui est en notre pouvoir; mais ces facultés, par leur profondeur et leur énergie, que ne suppléent-elles point à vos yeux, nous dirions presque aux nôtres? Oui, nous en avons la conscience et nous aimons à nous rendre ce témoignage : grâce à elles, tout ce que le patriotisme a de noblesse, la grandeur d'ame de bonhomie, la générosité de pudeur, a du moins trouvé en nous des hommes qui l'ont jugé, compris, deviné, interprété, retenu; et en rappelant ici tant d'émotions vives et délicates, notre cœur n'a pas une fibre qui ne palpite encore d'attendrissement et de bonheur.

CONSIDÉRATIONS *sur la possibilité et sur les effets d'une guerre contre un pays constitutionnel.*

Nous ne sommes pas les maîtres, disent, pour excuser leur cruelle et lâche condescendance, les ministres des Pays-Bas; les hautes puissances nous font la loi : celle-ci demande, on ne peut refuser : celle-là réclame, il faut accorder; une autre commande :

nous devons obéir, et nous obéissons. Quelle résistance pourrions-nous faire dans notre position géographique et politique, avec des ressources qui ne sont pas moins bornées que notre territoire ? Et, à l'appui de ce noble argument, ils énumèrent tout ce qu'ils ne possèdent pas, avec presqu'autant d'exagération et de complaisance que d'autres en pourraient mettre dans l'énumération de ce qu'ils possèdent. Bizarre contradiction ; étrange assemblage d'opiniâtre rigueur et de servile pusillanimité, d'abus de pouvoir et d'aveux de faiblesse, de tyrannie et d'esclavage ! Dans quel inextricable embarras les ont jetés tant d'actes de déférence, tant d'injustes concessions ! Où sont-ils descendus si leur frayeur est réelle ? où sont-ils descendus si elle est feinte, et si, par un double et honteux artifice, ils affectent de trembler eux-mêmes pour s'excuser auprès de ceux qu'ils persécutent, et pour obtenir de ceux qui ont la mission et le pouvoir de s'opposer à leurs persécutions, un silence peu différent d'une véritable complicité ?

Et d'où viendrait, en effet, cette terreur qu'ils éprouvent ou plutôt qu'ils allèguent sans l'éprouver, et que tant d'honnêtes citoyens partagent et communiquent avec une égale irréflexion ? Avant tout, il faut du moins en connaître la cause précise, l'examiner, la discuter, l'approfondir. La prudence

ne consiste pas à capituler dès qu'on entend parler
de l'ennemi, à se prosterner dès qu'on le voit, et à
courber la tête ayant même qu'il ne présente le joug.
On ne gagne rien à s'avilir; et par calcul, si ce n'est
pas honneur, il faut préférer aux génuflexions une
contenance ferme et assurée. *On respecte toujours un
prince*, dit Montesquieu, *lorsqu'on sait qu'on ne le
vaincra qu'après une longue résistance.*

Le gouvernement des Pays-Bas n'a point agi de
son plein gré, nous affirme-t-on. Nous aimons à le
croire; mais à quoi donc a-t-il cédé? A une invitation? A des invitations réitérées? Si cela est, une
pareille obligeance équivaut à un acte libre et volontaire. Qui devient cruel et persécuteur, sur une invitation, a en lui-même une propension innée à la
persécution et à la cruauté. Par une excuse semblable,
le gouvernement assumerait tout l'odieux et toute la
responsabilité de la proscription des réfugiés, et
l'ignominie viendrait encore s'y joindre. Quoi! sur
une simple invitation, il aurait asservi son autorité
à une autorité étrangère, il aurait abdiqué la souveraineté dont *la conséquence la plus manifeste*, au
sentiment de Vattel, comme aux yeux de la raison,
est *la faculté de gouverner à sa fantaisie, sans qu'aucune autre nation ait le droit de s'en mêler!* Il se serait
déclaré, de gaîté de cœur, vassal et tributaire, tributaire non de quelques sommes, mais de ses actions,

de sa liberté, de ses lois, de la fortune et de l'existence des régnicoles! Ah! ce n'est plus alors une
seule classe d'individus, c'est la nation tout entière
qui va réclamer. Mais déjà l'on se hâte d'ajouter que
l'on n'a cédé qu'aux menaces les plus positives. Où
est la preuve de la réalité de ces menaces? qui les
a faites? qui s'est chargé de les transmettre? Où
est la preuve de la résistance opposée? A-t-on consulté les états - généraux? les états - généraux ont-
ils décidé qu'il fallait obéir, et, par cette obéissance,
fouler aux pieds toutes les lois? Non assurément:
n'importe; n'en admettons pas moins que ces menaces sont réelles, et voyons si, dans cette occurrence, la véritable politique s'accordait avec la justice
et l'honneur.

Sans parler donc de la réponse que doit faire à
toute menace un homme d'honneur, quel qu'il soit,
prince, ministre ou simple particulier, par cela seul
que c'est une menace; sans rappeler l'exemple récent,
l'exemple grand et généreux d'un roi qui aima mieux
descendre du trône que de devenir, dans ses propres
états, l'instrument d'une tyrannie étrangère, ne con-
sultons que la prudence la plus pacifique et la plus
étroite: voyons, dans la puissance, moins l'exercice
que la possession; dans la politique, non cette sage
et noble prévoyance par laquelle on se trouve prêt
et sous les armes au jour de l'attaque, mais cet

8

instinct de conservation qui appréhende jusqu'au moindre choc, et ne saurait, de sang-froid, songer au péril le plus éloigné. Eh bien! ce péril même n'est point à craindre, et les réclamations comminatoires dont on voudrait nous épouvanter, à les supposer véritables, à les supposer de la nature la plus alarmante, fussent-elles enfin des menaces de déclaration de guerre, ne sont que de vaines paroles qui ne peuvent jamais avoir d'effet.

Écartons d'abord ce que ces grands mots de hautes puissances, de comité européen, de déclaration de guerre, peuvent prêter à l'imagination ; examinons la chose, non dans ce qu'elle a de grandiose et de poétique, mais dans ce qu'elle a de possible et d'*exécutable.*

De quels élémens se compose aujourd'hui la coalition ? Quels sont les rapports des puissances entre elles, leurs intérêts respectifs et leurs intérêts communs, les convenances particulières et les convenances politiques, les volontés secrètes et la volonté générale et apparente, les défiances réciproques et nécessaires, les liens de famille, les formes diplomatiques ? Quelle est la situation des esprits en Europe ; quels seraient le motif, le but, et surtout quelles pourraient être les chances de la guerre ? Voilà, dans l'hypothèse que nous venons d'établir, les principales questions qui se présentent naturellement à l'esprit, et qui se subdivisent, se développent et s'éclaircissent, dès qu'on les soumet à un examen un peu approfondi, à une application positive et de fait.

L'empereur Alexandre, auquel la Pologne est re-devable d'une constitution, viendra-t-il, le fer et la flamme à la main, fondre sur les états dont l'héritier présomptif est son beau-frère, parce que le souverain de ces états a respecté sa parole et sa constitution? Viendra-t-il saccager la nouvelle patrie de sa sœur?... Un rôle pareil est-il digne de lui? est-il dans son caractère? est-il dans ses intérêts?

Le gouvernement d'Autriche va-t-il tout à coup renoncer à son système de temporisation et hasarder l'Italie, pour détrôner un roi coupable de n'être pas persécuteur?....

Le gouvernement de la Prusse, au moment où ses peuples réclament à grands cris l'exécution de sa promesse et la mise en activité de la constitution, dira-t-il à ses peuples : Allons, punissons d'abord le beau-frère de notre roi pour avoir trop fidèlement gardé sa parole ; et, à notre retour, j'accomplirai la mienne?

L'Angleterre votera-t-elle des taxes nouvelles pour que l'on détruise la garantie de la loi fondamentale par laquelle sont protégés les Anglais qui voyagent, spéculent ou s'établissent en foule dans le royaume des Pays-Bas?

La France?....(1)

Certes, ce premier coup-d'œil suffisait déjà pour rassurer contre les menaces dont on nous parle, et l'on aurait pu, sans un excès de courage, répondre à d'injustes sollicitations par un refus honorable. Nous n'avons fait valoir, cependant, jusqu'ici, que les moindres obstacles.

Il faut supposer entre les puissances, pour que la guerre soit déclarée au gouvernement des Pays-Bas, un accord parfait et unanime, l'une ne pouvant agir indépendamment des autres sans que celles-ci ne s'opposent à ses vues ambitieuses, sans que la coalition ne soit dissoute, sans que la lutte ne devienne au moins égale, si toutefois l'inégalité n'est pas en faveur des Pays-Bas; et quelle puissance s'exposera, pour forcer un roi à devenir le complaisant d'un autre, aux suites d'une guerre longue et désastreuse? Une guerre partielle est donc hors de toute probabilité. D'un autre côté, pour arriver à la supposition d'un concert unanime de volontés et d'action entre tous les gouvernemens, combien faut-il accumuler de suppositions invraisemblables?

(1) On devine toutes les considérations que nous avons dû retrancher dans le coup-d'œil jeté sur les intérêts et les dispositions politiques de ces cinq puissances, et l'on conçoit tout ce que nous pourrions ajouter aujourd'hui. (*Voyez* la note finale.)

Imposer silence à la voix du sang et de l'amitié ;
coordonner à un plan unique une foule d'intérêts et
d'amours-propres divergens ; faire violence au caractère personnel de plusieurs princes ; interrompre
brusquement et détourner la direction politique de
chaque cabinet : ce n'est là qu'une partie des préliminaires indispensables à l'accomplissement de ce
grand œuvre. Et ces préliminaires eux-mêmes, de
combien de négociations, d'explications, de repré-
sentations, d'interprétations, de stipulations ne doi-
vent-ils pas être précédés ? Qui fera, le premier, l'ouverture d'un pareil projet, sans exciter de la part
des alliés des soupçons et des inquiétudes ? Le gouvernement des Pays-Bas ne sera-t-il pas admis à
expliquer sa conduite ? Représentez-vous le prince
d'Orange justifiant, en ces termes, auprès d'Alexandre, la noble politique du roi son père : « Sire, mon
» père ne règne qu'en vertu de la loi fondamentale
» qu'il a juré de maintenir : les états-généraux ne
» voteront aucune loi, aucun impôt, du jour où l'in-
» tégrité de la loi fondamentale sera compromise ;
» le peuple se croira, de son côté, dégagé de ses
» sermens. Sire, un roi n'est rien chez nous sans
» les institutions : imposerez-vous à mon père, sous
» peine de lui ravir la couronne, des conditions qu'il
» ne peut observer sans la perdre ; le placerez-vous
» entre la colère des alliés et celle de son peuple ? »

A coup sûr on ne répond point à de tels discours par des bayonnettes; mais poursuivons.

L'équilibre européen est détruit, le traité de la sainte alliance est oublié, la paix générale est rompue, l'Europe est en feu; pourquoi? Pour qu'un éclatant exemple apprenne au monde qu'un souverain a forfait en ne faisant pas fléchir la justice, l'humanité, ses lois, son caractère, son honneur, l'intérêt de son pays, au gré des caprices d'une vengeance étrangère. Quel spectacle que celui de vingt rois en armes donnant à leur frère une leçon de servile complaisance et d'inhospitalité!

Et si l'on objecte qu'une invasion aussi extraordinaire serait colorée d'un autre prétexte, nous répondrons qu'un prétexte un peu plausible, dans cette inconcevable entreprise, ne serait pas d'une invention aisée; que le succès en serait fort douteux, les peuples étant moins crédules qu'on ne le pense, et le gouvernement menacé ayant soin d'ailleurs de révéler le mystère, et de se créer ainsi, par la force de l'opinion, de nombreux auxiliaires en Europe; qu'au reste la difficulté de convaincre et d'entraîner les puissances n'en subsiste pas moins tout entière.

Voyez, pour une seule hypothèse, que d'hypothèses absurdes et ridicules! Mais il existe encore une considération plus frappante.

Ce que les souverains redouteraient le plus dans

la guerre, c'est la guerre elle-même ; c'est la se-
cousse violente imprimée aux esprits déjà en mouvement ; c'est la fièvre allumée dans un sang déjà en
effervescence ; c'est l'impulsion donnée à une masse
immense qui, d'elle-même, ne se soulevera peut-être
jamais, et dont les élémens, une fois mis en action,
ne reprendront l'équilibre qu'après de longs déchi-
remens. Tout est combustible en Europe, on ne
l'ignore pas ; les effets de la moindre étincelle, de
quelque point qu'elle parte, sont incalculables. La
compression étant universelle, la commotion le serait
aussi, quelle qu'en fût la cause. Que serait-ce donc,
si le motif avoué ou connu pour lequel marcherait
l'Europe, était le châtiment des vertus que tous les
siècles ont admirées, l'anéantissement des droits que
toute l'Europe réclame ? Alors, au milieu de l'explosion générale, des instrumens qui ont cessé d'être
aveugles, ne pourraient-ils pas se tourner contre
ceux qui les font mouvoir au gré de leurs caprices ;
des soldats qui se rappellent qu'ils sont hommes,
fatigués de s'entr'égorger pour mieux river leurs
fers, ne pourraient-ils pas se réunir pour les briser ?
Des milliers d'exemples, direz-vous, ont démontré
que le soldat, dès que la campagne était ouverte,
ne connaissait que l'obéissance passive : il est vrai ;
mais les temps sont changés : des milliers d'exemples
ont prouvé aussi que dès qu'un ordre émanait du

pape, les nations et leurs souverains tombaient à genoux; mais ces exemples ne se renouveleront plus, les temps sont changés. Aussi, pour quiconque a observé l'état présent, a étudié le moral des peuples; pour quiconque n'a pas oublié que la haine seule de l'esclavage et la passion de l'indépendance ont été le mobile de la révolution dernière, l'union de tous ces peuples combattant contre l'indépendance en faveur de l'esclavage, est un prodige que la raison n'admet pas.

Non, une guerre n'est pas possible; non, les nations ne se ligueront pas contre leur propre liberté; les rois ne porteront point une main ennemie sur l'édifice qu'ils ont si péniblement élevé; ils ne feront point d'une contrée paisible, et dont ils n'ont rien à craindre, le théâtre de combats sanglans, et le sujet peut-être d'éternelles discordes; ils n'exposeront point, pour un résultat sans gloire comme sans avantage, considéré dans ce qu'il peut avoir de plus favorable, pour un succès qui pèserait à leur politique, ils n'exposeront point et le monde et eux-mêmes aux hasards d'une révolution et d'un bouleversement général. Non, la guerre n'est pas possible; tout démontre que l'on a conçu des alarmes chimériques; disons mieux, tout démontre que des hommes d'état n'ont pu concevoir ces alarmes; et, à parler franchement, tant de sollicitude de leur

part pour la chose publique commence à devenir suspect. Est-ce bien en effet aux intérêts de la nation
qu'ils sacrifient les garanties nationales ; est-ce bien
la tranquillité du peuple, ou la paisible conservation
de leur rang et de leurs honneurs qu'ils tremblent
de compromettre? N'auraient-ils point, si le mot est
permis, assuré leur personne et leur fortune, aux
dépens de la fortune et de la personne des régnicoles? C'est une question assez importante et qu'il
appartient aux états-généraux de décider.

C'est aux états-généraux qu'il appartient aussi
de prévoir et de prévenir les conséquences d'une conduite qui, en avilissant la nation au dehors, la fa-
çonnerait au joug domestique, qui se servirait de la
terreur étrangère pour briser les institutions, et pour
élever sur leurs ruines une domination absolue et
despotique. Qu'on y songe bien ; les citoyens seraient
placés, par une politique faible ou perfide, entre cette
double alternative, ou plutôt ils se trouveraient pressés
en même temps par ces deux extrémités funestes. Sujets des sujets de chaque souverain de l'Europe, et
plus à plaindre qu'un peuple vaincu par un peuple
rival, il leur faudrait subir tous les jougs à la fois ·
frappés tantôt par un acte émané directement du
comité européen, tantôt par un ordre transmis à
leur gouvernement, tantôt par la prévenante docilité
de celui-ci, tantôt par l'une et l'autre volontés éga-

les dans leur action ou unies dans leur objet, ils ne
seraient plus que les Ilotes de la coalition. Et nous
ne serons point taxés d'exagération par ceux qui
connaissent l'histoire des événemens et celle du cœur
humain. Ce que Montesquieu dit de la paix achetée
à prix d'or, est vrai de la paix achetée au prix de
l'injustice et de l'infamie : *celui qui l'a vendue n'en
est que plus en état de la faire acheter encore*. Il est
d'ailleurs dans la nature du pouvoir de chercher à
franchir les obstacles, et de ne plus s'arrêter dès
qu'il les a franchis. Il est dans la nature de la faiblesse de céder et de céder toujours quand elle a
cédé une fois : elle aliène ainsi son indépendance ;
et ce n'est qu'en tyrannisant ceux qui lui sont soumis, qu'elle se dédommage de la tyrannie à laquelle
elle est soumise elle-même, et qu'elle s'efforce de
nous avertir encore de l'existence de son autorité.
Les preuves de cette double vérité se multiplient sous
nos yeux..... Il y eut jadis, contre l'hospitalité de la
Hollande, contre les droits dont elle seule jouissait
alors, et surtout contre la liberté de la presse, qui
l'enrichissait en éclairant les peuples voisins, il y eut
une coalition formidable. Louis XIV, au faîte de sa
puissance, à la tête de la plus brillante armée de
l'Europe, était l'âme et le chef de cette coalition ;
mais c'était au temps de Guillaume III. Guillaume,
malgré les partis qui divisaient l'état et balançaient

son autorité, malgré l'effrayante inégalité de ses forces, Guillaume s'empressa-t-il de souscrire à d'in-
dignes conditions, et de conjurer l'orage par le sacrifice des lois et de l'honneur de son pays? Quelle
fut la réponse de ce grand homme, non pas seulement à des menaces, mais aussi à des offres sédui-
santes, à la proposition que lui firent la France et
l'Angleterre de l'investir de la souveraineté pour
prix de sa complaisance? Vous dont l'oreille superbe
est blessée par le langage de l'indépendance, quand
c'est un citoyen obscur qui vous l'adresse, grands de
la terre, écoutez – la cette réponse; elle est d'un
homme qui, grâce à la seule force de son caractère,
mérita d'être élu roi par un peuple dont le souverain
venait de perdre la couronne pour avoir manqué de
franchise et d'énergie :

« Jamais, disait-il aux ambassadeurs de France
» et d'Angleterre, jamais je n'abandonnerai la li-
» berté ni ne trahirai la confiance de mes compa-
» triotes. J'ai un moyen infaillible de ne pas voir la
» ruine de mon pays : je mourrai dans le dernier re-
» tranchement. »

Il ne mourut point; mais par l'opiniâtreté de sa
résistance, mais par son désintéressement, mais par
sa politique profonde et généreuse, l'ennemi fut enfin repoussé, la Hollande affranchie, la coalition
dissoute; et Louis XIV, qui voyait marcher l'Europe

sous ses étendards, vit bientôt l'Europe se liguer contre lui. Tant il est vrai qu'il est un terme à la puissance injuste, et que lorsque tous les droits ont été méconnus, il ne faut qu'un exemple courageux pour entraîner tous les peuples !

C'est ainsi, du moins, que l'on se fait respecter de ses voisins ; c'est ainsi que l'on est roi en effet lorsqu'on l'est déjà de nom ; c'est ainsi qu'on mérite de le devenir lorsqu'on ne l'est pas, et qu'on le devient quelquefois : témoin Guillaume III, lui-même.....

Ministres des rois voisins, vous menacez, dit-on, d'envahir et de subjuguer un faible état qui a l'insolence de vouloir être heureux par lui-même ! Avant d'entreprendre une conquête qui vous semble facile, songez à conquérir les cœurs des sujets de vos maîtres ; avant de troubler le repos d'autrui, voyez si le vôtre est bien assuré ; avant de donner à vos soldats, pour mot d'ordre : *guerre à l'indépendance*, informez-vous si le mot d'ordre qu'ils ont peut-être déjà choisi, ne serait pas : *guerre pour l'indépendance.* Tandis que les Stuarts se liguaient avec le continent contre la Hollande, le peuple anglais se liguait contre la famille des Stuarts, dont le sceptre devait bientôt passer aux mains du vengeur même de la Hollande.

Cette nation, objet de vos dédains et de votre

colère, outre une population vaillante et aguerrie, vous oppose sa liberté, son désespoir et de nombreux auxiliaires jusque dans vos rangs. Quelle attitude que celle d'un peuple et d'un gouvernement étroitement unis, et défendant, contre une invasion que toutes les lois rendent odieuse, leurs institutions, leur indépendance, le droit d'être généreux et hospitaliers! Croyez-nous, un tel spectacle serait d'un dangereux effet: les idées libérales, sans le secours des exemples, sont assez contagieuses, et les agresseurs pourraient bien être vaincus avant le combat (1).

---

(1) Tandis que nous réimprimons ces réflexions, publiées il y a plus de quatre ans, il paraît un ouvrage d'un haut intérêt, avec lequel nous n'avons certainement pas l'intention d'établir d'autre parallèle que celui de quelques idées analogues. Nous voulons parler de l'écrit de M. Bignon *sur le congrès de Troppau*. Nous nous félicitons de nous trouver d'accord avec cet excellent Français et ce publiciste distingué sur quelques points, qu'il a d'ailleurs développés avec toute la supériorité de son talent et avec l'étendue que comportaient et la nature de son sujet et tant de circonstances nouvelles que nous sommes heureux d'avoir entrevues dans l'avenir. Le défaut d'unité dans les vues des divers cabinets, le mouvement général qui entraîne les peuples, la nécessité où l'on croit être de commencer la guerre ouverte par la guerre intestine, l'hésitation prolongée des puis-

sances les plus formidables; toutes ces choses, probables alors, constantes aujourd'hui, prouvent qu'une nation devenue libre et qui demeurera unie, trouvera, au moment de l'attaque, si l'on en vient à cette extrémité, des alliés secrets dans les cabinets habiles, et des auxiliaires dans les hommes mêmes que l'on force à marcher comme ennemis.

A l'occasion du traité de la sainte alliance, M. Bignon a indiqué quelques aperçus relatifs à l'obligation prétendue qui lie les contractans. Cette obligation est un argument que l'on a souvent fait valoir contre le faible en faveur du puissant. On invoquait en Belgique je ne sais quelle convention secrète contre les proscrits, comme on invoque la sainte alliance contre les peuples qui se donnent une constitution. Cette question délicate rentrait nécessairement dans le plan de notre défense : nous dûmes l'aborder franchement ; mais nous combattions sur un terrain plus heureux que celui de la diplomatie européenne, où dominent les habitudes du régime absolu ; nous plaidions sous un gouvernement qui, de nom du moins, est constitutionnel. Ce fragment que nous n'avons pas cru devoir insérer dans le texte, nous semble pouvoir terminer cette note, et offrir quelque intérêt au milieu des événemens récemment survenus ; il peut aussi servir d'appendice au chapitre de l'*influence étrangère*.

« Nous n'ignorons pas avec quelle perfide adresse les agens de l'autorité, qui seuls demeurent responsables, se retranchent en quelque sorte derrière la majesté royale, et s'enveloppent dans son inviolabilité pour se dérober aux attaques qu'ils n'ont pas craint de provoquer; mais il suffit que la ruse soit aperçue pour qu'elle soit déjouée. On est toujours fort lorsqu'on est franc ; et nos principes constitutionnels ne nous permettent pas de confondre le monarque, dont la personne est toujours sacrée, avec le pouvoir dont les actes et les agens sont dévolus à la censure publique. Mais ces mêmes principes, dont l'application et les développemens embrassent le vaste domaine de la politique, et ont pour objet tantôt les devoirs des peuples et tantôt ceux des princes, tantôt les limites des droits de chaque citoyen, et tantôt les limites de l'autorité royale ; ces principes nous autorisent, à coup sûr, à proposer les questions suivantes :

» En morale et indépendamment du rang qu'il occupe, un homme peut-il prendre l'engagement de persécuter des infortunés, des étrangers qui, fussent-ils criminels, ne sont point ses justiciables ? L'humanité, l'équité, l'honneur ne répugnent-ils pas également à l'idée d'une transaction de cette nature ?

» Un tel engagement une fois contracté, cet homme doit-il le considérer comme obligatoire, ou bien s'y soustraire, comme il le ferait sans doute à l'exécution d'une promesse d'assassinat, s'il avait eu le malheur de se laisser arracher une pareille promesse ?

» Vous qui nous lisez, soyez juges ; écartez toute application et prononcez dans la sincérité de votre cœur. Cependant les infortunés dont nous parlons, nous les avons supposés coupables.

» Et s'ils ne sont pas coupables, mais victimes et victimes de la politique ; si la preuve de leur innocence existe ; si le principal complice * de leur proscription a déclaré publiquement que cette proscription était le fruit d'inimitiés particulières ; si on leur refuse des juges, tant on désespère d'articuler contre eux une seule preuve du crime

* Fouché.

qui leur est imputé; est-il une convention au monde
qui donne le droit de perpétuer leur supplice et de s'asso-
cier de sang-froid à une vengeance étrangère ?

» Et si, avant cette convention, il a été explicitement entendu que les victimes seraient d'abord jugées et condamnées par les tribunaux, et qu'elles n'aient été ni condamnées ni jugées, doit-on, par excès de scrupule, observer seul
un contrat dont la clause principale a été violée par les véritables intéressés ?

» Enfin, la persévérance dans l'exécution de ce contrat
(et quel contrat grand Dieu !) ne doit-elle connaitre aucun
terme ? Et l'homme entre les bras duquel des malheureux
sont venus se jeter, pleins de confiance dans ses sermens, doit-il repousser impitoyablement ces malheureux,
qui, depuis dix-huit mois, font en quelque sorte partie de
sa famille; doit-il les repousser, lorsqu'il y a, pour ainsi
dire, prescription, lorsque les passions ont eu le temps de
se calmer, lorsque l'injustice qui les a frappés n'est plus
même révoquée en doute ? Qui que tu sois, descends dans
ta conscience, récapitule, pèse, examine et réponds : *En
morale*, *et indépendamment du rang qu'il occupe*, un homme
peut-il contracter, respecter, observer l'engagement de
persécuter des étrangers sur lesquels il n'a aucun droit, qui
eux-mêmes ont droit à sa protection par leur infortune et
leur innocence ? peut-il persévérer dans cette persécution,
après un long intervalle de repos, et se montrer ainsi plus
cruel que le sort qui s'était fatigué de les poursuivre ?

» Que si cet homme est un roi, cesse-t-il pour cela
d'être homme ? que si ce roi est le chef d'un gouvernement
constitutionnel, nous prendrons à partie ses ministres, et
nous leur dirons :

«Une convention entre souverains ne saurait détruire la loi

PÉRORAISON.

Notre tâche est remplie : nous avons plaidé la cause de nos compatriotes ; nous avons plaidé la cause éternelle de l'humanité, des lois, de l'honneur. Qu'importe à présent le péril qui nous menace ? Nous l'attendons de sang-froid : notre tâche est remplie ; nous avons dit toute la vérité. Peut-on faire que cette vérité ne soit pas révélée, ne soit pas proclamée, ne retentisse pas en Europe, ne soit pas redite d'échos en échos à des millions de citoyens ?

---

fondamentale d'un état, que cette convention ait eu lieu avant ou après la promulgation de la loi fondamentale : autrement chaque stipulation contradictoire serait une espèce de stellionat politique. Vous armer d'une pareille convention, pour vous livrer à des actes qui attenteraient à la liberté individuelle des régnicoles, à l'indépendance nationale, à la dignité du souverain, ce serait violer les principales garanties de la loi fondamentale; ce serait encourir, aux yeux de la raison et aux termes du code, une action criminelle. Il résulterait du principe contraire que vous pourriez trafiquer de la fortune, de la liberté, de la vie de vos concitoyens : or, si une telle hypothèse ne peut pas même être un objet de discussion, comment répétez-vous avec tant d'assurance, à chaque infraction nouvelle à la loi fondamentale : *Le roi s'est engagé?* Certes, le roi est bien le maître de ses actions ; mais les états-généraux sont bien les maîtres aussi de prendre pour motifs d'une accusation criminelle les actions des ministres du roi.

9

Non : qu'importe donc un péril qui ne nous a pas
empêchés de faire le bien, qui n'empêche pas nos
persécuteurs d'être dénoncés aux contemporains et à
la postérité? Ils n'échapperont maintenant ni à l'histoire, qui les flétrira comme leurs prédécesseurs, ni
à la génération présente, aux yeux de laquelle ils
sont déjà marqués d'une empreinte ineffaçable....

Citoyens, c'est sur vous-mêmes, à présent, que nous
voudrions vous émouvoir! car l'arbitraire pèse à la
fois sur tous les points, et le même coup qui atteint la
liberté individuelle, menace la propriété, frappe de
stérilité le commerce et l'industrie ; tout languit,
parce que tout s'enchaîne et se correspond. Que celui
qui doute encore de cette grande vérité, jette les yeux
autour de lui. C'est donc l'arbitraire, sous quelque
forme qu'il se montre, qu'il faut poursuivre incessamment. Tous vos vœux sont pour l'indépendance :
c'est fort bien ; mais que faites-vous pour obtenir
cette indépendance ? Véritablement, votre conduite
est inexplicable : à vous entendre, le joug est pesant
et honteux ; à vous voir, c'est la résignation la plus
parfaite, la plus profonde insouciance. Vous courez
au devant des chaînes dont vous vous indignez. Que
faire, direz-vous ? Être homme et résister ; résister,
non pas aux lois, non pas à l'autorité constitutionnelle, mais à tout ordre illégal, à toute volonté
arbitraire. La limite du pouvoir est fixée : obéissez

tant qu'il la respecte ; s'il la franchit, luttez, ré-
clamez, disputez le terrain pied à pied ; ne cédez,
du moins, que lorsque la violence est manifeste, et
l'opinion éveillée. Un simple citoyen, investi de la
considération publique, est déjà une puissance : que
serait donc une association de citoyens indépendans
par leur caractère et par leur fortune, et qui, en
donnant l'exemple d'une soumission constante à tout
ce qui est juste, défendraient, la loi à la main, chacun de leurs droits contre toute injuste agression ?
L'autorité s'arrêterait devant une pareille barrière,
ou ne la renverserait pas impunément. Mais quelle
inconséquence, quelle contradiction chez la plupart
des hommes ! Est-ce bien vous qui braviez hier la
mort sur le champ de bataille, et qui, aujourd'hui,
reculez d'effroi à la vue d'un agent de police ? Est-
ce bien le même homme qui, pour un mot hasardé,
verse tout son sang dans une affaire d'honneur, et
se laisse outrager chez lui en vertu d'une lettre de
cachet ? Non, vous n'aimez pas la liberté, vous n'êtes
pas faits pour elle, et l'on a raison de vous traiter
en esclaves. Toutefois, ceux-là ne sont qu'à plaindre ; mais que dirons-nous de ceux qui, par leurs
fonctions, par des fonctions qu'ils ont volontairement acceptées, ont pris l'engagement, soit comme
députés, soit comme écrivains politiques, de soutenir les droits de leurs concitoyens, et qui, spec-

tateurs immobiles, laissent envahir tous les droits qu'ils s'étaient chargés de défendre ? Qui me secondera, dis-tu ? Eh ! le devoir dépend-il du nombre ? Cède donc la place à un plus courageux que toi : le poste n'est pas obligé ; mais tu sollicites l'honneur de veiller au poste avancé et tu dors, ou bien tu n'oses avertir de l'approche de l'ennemi : tu ne restes donc là que pour compromettre le salut de l'armée tout entière. Sois soldat, puisque tu t'es fait soldat. Citoyens, nous vous en conjurons, unissez vos efforts ; ne sacrifiez pas à des convenances frivoles, à de puériles considérations, à de misérables calculs, les grands intérêts dont vous avez entrepris la défense. Ne tremblez pas devant les mille fantômes qu'enfante votre imagination. Surtout que la règle immuable du juste et du vrai ne fléchisse pas, entre vos mains, pour se prêter aux ondulations de vos inimitiés, de vos affections, de vos craintes, de vos espérances personnelles. Voulez-vous être, en effet, affranchis du joug de l'arbitraire ? Commencez par vous affranchir du joug de l'égoïsme ; soyez hommes indépendans, pour devenir citoyens libres. Ou cessez d'invoquer la liberté, ou faites quelque chose pour l'obtenir.

Elle vous invite, cette liberté ; elle vous appelle, elle s'offre à vous. Tout est prêt ; tous les cœurs sont convertis à la religion constitutionnelle ; la conviction

a pénétré partout; la révolution morale est achevée;
les temps sont accomplis. Les gouvernemens, il est
vrai, maintenant comme à tant d'autres époques,
luttent contre la direction du siècle; mais le siècle
ne l'a-t-il pas toujours emporté? Il y a eu d'ef-
frayantes coalitions; n'ont-elles pas été dissoutes par
la seule force des choses? Le siècle repousse aujour-
d'hui toute autre conquête que celles de la philosophie, des arts, des sciences, de l'industrie : il ne
peut jouir de ces conquêtes, il n'en peut faire de nouvelles que sous le règne de l'indépendance. L'indépendance est le vœu général : elle régnera. Ainsi l'a
ordonné l'opinion; et quand l'opinion a voulu, ou elle
entraîne, ou elle subjugue, ou elle renverse tout ce
qui s'oppose à sa volonté. Ouvrez l'histoire : qu'y
voyez-vous? L'irrésistible puissance de l'opinion,
alors même qu'elle est erronée, fausse, absurde. Et
l'on prétendrait la vaincre lorsqu'elle s'appuie sur
l'expérience, sur la raison, sur la vérité ! Quand les
rois abaissaient leurs fronts superbes jusqu'aux pieds
de l'évêque de Rome, ce n'est pas à lui, c'est à l'opinion du peuple qu'ils rendaient hommage. Une doctrine plus utile et plus noble n'est pas moins populaire aujourd'hui, et, par la résistance, elle devient
aussi fanatisme. Les gouvernemens ont déjà été forcés
de l'admettre et de la reconnaître : ils savent déjà
qu'ils ne peuvent la heurter de front; en la com-

battant par des voies détournées, par de sourdes
manœuvres, ils feront beaucoup de mal sans doute,
mais ils ne sauraient se soustraire à son empire;
c'est celui de la nécessité. Il est nécessaire que l'opinion amène l'indépendance constitutionnelle, comme
il était nécessaire que le polythéisme, devenu partout
un objet de risée, fît place au culte plus épuré d'un
Dieu unique; comme il était nécessaire que les crimes
et les folies des papes leur fissent perdre la moitié du
monde chrétien et une grande partie de leur influence
sur l'autre moitié; comme il était nécessaire que le
choc des controverses religieuses fît jaillir quelques
lueurs, d'où naquirent des doutes, puis la curiosité,
puis la hardiesse d'examiner, de juger par soi-même;
et de là des idées plus saines, lesquelles conduisirent
insensiblement à la véritable philosophie; comme il
était nécessaire que la philosophie et la raison, en
s'emparant, par leur tendance naturelle, des grands
intérêts de la politique, de la morale et de l'humanité,
donnassent la liberté à la Hollande et une constitution
à l'Angleterre; comme il était nécessaire que le joug
intolérable du ministère anglais valût aux États-Unis
l'affranchissement et les institutions les plus libérales;
comme il était impossible que tant d'exemples fussent
perdus pour l'Europe et pour les colonies espagnoles (1);

---

(1) Depuis ce temps, l'Espagne, Naples, le Portugal
ont suivi le mouvement.

que tant de principes vrais et féconds, que tant de
maximes généreuses se répandissent chez les peuples
sans les éclairer, les convaincre, les gagner, sans triompher de tous les préjugés qui se mêlaient aux opinions
anciennes et préparatoires, pour élever sur leurs ruines
une nouvelle et dernière opinion, résultat de vingt
siècles d'erreurs, d'essais, de malheurs, de révolutions, de guerres, de discussions, de théories, de
découvertes et de connaissances positives. Quel en-
chaînement, quelle succession toujours croissante de
causes et d'effets, quelle unité d'action et de dessein
dans l'immense période que nous venons de parcourir ! Que ceux qui ont tenté d'en détourner le cours
nous semblent à présent petits et dignes de pitié ! Et
c'est lorsque les flots sont amoncelés et débordent de
toutes parts, que l'on veut les refouler et ramener le
torrent à sa source ! Quels hommes ont triomphé à
chacune de ces époques, ont fondé des édifices dura-
bles, et survivent encore avec gloire ? Ceux qui furent,
comme l'a dit un publiciste célèbre, *les représentans
de leur siècle*, ceux qui s'emparèrent franchement de
l'opinion dominante : tous les autres ont échoué, et
souvent, après un succès éphémère, ont péri victimes
de leur aveugle témérité.

O toi, à qui nous en appelons en ce jour, Opinion
publique, manifestation de la pensée générale, *reine de
tous les lieux et de tous les instans* ; on s'efforce d'étouffer

ta voix, et partout ta voix se fait entendre. Tu commandes dans les chaumières et dans les palais ; c'est toi qui donnes au plus chétif habitant de la campagne, en présence de celui qu'il appelait autrefois son maître, et l'attitude et l'accent qui conviennent à un homme parlant à un autre homme ; c'est toi qui as proscrit ces formules barbares et humiliantes que la bassesse et le despotisme nommaient le langage des rois ; dans les modes les plus frivoles, comme dans les entreprises les plus graves, on se conforme à tes volontés ou l'on redoute tes censures. A la tribune, au théâtre, dans les salons, dans les écrits, en religion, en morale, en littérature, en politique, dès que tu te prononces, tes décisions sont des lois qui infirment toutes les lois contraires ; c'est encore toi qui arrêtes tes propres adversaires, ceux qui te mutilent dans l'ombre du cabinet, ceux qui te poursuivent dans la personne de tes interprètes et de tes défenseurs ; tu mets un frein à la servilité des uns et à la cruauté des autres ; tu fais tomber le glaive des mains de la vengeance elle-même ; au 5 *septembre*, tu dis aux proscripteurs de la France : Vous n'irez pas au delà, et ils reculèrent. En ce moment même, lorsque de toutes parts on arme, on se coalise, on conjure contre toi, tu conçois peut-être quelque grand projet, tu enfantes quelque prodige devant lequel la fureur de tes ennemis, s'évanouissant comme

un songe, deviendra ce que sont devenues les prétentions de la cour de Rome, l'ambition gigantesque
de Charles-Quint, la ligue de Louis XIV et de
Charles II, la coalition européenne de Pilnitz, et ira
grossir, dans les fastes de l'histoire, la liste des folles
entreprises du pouvoir et des calamités du monde.

Quel est ce héros qui apparaît tout à coup au milieu des acclamations des peuples? A peine il se
montre, et déjà toutes les affections, toutes les espérances se sont groupées autour de lui. C'est le fils et
le vengeur de l'opinion; c'est l'homme du siècle. Va,
poursuis ta carrière, conquérant plus glorieux que
les Alexandre et les César. Que sont pour toi ces
légions que l'on t'oppose, ces légions que la crainte
enchaîne au joug qui leur pèse, et dont les cœurs
s'élancent vers un avenir plus heureux? *Tu marches
à la tête des idées libérales : cette armée-là est invincible.*
En effet, le héros s'avance, et les voies s'aplanissent
sur son passage, et tout cède à son génie, et tout
reconnaît sa puissance. Un petit nombre fuit et se
disperse, saisi d'épouvante et de honte; une foule
innombrable se précipite à sa rencontre, le proclame
son libérateur et son père. Mais il n'abuse point de la
victoire : l'opinion lui a donné le sceptre; il le conserve, il le fait respecter par l'opinion : les lois
règnent par lui et sur lui; la lutte des gouvernemens
et des peuples a cessé; le siècle reprend avec majesté

son cours interrompu. La révolution est terminée, une période inconnue commence ; et tous les triomphes, et toutes les grandeurs, et toutes les renommées s'éclipsent devant le génie qui a rassemblé tant d'élémens épars pour en former un seul corps, lui donner l'âme et la vie, et créer ainsi un nouvel univers.

Cette grande pensée nous console et nous soutient au milieu des amertumes dont nous abreuvent d'ignobles persécuteurs : elle nous élève au dessus des malheurs qui nous assiégent et de ceux qui nous attendent sans doute ; car la certitude de l'avenir ne nous fait point illusion sur le présent. Souvent l'édifice qui s'écroule entraîne dans sa ruine plus d'un infortuné. Peut-être notre zèle nous prépare-t-il un pareil sort : l'opinion compte déjà des martyrs ; peut-être en faut-il de nouveaux pour tirer les peuples de leur engourdissement. Errans, fugitifs, presque sans secours, dans cet immense désert de l'Europe, signalés à toutes les polices, on pourra nous atteindre encore, et nous punir d'avoir été trop sincères. .... Amis, que du moins nous vivions dans vos cœurs : quand vous serez libres et heureux, rappelez-vous quelquefois que nous avons fait plus que des vœux pour votre bonheur et pour votre liberté.

JE SUIS FRANÇAIS.

FÉVRIER 1819.

JE suis Français, je suis fier d'être Français: de tous les noms c'est le plus beau que l'on puisse porter; qui dit Français....—dit tout, interrompt en ricanant le vieux marquis de ***, émigré depuis 1789 jusqu'en 1814, dit tout, n'est-ce pas, jeune homme? Eh, bon dieu! avez-vous voyagé, avez-vous vu, entendu, étudié les autres peuples? En vérité, j'admire nos petits philosophes du dix-neuvième siècle. Mais laissons les personnalités; la passion est mauvaise logicienne: êtes-vous capable de raisonner froidement? — Je vous écoute.

— Tel que vous me voyez, mon cher, sachez que je suis plus philosophe que tant de gens qui se piquent de philosophie; j'ai dîné chez M. de Voltaire; j'ai joué plus d'une fois aux échecs avec le citoyen Rousseau : qu'on dise de nous tout ce que l'on voudra, j'ai fait, tout comme un autre, et plus qu'un autre, main basse sur les préjugés. Et tenez, par exemple, entre nous deux, que signifie votre exclamation banale : *Je suis Français?* Il semble que toute la gloire, et toutes les vertus, et tous les trésors du monde, soient renfermés dans cette formule sacramentelle. *Vous êtes Français*, dit d'une voix sonore un capitaine à ses soldats, et les voilà qui se précipitent à travers la mitraille. Bien, mes amis, je suis content de l'effet magique de ces quatre ou cinq syllabes ; mais, monsieur, philosophiquement, je vous le demande encore, que signifient-elles ? La preuve qu'elles n'ont qu'une valeur imaginaire, c'est que de l'autre côté, l'ennemi s'écrie à plein gosier : *Nous sommes Anglais !* et, grâce à la même magie, fond sur vous avec la même intrépidité.

Cette commémoration qui est ici un cri de guerre, qui, en tout temps, est considérée comme un titre de noblesse, exerce un empire toujours nouveau, toujours puissant et partout le même. Que les vanités nationales soient isolées ou en présence, c'est un talisman qui ne perd rien de son charme : avec lui le vaincu se préfère au vainqueur, le plus chétif au plus opulent, le plus barbare au plus civilisé, une horde sauvage au reste de la terre. On ne peut rien dire à un peuple, il ne peut rien se dire à lui-même de plus flatteur que son nom. Entendez-vous répéter de toutes parts et au même instant : je suis Français, je suis Anglais, je suis Belge (1), je suis Hollandais, je suis

---

(1) Voir la note à la fin de cet article.

Espagnol, je suis Allemand, je suis Suédois, je suis
Russe[1], je suis Turc? Chacune de ces dénominations
est-elle réciproquement et contradictoirement un
éloge? Ou choisissez, ou convenez qu'une préférence qui appartient à tous n'appartient à personne;

Et c'est n'estimer rien qu'estimer tout le monde.

Pardonnez si je raisonne rigoureusement : je vous ai
promis de la logique, je tiens parole. J'insiste donc :
décliner son nom propre de peuple pour se vanter ou
pour braver autrui, c'est une jactance puérile, familière à chaque nation, et qui, réduite en principe,
chaque nation entendue, conduirait à cette conséquence absurde : universalité de distinctions, égalité
de suprématies.

Que si vous prétendez absolument, optimiste politique sous le titre de patriote, posséder le plus beau
nom qui ait été dévolu par le sort au meilleur des
peuples du meilleur des mondes possibles, soit; à
vous permis de vous écrier avec ce fou de comédie :

Quand j'y pense, je suis bien heureux, je suis homme,
Européen, Français, Tourangeau.....

A vous permis, sans doute, de trouver un honneur et un bonheur uniques dans des qualités que
tant d'autres partagent; mais permettez-moi aussi de
m'étonner que dans ce siècle de lumières, au milieu
de cette population de raisonneurs et de philosophes,

philosophe vous-même, vous cédiez à un préjugé si
vulgaire ; qu'une désignation nominale, parce qu'elle
est celle d'une certaine quantité de millions d'hommes
entre lesquels le hasard vous a fait naître, excite en
vous et un enthousiasme et un orgueil si exclusifs.

Vous avez peine à vous contenir, je le vois ; vous
m'écoutez avec plus d'impatience que d'attention :
vos trépignemens prouvent en faveur de ma thèse ;
jeune philosophe, l'ardeur du sang n'annonce pas la
force de la dialectique ; encore un mot, et je finis.

Vous êtes Français ; oui, vous êtes bien Français :
vous avez donc tout ce qu'il faut pour apprécier, au
moins, mon dernier argument.

Le ridicule, mon cher, le ridicule vous atteint :
votre exclamation en est frappée par vous-même.
Sortons du cercle de nos habitudes européennes ;
transportons-nous dans des régions éloignées, et prê-
tons l'oreille à ces dénominations, moins familières
pour nous, mais non moins patriotiques en elles-
mêmes, qui retentissent aux extrémités les plus opposées du globe, et qui sont pour leurs divers habitans le cri d'honneur, de vaillance, l'abrégé de tout
ce qu'il y a de généreux, de grand, de sublime : je
suis Siamois, je suis Maroquin, Lapon, Hottentot,
Chinois, Iroquois !.... Vous riez : ces peuples, sans
doute, au cri de *je suis Français*, riraient aussi : auraient-ils tort, quand vous avez raison ? Admirable

en deçà, burlesque au delà, qu'est-ce, en effet, que
votre cri national? Une appellation purement indi-
cative, géographique ; une manière, non d'apprécier,
mais de classer les peuples par individus; au surplus,
respectivement et réellement indifférente, puisque
c'est un nom, et nullement un titre : dès qu'on veut
lui donner une acception morale, elle ne soutient pas
l'examen, elle ne peut se définir, elle n'a plus de sens;
elle ressemble à ce qu'on appelle en langage caba-
listique *des paroles* : le sage s'en rit ; le vulgaire leur
attribue une vertu mystérieuse et surhumaine. Voilà
une de ces vérités que M. de Fontenelle aurait assurément gardées dans sa main ; mais, je l'avoue, la
conversation a aussi son ivresse : on nous écrase de
grands mots ; j'ai voulu répondre, il a fallu tout
dire.

Le marquis se tut, je répliquai :

Vous m'avez recommandé le sang-froid : vous en
avez mis fort peu dans vos discours ; la raison en est
simple : le sophisme, long-temps soutenu, est trop
pénible, et coûte trop d'efforts pour ne pas allumer
une sorte de fièvre qui nous emporte au delà des
bornes : par la raison contraire, le plus jeune de
nous sera le plus calme; j'ai déjà donné quelque preuve
de modération en écoutant, sans l'interrompre, votre
étrange plaidoyer. Mes expressions, j'en conviens,
avaient quelque chose d'un peu vague ; je croyais

m'adresser à un bon entendeur; mais il est facile de les ramener à une idée précise, et surtout juste et vraie.

Ainsi donc, M. le marquis, vous voilà devenu philosophe, pour n'être pas orgueilleux du nom de Français. Certes, votre dîner chez M. de Voltaire, et vos parties d'échecs avec le citoyen Rousseau, sont d'un à-propos merveilleux. Des rapports aussi intéressans avec ces auteurs vous ont, je le vois bien, dispensé de lire leurs ouvrages. Toutefois, je dois l'avouer, vos observations sont d'un homme qui a beaucoup vu, qui a comparé, et auquel les dialectes de la langue européenne des braves ne sont point étrangers. Votre cœur a tressailli à leurs différens cris de guerre; il s'est habitué à des émotions dont aucune n'est française, et qui sont trop diverses pour avoir été profondes. Maintenant, il cherche dans une métaphysique de grammairien, dans une indifférence systématique, dans un véritable matérialisme politique; il cherche une excuse à d'anciennes prédilections, peu d'accord avec la seule affection naturelle que ne réveille point en lui la vue d'une patrie long-temps abjurée. Ainsi le cœur banal qui a prodigué ses hommages à vingt beautés, sans s'attacher à aucune, nie que l'amour soit dans la nature. Prenez garde, M. le marquis, qu'on ne vous accuse de vous être fait cosmopolite seulement pour n'être pas de votre pays, comme ces âmes sèches dont l'égoïsme va se réfugier dans une philanthropie universelle.

Des personnalités ! allez – vous dire; oui, parce qu'ici, bien que cela soit rarement vrai, les personnalités sont des raisons. J'ai dû rappeler les circonstances extraordinaires qui vous ont amené à soutenir une thèse beaucoup plus extraordinaire encore. Le patriotisme a une langue que vous n'entendez pas, et que vous jugez : cette langue exprime ou réveille une foule d'idées, dont vous révoquez en doute l'existence, parce qu'elles n'existent point pour vous qui êtes privé de l'organe nécessaire à leur perception : en deux mots, le patriotisme est un sentiment pour lequel il n'y a pas en vous de fibre correspondante; car, par vos longs voyages, et plus encore par votre manière d'être, vous n'avez point de patrie.

Vous n'avez point de patrie ! le beau, le doux nom de France n'a pour vous ni grandeur ni mélodie : je devrais vous plaindre, et non vous réfuter; ce qui est de sentiment ne s'apprend guère, se discute encore moins. Mais si le sentiment national se raisonne peu, ce n'est point à dire qu'il n'ait pas pour lui la raison, je dirai même la logique, quoique ce ne soit pas toujours la même chose.

L'homme n'est pas seulement doué d'intelligence; il est doué de sensibilité : les vérités de sentiment sont, en général, d'un autre ordre que les vérités de raisonnement : la raison elle-même conduit à cette distinction ; les premières n'en sont pas moins des vérités, quoiqu'elles soient le plus souvent susceptibles d'un autre genre de preuves que les secondes : ces preuves dérivent de la conscience de soi-même, de l'expérience de tous les siècles, d'une sorte d'instinct universel, de l'impossibilité de se refuser à l'évidence de ce qui est, sans qu'on puisse définir ni comment ni pourquoi cela est. C'est le mouvement que l'on prouve en marchant. Sans me perdre dans les conséquences de ces considérations un peu vastes, conséquences bien importantes pour la morale et pour les idées religieuses, je les applique à la question qui nous occupe.

Il est de fait que l'orgueil national a pour résultat constant d'exalter le courage, d'exciter à de nobles élans, de consoler dans les revers, d'entretenir ou de ranimer les espérances, de créer le dévouement et l'héroïsme, de valoir à une nation ce que toute la philosophie ne donne pas à l'homme privé, de lui valoir non-seulement la résignation, mais le contentement, dans quelque coin de la terre que la fortune l'ait exilé. Ce résultat est de fait ; ses avantages, je pense, sont incontestables. Dès que vous l'admettez comme certain, dès que vous l'admettez comme éminemment utile, qu'importe la définition de la cause

qui le produit? elle se définit par ses effets; ces derniers
sont palpables, si celle-là est occulte. Et pour le mot,
ou le cri, ou l'appellation, comme il vous plaira, qui
représente le sentiment patriotique et lui sert de
signal, ce sont encore les effets qu'il faut interroger
sur sa signification; certes, à en juger par-là, et ce
n'est véritablement qu'ainsi que les mots ont un sens,
certes jamais signification ne fut plus réelle et plus
étendue. Mais ce sentiment d'orgueil national, qui
n'est au fond que l'amour de la patrie plus ou moins
développé, qui, antérieur à toutes les logiques, sub-
sisterait en dépit d'elles, et, fût-il aveugle, n'en
serait pas moins admirable, ce guide meilleur et plus
sûr que le froid raisonnement, ce sentiment, je le
répète, M. le marquis, peut être analysé et gagne
encore à l'examen.

Une expression heureusement trouvée et qui vous
est échappée dans la chaleur du discours, renferme
la réfutation de ce discours lui-même. Cette *commémoration*, avez-vous dit, en parlant de ce que vous
appelez plus loin une désignation purement indica-
tive et géographique. Commémoration est bien le
mot: tout le moral de l'idée s'y trouve comme résumé. En effet, à son nom national le citoyen rattache
sa patrie et tout ce qui embellit et tout ce qui honore
cette patrie; il y rattache ses habitudes, sa famille,
ses amis, ses goûts, ses plaisirs, ses peines dont la

mémoire est encore un plaisir, ses espérances, et
toutes les époques de sa vie, et tout ce qui lui fut
et tout ce qui lui est cher, et cette chaîne dont les
innombrables anneaux le ramènent de sensations en
sensations, d'émotions en émotions, jusqu'au moment
d'où l'existence date pour lui. Trouvez-vous encore
qu'une pareille commémoration soit vide de sens,
qu'elle n'ait aucune réalité, elle qui est, au contraire,
un sommaire de tout ce qu'il y a de plus réel, de
physiquement réel? Invoquer auprès d'un peuple le
nom qu'il porte, c'est soulever à la fois dans le cœur
de chaque citoyen une masse de souvenirs et d'affections. En temps de guerre, c'est lui dire : Voilà les
biens qu'on veut te ravir ; en temps de paix : Voilà
les biens que tu possèdes et que tu dois conserver ; et
c'est, d'un mot, faire l'énumération de ces biens,
et les étaler à ses yeux.

Le patriotisme se forme de la réunion des intérêts
et des sentimens individuels généralisés; il semblerait
donc qu'il doit, dans chaque individu pris à part,
perdre de son intensité : il n'en est pas ainsi ; s'il découle, en principe, de chaque citoyen comme d'une
multitude de sources diverses, il retourne, sans se
diviser, vers chacun d'eux ; il s'y concentre tout entier, et substitué, au moi personnel fécond en vices
et en crimes, le moi national père des vertus et des
grandes actions.

Sans doute la patrie n'est pas ainsi personnifiée pour tout le monde : il faudrait pour cela que les intérêts de tous fussent identifiés jusqu'à l'abnégation des intérêts privés : phénomène bien rare, sinon tout-à-fait chimérique; mais en deçà de ce sublime parfait, il est des degrés de patriotisme dignes d'admiration; il en en est un auquel tout peuple atteint nécessairement. C'est de celui-là, c'est de celui qui est l'apanage de toute réunion d'hommes organisée en société, que je parle en ce moment. Aussi, me suis-je abstenu de rien spécifier dans les avantages dont chaque nom propre de peuple est la commémoration, qui ne fût applicable à tous les peuples : je me suis également abstenu de désigner aucun de ces peuples; j'ai prouvé en général, et par conséquent pour tous. Le sophisme par lequel vous prétendez établir que la prédilection d'une nation en sa propre faveur, si elle est fondée, exclut la prédilection fondée d'une autre nation aussi en sa propre faveur; ce sophisme tombe de lui-même : chacune d'elles a relativement raison; chacune d'elles possède des avantages qui la constituent ce qu'elle est, et qu'elle ne peut perdre, qu'elle ne peut même échanger tout à coup sans cesser d'être; avantages qui sont uniques, comme elle est unique dans son espèce. Son lot fût-il borné aux plus simples bienfaits de la nature, à ceux que j'indiquais il n'y a qu'un instant, elle peut raisonnablement se glorifier du'nom qui les lui rappelle et se préférer à toutes les autres, lesquelles, à leur tour, peuvent, chacune, avec non moins de raison, se glorifier du lot qui leur est échu; tandis que tel homme en particulier, qui se trouve placé dans une sphère où les moyens de comparaison lui sont faciles, peut de son côté, toujours sans impliquer contradiction, toujours d'après un principe raisonnable, ou accorder à une de ces nations, ou leur refuser à toutes la préférence qu'elle se disputent et qu'elles n'ont pas tort de s'arroger.

Pour moi, M. le marquis, *je suis Français!* et ma raison et mon cœur sont d'accord.... Mais j'ai oublié le grand, le terrible argument; j'ai oublié que mon exclamation est frappée de ridicule. En effet, j'ai ri moi-même à une exclamation de même nature, proférée par vous. Eh! qui sait? *je suis Français*, dans votre bouche, m'aurait peut-être fait rire davantage encore. Quoi! mon cher monsieur, ne tient-il donc qu'à ridiculiser une action ou une expression pour qu'elle soit réellement ridicule? A ce compte, il n'est rien de si sacré, qu'une grimace ou une prononciation affectée ne puisse rendre la chose du monde la plus bouffonne. Ne voyez-vous pas que votre nomenclature de noms chinois et iroquois rentre tout-à-fait dans ce genre de parodie? Faut-il vous apprendre que le ridicule de ces noms francisés

ne tient point à ces noms eux-mêmes, mais aux acceptions détournées que leur donne je ne sais quelle
fantaisie de l'usage ? Faut-il vous dire qu'il y a dans
votre argument confusion ou plutôt disparate d'idées ;
que l'une appartient à notre discussion, que l'autre
rappelle brusquement un caprice de la mode, et que
tout le sel de votre saillie est dans ce contraste ?
Vous mettez aux prises des souvenirs comiques et
une commémoration naturelle et sérieuse ; mais ce
comique n'existe que pour nous, que dans le tour de
notre imagination ; il n'est point inhérent à la chose,
et la même exclamation rappelle à ces peuples ce que
notre exclamation française nous rappelle à nous-
mêmes. Il y a travestissement dans l'idée, et par suite
caricature dans l'image. Vous auriez pu citer d'autres exemples. Que de mots pleins de sens et même
d'harmonie dans une langue étrangère, prononcés
par nous, sonnent d'une manière toute différente,
ou parce qu'ils sont autrement prosodiés qu'ils ne
devraient l'être, ou parce qu'ils réveillent, pour nous
seuls, quelque analogie bizarre, quelque allusion
burlesque ? Ces mots, dans leur langue naturelle,
perdent-ils pour cela quelque chose de leur valeur et
de leur beauté ? Mais, bon Dieu ! je vous réfute sérieusement : cela passe la plaisanterie. Ah ! M. le marquis,
je vous en conjure, par le respect que je vous porte, ne
parlez plus des dénominations qui provoquent le rire.

Un trait qui me revient à propos, vous réconciliera peut-être avec les noms auxquels votre oreille n'est pas accoutumée. Un habitant du royaume de Caboul, kan de la tribu des Koultouks, est fait prisonnier : « Au milieu de ces calamités, dit-il, je » rends grâce à Dieu de deux choses : la première, » d'être né Afghan; la seconde, de me nommer » Koushaul ». Riez de cette courte harangue, si vous en avez le courage, M. le marquis; et, si vous l'admirez malgré vous, dites-nous ce que vous pensez maintenant du sens et de la valeur des commémorations patriotiques.

Mais non, ce mouvement, que je ne crains pas d'appeler sublime, n'excite en vous ni admiration ni attendrissement. Ce qui l'inspira peut seul le faire comprendre : l'orgueil national et l'estime de soi-même, fondée sur les services rendus à son pays. Que de Français sont dignes d'y applaudir! J'oserai moi-même ne m'en pas croire indigne, par cela seul que ma qualité de Français m'associe à l'illustration de la France. Je suis Français; je suis heureux, je suis fier d'être Français; et ce sentiment se fortifie de tout ce que la raison a de plus réfléchi, de plus impartial, de plus positif.

Je suis Français; j'habite, sous un ciel doux et pur, un sol qui renferme dans son sein d'inépuisables trésors : je suis Français; je fais partie de ce peuple

industrieux, poli et brave, que ses voisins aiment
chez lui, craignent chez eux, estiment partout : je
suis Français ; les grands hommes, les écrivains illustres, les immortels génies, et cette pépinière de
héros avec lesquels je partage le titre de Français,
vivans et réunis, formeraient à eux seuls un peuple
nombreux : je suis Français ; je suis né à une époque
où la France, couverte de monumens pompeux, de
manufactures florissantes, riche de chefs-d'œuvre en
tous genres, où la France spirituelle, littéraire, sa-
vante, guerrière, européenne, rassasiée de délices et
de gloire, a su se créer et une gloire et une félicité
nouvelles : je suis Français ; et la France, qui à tant
de titres l'emportait déjà sur toutes les nations du
monde, le dispute à la plupart, l'emportera bientôt
sur toutes en institutions politiques, en lois civiles,
en véritable liberté. Je suis Français, oui, Monsieur,
oui, ce mot dit tout (1).

_____

(1) Je crains que cette dernière partie de la réplique ne
semble aujourd'hui paradoxale, tandis qu'elle n'est qu'intempestive.

Note indiquée à la page 140.

Une des preuves les plus fortes du sens et du prix qu'un
peuple attache à son nom, c'est l'espèce d'indignation avec
laquelle les Belges entendent la dénomination barbare et
ridicule de *Néerlandais*, que leur a imposée le gouvernement
de Hollande. *Néerlandais* ne rappelle rien qu'un caprice de

la tyrannie ministérielle ; *Belges* est un mot plein de souvenirs, que l'honneur national ne saurait échanger que pour
celui de *Français*, non moins significatif dans la bouche des
Belges. puisqu'autour de ce mot viennent se grouper et les
temps historiques de la Gaule, notre mère commune, et
l'histoire contemporaine, cette riche propriété de la géné .
ration actuelle belge et française, dont les titres glorieux
datent de trente ans. Qu'un général de la Belgique dise à ses
soldats, sur le champ de bataille : *Néerlandais*, *en avant*;
vous verrez si aucun d'eux marchera, à moins toutefois
qu'ils ne soient en face des Français : alors de part et d'autre
les colonnes pourraient bien s'ébranler ; mais l'événement
prouverait si ce serait dans l'intention de s'égorger.

Il ne faut pas croire que les Hollandais soient plus contens que les Belges du sobriquet officiel que l'on a substitué
au nom qu'ils portaient alors qu'ils secouèrent le joug de
Philippe II, qu'ils résistèrent à Louis XI V, qu'ils donnèrent
un roi à l'Angleterre, et qu'ils couvrirent l'Océan de leurs
flottes et de leurs vaisseaux marchands. Ce néologisme topo-
graphique, bien qu'il ait son étymologie dans leur langue,
n'est pas moins répudié par les Bataves que par les Belges ;
qu'il déshérite et qu'il désenchante également.

Ce double exemple nous paraît un argument puissant en
faveur de la signification et de la valeur intrinsèque du nom
propre de chaque peuple.

PÉRIODICITÉ.

AVRIL 1819.

> A pédant, pédant et demi.
> (*Mariage de Figaro.*)

JE ne sais quel grammairien qui, depuis trente années, méditait sur la valeur et sur l'accord des mots, apparemment parce qu'il se doutait de leur influence sur les choses, et qui, depuis quinze jours, n'était pas sorti de son cabinet, mit enfin la tête à la fenêtre. La ville qu'il habitait, et qui depuis des siècles n'avait pas vu la fumée d'un camp ennemi, se trouvait en état de siége. il n'en savait rien; tout à coup un projectile, d'une effrayante dimension, vient, en rasant sa maison, lui apprendre cette nouvelle. Oh! oh! s'écrie-t-il, c'est un obus!... Un obus! Est-ce *un* ou *une* obus qu'il faut dire? Et là-dessus notre grammairien ferme sa fenêtre, regagne sa bibliothèque, et s'y ensevelit pour résoudre cet important problème.

Je viens de faire à peu près comme lui, mais un peu moins hors de propos. Durant le nouvel et terrible assaut que le ministère livre au boulevard de

toutes nos libertés, j'ai pâli sur les dictionnaires,
j'ai consulté tour à tour l'académie, les encyclopé-
distes et les étymologistes. Cela est bien ridicule,
je ne prétends pas le nier; mais le système de défense est commandé par le système d'attaque.

Vous avez lu les *Lettres provinciales* : vous souvient-
il de cette grâce suffisante qui pourtant ne suffisait
pas? Eh bien! nous avons aujourd'hui une *périodicité*
qui n'est pas périodique, ou plutôt une non périodicité qui s'effectue périodiquement. Ce n'est pas assez
d'avoir rappelé les jésuites; on ressuscite jusqu'à
leurs burlesques jeux de mots. Que M. de Montes-
quiou, grâce à quelques restrictions mentales, dé-
clarât que *réprimer* c'était *prévenir*, passe encore;
mais M. de Serre n'est pas abbé.

Et pourtant M. de Serre nous dit : *tout journal
ou* (1) *écrit périodique paraissant soit à jour fixe, soit
par livraison et irrégulièrement*, etc. Si j'entends le
français, cette phrase est synonyme de celle-ci : un
écrit qui ne paraît pas régulièrement est un écrit
périodique, autrement dit un journal.

Or, j'ouvre le dictionnaire de l'académie, et j'y
trouve cette définition : « On appelle ouvrage pério-

---

(1) Il y a oʊ! Comme dit Figaro; c'est pour amener
l'assimilation qui amenera le cautionnement, lequel sera
suivi du timbre.

dique celui qui paraît dans des temps *fixes* et *réglés*, tel qu'un journal littéraire ».

Je passe au dictionnaire encyclopédique, et j'y trouve cette définition : « On appelle ouvrages périodiques des ouvrages qui paraissent *régulièrement* à certains intervalles de temps *égaux*, comme les journaux des savans, les gazettes ». Certes, à ce compte, les auteurs de l'Encyclopédie étaient bien loin de se douter qu'ils travaillaient eux-mêmes à un ouvrage périodique.

Remarquez bien que partout un ouvrage périodique est défini : un ouvrage qui paraît à des époques *fixes*, à des intervalles *égaux*, qui paraît *régulièrement*. J'aurais cru, d'après cela, que le *Journal du commerce* (1), par exemple, que je reçois régulièrement tous les matins est une feuille périodique, et que la *Minerve*, qui me parvient tantôt après un intervalle de cinq jours, tantôt après un intervalle de sept et quelquefois de dix jours, n'est pas un ouvrage périodique ; mais voilà que le projet de loi décide que la diversité n'exclut pas la parité, et que paraître régulièrement ou irrégulièrement sont deux choses tellement identiques, que la même expression doit être commune à ces deux modes d'apparition absolument dissemblables. L'un et l'autre, s'il faut s'en

---

(1) Le *Constitutionnel.*

rapporter à M. le garde des sceaux, constituent également la périodicité.

Son excellence aurait dû, ce me semble, procéder moins brusquement au néologisme légal ; elle aurait dû se faire recevoir à la seconde classe de l'Institut, se faire nommer de la commission du Dictionnaire de l'Académie, et hâter la nouvelle édition de ce dictionnaire, après avoir amendé, convenablement à ses vues, la définition, toujours un peu gênante, du mot *périodique*. Car enfin, on peut soutenir, sans porter atteinte aux droits constitutionnels des chambres, qu'elles n'ont pas elles-mêmes le droit d'empiéter sur les attributions de l'académie. Si nos législateurs politiques nous tracent des règles grammaticales, il faudra, par compensation, que nos législateurs littéraires s'occupent de nos droits politiques. Mais je vais plus loin : ces derniers mêmes, plus heureux en cela que les premiers, n'inventent rien, n'établissent rien arbitrairement ; ils ne sont que les échos de la voix publique ; ils ne proclament que des lois déjà populaires. Il est vrai qu'il est ici question des lois du langage : on y va plus lestement quand il ne s'agit que des lois d'où dépendent le bonheur et la liberté de la nation.

Je vous disais donc que la définition académique du mot qui nous occupe, puisque nos plus graves magistrats nous réduisent à disputer sur les mots,

que cette définition n'est point arbitraire, qu'elle est
le résultat de l'acception donnée à ce mot par l'usage,
du sens dans lequel ce mot est universellement entendu ; et comme les hommes en masse ont ordinairement assez de justesse dans la tête, aussi-bien qu'ils
ont dans le cœur l'instinct et le sentiment de ce qui
est équitable, il se trouve que la valeur reçue de ce
même mot est une valeur logique, nécessaire, intrinsèque. Les chambres, en adoptant la définition
du projet de loi, ne parleraient donc ni français, ni
raison : j'ignore jusqu'à quel point leur *considération*
en souffrirait ; mais ceux qui prétendent protéger, par
des amendes et des emprisonnemens, cette considération, auraient commencé par lui rendre un bien
mauvais service.

Oui, *périodique* et *irrégulier* sont contradictoires
par la force des choses. Ni le ministère, ni les députés, ni l'académie ne feront qu'ils soient synonymes. Jamais cette contradiction ne m'avait autant
frappé que depuis la visite que je rendis, il y a
quelques jours, à mon vieux et respectable professeur. C'était peu de temps après la présentation des
trois projets de loi. En jetant les yeux sur sa table,
j'aperçus le *Politique*. Ah ! lui dis-je, sans sourire,
mais à dessein, vous recevez cet ouvrage *périodique*.
Comment, me répondit mon professeur, d'un ton fort
grave, comment, mon cher élève, vous ne connais-

sez pas mieux la propriété des termes? Est-ce ainsi
que vous vous rappelez mes leçons ? Avez-vous déjà
oublié l'étymologie de l'adjectif *périodique ?* Ne savez-
vous plus que cet adjectif se compose de deux mots
grecs, de PERI, qui signifie *à l'entour,* et de ODOS,
qui veut dire *chemin*? De sorte que *périodique* est au
figuré ce que *circulaire* est au propre. Ce mot emporte nécessairement l'idée d'un cercle parcouru ; si
tantôt on s'arrête en route, tantôt on va au delà du
point de départ, il n'y a plus mouvement périodique.
C'est ce que fait la brochure que vous qualifiez si
improprement de périodique, tandis qu'elle est, de
fait, *irrégulière* dans ses apparitions et *continue*
dans son irrégularité. *Période* s'est dit d'abord du
temps que met une planète à faire sa révolution; c'est
de là qu'est venu, par analogie, *périodique,* et le
substantif indispensable, mais non encore adopté,
périodicité : ces deux expressions impliquent chacune
la *régularité* et la *récurrence,* mais non pas la récurrence seule. L'étymologie le prouve, et cette étymologie repose sur un fait qui est loi de nature : il
faudrait donc aller contre la nature même des choses
pour donner au mot dont elle est le type, une acception insolite, inintelligible, et, qui pis est, fausse.
Pardon, mon cher élève, de la chaleur avec laquelle
je viens de vous reprendre, c'est dans votre intérêt
que j'ai insisté : vous vivez au milieu d'un monde

généralement instruit et d'un sens droit ; je serais au désespoir que mon élève fût accusé d'ignorance, ou qu'il passât pour avoir l'esprit de travers. Je n'avais point interrompu le bon professeur : pour toute réponse, je lui montrai le texte du troisième projet de loi sur les publications.

En sortant de là, je me rendis chez un député que je sais être grand partisan de tous les projets de loi, et particulièrement de celui-ci. Je lui contai l'apostrophe du professeur. Que vous êtes simples tous les deux ! me dit-il : pensez-vous qu'on ignore que ce qui ne paraît pas périodiquement ne saurait être réellement périodique ? Cela saute aux yeux. Aussi n'est-ce qu'une extension donnée à un mot pour éviter une périphrase ou une trop longue énumération, qui aurait d'ailleurs l'inconvénient de tomber dans les individualités. Mais puisque vous tenez si fort à la lettre, effacez *périodique ;* l'apparente contradiction cesse, et l'esprit de la loi n'y perd rien. Votre visite n'aura pas été inutile ; je proposerai cet amendement à la chambre.

L'amendement est heureux, lui répondis-je, mais je doute que le ministère s'en accommode. Ne voyez-vous pas que le mot que vous voulez effacer sert de transition, et qu'en le faisant disparaître, vous ôtez le prétexte ? Comment cela, reprit le député ? Comment ? répliquai-je ; écoutez :

Il n'est pas juste en principe de soumettre les journaux à un cautionnement ; mais, à tort ou à raison, l'on est à peu près convenu de ne soustraire qu'à ce prix les journaux à la censure. Ce point gagné, que fait le ministère ? Suivez bien sa marche, je vous prie. Les journaux sont des feuilles périodiques : c'est à ce titre qu'on les condamne à une législation spéciale. PÉRIODICITÉ, voilà ce qui frappe l'attention, voilà le signe caractéristique, voilà ce qui motive l'exception : c'est presque une dénomination de catégorie à laquelle on est accoutumé. Y êtes-vous maintenant ? En donnant donc au mot *périodicité* une acception plus vaste, on n'effraie point par une expression nouvelle ; l'innovation est toute dans la chose. Que faut-il de plus ? On atteint de cette manière tous les écrits politiques presque sans les menacer : on ne les proscrit pas, on les qualifie, et cela revient au même ; c'est un tour de passe-passe.

Ne m'interrompez pas, de grâce : j'arrive à votre amendement. Si, au contraire, vous retranchez l'adroit *périodique* qui établit, aux yeux, du moins, et à l'oreille, la similitude ; si vous annoncez tout à coup qu'une foule d'écrits qui paraissaient jusqu'ici en toute liberté, sans péril pour la chose publique, vont être garrottés, vont être étouffés par les entraves d'un cautionnement ruineux ; chacun se demande, à cette brusque nouvelle : Mais pourquoi cette mesure; mais à quel titre l'applique-t-on à tant d'écrits qui ne sont pas des journaux? Là-dessus, les soupçons s'éveillent, les préventions se forment, et l'opinion devient très-difficile à manier. Oh! que ceux qui ont glissé, à l'improviste, ces quatre ou cinq syllabes PÉRIODIQUES, connaissent bien leur monde! qu'ils savent bien à quel point les hommes sont dupes des mots! Aussi *périodique* a-t-il fait fortune, même auprès de quelques-uns de vos collégues du côté gauche. Il est vrai, interrompit en riant mon député, il est vrai, la plupart des membres de la commission sont pour nous, à quelques nuances près; mais ils conviennent du principe, et c'est l'essentiel. En effet, interrompis-je à mon tour, que le ministère ait sous la main un cautionnement plus ou moins fort, qu'importe? Dès que ce cautionnement peut être sans cesse entamé avec facilité, et que cependant il doit être toujours complet, le but est atteint. Au reste, reprit le député, vous avez raison sur quelques points : *périodique* est indispensable; il faut énoncer les prémisses pour tirer la conséquence. Sans le *périodique*, le cautionnement tomberait des nues; je ne proposerai pas mon amendement. Vous êtes admirable, ne pus-je m'empêcher de lui dire, avec votre conséquence! Mais, si comme vous en êtes convenu d'abord, les prémisses sont absurdes, j'ai grand'peur que votre conséquence ne soit pas trop raisonnable.

En d'autres termes, la périodicité étant fictive et le cautionnement réel, il n'y a pas conséquence, il y a au contraire inconséquence ; et, en pareil cas, une inconséquence ressemble beaucoup à une mesure arbitraire et tyrannique. Il se peut, répartit le député avec quelque humeur, il se peut qu'il y ait quelque chose de spécieux dans votre raisonnement ; mais le fait est que le cautionnement est nécessaire, et que la périodicité motive seule le cautionnement. L'un est si étroitement, si indivisiblement lié à l'autre, qu'il faudrait renoncer au cautionnement si l'on avouait la non périodicité. Vous voyez bien que cela n'est pas faisable. Ah ! j'entends, m'écriai-je ; on anéantira vingt entreprises utiles, mais qu'y faire ? elles sont *périodiques* par fiction. On ruinera vingt propriétaires qui ont eu le tort d'attacher aux mots leur sens naturel ; peuvent-ils se plaindre ? on leur affirme qu'ils ont publié *périodiquement* des écrits qui ne paraissaient pas à jour fixe. On étouffera la pensée, les réclamations, les plaintes des citoyens ; car les brochures devenues journaux partageront bientôt l'esclavage ou la prudence de ces derniers ; pourquoi non ? les organes de l'opinion publique sont atteints et convaincus de *périodicité* par analogie ! Oh ! l'heureuse innovation, l'excellente logique ! Si elle ne satisfait ni le bon sens, ni la conscience, ni la liberté, elle est du moins féconde en résultats ministériels ;

en faut-il davantage? En disant ces mots, et sans attendre l'effet de ma sortie, je pris congé de l'honnête député.

J'étais à peine dans la rue, que je fis la rencontre d'un auteur d'écrits *périodiques*, selon la nouvelle définition. Je vais, me dit-il, consulter la personne que vous quittez. Épargnez-vous la consultation, lui répondis-je, et je le mis au fait. Mais quelle ressource me reste-il donc, si le projet passe, me dit mon ami? car enfin, très-résolument, je veux être libre, parce que je veux être franc. On m'offre bien de me cautionner; mais le cautionnement, par cela seul qu'il entraînerait l'éternel chapitre des considérations, par cela seul qu'il me mettrait dans la dépendance d'autrui; le cautionnement est pour moi l'esclavage même, c'est une censure qui menace alors même qu'elle n'atteint pas, c'est l'épée de Damoclès perpétuellement suspendue sur la tête de tous les écrivains qui ne sont pas ministériels. Eh parbleu! lui dis-je, mon cher, vous avez un moyen. Et lequel, me demanda-t-il? Lequel, repris-je? Allons consulter un avocat.

Monsieur, lui dis-je en entrant, vous connaissez le troisième projet de loi sur les publications. Comme on va vite en besogne à la chambre, je le suppose adopté. Voici mon ami qui publie, à intervalles inégaux, les livraisons d'un ouvrage que le projet appelle *périodique*. Il ne voulait pas écrire sous l'influence de la censure, il voudrait bien ne pas écrire sous la censure du cautionnement. La loi ne frappe pas de réprobation les journaux littéraires; qui l'empêche de traiter littérairement la politique ? Vous vous moquez, répondit l'avocat, tout est politique, y compris la littérature, suivant les circonstances (1). La traduction ou le commentaire des Annales de Tacite, l'Histoire du règne des derniers Stuarts, l'Histoire de France même, ne seraient-elles pas toutes politiques, quelque littéraires qu'elles fussent ? Enfin la grammaire elle-même ne rentre-t-elle pas dans le domaine de la politique : témoins *prévenir* et *réprimer*, témoins *irrégulier* et *périodique ?* Soyez politique et ministériels, et vous serez littéraires ; soyez littéraires et non ministériels, et vous serez politiques. Ne comprenez-vous pas que lorsqu'on établit des règles qui ne sont fondées ni en raison ni en justice, c'est comme s'il n'y avait point de règles ? Tout est vague, douteux, incertain, excepté la volonté du pouvoir : comme il faut bien enfin qu'une règle quelconque existe quand il s'élève un débat qui nécessite une décision, cette règle, c'est le pouvoir qui la pose à chaque circonstance donnée. En ce cas, lui dis-je, je crains fort pour le second moyen de salut que je voulais offrir à mon ami.

---

(1) Cette idée se trouve développée ci-après dans l'article intitulé : *De la littérature distincte de la politique.*

Toutefois, voici ce moyen : mon ami est associé à trois collaborateurs ; l'apparition mensuelle, bien que régulière, n'est pas considérée comme périodique. Qui les empêche de publier, chacun une fois par semaine, et sous un titre chaque fois différent, une feuille dont la révolution se terminera et recommencera tous les trente-deux jours ? Y aura-t-il contravention ? Non certes, répliqua l'avocat, il n'y aura ni raisonnablement, ni équitablement contravention ; mais judiciairement, je n'en voudrais pas répondre. Rien ne doit être plus évident, plus palpable qu'une contravention. Pour *aller contre* une chose, pour dépasser une limite, il faut que cette limite soit visiblement et nettement tracée, il faut que cette chose soit précise et fixe. Or, là où il n'y a, où il ne peut y avoir aucun de ces caractères, le point de la contravention est insaisissable : il est partout et il n'est nulle part. C'est assez dire qu'à cet égard encore vous êtes à la discrétion du pouvoir. N'importe, dis-je à mon ami, n'importe, il faut en essayer. Tout cela devient plaisant, à force d'être absurde : vous et vos collaborateurs, alternez vos publications à huit jours d'intervalle ; je parie qu'à la prochaine session le ministère décidera que le mois politique a trente-deux jours. Le proverbe aura menti, et nous rirons tous les trente-deux du mois aux dépens de nos illustres législateurs.

~~~~~~

LETTRE

SUR LA SÉANCE RELATIVE AUX BANNIS.

PARIS, 17 MAI 1819.

Je sors de la chambre des députés. L'explication si énergiquement sollicitée par l'opinion publique, si impatiemment attendue par tout ce qui porte un cœur d'homme, a eu lieu. On s'est occupé des pétitions qui demandaient, au nom de la justice et de l'humanité, qu'un terme fût mis aux proscriptions. Cette grande question est décidée : les proscriptions seront éternelles ; l'arrêt dicté par la vengeance et par le fanatisme est irrévocable. *Jamais !* cet effroyable mot a été prononcé ; *jamais !* telle est la réponse qu'obtient, après quatre années de tortures, le grand nombre des bannis. Pour les autres, il n'est pas certain qu'on se montre inexorable à leurs prières ; peut-être daignera-t-on songer un jour à quelques-uns d'entre eux ; toutefois on ne fixe point d'époque, on ne s'engage à rien, on ne promet rien ; on verra. Cependant, qu'ils souffrent avec résignation, et qu'ils implorent la miséricorde royale.

J'ai peine à commander à mon émotion : l'impres-

sion de douleur et d'épouvante qui se peignait autour
de moi sur tous les visages, ne m'a point encore
quitté. J'ai cru être au milieu de la chambre de 1815;
je doute encore que son règne ait fini; du moins je
vois que nous avons tout ce qu'il faut pour le re-
commencer (1). C'est de sang-froid aujourd'hui,
c'est avec une sorte de dignité que les proscriptions
sont maintenues; disons mieux, que l'on proscrit
de nouveau. Mais tâchons de mettre quelque suite
dans ce que j'ai à vous raconter. Vous me pardon-
nerez un peu de désordre : j'ai connu la proscription;
j'ai long-temps partagé le sort de ces mêmes exilés
que la France rappelle, et que repousse opiniâtrément
je ne sais quelle invisible main. Je fus le témoin de
leurs angoisses et de la barbarie de l'étranger; j'ai
admiré leur courage; je suis fier de compter parmi
eux des amis; et il en est dont je souhaiterais les
vertus et les talens à ceux qui se déclarent leurs
accusateurs, leurs juges, j'allais dire plus; mais tout
le monde m'a prévenu.

Jamais discussion ne fut plus véritablement nationale; jamais sujet plus imposant, intérêt plus cher,
espérances mieux fondées, ne rassemblèrent une

_____

(1) Je déclare que je ne change rien au texte imprimé il
y a vingt mois, et qu'en conséquence je suis innocent de
toute allusion.

multitude plus inquiète et plus empressée. Ceux qui n'avaient pu trouver place dans l'enceinte ou dans les corridors, attendaient dans les salles extérieures, dans les cours, et jusque dans la rue. Il semblait que la France eût envoyé de nouveaux députés aux débats, ou plutôt il semblait qu'elle y assistât tout entière pour mieux soutenir les droits de ses enfans expatriés. La sympathie qu'inspire le malheur à quiconque est doué de quelque sensibilité, n'était pas le seul motif de cet immense concours : personne ne se dissimulait que la cause de quelques Français opprimés était devenue celle de nos institutions, celle de nos garanties, et que le jugement de cette cause serait la pierre de touche de la bonne foi et de la loyauté ministérielles, que notre avenir était dans ce jugement ; que par-là, en un mot, nous était révélé le fond de la pensée des hommes auxquels nos destinées politiques et nos personnes sont livrées.

Des bruits bien différens circulaient avant la séance. On parlait d'un renvoi motivé au président des ministres ; on parlait de l'ordre du jour ; le nom du rapporteur de la commission était lui-même un mystère pour un grand nombre de députés. On conçoit l'importance des noms dans une telle circonstance. Honneur aux hommes dont le nom prononcé est comme une prophétie en faveur de la justice et de l'infortune ! c'est une récompense bien douce et bien

digne d'envie ; c'est un plaisir bien pur ! Deux noms,
de présages contraires, se partageaient l'espérance
et la crainte : cette incertitude seule était effrayante.

Une nouvelle vint cependant dissiper en partie les
inquiétudes ; on annonçait que le garde des sceaux
prendrait la parole. La confiance que ce ministre a su
inspirer au côté gauche, le caractère dont il est re-
vêtu, ses propres souvenirs, ne permettaient pas que
l'on mît en doute, sans lui faire injure, la cause qu'il
se proposait de défendre. Ministre populaire (1), com-
battrait-il un vœu éminemment national ? Chef de
la justice, pourrait-il, quand l'équité réclame en
faveur de citoyens exilés sans jugement, ne pas se
déclarer leur avocat, lui qui est leur protecteur né ?
Député loyal, orateur généreux, dans un temps de
passions et de dangers, voudrait-il se démentir alors
que les passions sont calmées, alors que le seul péril
qu'il ait à courir est de n'être plus ministre ? Ne
sommes-nous pas bien loin de cette époque où un
homme qui a eu le tort d'avilir les autres hommes
pour avoir le droit de les mépriser, se plaisait à les
mettre en contradiction avec eux-mêmes, à opposer
leur conduite à leur caractère, leurs discours à leurs
discours, par un contraste humiliant dont le souvenir,

(1) Qu'on veuille bien se reporter à la date.

comme une empreinte ineffaçable, s'attachait à leur personne ?

Au milieu de ces conversations animées, la séance s'ouvre. Qui pourrait dire de quelles pétitions l'on s'est d'abord occupé ? le moment était mal choisi pour elles. Arrivent enfin les pétitions qui intéressent les bannis. M. Cotton est rapporteur ; aucune de ces pétitions n'est lue : la lecture n'en est pas même demandée ; une analyse sèche et sans couleur, ou plutôt une simple indication de l'objet qui leur est commun à toutes, sert de texte à d'assez longues considérations dont pas une n'est puisée dans le droit, dans la Charte, dans l'examen et la discussion de l'arrêt qui a condamné des citoyens au bannissement sans qu'ils fussent jugés, sans qu'ils fussent entendus.

La voix du rapporteur paraissait altérée ; on le croira sans peine : il est même des hommes qui en auraient perdu tout-à-fait l'usage, s'ils avaient été chargés d'une aussi triste commission ; mais M. le rapporteur s'est bientôt remis, et s'est fait entendre distinctement de toutes les parties de la salle.

Il est des occasions où toutes les précautions sont mal-adroites et malheureuses ; où l'emploi des formes oratoires est ridicule, quand il n'est pas une insulte de plus. Après avoir proféré les mots de pitié pour annoncer qu'on serait impitoyable, de clémence quand il s'agit d'éterniser les proscriptions, de repentir quand il fallait prouver le crime ; l'orateur, dirai-je le député, passe aux prétendus inconvéniens politiques d'un rappel général. En effet, quelques vieillards épars sur le sol de la France seraient bien formidables ! Puis, il reproche aux victimes de la réaction les sentimens qu'il leur suppose ; leur conduite qu'il ne connaît sans doute que par le rapport de quelques espions, leur imputant ainsi l'effet présumé et d'ailleurs trop naturel de l'injustice qui pèse sur eux, pour conclure à la prolongation indéfinie de cette injuste mesure. Quant à sa révocation, il lui semble, après quatre ans, qu'il serait *intempestif et irréfléchi* de prendre l'initiative. En vérité, il est difficile de renfermer le sentiment qu'on éprouve à de pareils discours, lorsque personne n'ignore combien peu il s'en est fallu que la commission n'eût pris cette initiative, si intempestive, si irréfléchie ; lorsque personne n'ignore combien il y a eu de paroles données, combien on avait lieu de penser que les assurances les plus positives allaient enfin recevoir leur exécution ! Il y a du courage, je l'avoue, à tenir en face de la nation le langage que tient aujourd'hui M. le rapporteur ; mais pour moi, je l'avoue aussi, je préfère à ce genre de courage, celui que montrent la plupart des Français au malheur desquels M. le rapporteur n'a pas encore suffisamment réfléchi. Il a découvert leurs prétendus torts avec une sagacité qui fait honneur à son zèle; mais le compte des maux qu'ils ont endurés ne ferait pas moins d'honneur à sa générosité et le rendrait un peu plus indulgent.

Ce qui indigne surtout, c'est qu'on ait fait intervenir, pour exercer une influence illégale et cruelle, un nom qui ne doit être invoqué que pour commander l'oubli des ressentimens et pour répandre des grâces. C'est ici que *le silence eût été respectueux*. Et vers quelle doctrine a-t-on voulu nous faire rétrograder à la faveur de cette intervention! C'est *taxer indirectement la clémence royale d'être trop rigoureuse* que de renvoyer des pétitions à un ministre! Alors plus de pétitions, plus d'adresses au trône, plus de propositions de la part des députés; car on taxe la couronne ou de négligence, ou d'ignorance, ou de mauvaise volonté! Voilà où entraînent les sophismes; mais il fallait maintenir les lois d'exil : qu'importent les doctrines, pourvu qu'on atteigne un si un noble but ?

Quel est enfin cet axiôme que *le roi seul peut juger les hommes, les temps et les choses !* Alors, pourquoi des chambres, pourquoi des institutions ? Mais plutôt, pourquoi réfuter sérieusement une absurdité qui ne serait que risible, si, par son application, elle n'était inhumaine?

On devine sans peine que, dans un tel discours, une mercuriale contre les abus du droit de pétition était un texte obligé : encore faut-il qu'un discours soit d'une certaine étendue. Aborder le fond de la question, cela était impossible, vu la conclusion ; il y avait donc quelque adresse à se jeter dans une discussion de thèse générale, qui prête toujours plus ou moins à l'argumentation. Grâce à cette excursion, le rapport s'est agrandi des deux tiers, et l'on a éludé la difficulté principale : on n'a parlé ni à la raison, ni à la justice, ni aux sentimens généreux de la chambre ; M. le rapporteur s'est acquitté à merveille de sa mission. Nous ne lui adresserons qu'un seul reproche ; c'est que pour un homme qui tient tellement à l'opportunité, que l'initiative d'une mesure par laquelle cesseraient les proscriptions lui paraît intempestive, il s'est un peu légèrement dispensé de l'à-propos.

Les bonnes transitions ne sont pas dans les mots, mais dans les choses. Etait-ce bien le moment de tonner contre *l'audace* des pétitionnaires, quand ces pétitionnaires réclamaient en faveur du droit le plus sacré ? Existe t-il une connexité bien frappante, entre les inconvéniens qu'il y aurait à tout oser, tout entraver, à franchir toutes les limites, et le fait légal et constitutionnel de solliciter le rappel des bannis ? Ces alarmes ne sont-elles pas un peu hors de saison, quand il est question d'adoucir des infortunes, de faire cesser des exils qui se prolongent depuis tant d'années, et pour lesquels on n'a pas craint de tout oser, de franchir toutes les limites? Quels sont les plus coupables et les plus dangereux, ou des hommes qui se révoltent contre la prolongation de pareilles iniquités, ou de ceux qui s'en font les apologistes, qui les perpétuent, et qui par-là en deviennent, autant qu'il est en eux, les auteurs? C'est à vous, M. le rapporteur, que j'adresse cette dernière question, qui n'est point intempestive.

Mais déjà de nombreux amis vous ont ouvert leurs rangs, et sont prêts à vous protéger de toute la force de leurs poumons. Pourquoi donc s'en prendre à vous seul? En effet, l'orateur qui vous succède pour vous combattre, ne parvient qu'avec peine à la tribune : un murmure sourd l'avertit de l'accueil qui l'attend. Il s'épuise en circonlocutions, pour prévenir ou du moins pour suspendre l'arrêt qu'il ne prévoit que trop ; il se garde de laisser échapper les mots de justice, d'oubli, d'union, d'humanité, de rappel des bannis enfin, sans les environner de tout ce qui peut en adoucir l'àpreté. Vaines précautions! Ni sa voix suppliante, ni ses appels à la bonté, ni ses invocations à Henri IV, ni toutes les formes dans lesquelles il enveloppe et cache, pour ainsi dire, la requête du faible opprimé, ne peuvent sauver le vice du fonds : la supercherie, tant de fois heureuse, est sans succès quand il s'agit de surprendre un acte de justice; la

majorité de la chambre ne donne pas dans de semblables piéges. M. Caumartin, sans avoir rien obtenu (et que demandait-il? un simple renvoi au
ministre), M. Caumartin descend de la tribune où
déjà s'élançait M. de la Bourdonnaie, lorsque le
garde des sceaux, au nom du gouvernement, ré-
claine la parole, remplace M. de la Bourdonnaie,
et, au grand étonnement de l'assemblée, le remplace dignement. Alors il fut manifeste que tout était
perdu, que les députés indépendans étaient joués,
que les hésitations de la commission, prolongées
presque jusqu'à la séance, étaient concertées, et que
la noble cause du malheur et des lois était trahie;
trahie par l'homme qui est honoré du même titre
qu'honoraient d'Aguesseau et Malesherbes.

En vain ferez-vous retentir les grands mots de
salut public et de raison d'état, ces mots homicides
qui ne signifièrent jamais qu'absence de preuves et
d'équité, ces mots qui couvrirent tous les forfaits de
la double terreur : il n'en reste pas moins vrai que ce
sont des mesures d'exception que vous avez consacrées, des proscriptions que vous avez maintenues,
des Français que vous avez replongés dans les horreurs de l'exil. Vous vous êtes constitué, aux yeux de
l'Europe, vous ministre de la justice, l'apologiste et
le défenseur de la violation de toutes les lois divines
et humaines.

12

Tous les lieux communs de M. le rapporteur contre
l'abus des pétitions, et en particulier contre les pétitions qui demandaient le rappel des bannis, ont été
reproduits par M. le garde des sceaux, et n'ont gagné,
dans sa bouche, ni en justesse ni en convenance. Une
si grande affectation de zèle contre les inconvéniens
possibles d'un droit, quand il est question de faire
cesser actuellement des atrocités de fait, a paru au
moins suspecte. Quoi! parce que des pétitions ont
enfin forcé le ministère à s'expliquer sur le sort des
bannis, voilà, selon le ministère, le trouble et le
scandale portés dans le sein de la chambre et dans
tout le royaume? voilà la royauté attaquée? Il faut
convenir que cette figure de rhétorique est bien puérile, quand elle s'adresse à une assemblée qui garde
le plus religieux silence, à une nation qui, dans l'attitude la plus calme, attend le résultat d'une demande
faite par les voies les plus pacifiques et les plus constitutionnelles. Non, non; il n'y a point de trouble
pour la cause des bannis, si ce n'est dans certaines
consciences; il n'y a point de scandale de la part des
amis de cette cause : il vient tout entier de ses ennemis. Certes, la France et l'Europe sont aujour-
d'hui scandalisées, mais c'est qu'on ait vu, au sein
d'une chambre constitutionnelle, par le gardien de nos
lois, les lois et la charte foulées au pied, dans la personne des Français proscrits au mépris de cette charte.

Mais puisqu'on a été perpétuellement hors de la question, ce qui, pour le dire en passant, démontre à quel point il y avait disette de raisons, il faut une bonne fois répondre à un argument dont il paraît que l'on se propose de tirer un grand avantage. Des pétitions, parties d'une même source, sont répandues, dit-on, sur tous les points de la France, d'où elles sont ensuite adressées à la chambre. C'est un fait qu'il faudrait prouver; mais admettons qu'il soit constant. Quelle induction fâcheuse pourrait-on en tirer? Sont-elles signées? Oui; qu'importe donc et la rédaction et les rédacteurs? Sont-elles signées, je le répète? Oui; elles sont donc l'expression du vœu des signataires. Depuis quand faut-il que la forme d'un acte ou d'un billet, ou d'un contrat, soit libellée et signée par la même personne? Que des citoyens qui habitent la province cherchent à s'entendre avec leurs concitoyens de Paris; que des commettans se consultent avec leurs mandataires; que ceux-ci même les préviennent; que tous s'aident mutuellement de leurs conseils, de leurs efforts; qu'ils travaillent de concert pour éviter les fausses démarches; qu'y a-t-il en cela qui ne soit simple, naturel, dans l'intérêt de l'ordre et d'une sage liberté? Avec un peu de réflexion, on verra qu'il serait fâcheux que cela fût autrement, ou plutôt qu'il n'en peut pas être autrement.

Au reste, on ne saurait trop le répéter, il s'agissait du fait de la rentrée des proscrits, et non du
droit de pétition. Peser toutes les conséquences éloignées de ce droit, dans une telle circonstance, c'est
allier bien du scrupule à bien peu de sensibilité. Il est
vrai qu'en revanche, M. le garde des sceaux a eu,
par souvenir, des mouvemens qui, sans doute, par-
taient du cœur : si des infortunes présentes l'ont
trouvé inflexible, il s'est attendri sur des malheurs
qui ne sont plus ; il s'est livré, de mémoire, à une
éloquence qu'on pourrait appeler rétrograde ; la révolution, le 20 mars, l'ont tellement pénétré de douleur
et d'indignation, qu'il ne lui est plus resté ni indignation pour ceux qui veulent maintenir des lois révolutionnaires, ni douleur pour ceux qui en sont les
victimes. Aussi sa logique a été admirable. Veut-t-on
rappeler la famille Bonaparte ? Non. Eh bien ! au
lieu de ne laisser subsister dans la loi d'amnistie que
les articles qui la concernent, laissons-les subsister
tous : ne rappelons personne. Les votans dont j'ai
défendu les droits, comme député en 1816, je les
abandonne maintenant que je suis ministre. En voulez-
vous savoir la raison ? c'est qu'alors la charte n'était
pas encore violée à leur égard, et qu'elle l'est maintenant. Quand une fois la charte est méconnue, il faut
qu'elle reste méconnue, bien que l'ordonnance du
5 septembre ait dit le contraire. Que répondre à des

argumens si puissans? De nombreux *bravo* se sont fait entendre sur les bancs du centre et du côté droit. L'orateur, ainsi encouragé, a poursuivi et a convaincu tout le monde que le fait d'avoir accepté des fonctions pendant les cent jours ou d'avoir signé l'acte additionnel, avait changé à tel point la nature des votes émis, il y a vingt-cinq ans, qu'ils cessaient de droit d'être protégés par la charte ; que ce même fait modifiait tellement les convenances, la dignité, la politique, les affections, que le vote ne suffisait plus pour qu'elles fussent blessées par la présence des votans qui ne sont que votans. Quant aux autres, l'idée seule de révoquer leur exil révolte l'orateur, d'où il conclut par extension à la nécessité de ne révoquer légalement l'exil d'aucune autre classe de bannis. Une logique si démonstrative et si loyale est encore un fois couverte de *bravo* par le centre.

C'est alors que le ministre manifeste toute sa pensée ; qu'il déclare ouvertement que l'équité n'entrera pour rien dans les rappels qui pourront avoir lieu à l'égard des Français portés sur la seconde liste ; que les considérations personnelles seront la seule règle qui sera suivie : c'est alors qu'il annonce qu'il n'y a plus de patrie à espérer pour ceux dont l'opinion sera douteuse, pour ceux qui, dans leur profession de foi, ou dans leurs réclamations, ne se serviront pas précisément des expressions qui leur seront dictées; un mot, une syllabe de plus, que dis-je, une simple réticence, et le proscrit est proscrit pour toujours. Ainsi voilà le silence transformé en crime ! Quelles époques, quels hommes, grand Dieu ! rappelle cette affreuse politique ! Bien qu'après cette franche déclaration on s'attendît à tout, M. le garde des sceaux a trouvé le moyen en finissant d'atteindre le sublime du genre. A l'égard des exilés, s'est-il écrié, *peut-être* ; à l'égard des bannis, *jamais* ; et ce mot d'enfer, ce mot qui est un jugement, et un jugement éternel, a été applaudi !

On sent combien il était essentiel d'interdire la réplique : si le bon sens, si la justice venaient à se faire entendre, c'en était fait du discours du ministre. D'une part, le centre suivait de l'œil les moindres gestes du président ; de l'autre, le président guettait les moindres mouvemens du côté gauche. M. Manuel et quelques-uns de ses collégues se lèvent : ce fut le signal de la clôture ; elle est à l'instant demandée, mise aux voix, adoptée ; toute discussion est étouffée ; *l'ordre du jour* suit avec rapidité, frappe les proscrits comme d'un coup de foudre, et laisse l'assemblée dans la stupeur. Peut-être les opposans, malgré leur petit nombre, auraient-ils dû faire plus de résistance : c'était le cas de protester, de violer en quelque sorte la tribune, de se faire jour à travers ces cris forcenés, de se devouer enfin : peut-être l'aspect de quelque vénérable député eût-il réveillé quelque sentiment de pudeur ou de convenance, peut-être enfin eût-on consenti à l'entendre ; et quand je songe à tout ce qu'il pouvait dire, quand des exemples me prouvent tout ce que peut sur une assemblée l'éloquence entraînante du cœur et de la raison, je n'ose affirmer que la chambre même l'eût écouté impunément. Toutefois je conçois le désappointement et la consternation des députés fidèles : à leurs côtés on cédait à l'entraînement du nombre et des considérations ; je le conçois encore : le génie de la proscription planait sur toutes les têtes ; DIX-HUIT CENT QUINZE était présent : on voyait, on touchait ceux-là même..... Oui, je le conçois, on peut avoir peur en pareille compagnie.

P. S. Je vous envoie cette lettre écrite à la hâte ; je vous prie pourtant de n'y rien changer : je ne sais jusqu'à quel point les termes en sont ménagés et prudens ; je sais seulement qu'il n'en est aucun qui ne soit l'expression de ma pensée et une inspiration de la vérité. S'il est des personnes qui, feignant de prendre le cri de leur conscience pour celui du zèle, vous traduisent devant les tribunaux, nommez-moi ; je serai glorieux de souffrir encore pour une cause si belle.

SUR L'ACTE D'ACCUSATION

DE M. BAVOUX.

JUILLET 1819.

CET œuvre de M. Bellart est un *factum* où l'auteur n'a pas même eu l'adresse de jeter un vernis d'impartialité. Dès le début, il s'abandonne contre le prévenu à des invectives du plus mauvais goût. Les épithètes de turbulent, de déclamateur démagogue, de chef de faction, d'homme fougueux, de professeur ignorant et inepte, sont prodiguées, par un magistrat, à un citoyen magistrat lui-même.

Au milieu d'un historique mutilé des événemens que personne n'ignore aujourd'hui, et qui tous sont attribués à *l'impéritie*, à la *préméditation criminelle*, à *l'entêtement* de M. Bavoux, l'accusateur signale les phrases *scandaleuses* proférées par le prévenu dans le cours de ses leçons. Le professeur, s'écrie M. Bellart, a outrageusement calomnié notre Code criminel. Et qu'a dit enfin ce professeur après les réclamations de tant de publicistes, de tant de députés, après l'énergique et lumineuse critique de M. Bérenger? Nous

citerons ses expressions les plus vives : « Il est vrai
» de dire que notre Code a été façonné par la tyran-
» nie et dans la vue de la cimenter. Un esprit peu
» philanthropique domine dans l'application des pei-
» nes. Il semble qu'on ait voulu tout criminaliser pour
» se donner le plaisir de tout punir. Qui croirait que
» quand Bonaparte, qui n'avait figuré sur le théâtre
» du monde que pour y faire du bruit et y forger
» des fers, eut reçu le salaire dont tous les peuples au-
» jourd'hui sauront toujours s'acquitter envers leurs
» ennemis, cette législation, toute prévoyante qu'elle
» soit pour la conservation et l'agrandissement du
» pouvoir, tout hostile qu'elle soit contre les justi-
» ciables, ait été trouvée par certains hommes en-
» core trop bénigne, et ne faisant pas assez pour
» les circonstances. Qu'arriva-t-il? les délations se
» multiplièrent, les arrestations suivirent, et des
» maux sans nombre fussent venus accabler la na-
» tion sans la sagesse du roi et du gouvernement... »

Tel est le passage mis en évidence par M. Bellart,
dénoncé entre tous les autres comme le plus séditieux
qui ait retenti aux oreilles des étudians. De bonne
foi, y a-t-il dans ce passage matière à un procès
criminel? y a-t-il rien même qui s'écarte de la vérité; et M. Bellart lui-même oserait-il soutenir la
proposition contraire? Où en sommes-nous, si après
tant de peines portées contre les prétendus partisans

de Bonaparte, si après un si grand appareil de supplices déployé contre eux, c'est du Code impérial
aujourd'hui que les auteurs de ces peines, que les
exécuteurs de ces supplices, c'est du système du
despotisme impérial qu'ils se déclarent les apologistes et les vengeurs? De toutes parts s'élève un
cri pour demander la réforme du Code d'instruction
criminelle; cette réforme est promise, attendue, et
un professeur est coupable pour en avoir fait sentir
la nécessité! il est coupable pour avoir appuyé cette
doctrine vraiment constitutionnelle sur des faits que
personne ne peut révoquer en doute! il est coupable
pour avoir répété ce qui, vingt fois, s'est dit à la
tribune!

Nous avons insisté sur ce passage, que M. Bellart
qualifie de censure indécente, parce que c'est là le
vrai corps du délit. Là se borne ce qu'il dénonce
comme ayant été *dit* de plus répréhensible, puisque
le reste n'est qu'écrit et n'a point été prononcé; là
devrait donc se borner l'accusation.

Mais il est évident qu'on n'a pu s'en déguiser la
faiblesse. Grâce à des perquisitions que le prévenu a
eu *l'insolente audace* d'appeler violation de domicile,
on s'est emparé de son manuscrit, c'est-à-dire, de sa
pensée même. Heureux enlèvement! de quel secours
n'a-t-il pas été à M. Bellart? sans ce document, où
en était-on réduit après tant de fracas? Il faut voir

de quelle sorte M. Bellart exploite cette matière à
inductions et à interprétations. Nous avons vu des
chefs-d'œuvre dans ce genre; celui-ci les surpasse tous.
Jusqu'ici on avait tronqué, décomposé les phrases,
dénaturé le sens, torturé les mots; cette fois, ce
sont les lignes absentes que l'on interroge, ce sont
les ratures dont on soulève le voile mystérieux; une
grande partie du réquisitoire est consacrée à cette
investigation magistrale : la couleur de l'encre, l'exactitude de la pagination, la quantité des grains de
poudre, l'inélégance du burin, sont autant d'indices
de culpabilité. Tout le crime est infailliblement dans
ce qu'on ne voit pas. Un des plus terribles griefs
imputés à l'auteur, c'est d'avoir apporté trop de soins
et trop de correction à son ouvrage, c'est d'avoir
trop fidèlement obéi à ce précepte de Boileau :

Ajoutez quelquefois et souvent effacez.

Vous verrez que pour être irréprochable, il faudra
qu'un manuscrit soit, comme le *Télémaque*, écrit
d'un seul jet. Le *Télémaque* n'en fut pas moins, dans
son temps, suspect de maximes séditieuses : peut-
être même trouva-t-on dans cette extrême facilité
une circonstance aggravante ; en effet, elle décèle un
cœur qui ne délibère pas même dans le mal, qui s'y
porte avec délectation, preuve palpable d'endurcis-
sement et de perversité naturelle et invétérée. Mais

autre temps, autre indice ; la fréquence, la longueur, la largeur, l'épaisseur des ratures, *la poudre dont elles ont été saturées, et qui fait éprouver au doigt le contact d'un corps grumeleux,* voilà quels sont de nos jours les élémens de conviction qui déterminent le renvoi d'un auteur par-devant la cour d'assises.

M. Bellart n'est pas seulement un magistrat ingénieux, c'est aussi un littérateur d'une extrême susceptibilité, c'est un grammairien qui ne vous fait pas grâce d'une virgule. Tenant d'une main le glaive de Thémis, saisissant la férule de l'autre, il traite M. Bavoux en écolier ; il le chapitre sur le *désordre du matériel ;* il le gourmande sur la *surcharge du contexte ;* il le tance sur la *souillure du papier ;* il le sémonce sur *sa composition lourde et laborieuse.* Disons-le franchement, M. Bellart abuse ici du sentiment de ses forces et de sa supériorité : on peut être un auteur digne d'estime, et n'avoir rien de commun avec l'éloquence de M. Bellart. Qui oserait prétendre à cette puissance de style, à ces traits pénétrans par lesquels M. Bellart frappe presque toujours ceux qu'il veut atteindre? Mais après avoir rendu à l'orateur une justice que personne ne lui refuse, nous sera-t-il permis de demander au magistrat dans quelle section du Code il classe les délits de *composition lourde et laborieuse ;* et si par hasard le Code ne s'en occupe point, oserons-nous insister et demander pourquoi,

dans un acte aussi grave, une observation aussi puérile; pourquoi, dans une accusation où il y va de
l'honneur et de la liberté d'un citoyen, ce ton de
précepteur, cette affectation de sarcasmes littéraires
qui annoncent le dépit et presque la colère?

Cette agglomération de menues probabilités, de
conjectures invraisemblables, de perfides insinuations, sert d'introduction préventive et de commentaire insidieux aux longs et nombreux extraits qui
suivent. Ces extraits ne sont pas pour cela toujours
exempts de transitions malignes et de gloses inju-
rieuses. Ici ce sont des *proclamations incendiaires*; là
des réticences qui *syncopent* le sentiment de l'auteur;
plus loin des concessions qui ayant tous les caractères
de la bonne foi, ne sont que des *correctifs* de mauvaise grâce. Enfin l'éloge n'est pas moins empoisonné
que la censure; les expressions qu'on blâme sont les
seules sincères.

La patrie est le sol (1) : cette définition est traitée de

_____

(1) *La patrie, c'est le sol.* Proposition erronée ou tout au
moins mal-sonnante, s'écrient les hommes qui ont transporté
vingt ans leurs pénates au milieu des baïonnettes étrangères;
et là-dessus, M. de Châteaubriand de faire des métaphores.
La patrie des Athéniens, du temps de Thémistocle, flotte
au gré des flots et des vents : elle est dans leurs vaisseaux;
c'est-à-dire que c'est là, que c'est dans ce poste plus avantageux qu'ils combattent pour le *sol* d'Athènes; le sol n'avait

matérialisme politique ; M. Bellart veut absolument faire croire qu'il s'est expatrié sous le règne de Bonaparte. Le mot de *terreur de* 1815 lui fait mal ; il y a des noms qu'il ne saurait entendre de sang-froid. Déjà il s'apprête à fulminer; mais hélas! s'écrie-t-il avec douleur, *une longue et indéchiffrable rature se trouve en cet endroit.*

M. Bavoux se plaint, avec tous les citoyens, de l'espèce d'inviolabilité des fonctionnaires publics ; et en cas que la poursuite soit autorisée contre ceux qui ont attenté à la liberté individuelle ou prévariqué de toute autre manière, il se plaint encore de la

---

donc pas cessé d'être leur patrie. Guillaume-le-Taciturne fut le Thémistocle des Bataves. La mer servit d'asile ou plutôt de champ de bataille aux Hollandais : toutes les villes, sauf Amsterdam, étaient abandonnées et submergées ; mais c'était pour conserver le *sol* aux dépens du reste. La proposition d'aller chercher une patrie dans des climats lointains et plus favorisés du ciel, dans le Nouveau-Monde, au milieu de leurs propres colonies, cette proposition fut rejetée avec indignation; celle de périr pour la défense d'un *sol* sauvage, en proie à l'Océan, fut accueillie avec enthousiasme, fut soutenue avec toute l'opiniâtreté du courage et du patriotisme. Rome est prise, elle est brûlée, ou plutôt Rome n'est plus. le *sol* existe seul ; une ville conquise et voisine offre ses murailles, ses maisons, ses places publiques, ses palais : Rome en cendres est préférée; Rome, réduite au sol, l'emporte dans tous les cœurs. Demandera-t-on encore si le sol est la patrie ?

mansuétude du législateur à leur égard. Il tire de cet
état de choses la conséquence que *les garanties des
citoyens pouvant être impunément violées, la législation
est vicieuse, et qu'il est instant de faire cesser les
alarmes qu'elle peut causer.* Toutes ces assertions,
qui à coup sûr ne sont pas neuves et sont encore
moins contestées, n'en sont pas moins aigrement re-
levées par M. le procureur du roi. Nous imaginons
que ce fonctionnaire a trop de pudeur pour que cette
partie de sa tâche ne lui ait pas paru infiniment
pénible.

Cette feuille ne nous suffirait pas s'il nous fallait
passer en revue les doctrines également constitutionnelles développées par M. Bavoux, également
proscrites et *criminalisées* par M. Bellart. Citons cependant encore le simple énoncé des griefs suivans :

« Le sieur Bavoux s'élève contre la section entière
» du Code pénal, relative à la RÉVÉLATION des crimes
» qui compromettent la sûreté de l'état.

» Il blâme en général le système d'obliger sous
» des peines à la révélation des crimes d'état.

» Il attaque la disposition par laquelle l'obligation
» de révéler semble s'étendre même à ceux qui par
» état sont obligés de garder les secrets qui leur
» sont confiés.

» Le délai de vingt-quatre heures lui semble
» d'une brièveté excessive.

» Il soutient que le secret des lettres ne doit,
» dans aucun cas, cesser d'être inviolable.

» Il prétend que les visites domiciliaires, sans
» motif, sont immorales ; que jeter inopinément
» l'alarme et l'effroi dans une famille, que pénétrer
» arbitrairement dans la maison d'un citoyen, sur-
» prendre au fond de leur asile sa femme et ses
» filles, c'est une investigation sacrilége ».

Voilà les propositions que l'on impute à crime à
M. Bavoux ; et nous ne craignons pas de le dire, ce
qu'il blâme, ce qu'il attaque, ce qu'il soutient dans
ces divers passages, tout citoyen, tout homme d'honneur, tout ami de la morale le soutient, l'attaque,
le blâme avec lui.

Personne ne veut que sa famille et lui-même
soient en proie aux irruptions des espions et des gendarmes ; personne ne veut que les épanchemens de l'a-
mitié, les secrets du cœur et de la conscience, servent
de pâture à la malignité ou à la perfidie des plus
ignobles agens de l'autorité ; personne ne veut ériger
la délation en devoir et en vertu, et transformer
le tribunal de la confession en bureau de police.
M. Bellart a souvent employé l'épithète de *révol-*
tante; il nous semble qu'elle qualifierait très-bien
la doctrine opposée à celle que professe ici M. Bavoux.

On doit être préparé à tout après une aussi ex-

traordinaire énumération de griefs, et pourtant en
voici un qui surprendra encore.

. Il *déclame,* dit M. Bellart, il déclame contre la
peine de mort; il voudrait du moins qu'elle fût abolie pour les crimes politiques. Et quelle âme généreuse ne forme un pareil vœu après trente années
de révolutions, pendant lesquelles on a fait de la
peine de mort un si fréquent et si déplorable abus?
Nous n'examinerons point cette doctrine en thèse
générale. Montaigne, Beccaria, Voltaire, Condorcet
et beaucoup d'autres philosophes ont agité, avec un
doute que l'humanité, que la politique peut-être
avouent, cette grande et difficile question : qui oserait décider après eux qu'elle est résolue et qu'il ne
faut plus la reproduire? Mais réprouver le souhait d'une exception du moins, d'une exception qui
aurait épargné tant de condamnations qui parurent
justes un moment, qui sont flétries, qui sont un objet
d'horreur aujourd'hui, tant de condamnations encore qu'un même destin attend; réprouver, comme
digne de la vengeance des tribunaux, un souhait si
noble et si pur, l'appeler une *déclamation,* voilà ce
qui doit plus qu'étonner dans la bouche d'un magistrat, dans la bouche de M. Bellart.

. On conçoit quel vaste champ a dû fournir à un
pareil accusateur la doctrine de la résistance légale
à l'arbitraire. M. Bavoux s'est borné à peu de mots

qu'il aurait pu étayer des principes et de l'exemple d'un grand nombre d'Anglais célèbres. Ce qu'il avance est faible auprès de ce qu'ils prouvent et de ce que rappelle madame de Staël dans ses *Considérations sur la révolution*. Il est certain que la liberté constitutionnelle ne serait qu'un vain mot sans la résistance légale à l'arbitraire. Quel agent ne se permettrait des agressions auxquelles on ne s'opposerait jamais ? Cette prétendue maxime séditieuse n'est déjà plus une question en France.

A sa dernière leçon, la veille du jour où son domicile devait être violé, M. Bavoux s'élevait, par une sorte de pressentiment, contre la violation du domicile ; grand crime assurément, que ceux qui ont pénétré chez lui, qui lui ont enlevé ses papiers avant qu'il fût en état de prévention, ne lui pardonnent pas. Tels sont les principes, telles sont les doctrines dont la teneur équivalente se retrouve dans les ouvrages de nos auteurs les plus recommandables, moralistes, publicistes, prêtres, philosophes, dans les discours d'une foule de nos députés ; telles sont les doctrines dont le type est dans la charte et dans le cœur de l'homme de bien, et qui aujourd'hui, sous l'empire de la charte, au milieu d'une population éclairée, sont travesties en maximes funestes, en provocations à la révolte, et sont présentées aux tribunaux comme la cause unique des troubles qu'une démarche imprudente et irrégulière a suscités, et qu'a fomentés quelques jours l'emploi, non moins irrégulier, non moins imprudent, de la force armée. Le contraste de la conduite des élèves après le premier moment d'effervescence, avec la conduite qu'on a tenue envers eux ; la persévérance de ces élèves dans cette conduite calme et constitutionnelle, dans ce langage légal et mesuré, ne font-ils pas bien plutôt l'apologie que la critique des leçons de leur maître (1)?

_____

(1) On sait quelle fut l'issue et de ce procès et de celui que l'on intenta aux étudians. — Cette expérience n'a point servi de leçon ; des réquisitoires beaucoup plus violens ont été fulminés contre des prévenus que le tribunal a également acquittés, bien qu'ils comptassent parmi leurs accusateurs des ministres parlant du haut de la tribune. Ces discours, rapprochés de l'événement, formeront dans l'histoire de l'époque un chapitre bien caractéristique.

APERÇU

DE LA SITUATION POLITIQUE

DE LA FRANCE,

AOUT 1819.

Nous assistons aux événemens ; nous y prenons part ; leur flux et reflux nous emporte çà et là : chaque point où la lutte s'engage est successivement occupé par nous ; chaque nuance nous frappe ; chaque détail nous absorbe : les masses et l'ensemble nous échappent. Essayons, une fois, de nous placer à distance et d'embrasser ce tableau d'une même vue.

Deux grands contrastes s'offrent d'abord : l'attitude respective de la France et des autres puissances principales de l'Europe ; voilà pour l'extérieur : au dedans, la théorie et la pratique de la liberté, le moral et le personnel des institutions ; en un mot, les choses et les hommes.

Il faut qu'à l'irréflexion et à l'habitude vienne se joindre toute la vivacité de nos débats intérieurs, pour nous dérober ce que nos relations avec l'étranger ont encore d'intolérable et de funeste. Les fron-

tières de nos voisins sont hérissées de baïonnettes,
et nous sommes désarmés comme un peuple conquis ;
car ce n'est point pour une nation qui compte un
million de vieux soldats, qu'un peu plus de cent mille
recrues, sous des chefs presque aussi jeunes qu'elles,
sont une force militaire : en l'absence d'une garde
nationale, ce n'est autre chose qu'un fantôme d'armée défensive. Nous serions envahis avant d'avoir pu
résister, ou la résistance naîtrait de moyens que le
pouvoir lui-même s'efforcerait de comprimer ; c'est-
à-dire que la guerre étrangère amènerait la guerre
civile, et que la lutte la plus légitime et la plus sacrée
entraînerait un bouleversement général.

Cette dernière assertion recevra bientôt sa preuve.
Disons ici, pour ne point sortir du sujet, que de la
conviction de notre faiblesse, conviction bien sentie
par ceux qui nous gouvernent, bien calculée par les
gouvernemens alliés, résulte, au bénéfice de ceux-ci,
un ascendant dont notre indépendance n'a pas moins
à souffrir que notre orgueil. Et telle est la bizarrerie
de cette position que des intelligences avec l'étranger, des préférences pour lui contre nous, crimes de
haute trahison partout ailleurs et en France à toute
autre époque, sont presque avouées par le ministère, et lui deviennent presque indispensables.

Ainsi furent consultés, sur le nombre et la for-
mation de nos légions à venir, ceux qui nous sur-

veillent ou nous menacent à la tête de leurs légions
en armes ; ainsi la place de Paris fut livrée à leurs
banquiers ; ainsi nous recevons avec empressement
et avec honneur tous les envoyés qu'il leur plaît de
nous dépêcher, et ils n'accueillent nos ambassadeurs
que s'ils ont daigné les choisir à l'avance ; ainsi le
ministère, les conseils, les lois, toute l'administration, toute la législation d'un pays constitutionnel,
flottent incertaines, ou changent tout à coup suivant
que les courriers d'un monarque absolu ralentissent
ou précipitent leur marche. Est-il de liberté, de
stabilité possibles avec cette perpétuelle réaction de
l'extérieur sur l'intérieur ? Mais il est temps de faire
voir que c'est à l'intérieur même qu'est la source du
mal, et qu'ainsi ce double aspect de la France qui
nous avait d'abord frappés n'en présente plus qu'un
seul à un examen plus attentif.

Le mal, nous le répétons, est au dedans ; il est
dans l'incohérence et l'opposition des élémens dont
se compose notre corps politique ; il est dans l'antipathie naturelle et l'hostilité nécessaire des hommes
et des choses. Une citation empruntée à un grand
homme fera mieux comprendre notre pensée.

« Combien est vaine et présomptueuse, dit Fox (1),

_____

(1) Histoire des deux derniers rois de la maison de Stuart,
Introduction.

» l'opinion que les lois font tout! Combien faible et
» pernicieuse est la conclusion qu'on en tire, qu'il
» faut s'occuper des choses et non pas des hommes!
» L'insuffisance des lois en faveur des sujets, lorsque
» l'administration est tombée entre les mains de per-
» sonnes hostiles à l'esprit qui les a dictées, est dé-
» montrée d'une manière funeste par l'histoire géné-
» rale de l'Angleterre à partir de la concession de
» la grande charte, et plus positivement que jamais
» par les événemens du règne de Charles II..... C'est
» une extrême folie de se reposer sur des mesures
» décrétées, sans faire attention au caractère des
» hommes chargés de les exécuter ».

Que les personnes qui fondent leur sécurité sur
les progrès qu'ont faits en France les doctrines constitutionnelles, qui s'imaginent que tout va suivre
comme de soi-même, parce que nous avons obtenu
l'aveu et la concession des principes, que ces personnes aient présentes ces paroles de Fox, et qu'elles
en fassent l'application dans le cours de cet aperçu.

Des souvenirs et des traditions de l'ancien régime,
des lois et des habitudes du gouvernement impérial,
des antécédens du gouvernement restauré, de la
double invasion étrangère, du conflit de tous les préjugés, de toutes les passions, de tous les intérêts, du
mélange et de la succession au pouvoir des hommes
de tous les partis, est issu, en dernière analyse, l'état

de choses que nous avons sous les yeux. Coordonné à la surface par le temps et par une habileté tardive, cet assemblage se soutient par toutes ces causes réunies et parce qu'il existe. Mais qui peut calculer les chances de la moindre attaque, de l'événement le plus ordinaire? Une mort, une déclaration de guerre, un mouvement à deux cents lieues de distance, n'ébranleraient-ils pas cet édifice dont les parties sont en contact mais non pas en harmonie, sont rapprochées mais non pas liées? Ce qui, sous la forme d'image, semble peut-être empreint de quelque exagération, est d'une vérité si évidente qu'elle trouve à chaque instant son application. Parle-t-on du renvoi d'un ministre? une réaction est imminente. Une querelle de spectacle ou d'école est un commencement de révolution. Une étincelle fait-elle donc redouter l'incendie là où il n'y a point de matières inflammables? Au reste, c'est l'œil qui est ici le meilleur juge.

Les amis les plus ardens de la monarchie ennemis secrets du monarque; des ministres et point de ministère; la moitié des agens de l'autorité visible dévouée à une autorité invisible; des ambassadeurs du gouvernement actuel servant les intérêts du gouvernement qui n'est plus; les ministériels de la chambre n'étant pas les hommes des ministres en place; beaucoup de magistrats qu'indigne la législation nou-

velle; des lois dans un sens, l'application de ces lois
dans un autre; l'assassinat forcément impuni après
avoir été récompensé; les recherches de la justice
interrompues, au grand scandale de l'opinion, dans
la crainte même de rencontrer les coupables; une
charte et des proscriptions; des Suisses à la charge
du trésor, à la garde du palais, et nos vieux guerriers délaissés; des couvens, des jésuites, des missionnaires, tout le fanatisme, tout le ridicule de la
superstition au milieu des Français du dix-neuvième
siècle; la liberté des cultes, et un culte exclusif
protégé par des magistrats et par des gendarmes;
des seigneurs, sous le nom de maires, jetés à travers
une population de paysans et d'acquéreurs de biens
nationaux; ceux qui ont vendu ces biens en exil
sous le nom de régicides; des écoles de frères igno-
rantins à côté des écoles d'enseignement mutuel;
les régulateurs de l'éducation luttant contre les progrès des lumières; de vieilles coutumes opposées aux
mœurs nouvelles; une noblesse et l'abolition des
priviléges; des intrigues de sérail décidant de nos
destinées; des chefs d'armée qui n'ont jamais combattu; des corps constitués en guerre ouverte avec
leurs supérieurs; les individus d'un même corps en
guerre entre eux; une opinion dans la Vendée, une
dans le nord, une dans le midi, une dans telle ville,
une dans telle autre; vingt nuances dans chacune

de ces opinions : incertitude et claudication dans la
marche du gouvernement, avouant, proclamant aujourd'hui ce qu'il rejetait, ce qu'il proscrivait il y
a quelques mois; vivant au jour le jour; ajournant
ce qu'il a promis; brusquant ce qu'on est loin d'attendre; assumant, de gaieté de cœur, après les avoir
répudiées, quatre années de désastres et de fautes :
la liberté de la presse interdite de fait aux départemens, et, par suite, des préfets plus puissans pour le
mal que les ministres eux-mêmes; des antécédens et
des hommes odieux que l'on affecte de conserver;
une sorte de ministère nouveau qui se rattache à tous
les autres, sur la tête desquels planent les imputations
les plus graves; l'absence d'institutions sans lesquelles
la charte serait une lettre morte : ainsi le faîte de
l'édifice est décoré alors que les fondemens ne sont
pas assis; avec tout cela, peu de commerce et des
impôts accablans.....

Telle est la France; telle est sa situation matérielle. Que fait, au milieu d'une pareille confusion,
d'un pareil discord d'élémens, une belle théorie ? A
quelles mains en confierez-vous l'exécution? Qui voudra, qui pourra la faire triompher ? Ce n'est donc
encore qu'un heureux accident. La charte elle-même
est octroyée et son auteur est mortel. Après Henri IV
et l'édit de Nantes, vint Louis XIV et la révocation
de l'édit. Les hypothèses sont permises, sans doute,

surtout quand il s'agit de nos plus chers intérêts. Si
le parti qui évidemment a voulu détruire la charte,
ou, sous ce vain nom, exhumer l'ancien régime, si
ce parti, un jour, dans peu, ressaisissait le pouvoir
et l'administration, sous un chef qui le protégeât,
qu'arriverait-il ? Je dis plus ; si ce parti qui a des
trésors, des armes, une organisation, des chefs, des
intelligences au dedans et au dehors, et l'expérience
de l'impunité, si, à l'instant même, franchissant toute
considération, il se portait à un acte de désespoir et
de violence, je le demande, les ministres sont-ils en
mesure de le vaincre, de résister seulement à un
coup de main ? Que l'attaque vienne de l'extérieur,
les ministres la repousseront-ils mieux ? Qui met-
tront-ils à la tête de l'armée, et où est cette armée ?
Quelle est donc cette administration qui, en temps
de paix, hésite, avance, recule, divisée, déchirée
qu'elle est dans son organisation intestine ; cette
administration qu'une destitution ferait chanceler,
qu'une note diplomatique peut dissoudre, où l'on
s'occupe alternativement d'affermir ce qui existe et
de faire un coup d'état, où les intérêts nouveaux
sont sans cesse à la veille d'être remplacés par les
intérêts anciens, où se succèdent les hommes de
l'ancien régime et ceux de la révolution, où la domination absolue, si ce n'est l'aristocratie, si ce n'est
l'oligarchie, peut à chaque instant être substituée au

système constitutionnel, où toutes ces formes mêmes se montrent simultanément?

Les principes, grâce à l'expérience de nos voisins et à la nôtre, sont enfin établis et sont impérissables; mais, sauf quelques bienfaits particls, peuvent-ils prévaloir tant que la culture en sera confiée aux mains de ceux qui auraient voulu les étouffer dans leur germe, tant que le terrain sera mobile et prêt à s'affaisser à la moindre commotion, tant que notre existence politique sera un problème (1)?

---

(1) La confiance qui régnait alors, et que partageaient des esprits distingués, s'explique par notre légèreté naturelle, qui est elle-même entretenue à Paris, par les mœurs et les habitudes de cette grande cité; dans le reste de la France, par l'influence de la capitale. Il est incroyable de quel degré d'irréflexion notre caractère est susceptible. « Quoi donc ! » disons-nous ailleurs (1er Aperçu de la session de 1819), on » a importé, reçu, cultivé avec faveur tous les germes de » contre-révolution, et l'on s'étonne de les voir se dévelop- » per, et surgir à la surface, et grandir, et s'étendre, et tenter » d'étouffer tout ce qui s'oppose à leur accroissement qui, » de sa nature, est exclusif et dominateur! » Nous sommes stupéfaits de ce qui est la conséquence nécessaire, facile à prévoir, cent fois annoncée, de notre conduite. Nous nous réveillons en sursaut, comme d'un profond sommeil, à l'aspect de l'ouvrage de nos propres mains. Que serait-ce si nous venions à jeter les yeux en arrière et à nous contempler dans le passé? A peine *Paris* voudrait-il se reconnaître

dans le tableau où, il y a six ans, il a été pris sur le fait. Quelques traits seulement peuvent être reproduits dans ce volume ; et peut-être trouvera-t-on que le *Paris* de 1821 ressemble encore beaucoup à celui de 1814.

« ...... On a souvent, et avec raison, comparé la France à un être animé, dont les provinces sont les membres, Paris l'âme et la volonté. Quand l'ennemi a voulu la blesser à mort, c'est là, c'est au cœur qu'il a dirigé ses coups. Ses provinces sont hérissées d'armes, de soldats, de forteresses qui peuvent l'envelopper ; n'importe, il précipite sa course : Paris est pris, la France est vaincue. Paris est pris ; le seul bruit de cette nouvelle, comme celui des trompettes de Gédéon, disperse l'armée, et vingt millions d'hommes répètent en tremblant : « Paris est pris ».

C'est de Paris que les provinces attendent et reçoivent leurs modes, leurs opinions et leur politique : les provinces, comme les héliotropes, tournent, s'élevent et s'abaissent, suivant que Paris tourne, s'abaisse ou s'éleve. Paris est l'astre qui imprime tous ses mouvemens au tourbillon qu'il entraîne dans sa marche rapide. En un mot, la France est toute dans Paris : c'est donc Paris qu'il faut gouverner pour gouverner la France, et pour cela il ne s'agit que de bien connaître le caractère du Parisien et de s'y conformer.

Le Parisien, cet enfant gâté du plaisir, est aimable, enjoué, malin ; ses émotions sont vives, mais rapides, ses idées justes, mais d'une inconcevable mobilité ; il a le cœur bon, mais il a trop d'esprit ; et il n'y a point de catastrophe si épouvantable, de situation si touchante, dont on ne parvienne à le distraire par un mot heureux ou par une personnalité piquante. Aussi léger, aussi capricieux, aussi inconstant qu'une jolie femme, ce n'est pas le malheur, c'est l'ennui, c'est l'ennui seul qu'il redoute; il pardonne tout excepté l'ennui;

Il lui faut du *plaisant*, n'en fût-il plus au monde.

En 1814, lorsque tant de nations réunies se trouvaient pour la première fois sous les murs de la capitale, vous croyez peut-être que la lassitude d'un joug tyrannique nous détermina seule à les accueillir : ce fut, sans doute, un de nos motifs; mais la curiosité, mais le plaisir de voir des hommes de tous les pays, des habits de toutes les couleurs, des chapeaux de toutes les formes, des plumes blanches, vertes, rouges, bleues, droites, courbées : voilà notre motif secret mais véritable; voilà le motif dont tout le monde ne se rendait pas compte, mais qui entraînait tout le monde. L'ennemi entre : quelques personnes déplorent, dans le silence de la solitude, la honte et plus encore les maux à venir de la patrie; la foule inonde les places, les rues, les toits, les balcons. — C'est un Russe. — Non, c'est un Prussien. — Qu'a-t-il donc sur la poitrine ? comme il se penche sur son cheval ! il n'a pas de grâce à cheval, il n'en a pas du tout. ma parole d'honneur. — Qu'est-ce que c'est que cela ? — C'est un Anglais. — Ah, c'est un Anglais! le joli cheval! mais ce plumet, c'est une horreur; il est inconcevable qu'on porte un plumet comme celui-là !

Les canons, les caissons, les munitions de guerre, tous ces instrumens de carnage qui venaient de moissonner la fleur de nos guerriers, ne semblent plus que des décorations de théâtre, uniquement consacrés au plaisir des yeux; c'est un spectacle, un spectacle nouveau, extraordinaire; le Parisien est enchanté.

Eh bien! ma chère baronne, avez-vous vu les Cosaques?

vous n'avez-vous pas vu les Cosaques? C'est un singulier
peuple que les Cosaques! leur figure, leur longue barbe,
leur longue pique, tout cela est on ne peut plus plaisant.
Allez voir les Cosaques, cela vous divertira beaucoup.

Vous êtes insupportable, M. le comte, avec vos économies. Je veux absolument avoir une loge à l'Opéra. Notre
terre a été ravagée, je ne dis pas le contraire ; mais cela ne
doit pas m'empêcher d'avoir une loge à l'Opéra. J'y verrai
à mon aise les souverains alliés : ce sera un coup-d'œil en-
chanteur. Tous vos amis, M. le comte, ont des loges à
l'Opéra ; il m'en faut une aussi : c'est bien le moindre dédommagement que vous me deviez pour tant de malheurs.

Qu'est-ce? qu'y a-t-il de nouveau? s'écrie un élégant,
en entrant à Tortoni : que fait-on de nous? sommes-nous
partagés? nous donne-t-on un empereur, un protecteur. un
roi? — On parle des Bourbons. — Bah! pas possible! Et
lequel succède? est-ce Louis XIX, Louis XX? — Je ne
sais. — C'est Louis XVIII, interrompt un vieillard. — Ah!
oui, Louis XVIII, le comte d'Artois; j'y suis maintenant.
— Eh! non, interrompt un troisième, c'est le duc d'Angoulême, le fils du duc de Berry. —Vous êtes dans l'erreur,
reprend sèchement le vieillard : c'est *Monsieur*, le frère de
Louis XVI ; tout le monde sait cela...... — Tout le monde!
Les personnes de votre âge-peut-être : je parie cent napo-
léons que les autres n'en savent pas plus que moi. Tout le
monde! Il est original, ce brave homme!.... »

DE L'INFLUENCE ÉTRANGERE.

AOUT 1819.

Toute nation qui ne relève pas uniquement d'elle-même, est frappée au cœur, ou plutôt ce n'est déjà plus une nation. Que Rome ôtât ou laissât le titre d'alliés aux peuples qu'avaient subjugués ses armes ou la seule terreur de son nom ; qu'ils conservassent ou perdissent un fantôme de lois et de souverains, leurs pays n'étaient également, sous des apparences diverses, que des provinces romaines. L'histoire s'occupe beaucoup des vainqueurs ; elle dédaigne de nous instruire avec quelque détail de la situation des vaincus. Je voudrais bien savoir quelle grande action pouvait être faite, quelle utile institution pouvait être fondée ou affermie par un roi client du sénat, ou d'un général, ou d'un empereur, ce roi fût-il le meilleur des hommes. Essaie-t-il de créer une législation favorable au bonheur, à la liberté des siens ? survient un proconsul, un envoyé, un hôte, qui, d'un mot, renverse ce frêle édifice ; heureux quand le bien seulement lui est interdit, et quand les vains honneurs du trône ne sont pas payés au prix de la trahison et du meurtre ! Ce cercle que trace un ambassadeur romain (1) autour du monarque qui hésite à répondre, est l'image de la liberté d'un gouvernement auquel manque l'indépendance extérieure.

Et qu'on ne dise point que la politique actuelle de l'Europe ne permet pas de revoir cette domination hautaine et tyrannique de gouvernement à gouvernement, ni ces ordres du maître à l'esclave qui ne peut qu'obéir. La diplomatie moderne a, je l'avoue, des formes plus polies ; mais de la part du plus fort elle n'est pas moins exigeante, ni moins funeste au plus faible ; elle ne s'abstient pas toujours de commander à celui-ci le crime qu'elle croit utile à ses intérêts. Des exemples récens, qui se perpétuent encore et que je citerai, en feront foi.

Pour s'affranchir au dedans, un peuple doit donc commencer par se soustraire à toute influence du dehors. Et ce n'est point à la guerre qu'il doit recourir d'abord : qu'il examine ses institutions, et qu'il les change, si ce sont elles qui donnent prise sur lui à ses voisins : si c'est la nature de ses relations avec eux, qu'il les rompe ; non-seulement sa liberté, mais son existence est à ce prix. En vain la Pologne est peuplée d'hommes libres et braves ; elle

_____

(1) *Popilius.*

14

porte dans son organisation politique un germe de mort : son système électif appelle l'étranger ; elle périra par l'étranger. La Grèce et l'Italie ont depuis long-temps cessé d'être des nations : même influence étrangère, même et inévitable effet. C'est abuser du mot, ou le profaner, que d'en décorer cette foule de petits états enclavés et comme perdus au milieu de l'Allemagne. Voyez Bade se débattant contre le génie qui la maîtrise ; que lui servent et les vertus de son prince et sa noble ardeur ? sa constitution expire en naissant. Le nom de nation ne convient pas davantage aux Pays-Bas eux-mêmes. Tous ces prétendus royaumes ne sont que des portions de territoire qu'on peut, à volonté, grouper ou subdiviser, ainsi que des découpures de cartes géographiques. Ici la force manque, là le patriotisme, et toujours par cette même cause : l'influence étrangère. C'est elle qui sépare le prince du peuple ; c'est elle qui divise les citoyens entre eux ; c'est elle qui sape dans leur base les meilleures institutions, ou qui les empêche de s'élever ; c'est elle qui relâche ou dissout les liens de la cité, démoralise une nation, et la réduit enfin, par une espèce d'abnégation politique, à n'être plus qu'un corps inanimé, la proie de quiconque veut s'en saisir.

Certes, il s'en faut que la France soit déchue à ce point : elle porte en elle-même un principe de

vie qui résiste en ce moment aux plus rudes atteintes,
et qui triompherait de bien d'autres encore. Mais
c'est une raison de plus pour qu'elle s'indigne d'un
joug qu'elle peut secouer. Pourquoi consumer en
luttes de détail, et qui la déconsidèrent, des forces
qui, présentées en masse, décideraient à l'instant,
et pour toujours, de son indépendance ? Pourquoi
cette attitude souple et incertaine en face de l'étranger, dont on semble mendier ce qu'il suffit de vouloir
pour le posséder ? On le dissimule en vain ; l'étranger veut encore dicter des lois. Un congrès nous fait
peur : on ne voit là que la dignité de la France qui
soit compromise, et je m'en consolerais si sa liberté
était sauve. L'est-elle en effet ? le ministère lui-
même n'oserait l'affirmer. Que°dis-je ? l'aveu contraire lui est cent fois échappé. A chaque demande
d'une institution nationale, l'étranger s'y oppose,
répondait-il avec un effroi réel ou simulé. L'étranger était présent, on n'insistait pas. L'étranger parti,
le ministère a cédé, en luttant, à l'opinion qui l'entraînait, et s'est empressé de faire amende honorable
auprès de l'étranger absent, de cet excès de patriotisme. Chose inouïe, et qui, d'un trait, peint l'époque !
c'est l'homme qui, loin de la France depuis vingt-
cinq ans, compte plus de services à l'étranger que
dans sa patrie ; c'est, autant qu'il était possible,
un étranger qu'on a choisi pour lui décerner une

récompense nationale ! Je ne sais si la conquête aurait exercé des droits plus affligeans ?

Aujourd'hui encore, bien que le ministère ait la pudeur de n'en plus convenir, aujourd'hui encore l'influence étrangère domine dans nos relations diplomatiques, pénètre dans nos conseils intérieurs, se glisse jusque dans le sein de nos assemblées législatives, et cherche à présider à nos destinées. Le ministère changera-t-il d'hommes et de politique ? La loi des élections sera-t-elle dénaturée, maintenue, abrogée ? La chambre se renouvellera-t-elle chaque année par cinquième, en totalité tous les cinq ou sept ans ? Qui pourrait, en France, résoudre ces questions ?

On ne le sent que trop, l'influence étrangère empêche la liberté qu'elle redoute de grandir et de se fortifier, et la France de reprendre entre les puissances le rang qui lui appartient. Toutefois, c'est moins l'étranger que le ministère qu'il nous faut accuser. Nous savons faire la part des circonstances; elles furent déplorables, mais elles ont bien changé. Nos voisins sont assez occupés chez eux et entre eux pour que la France puisse reprendre sa dignité et son ascendant. Ce qui était nécessité naguère, serait désormais trahison. Une conduite uniforme, à une époque si différente, donnerait lieu à des soupçons que j'ose à peine exprimer. En voyant ces

éternels courriers nous apporter d'éternelles alarmes; en voyant des institutions, dont toute la force
est dans l'idée qu'on a de leur stabilité, à la merci
du caprice, ou des terreurs paniques, ou de l'intrigue, ou du machiavélisme de je ne sais quel cabinet de l'Europe; en voyant un ambassadeur ou un
général accourir en poste pour créer chez nous un
ministère, on dirait, on aurait le droit de dire, que
ce prétendu incident est une chose concertée, que
des engagemens, dont notre liberté est le salaire,
ont été pris et ratifiés dans quelque marché d'hommes.

Nous ne saurions, dans cet état de choses,
trop déplorer la lenteur du ministère à déployer
quelque énergie contre l'influence étrangère, cette
plaie des petits états dont les grands portent en eux
le remède. C'est notre organisation intérieure qui
prête des armes si puissantes à l'ennemi extérieur;
c'est là, nous l'avons dit, qu'est le mal : il est dans
l'absence des institutions; il est dans le froissement
et l'antipathie des hommes et des choses; il est dans
cette habitude de traiter l'étranger en ami et le
Français en étranger, et de s'appuyer sur celui-ci
contre celui-là; il est, en un mot, dans le rapprochement d'élémens hostiles, résultat de circonstances
extraordinaires, dans cet assemblage de contradictions, les unes ridicules, les autres odieuses, dont
nous avons déroulé le tableau dans notre *Aperçu de*

la situation de la France, et dont l'indication suffit au ministère, s'il veut sincèrement l'indépendance et la liberté de la France.

Eh quoi! cette indépendance, le but principal de toute société, le premier des biens; cette indépendance, cause ou prétexte de toutes les guerres, que l'on défend au péril de sa vie, que l'on achète du plus pur de son sang, le ministère, un ministère français, ne fera-t-il aucun effort pour l'obtenir? L'armée d'occupation a fui; oui, elle a fui devant la France calme, mais impatiente; et l'étranger nous parlerait en vainqueur, par l'organe de ses envoyés, sans que le langage si long-temps familier à nos ambassadeurs nous revînt en mémoire! Que les ministres de l'Europe s'assemblent, que leurs estafettes se croisent sur toutes les routes, qu'ils intriguent dans un conclave, qu'ils délibèrent dans un congrès; que nous importe? Organisons la France constitutionnelle.

Ainsi cessera bientôt, et probablement sans coup férir, cette influence étrangère, l'aliment des discordes civiles, la source d'espérances coupables chez cette classe d'hommes dont elle est la providence; la ruine des gouvernemens qui, s'ils ne la repoussent, ne parviennent jamais à se nationaliser.

Si notre territoire n'est plus occupé, la France est toujours envahie : aux soldats ont succédé les diplomates, car l'étranger aujourd'hui craint moins nos forteresses que nos institutions ; et Dieu veuille qu'on ne lui livre pas un jour celles-ci d'aussi bon cœur qu'on lui a remis celles-là ! Encore une fois, nous avons de fâcheux antécédens ; nous avons des déférences et des habitudes peu rassurantes. J'ai rappelé quelques faits ; j'ai dû en taire beaucoup d'autres : l'expérience de nos voisins achèvera la leçon.

Le gouvernement des Pays-Bas nous dira qu'il a voulu être constitutionnel, et que l'intervention étrangère ne le lui a pas permis ; il nous dira qu'il a proclamé le droit de publier librement la pensée dans cette même Hollande, le berceau de la liberté de la presse, et que l'étranger lui a dicté les termes d'une loi de censure ; il nous dira qu'il a fait un droit constitutionnel d'un antique usage chez la nation batave et belge, je veux dire de l'hospitalité, et que jamais gouvernement ne se montra plus que lui in-hospitalier, dur aux exilés qu'il avait d'abord ac-cueillis, exécuteur des ordres les plus rigoureux envers des hommes qu'il n'avait aucun sujet de haïr ; il dira qu'il est inoffensif de sa nature, et que, par déférence, il s'est chargé d'une extradition !!! Ce langage n'est point une supposition commode, le gouvernement belge l'a tenu en effet. Ses journaux nous ont appris qu'il avait les mains liées, qu'on lui faisait la loi ; ils ont retenti de ses regrets et des aveux de sa faiblesse. Ce n'était pas lui qui régnait chez lui !

Le général d'une nation dont l'intérêt est de ruiner le commerce de la Belgique, et de la tenir dans l'abaissement, un général anglais est, en Belgique, chef de la force armée ; c'est lui qui ordonne et surveille la construction des places fortes.

Mais là ne se sont point bornés les funestes effets de l'influence étrangère. Les impôts sont presque doubles de ce qu'ils étaient sous le régime impérial. Où vont ces impôts ? C'est ce que laisse assez entendre le traité secret que les ministres ne sont point obligés de communiquer aux états-généraux. Les manufactures sont ruinées, et les marchandises anglaises inondent les magasins belges. Liége est riche en fabriques d'armes, et c'est Londres qui équipe l'armée des Pays-Bas ; il n'est pas jusqu'au territoire de la fertile Belgique qui ne soit exploité au profit de ces insulaires. Dans une année de disette, on ne put obtenir une loi qui prohibât l'exportation ; les grains achetés à vil prix furent, au poids de l'or, revendus aux habitans ; la disette devint famine ; des émeutes eurent lieu dans presque toutes les villes ; on fit ressource de tout ; le roi fit distribuer des alimens grossiers ; l'exportation des grains continua.

Qu'est-il arrivé ? Le gouvernement qui, par lui-même, se serait identifié avec la nation, en est resté séparé par l'intervention étrangère. Le sentiment qu'il inspirait malgré lui, a bientôt dénaturé son caractère ; les mesures préventives, les lois d'exception, les cours spéciales, le système des persécutions judiciaires, tout l'attirail du despotisme a été appelé au secours de l'autorité morale qu'il avait perdue ; c'est par lui-même, à la fin, et de son plein gré, que le ministère est devenu hostile aux citoyens. Ainsi, la dépendance extérieure a ruiné la liberté intérieure, et n'a pas même laissé l'espoir de la recouvrer (1).

Terminons par un exemple moins récent, mais plus frappant peut-être encore. Deux idées dont l'alliance est bien étrange, avaient pris place dans la tête de Charles II et de son successeur, que possédait également la vanité des priviléges héréditaires. Ils briguaient le joug étranger pour imposer à la nation le joug de leur seule volonté : ils se faisaient esclaves au dehors, pour être chez eux maîtres absolus ; enfin, ils se vendaient à Louis XIV, pour acheter, avec son or, le droit de disposer de leurs propres sujets : une telle gloire compensait, à leur avis, toute la honte de l'asservissement extérieur.

---

(1) Voir la note à la fin de cet article.

On sait à quels excès les poussa la soif effrénée de
la domination par droit divin. J'omets les conspirations de police, les assassinats juridiques, les massacres. Je ne parle que du double rôle que le gouvernement avait à jouer auprès de Louis XIV et auprès
des citoyens ; je n'envisage que le contre-coup qui, de
Versailles, venait briser les institutions à Londres (1).
J'ai le cœur anglais, disait Jacques II au parlement ;
j'ai le cœur français, disait-il le même jour à l'ambassadeur de Louis. Ici il multipliait, à deniers
comptans, les gages de sa pacifique soumission ; là
il protestait qu'il allait soutenir, les armes à la main,
l'honneur national. Une déclaration solennelle tran-
quillisait les esprits ; le soir même un engagement
contraire était signé. Le parlement déplaisait surtout
à Louis XIV ; les despotes ont toujours en peur des
mandataires de la nation. Le parlement était à la
merci du monarque français. Sera-t-il convoqué ?
l'argent de Louis XIV en décidera. La session sera-
t-elle longue ? il faut vous en informer à l'ambassadeur français. La représentation nationale sera-

---

(1) Voir la Correspondance de Barillon ; l'ouvrage mal-
heureu ement incomplet de Fox ; les Trois Règnes de l'Histoire d'Angleterre, par M. Sauquaire Souligné, et l'excellent Tableau des règnes des derniers Stuarts, par M. Bou-
lay de la Meurthe.

t-elle prorogée, modifiée, abolie ? c'est au cabinet
de Versailles que la question est soumise, et c'est
lui qui prononcera. La religion catholique, l'ancien
régime du temps, sera-t-elle dominante ? Les pa-
pistes, les ultra d'alors, ressaisiront-ils le pouvoir ?
Jamais, dit le ministère anglais ; *attendez*, dit le roi,
en écrivant à Louis XIV. Et c'est ce même roi, c'est
ce vassal de l'étranger qui tenait à la nation des discours hautains, qui parlait en maître des droits de la
couronne et des devoirs des sujets ; c'est le même
roi qui ouvrait ses portes à l'étranger, et traitait les
citoyens en ennemis ; qui amassait ainsi tous les élémens de révolution, et qui accusait le peuple d'être
révolutionnaire.

Ainsi, par sa faute seule, par l'effet naturel et
nécessaire de l'influence étrangère dont il pouvait,
d'un mot, s'affranchir, l'orgueil national était sans
cesse humilié, froissé, les institutions ou menacées
ou suspendues, le gouvernement sans force morale,
une réaction toujours imminente, les terreurs nationales perpétuellement éveillées ; de là des ressentimens profonds, des haines immenses qui éclatèrent
enfin.

Le plus fort des gouvernemens, n'eût-il pas un
allié, c'est un gouvernement national ; la plus puissante des nations, eût-elle tous les gouvernemens
pour ennemis, c'est celle que révolte l'influence

étrangère, c'est celle qui ne veut dépendre que de ses propres lois, c'est celle qui met au premier rang des vertus, comme des devoirs, l'*amour de la patrie*.

Note indiquée à la page 217.

Il y a environ quinze mois, les *états-généraux* rejetèrent d'une voix presque unanime le budget du ministère. Nous considérâmes cet acte d'opposition comme un phénomène digne de notre attention la plus sérieuse ; car jusqu'à cette époque les états-généraux ne s'étaient signalés que par une complaisance à toute épreuve. La surprise et l'espérance nous dictèrent des réflexions dont quelques-unes servent de complément à ce que nous avons avancé dans l'article qui précède. Nos espérances ne tardèrent pas à être déçues ; la chambre législative des Pays-Bas rentra bientôt dans son caractère, dont elle semble cependant vouloir sortir encore une fois. à l'occasion du Code français auquel on veut substituer un Code *néerlandais*.

« Ces états-généraux, disions-nous, qui remarquent aujourd'hui, non sans un juste sentiment de fierté, la faiblesse des mandataires de la nation française, sont les mêmes dont, pendant quatre années, rien n'a pu lasser la complaisance, et qui ont été complices de tous les attentats d'un ministère également odieux et avili. Ces états-généraux, dignes maintenant de servir de modèles, sont les mêmes qui, par les lois qu'ils ont sanctionnées, ont accablé les citoyens d'intolérables impôts, livré la presse au despotisme de l'étranger, sacrifié l'industrie nationale au monopole britannique, et vendu, en temps de disette, la subsistance du peuple à des accapareurs anglais.

» Ces états-généraux sont les mêmes que l'hospitalité indignement violée, que le malheur lâchement outragé, ont
trouvés sans énergie, sans pitié, sans justice; qui ont laissé,
sous leurs yeux, enlever de vive force, traquer comme des
bêtes fauves, proscrire, extraduire des réfugiés que la *loi
fondamentale* leur imposait le devoir de protéger et de défendre, et qui ont voulu, à cause de cela même, déchirer
cette loi; il a fallu, pour la sauver, que les plus généreux se
hâtassent d'abandonner la cause sacrée du malheur et de repousser les victimes dont ils proclamaient les droits en théorie.

» Enfin les états-généraux se composent, en partie, d'hommes directement appelés par le roi à siéger à la seconde
chambre, en partie de citoyens élus par les états provin-
ciaux, élus eux-mêmes par les *trois ordres**, qui, à leur tour,
doivent l'élection de chacun de leurs membres au bon plaisir du roi; ils se composent de Hollandais en majorité, de
Belges en minorité, divisés d'intérêts, d'affections, de langage, de mœurs et de religion. Cette courte récapitulation
suffit pour démontrer quelle doit être la tyrannie et l'incapacité d'un ministère qui a forcé de pareils élémens à se
coaliser en une opposition compacte et nationale.

»Nous n'avons point dû transiger avec ces vérités pénibles,
dont le contraste ne dessine que mieux l'attitude présente
des états-généraux avec lesquels, il faut le dire aussi, aucune
chambre représentative de l'Europe ne soutient aujourd'hui
la comparaison. Convaincus, comme l'a dit un d'entre eux,
que *le pouvoir arbitraire pervertit le prince et avilit le sujet*,
ils se sont emparés de la seule arme qui ne soit pas impuissante contre le despotisme, après qu'on a vainement fait
usage de toutes les autres : le système de finances ne leur a

* Les nobles ou corps équestre, les villes, les campagnes.

semblé qu'un *traité d'alliance entre les fripons contre les honnêtes gens*, et ils ont déclaré, à l'unanimité, qu'ils ne voteraient un budget qu'après les réformes dont l'absence a dé ruit toute prospérité, et les économies exigées par le peuple, ce peuple qui réclame en outre des codes en harmonie avec le régime constitutionnel, et *un conseil de ministres enfin composé d'hommes qui méritent l'estime de leurs concitoyens.* On voit que le vœu pupulaire s'accorde dans plus d'un pays : puisse la si militude s'étendre à la conduite de leurs divers mandataires !....

» Et à quelle rude épreuve a été mise la patience de la nation qui nous occupe ! Elle n'est plus qu'une colonie anglaise : c'est tout dire en un mot. Cette nation généreuse, dont la majeure partie était si riche par son sol et par son industrie, est condamnée tout à la fois à l'inaction et à la misère. Ses frontières sont ouvertes à l'invasion du commerce britannique, qui peuple ses villes de marchands, et y multiplie, près du négociant belge ruiné, de fastueux magasins surmontés d'enseignes qui enlèvent au citoyen jusqu'à la consolation du doute. Le port d'Anvers est fermé par des droits qui équivalent à un blocus. Un énorme tribut payé à l'étranger se déguise mal sous les dénominations multiples de lois de fina ces inconnues au régime impérial. L'opinion générale veut que le royaume des Pays-Bas ne soit qu'une ferme anglaise dont le bail onéreux n'empêche pas le locataire de se faire annuellement un immense revenu. On ajoute même que ce bail n'est pas à vie, du moins quant à certaines portions du territoire qui un jour doivent échoir à un tiers; déjà il en a été publiquement question, sous le prétexte d'un échange.

» A cette situation déplorable joignez les vexations de détail ; les jugemens iniques prononcés par des magistrats amovibles ; les tribunaux criminels sans jury ; des avocats accusés de crime de lese-majesté pour avoir réclamé du trésor royal les sommes dues à leurs cliens, et bientôt après jetés dans des cachots * ; des contribuables assassinés par des agens du fisc ; le droit de chasse rétabli ; la peine du bâton infligée à des soldats qui furent Français ; la presse enchaînée ; des lois rétroactives et désastreu es ; la langue française proscrite ; enfin des milliers d'actes ignobles et cruels qui ont porté les esprits au dernier degré d'exas-pération.

»Cette disposition éclate depuis long-temps. Le ministère n'étant pas responsable, c'est en présence du monarque même qu'elle s'est manifestée plus d'une fois. S'il paraît avec le prince d'Orange, c'est le prince d'Orange que seul on applaudit avec affectation ; s'il paraît sans son fils aîné, le plus morne silence règne autour de lui, toutes les têtes restent couvertes Un jour même, une ville où il passait ne lui offrit que l'image lugubre d'une solitude spontanée. Tous les habitans s'étaient retirés chez eux et avaient fermé leurs portes, comme dans un temps de calamité publique

» Le ministère n'est pas même haï ; il n'est que méprisé. M. Van Maanen, le Decazes de ce pays, a long-temps été honoré du premier sentiment ; maintenant il n'obtient que le second, et le partage avec M. Apellius. Celui-ci s'étant permis de se présenter dans une maison honorable, a vu en

---

* Plus tard une persécution plus révoltante encore atteignit sept avocats coupables d'avoir signé une consultation dans la-quelle ils déclaraient qu'un écrit d'un de leurs compatriotes leur paraissait irréprochable.

un instant déserter toutes les places voisines de la sienne. M. de Thiennes, par un de ces jeux de l'opinion qui n'est quelquefois pas moins bizarre que la fortune, n'est arrivé, à travers la haine et le mépris, qu'au ridicule ; et il s'y tient depuis qu'il n'est plus chef de la police. M. Falck a, depuis plusieurs années, cherché à concilier le pouvoir et un peu de réputation ; mais enfin il a, dit-on, reculé en présence de ses collégues, et a trouvé pour récompense un exil diplomatique dans l'ambassade de Vienne.

» Les députés aux états-généraux, sauf un très-petit nombre qui se sont toujours distingués, sinon par leur énergie, du moins par la droiture de leurs intentions, les députés eux-mêmes étaient presque confondus avec les agens du pouvoir, et le même accueil les attendait partout ailleurs qu'à la cour et dans les antichambres des ministres. Cette perspective, et sans doute aussi celle des maux qui allaient fondre sur leur patrie, a réveillé tout à coup ces âmes jusque-là presque engourdies : dans l'intervalle de l'une à l'autre session, elles se sont retrempées au milieu de leurs concitoyens. L'effroi leur a rendu le courage ; l'impudence du ministère a fait le reste. Les plus chauds patriotes ne sont pas aujourd'hui ceux qui furent toujours de l'opposition. Acceptons cet exemple comme un augure pour nous ; les Pays-Bas ne sauraient faire entendre une plainte que la France ne puisse répéter pour elle-même : il est temps que le parallèle s'achève, et que nous n'ayons rien à leur envier.

» Tel est ce qu'il y a de plus apparent dans la situation de ce royaume, dont la meilleure partie a été violemment séparée d'un empire contigu. Si nous tracions un tableau complet au lieu de nous borner à de rapides indications, nous ferions découler de leur source primitive la plupart des

malheurs qui affligent aujourd'hui cette noble terre de Belgique, si féconde en vertus, en talens, en courage. La diplomatie peut bien transposer à son gré les frontières politiques
des états ; mais leurs frontières naturelles sont l'œuvre de la
nature et du temps : les mœurs , les habitudes, le langage,
les affections, les intérêts réciproques, en décident beaucoup plus encore que les fleuves et les montagnes. Quoi
qu'il en soit, ce sujet appartient à une histoire que nous
n'avons pas dessein d'entreprendre en ce moment. Nous
ne voulons qu'appeler une attention , trop dédaigneuse
peut-être, sur la situation actuelle d'un pays dont les
étroites limites ont été si souvent et peuvent devenir encore
le théâtre de mémorables événemens.

On voit assez , par ce que nous disons de la chambre des
députés de France , comparée aux états-généraux de Hollande, que ce morceau est composé bien avant la session
actuelle et la fin de la session précédente.

ADRESSE AU CONGRÈS,

A TOUTES LES PUISSANCES DE L'EUROPE;

PAR

MARIE-ARMAND DE GUERRY DE MAUBREUIL,

marquis d'Orvault,

Envoyée à Aix-la-Chapelle, à tous les souverains, à leurs ambassadeurs, à leurs ministres et aux différens cabinets (1).

VOILA sans doute une annonce assez fastueuse et une triple salve de titres de noblesse qui ferait envie à plus d'un grand seigneur. Avant la restauration, les dénominations de vicomte et de marquis ressemblaient beaucoup à des sobriquets, et le ridicule en avait fait justice ; mais depuis 1816, les coups de main et les conspirations leur ont donné un éclat nouveau. Les héros de comédie sont devenus des personnages fameux ; et Thalie les a cédés à Mel-

---

(1) Troisième édition. Londres, 1819.

pomène, mais à la Melpomène de Crébillon et de
Ducis.

Admirez cependant les jeux bizarres de la fortune!
Le caractère général a changé, grâce aux exploits
de quelques-uns de ceux qui en sont revêtus ; il a
passé du plaisant au terrible ; et pourtant les hommes
auxquels est due cette révolution dans les idées,
égaux en mérite, ne sont pas également bien partagés
du sort. Vous en voyez qui ont grandi en honneurs
et en opulence ; heureux exemple pour quiconque
est tenté de les imiter ! Vous en voyez, au contraire,
que le malheur poursuit, que le pouvoir accable
comme des victimes !..... que dis-je ? Georges Cadoudal est anobli, et le noble Maubreuil est déshonoré, bien que le succès les ait trahis tous deux.
Crime en deçà, vertu au delà, s'écrie un grand
homme ! Toutefois, soyons justes : ces exceptions
sont rares ; les récompenses sont presque toujours
fidèles à qui a su les mériter : levons les yeux, nous
serons éblouis de l'éclat qui environne ceux qui n'ont
point été traîtres à la fortune ; mais le dévouement
ne suffit pas, il faut encore de la patience et de l'habileté. Qui peut dire à quel destin était réservé
Maubreuil lui-même, s'il eût été plus adroit et moins
irascible ? Fouché l'a dit : en politique les fautes
sont bien pires que les crimes.

Jamais vérité morale ne trouva mieux son application. Le signataire de cette adresse était bien digne qu'on lui pardonnât quelques fautes ; celles-ci néanmoins ont prévalu : à quel prix maintenant pourrait-il les racheter ? c'est ce que j'ignore : je ne connais que le tarif de la cour de Rome, et je ne crois pas que le marquis d'Orvault ait le dessein de se faire jésuite.

On va me reprocher de me perdre en préface et de ne jamais arriver au fait. Le lecteur en parle bien à son aise ; je voudrais voir entre ses mains la brochure que mon avide curiosité a fait venir de Londres et dérobée aux argus de la douane. Comme il se retirerait dans l'endroit le plus reculé de son appartement, après avoir feuilleté les premières pages ! comme il se hâterait, à certains noms illustres, d'ôter la clef de sa chambre ! et, s'il osait poursuivre, comme il se féliciterait que la saison lui offrît, à la moindre alerte, le moyen facile d'anéantir le redoutable volume (1) !

Le style n'est assurément pas la partie intéressante de ce *factum* ; il est d'une lugubre monotonie ; aussi est-il d'un homme qui sort des cachots, et qui croit encore sa vie menacée. L'étrange plaidoyer de Maubreuil est présent à l'esprit de ceux qui ont entendu cet accusé à la police correctionnelle. Le mémoire

(1) Cet article est du mois de novembre 1819.

que j'ai sous les yeux n'en est qu'un long développement écrit sans contrainte, sans égards pour qui que ce soit, et accompagné de pièces dites justificatives.

La virulence des expressions n'est rien à côté de l'audace des assertions. Les plus éminens personnages seraient compromis si un Maubreuil pouvait les compromettre. On sait de quelle mission celui-ci affirme qu'il fut chargé : croirait-on qu'il a l'insolence de se dire le mandataire de plusieurs ministres de l'Europe ? il va même plus loin : il ne garde aucune mesure ; et le prince Talleyrand n'est pas le seul auquel il attribue des lettres et des pleins pouvoirs que sans doute il a forgés.

Quelle créance donner à un homme que l'amertume de ses ressentimens met au-dessus de toutes les considérations, que le désespoir et le remords poussent à tous les excès, et qui ne craint pas, dans sa folle témérité, d'adresser ses plaintes et ses horribles imputations à ceux-là même qu'il désigne comme les complices des grands personnages qu'il accuse ! Ce qui n'est pas moins inconcevable, c'est qu'il mette sous leurs yeux des *pièces* dont mieux que personne ils peuvent signaler l'imposture. Et c'est à la faveur de pareils documens qu'il essaye de les apitoyer sur le sort de leur *infortuné mandataire !* Ce titre, ainsi prostitué, m'a saisi d'indignation contre le sacrilége

qui l'associait à un assassinat ; mais je me suis rappelé
que des hommes qui ne l'avaient point usurpé s'en
servirent en 1815, pour demander la tête d'un maréchal de France. Le marquis d'Orvault, encouragé
par cet exemple, aura bien pu se confondre avec un
député de la chambre introuvable.

J'ai parlé de la mission de Maubreuil. Le vol des
diamans de la reine de Westphalie n'est, à l'en
croire, qu'un hors-d'œuvre. Ce fut un passe-temps
qu'il se donna dans le cours de sa campagne diplomatique, qui avait un but d'une tout autre importance.
Il faisait la petite guerre, à la manière de quelques
héros de la Bretagne, pour se tenir en haleine : voilà
tout. Du reste, on lui ferait grand tort de penser
qu'il n'eût pas pour la reine tout le respect et tous
les égards d'un brigand de bonne compagnie : il est
vrai qu'il emporta les diamans ; mais pourquoi lui
en faire un reproche ? sans les avoir positivement
rendus, il ne les a pourtant point gardés. O sensible
douleur ! il ne fit, comme tant d'autres, que tirer
les marrons du feu : quel fut *le Bertrand* de l'affaire ?
ils furent plusieurs ; et si la chronique est fidèle,
les diamans ne dérogèrent pas, du moins les plus
beaux.

C'est après ces aimables détails que M. le marquis
demande au congrès *la punition des coupables et la*
réparation qui lui est due : le pauvre homme est dou-

blement fou. Il jure sur ce qu'il a de plus sacré, voire
même sur son honneur, qu'il n'a voulu tuer Napoléon
que pour lui sauver la vie. Cependant M. le marquis
a été riche, il est ruiné ; il aimerait à faire figure
dans le monde comme tant d'autres qui, si on les
nommait, exigeraient *la réparation qui leur est due,*
et l'obtiendraient. Un je ne sais quel pressentiment ne
l'avertissait-il pas qu'il ne fallait qu'un peu de bonheur
et point du tout de bravoure pour devenir tout-à-coup
riche, excessivement riche, aussi riche enfin que
l'aurait été celui qui, en 1815, eût apporté la même
tête mise officiellement à prix ? J'avoue donc que,
dans ma conviction, Maubreuil n'est point absous ;
et que puisqu'il n'est pas puissant, il n'a droit à
aucune réparation : c'est un infâme et un assassin.
Remarquez d'ailleurs qu'il méditait son attentat
en 1814, et qu'alors Napoléon allait à l'île d'Elbe,
au lieu qu'en 1815 il en revenait ; ce qui change
bien la thèse.

J'ajouterais plus de foi aux détails qui ont pour
objet la police française à Londres, qu'à tout le reste
de ce lamentable roman. Maubreuil doit s'y connaître ; mais ce diable d'homme a la manie de dire
des choses qu'on ne peut répéter ; il cite, il nomme
à tort et à travers. Qu'il sacrifie les instrumens, passe
encore : il sait mieux que personne que cette tactique
ne manque pas d'adresse ; mais qu'il s'en tienne là,

et qu'il respecte les patrons. Du reste, consolons-nous ; les tours de passe-passe de la police n'ont plus rien qui puisse nous surprendre. Que les agens qui sont usés à Paris exercent à Londres, rien de si simple ; rien de si simple encore que des conspirateurs en chef, après avoir miraculeusement échappé aux recherches de la justice, qui n'a pu saisir que leurs complices subalternes, jouissent à l'étranger d'un énorme revenu, et se donnent, au milieu d'une petite cour, des airs de grands seigneurs. C'est sûrement par envie que Maubreuil veut les diffamer.

La haine est souvent plus ingénieuse dans ses suppositions, que la grandeur d'âme dans ses actes de munificence. Qui croirait qu'un scélérat a conçu, pour y trouver le sujet d'un reproche piquant, le sublime de la vertu ? ce trait de caractère mérite d'être consigné ici ; c'est la seule citation que je puisse emprunter à ce tissu d'abominables imputations.

Maubreuil, au sujet des victimes de nos troubles, rappelle le nom de plusieurs royalistes qui, impliqués dans des complots contre la vie de Bonaparte, durent à celui-ci de n'être point victimes d'une accusation ordinairement si fatale. Il cite entre autres :

M. Armand-François-Héraclius de Polignac, pair de France, premier écuyer de S. A. R. *Monsieur ;*

M. Jules-Armand-Auguste de Polignac, pair de France, aide-de-camp de S. A. R. *Monsieur;*

M. Abraham-Charles-Augustin d'Hozier, pair de France, écuyer de S. A. R. monseigneur le duc d'Angoulême;

M. Charles-François de Rivière, pair de France, ambassadeur de France à Constantinople;

M. Bouvet de l'Hosier, lieutenant-général des armées du roi, etc., etc. ;

M. Frédéric Lajolais, lieutenant-général;

M. Armand Gaillard, maréchal-de-camp des armées du roi, etc., etc.

« Si ces personnes, dit Maubreuil, toutes dans la plus haute faveur aujourd'hui; et qui, en 1804, avaient été condamnées à mort; si collectivement elles avaient sollicité la grâce des hommes que les vicissitudes des choses humaines allaient conduire à l'échafaud auquel elles furent jadis soustraites par Bonaparte, combien une telle démarche les eût honorées.....! » Où va se nicher le beau idéal de la générosité ?

Terminons ici : nous nous reposerons du moins, après de si tristes réalités, non pas sur une belle action, mais sur une touchante possibilité.

PROCÈS

DU GÉNÉRAL TRAVOT (1).

. . . . . . *En quo discordia cives*
Perduxit miseros !...

La vérité est ici d'une telle nature, que pour la laisser entendre avec quelque prudence, il faut imposer à ses émotions une contrainte continuelle ; il faut s'interdire toute réflexion, et souvent même veiller à ce que l'expression propre et naturelle se garde d'échapper.

Nous avons reconnu que certaines considérations provoquent notre indulgence, disent les lettres de grâce qui commuent en vingt années de prison la peine de mort prononcée contre le général Travot : on va voir que ces considérations étaient en effet de quelque poids.

---

(1) On s'apercevra facilement à la lecture de cet article, si faible pour un tel sujet, du motif qui nous a déterminé à le recueillir. A une époque fertile en procès, une cause célèbre est toujours utile à rappeler.

L'exposé qui suit résulte des pièces qui ont été publiées, soit à Rennes, soit dans les journaux de plusieurs villes voisines, et de celles qui ont été consignées dans la *Bibliothèque historique* (1).

Napoléon avait déjà fait reconnaître son autorité en France lorsque le général Travot reçut l'ordre de prévenir la guerre civile en arrêtant les troubles de la Vendée : ce général s'acquitta de cette mission difficile beaucoup plus en citoyen qu'en guerrier ; il combattit peu et pacifia promptement. Il s'acquit, par cette conduite, et l'estime et la reconnaissance même de ceux qui s'étaient présentés en ennemis sans pouvoir lui faire oublier qu'ils étaient Français.

Peu de temps après le retour du roi, le général Travot reçut du ministre de la guerre une lettre flatteuse et la nouvelle qu'une pension de retraite était *accordée à ses services*. Déjà ses inquiétudes, s'il avait pu en concevoir, avaient été dissipées par la proclamation de Cambrai, et surtout par l'*ordonnance du 24 juillet*, que l'on appelait alors l'ordonnance de clémence. En effet, son nom ne s'y trouvait point ; et celui de son général en chef, Lamarque, n'était inscrit que sur la seconde liste. Un sort pire ne pouvait être réservé à celui qui recevait, qu'à celui duquel émanaient les ordres supérieurs. Enfin, d'après

(1) Vol. 9, pag. 206.

les termes de l'ordonnance, les listes étaient défini-
tivement closes. Le général Travot se reposait donc
en toute sécurité sur tant de garanties, lorsque, la
veille de la promulgation de la loi du 12 janvier,
dite loi d'amnistie, le télégraphe transmit, de la part
du duc de Feltre, l'*ordre* de commencer des poursuites judiciaires contre lui, et à cet effet de faire
entendre, s'il se pouvait, un *témoin* à l'instant même.
Le télégraphe, plus meurtrier que le bronze, atteignit à travers les airs, en quelques minutes, une
victime placée à cent lieues de distance. C'est ainsi
qu'on préludait à cette *terreur* dont un certain parti
se rit aujourd'hui avec tant de légèreté. Cependant
ni le témoin ne put être entendu, ni les poursuites
ne purent être improvisées malgré tout le zèle qu'on
sut y mettre. On y suppléa en considérant l'ordre
télégraphique lui-même comme un commencement
légal de poursuites. Une circulaire du ministre de la
justice, explicative de la loi d'amnistie, déclara inutilement que la détention même ne constituait pas
le commencement de poursuites ; le conseil de guerre
s'assembla en toute hâte, et passa outre. Vainement
encore M. Canuel, qui le présidait, fut-il récusé par
le général Travot comme ayant combattu contre lui
dans un grade supérieur; le conseil se déclara com-
pétent, toujours sous la présidence de M. Canuel, qui
fut ainsi juge dans sa propre cause, et qui prononça

négativement sur la récusation portée contre lui. Un délai de quelques jours est sollicité par les défenseurs de l'accusé ; il est accordé par le ministre de la guerre : le conseil, qui avait déféré avec empressement au premier ordre, ne se croit point obligé de souscrire au second ; il prononce son arrêt, et le général Travot est condamné à mort.

Les moyens d'annulation jaillissent en foule et de la procédure et de l'arrêt. Cependant comme ils n'avaient pas prévalu comme moyens de défense, ce fut un devoir pour les avocats de les rassembler de nouveau, de les développer, de les corroborer d'argumens puisés dans les lois, dans la charte, dans les meilleurs criminalistes ; enfin, de faire effort pour démontrer l'évidence et obtenir la révision d'un jugement aussi extraordinaire. Ils remplirent ce devoir avec une supériorité de talent remarquable, avec un dévouement qui honore le barreau de Rennes, et qui forme un contraste si frappant avec la conduite du barreau de Bordeaux dans l'affaire des frères Faucher. Leur *précis* arrache des larmes d'attendrissement et souvent d'indignation.

Six moyens d'annulation parmi lesquels se trouve celui-ci : « Les militaires cessent d'être justiciables » des conseils de guerre lorsqu'ils sont accusés de » haute trahison » (Charte constitutionnelle, art. 33); six moyens péremptoires dans une cause qui n'avait pas même besoin d'être défendue ; des raisons frappantes de justesse et de clarté, des motifs entraînans d'humanité et de convenances, glissèrent, sans les effleurer, sur l'esprit et sur le cœur des juges.

On répond froidement aux avocats du général Travot que des juges militaires, étrangers aux dédales de la chicane, ne se laissent point éblouir. On consent à considérer comme *excusable peut-être l'abus* qu'ils viennent de faire du droit de la défense. On ajoute qu'il leur a été accordé une *latitude immense, indéfinie, illimitée*, lorsqu'il est de fait que le réquisitoire ne leur a été communiqué qu'à la dernière extrémité et après de longues instances et des refus multipliés; lorsqu'il est de fait qu'ils n'ont pu prendre que quelques instans de repos pour réparer leurs forces affaiblies par un travail continuel et forcé de soixante-douze heures.

Veut-on plus encore ? Veut-on ouïr des griefs inconnus jusqu'à présent, impossibles même à imaginer ? en voici :

La modération, dit le réquisitoire dont l'auteur est M. Jouffrey, *la modération ne fut point une des armes les moins redoutables entre ses mains ; la clémence elle-même fut un de ses moyens de succès.....!*

Il est difficile d'être innocent aux yeux de certaines personnes. Ceux qui avaient fait un crime au général Travot de sa modération, en firent bientôt un autre à ses défenseurs de leur énergie et surtout de leur victorieuse dialectique; on voulut se venger sur eux de la clameur qui déjà s'élevait de toutes parts. La *consultation*, les *observations* et le *précis*, furent dénoncés par M. Canuel au garde-des-sceaux et au ministre de la police. C'eût été un usage assez commode à établir, et qui aurait simplifié les procès criminels, que d'envoyer les avocats rejoindre les cliens qu'ils n'auraient pas sauvés.

Il manquerait un trait au tableau si nous omettions les réflexions du journaliste qui publia l'acte d'accusation de Travot, ce morceau de funèbre éloquence. On connaît, dit-il, *l'élocution brillante et facile* de l'orateur...... *Il a prononcé ce réquisitoire avec la noblesse, l'élégance et la précision de la vérité.... Il a fallu trois heures aux défenseurs pour répondre.*

Le général Travot est mort pour ses amis, pour la France, pour lui-même, bien que le glaive l'ait épargné. On lui a permis d'ensevelir sa vie au fond d'un cachot. Cette grâce lui a été annoncée en des termes auxquels sa raison n'a pas survécu. Travot n'est plus, mais son ombre est là, sous les yeux de ses juges.

RÉFLEXIONS

SUR

LA LETTRE DE M. DE CAULINCOURT,

duc de Vicence,

ET SUR LES NÉGOCIATIONS DE 1814 (1).

UNE cause qui n'a rien d'individuel que le mode de poursuite, et rien d'un procès criminel que les formes judiciaires, une cause de haute diplomatie et de politique nationale, va être soumise aux tribunaux par l'autorité elle-même, et l'est, depuis long-temps, à l'opinion du monde. On voit sans peine que nous voulons parler de l'action dont on menace les journaux qui ont publié la lettre de M. le duc de Vicence.

Cette lettre, dictée par des motifs respectables de la part d'un ancien ministre de Napoléon, rappelle l'inébranlable résolution de celui-ci, même après les

---

(1) On se rappelle que cette lettre, qui parut en janvier 1820, fut l'objet d'attaques très-vives dans certains journaux, et de poursuites judiciaires auxquelles, plus tard, le ministère public crut devoir renoncer.

plus grands désastres, de maintenir la France dans les limites reconnues à Francfort comme ses *limites naturelles*. « Réduite à ses limites anciennes, disait » ce monarque alors presque détrôné, la France » n'aurait pas aujourd'hui les deux tiers de la puis- » sance relative qu'elle avait il y a vingt ans. Ce » qu'elle a acquis du côté des Alpes et du Rhin ne » compense point ce que la Russie, l'Autriche et la » Prusse ont acquis par le démembrement de la Po- » logne. Tous ces états se sont agrandis. . . . . . . La » France, sans les départemens du Rhin, sans la » Belgique, sans Ostende, sans Anvers, ne serait » rien. . . . . La paix qui aurait pour but de ramener » la France à ses anciennes frontières ne pourrait » durer. Ni l'empereur, ni la république, si des bou- » leversemens la faisaient renaître, ne souscriraient » jamais à une telle condition ».

Voilà l'objet essentiel de la lettre du ministre des relations extérieures de France; le reste est de posi- tion, de forme ou d'opinion personnelle. Notre sen- timent à nous, c'est que la France peut être déchue quant à l'étendue de son territoire, mais qu'elle n'est point avilie. N'est-elle pas ce qu'elle était alors qu'elle conquit ce qu'elle a perdu? J'ajouterai que par la même raison qui imposait à Napoléon, au prix de l'honneur, le devoir de laisser la France aussi grande qu'il l'avait reçue, les Bourbons pouvaient se faire gloire de la reprendre dans l'état où ils l'avaient quittée. Ceux-ci et celui-là, si le rapprochement est permis, avaient donc également pour but de ne pas déchoir : ce qui était impossible à l'un sans la con- servation d'un grand nombre de places fortes, de pays fertiles, de villes florissantes, de citoyens in- dustrieux et braves, Français d'habitude et de cœur pour la plupart, était possible aux autres malgré cet immense sacrifice.

Pourquoi ne pas avouer, à l'avantage de ces derniers, un motif non moins puissant peut-être, et qui a sa source dans les plus douces affections de la nature ? Les Bourbons étaient jeunes encore lorsque la révolution les exila de leur patrie. Qui n'aime, après une longue absence, à retrouver tels qu'il les a laissés les lieux où s'écoulèrent ses premières et ses plus brillantes années ? qui compte pour quelque chose ce qui est vide de souvenirs ? Disons plus (car telle est la vé- rité, car tel est l'homme dans ses plus touchantes émotions) : qui ne se sent froissé, en foulant la terre natale, à l'aspect d'objets que n'a pas connus sa jeu- nesse, et qui se trouvent en discordance avec ses plus chères habitudes ? Le sol alors, embelli pour tout autre, est hérissé pour nous ; et ce qui fait la joie et l'orgueil d'une génération nouvelle, ne nous inspire qu'un sentiment de tristesse et presque de dépit.

Pour être prince, on n'en est pas moins homme. Il suffit d'agrandir le tableau ; et l'exilé qui, de retour, préférerait son village à la cité populeuse qui le remplace, retrouvera plus volontiers le royaume de 1788 que l'empire de 1812. C'est ainsi que, l'âme enivrée du bonheur de revoir l'antique France, le comte d'Artois céda, sans s'émouvoir, tout ce qui ne fut pas la patrie de ses aïeux et la sienne (1).

De cette même source, qui dans l'homme privé est un bienfait de la nature, je pourrais faire jaillir l'explication de bien d'autres actes attribués à la seule politique : on ne s'accommoderait pas plus, mais on s'étonnerait moins de beaucoup de prétentions, de beaucoup de préjugés : on défendrait avec autant d'énergie les intérêts et les principes de la révolution ; mais on apprécierait mieux l'irrésistible penchant qui entraîne les émigrés vers cette monarchie dont le déclin fut salué par leur enfance : on tiendrait embrassée plus que jamais la charte constitutionnelle qui unit la vieille dynastie à la nouvelle France ; mais l'existence et la durée de cette charte seraient chaque jour comptées au nombre des plus grands prodiges ; car elle établit une lutte de tous les momens entre l'empire des lois et celui des circonstances, entre la nature et la politique.

─────────────

(1) Traité du 24 avril 1814, signé par MONSIEUR, en qualité de lieutenant-général du royaume.

Mais ces considérations rentrent plus particulièrement dans le domaine du moraliste, et c'est une
question de diplomatie qui s'agite ; une question
dont, après six années de silence, une attaque judiciaire vient, pour la première fois, de saisir les
journaux affranchis de la censure, et sur laquelle il
devient important d'appeler la lumière historique.

La part de la dignité est faite ; elle est tracée par
la différence des hommes et celle des époques : dès
que le parallèle est insoutenable, on ne peut rien
conclure en faveur de Napoléon vaincu, au détri-
ment de la famille à laquelle les vainqueurs s'em-
pressèrent de remettre intact l'*héritage* de Louis XVI.
Ce mot suffit : si l'un était un joueur qui voulait tout
ou rien, les autres se présentaient en héritiers qui,
pour me servir d'un terme de procédure que la poursuite légale autorise, regardaient comne une obligation de conscience de ne recevoir que *leur légitime*.
Je ne serais donc point revenu sur cet objet, en ce
qu'il peut avoir de personnel, si d'indiscrets amis
n'eussent donné cette direction, perfide et mal-
adroite tout ensemble, à une thèse uniquement de
spéculation et d'intérêt général.

L'expression de *limites naturelles* a surtout paru
les blesser : plus occupés des allusions que de la vérité des choses, ils y ont vu un reproche ; mais sous
ce rapport même, et sans répéter ce que j'ai dit plus

haut, ils ont tort. Ces *limites naturelles* sont relatives,
comme l'était, de l'aveu de Napoléon, la puissance
de l'empire français. La France guerrière avait besoin
sans doute d'opposer à ses voisins les places fortes
du Rhin et celles de la Belgique ; mais la France
pacifique rencontre ses frontières respectées là où
expire l'autorité qui est le gage assuré d'une éternelle paix. Relativement, les limites actuelles de la
France sont donc aussi naturelles que l'étaient, en
1813, les limites stipulées comme *sine quá non* par
Napoléon. Cette similitude relative cesserait, il est
vrai, en cas d'invasion ou d'hostilité ; mais, encore
une fois, aucun de ces événemens n'est aujourd'hui
possible.

Cependant, pour nous borner désormais à la partie
historique, la fixation des limites de la France telles
que Napoléon les voulait, est moins ambitieuse et
moins arbitraire qu'on ne pense ; et puisqu'une discussion de plume, en attendant des débats plus
solennels, dirige l'attention des Français sur cette
importante question, il nous paraît utile de remonter à l'époque où la dislocation prochaine du gigantesque empire décida l'Europe à le renfermer dans
ce qu'elle appelait alors *les limites naturelles de la
France.*

A la suite des premières entrevues de Francfort,
en 1813, le comte de Metternich, dans une lettre

du 25 novembre, adressée au baron de Saint-Aignan, reproduit, comme *bases générales et sommaires* pour l'ouverture d'un congrès à Manheim, cette donnée positive : « La France resserrée dans ses *limites naturelles* entre le Rhin, les Alpes et les Pyrénées ; l'Espagne, sous son ancienne dynastie ; l'Italie, l'Allemagne, la Hollande (la Hollande seule et non la Belgique), rétablies comme états indépendans de la France et de toute puissance prépondérante ».

Le duc de Vicence réplique, le 2 décembre, que l'empereur *adhère à ces bases générales et sommaires* ; et, sous la date du 10, le comte de Metternich annonce que les souverains, réunis à Francfort, ont reconnu avec satisfaction que « l'empereur des Français avait adopté des *bases essentielles* au rétablissement d'un état d'équilibre et à la tranquillité future de l'Europe ». Tel est le langage que tenaient les hautes puissances de l'Europe. Dans l'intervalle, les événemens se pressaient ; et, dès le 1er décembre, elles cherchèrent, par une déclaration adroite, à séparer la cause de Napoléon de celle de la France ; mais il ne leur vint pas même à la pensée d'offrir moins à celle-ci qu'elles n'avaient accordé à son chef. Dans cet acte, « promulgué à la face du monde » comme la déclaration des vues qui les guident, » des principes qui font la base de leur conduite, » de leurs vœux et de leurs déterminations », les

souverains alliés proclament : « qu'ils ne font point
» la guerre à la France ; qu'ils désirent qu'elle soit
» *grande, forte et heureuse*; que le commerce y re-
» naisse, que les arts y refleurissent ; *que son terri-*
» *toire conserve une étendue qu'elle n'a jamais connue*
» *sous ses rois*, parce que la puissance française,
» grande et forte, est, en Europe, une des bases
» fondamentales de l'édifice social ; parce qu'un
» grand peuple ne saurait être tranquille qu'autant
» qu'il est heureux ; parce qu'une nation valeureuse
» ne déchoit pas pour avoir à son tour éprouvé des
» revers dans une lutte opiniâtre et sanglante.....»

Voilà ce que les hautes puissances reconnaissent
spontanément ; voilà ce qui leur semble une des bases
fondamentales de l'édifice social en Europe : une
étendue de territoire que la France n'a jamais connue sous ces rois. Jamais limites naturelles d'un état
ne furent à aucune époque fixées plus solennellement
et d'un concert aussi unanime ; jamais vérité politique ne fut démontrée par des considérations plus
élevées, et n'obtint un assentiment plus vrai que
celle qui établit pour frontières indispensables à la
France le Rhin, les Alpes, les Pyrénées, la Hollande.

Plus tard, les hautes puissances retirèrent leur
première parole ; mais, plus tard, elles s'abandon-
nèrent au génie de la conquête, et furent circonve-

nues par celui de l'intrigue. Ce fut à Châtillon qu'elles foulèrent aux pieds la déclaration du 1er décembre. Là s'ouvrit un congrès qui avait beaucoup moins la paix pour but, que la division des esprits en France et le refroidissement des courages séduits par de fausses espérances de conciliation. Aussi est-ce à ce congrès que l'Angleterre prit un ascendant décidé. Non contente de diriger de loin les négociations, elle nomma trois plénipotentiaires, au nombre desquels se trouvait lord Cathcart, le même qui, commandant l'expédition de Copenhague, enleva la flotte danoise le 6 août 1807, contre la foi des traités. Un pareil choix prouvait assez qu'on s'embarrasserait fort peu de la foi des déclarations, bien qu'elles fussent *promulguées à la face du monde.* C'est donc effectivement l'Angleterre qui, plus intéressée que tout autre à rompre le véritable équilibre européen, changea les bases de Francfort et y substitua celles de Pilnitz ; c'est à sa politique ambitieuse que nos limites naturelles ont été sacrifiées.

Ce fut vers cette époque que le cabinet de Londres commença de dérouler le plan dans la connaissance duquel il avait initié la Russie depuis l'ouverture de la campagne, et qui consistait à replacer la famille des Bourbons sur le trône de France. On en avait fait une espèce de mystère à la cour de Vienne, tant qu'on parut vouloir traiter avec Napoléon ; mais dès

qu'on eut amené les choses au point de rendre la rupture du congrès inévitable, on fit entrevoir à l'empereur d'Autriche que la France ne pourrait être rame-
née dans ses anciennes limites qu'autant que le rétablissement de la maison de Bourbon, en imprimant
un mouvement contraire à l'esprit dont la nation paraissait animée, la disposerait à un sacrifice si pénible
à son orgueil. On ajouta qu'il serait difficile de favoriser les projets d'agrandissement de l'Autriche en
Italie, si cette puissance n'adoptait franchement cette
voie expéditive de concilier l'intérêt général des autres
puissances avec le sien. Ces communications donnèrent à réfléchir à François II ; et, s'il importait
à sa dignité de conserver un trône à sa fille, il lui
parut bien plus avantageux de rentrer en possession
des belles provinces dont il avait été dépouillé. Faisant
donc taire dans son cœur les sentimens paternels
qui s'élevaient en faveur de Marie-Louise, il con-
sentit à l'offrir en holocauste pour obtenir ce que
ses armes n'avaient pu gagner en quinze campagnes.

Les souverains alliés d'accord sur ce point essentiel, lord Castlereagh, dont la présence récente au
congrès avait porté le dernier coup à la grandeur de
la France, se hâta d'informer de la résolution qui
venait d'être prise le comte d'Artois, auquel il n'avait
pas été, jusqu'alors, permis de dépasser Vezoul, et
qui vint aussitôt s'établir à Nancy, afin d'y attendre

plus aisément l'issue des événemens militaires, et d'être à portée de réunir auprès de lui tous les partisans de sa maison. On voit donc clairement qu'outre les raisons que nous avons précédemment déduites, la famille des Bourbons peut faire valoir la plus plausible de toutes, la nécessité, puisque les anciennes limites étaient le *sine quâ non* de son rétablissement, comme les limites naturelles étaient le *sine quâ non* du maintien de la dynastie de Napoléon; et l'assertion de celui-ci, rapportée dans la lettre de M. de Caulincourt, que *les Bourbons seuls pouvaient offrir une garantie pour le système qui ramenait la France à ses anciennes frontières*, cette assertion, d'après tout ce que nous venons de voir, n'est plus qu'un simple fait qui appartient désormais à l'histoire. Il faut en dire autant de cette réflexion : *l'Angleterre le sent bien*. Qui le sentait mieux qu'elle, en effet, puisque c'est par elle que la Russie a été convaincue et l'Autriche entraînée ; puisque c'est lord Castlereagh qui fait le voyage tout exprès pour achever la démonstration, et qui s'empresse d'avertir M. le comte d'Artois que tout est enfin terminé au gré des vœux de l'Angleterre.

Monsieur s'étant donc rendu au camp des souverains, les royalistes de l'intérieur sentaient aussi le besoin de communiquer avec les alliés et d'en obtenir l'appui. Le prince de Bénévent en trouva le

moyen : il chargea le baron de Vitrolles, inspecteur
des fermes expérimentales, de cette mission délicate.
Personne n'était plus capable de s'en acquitter que
lui ; adroit, insinuant, connaissant les hommes et
les choses, maître de son langage et donnant à volonté à ses discours et à ses notes le ton de l'abandon
ou de la réserve, il réussit au delà de toutes les espérances de son parti ; il fut aussi heureux en un mot
qu'il l'a été depuis sous les murs de la capitale, au
camp du prince d'Eckmühl. Il ne contribua pas moins
à la rupture des conférences de Châtillon que plus
tard à la capitulation de Paris. C'est un double titre
à la reconnaissance des Français, et nous nous faisons
un devoir de le rappeler toutes les fois que l'occasion
s'en présente. C'est également l'occasion de répéter
que ceux qui accouraient à la nouvelle des bases posées à Châtillon, et qui s'empressaient de rompre des
conférences dont la durée eût pu amener des conclu-
sions favorables à l'accroissement du territoire,
offraient la meilleure garantie que pût avoir le système britannique, c'est-à-dire la restauration des
anciennes frontières de la France.

La réalité dont se flattait le cabinet anglais, suc-
céda bientôt à ces apparences plus que vraisemblables.
La convention du 23 avril ratifia tous les engagemens.
Un article secret stipulait que les hostilités ne cesseraient que lorsque les généraux et commandans des

armées et places fortes, auraient reconnu l'autorité de *Monsieur*, lieutenant-général du royaume ; et par l'un des articles patens, les puissances alliées sont tenues, en revanche, à faire évacuer le territoire français tel qu'il se trouvait en 1792. Cinquante-trois places fortes, douze mille bouches à feu, dix millions de Français, suivant les limites naturelles, sont cédés aux vainqueurs, et S. M. Louis XVIII, débarque à Calais, fait son entrée dans la capitale, et signe la paix.

Notre intention principale a été d'éclaircir historiquement la double question des frontières anciennes et des frontières naturelles. Les faits sont aujourd'hu la seule raison qu'on veuille écouter ; c'est une preuve de sagesse et de maturité qui fait honneur à la nation ; et jamais les faits n'ont tenu un langage plus instructif, plus frappant, plus facile à saisir et à interpréter. Le sujet cependant nous a fait un devoir de nous livrer à quelques réflexions préliminaires. Ce même sujet va devenir, pour d'autres, matière à chicane et à procès, bien que nous ne concevions guère comment il peut être du ressort des tribunaux. Ces derniers, sans doute, s'arrêteront à la forme ; car le fonds est de toute autre compétence.

Avant de terminer, le lecteur verra peut-être avec plaisir l'opinion que l'on prête à Napoléon à l'époque qui nous occupe. Il venait d'abdiquer, et le

jour même, il s'entretenait familièrement, en simple citoyen, avec les officiers généraux de sa cour, des suites de la révolution comme si elle lui avait été étrangère. « Maintenant que tout est terminé, disait-
» il, qu'on ne revienne pas sur le passé, qu'on se
» garde surtout de toucher aux biens nationaux ;
» c'est la trame sur laquelle repose le tissu : coupez-en
» un fil, adieu l'ouvrage.

» Le roi aura beaucoup à faire avec le faubourg
» Saint-Germain ; s'il veut régner long-temps, il
» faut qu'il le tienne dans un état de blocus : il est
» vrai qu'alors il n'en sera pas plus aimé que moi ; car
» c'est une colonie anglaise au milieu de la France,
» qui veut rapporter tout à elle, et s'inquiète fort peu
» du repos et du bonheur de la patrie, pourvu qu'elle
» jouisse des priviléges, des honneurs et de la fortune,
» pour lesquels, seule, à ce qu'elle prétend, elle a été
» créée et mise au monde (1) ».

---

(1) Voyez *les Mémoires de Koch*, pour servir à l'histoire de la campagne de 1814, mémoires auxquels nous avons emprunté la partie historique de ce morceau.

HISTOIRE SECRÈTE

DE

LA VENDÉE.

SEPTEMBRE 1819.

Un écrivain dont il semble que le sophisme seul puisse aiguillonner le talent, dont la verve s'amortit et l'imagination se décolore par la conviction, qui se saisit, comme de son bien propre, d'une cause perdue, la choie, s'y complaît et déploie pour la défendre les ressources d'une éloquence dont le bon sens, la vérité et sa conscience lui demandent compte ; l'apôtre presque inspiré des plus fausses comme des plus pernicieuses doctrines, le panégyriste de la Saint-Barthélemy, le flatteur des hommes les plus décriés, M. de Châteaubriand, pour ranimer son enthousiasme, vient d'évoquer la guerre civile, et de jeter des fleurs sur ses autels.

Je ne sais quelle joie s'empare de son âme aux souvenirs les plus affreux ; il peint les victimes tombant, il suit les marches et les contre-marches à la trace du sang français, et pousse, à cette vue, des cris de victoire.

Des regrets, enfin, succèdent à cette brillante description ; mais n'ayez pas peur que le citoyen expie les torts du poète ; loin de pleurer de parricides exploits, il en revendique le salaire, il réclame des encouragemens. Et sur quel pied veut il qu'on établisse la répartition des récompenses ? quel sera l'état de services ? comptera-t-on par têtes tranchées ?

Il arrive au gouvernement de concevoir l'heureuse pensée de désarmer le fanatisme vendéen ; on veut tarir dans leur source les discordes intestines ; on veut ramener à la loi commune une faible minorité de la population, et la fondre avec le reste de la France : M. de Châteaubriand prétend qu'elle en reste séparée ; il s'émeut, il s'indigne à la seule apparence que les citoyens ne pourraient plus s'égorger entre eux. Il lui faut des soldats qui n'appartiennent pas à l'armée constitutionnelle ; il sourit à l'idée d'une insurrection permanente, et d'une nation en état d'hostilité au milieu de la nation paisible. L'attitude des Vendéens ne lui semble pas même assez décidée ; peut-être vont-ils se laisser aller à l'influence générale et cicatriser leurs plaies : elles sont rouvertes, elles sont envenimées à la menace d'un si grand malheur. Véridiques ou mensongères, toutes les chroniques de la chouannerie sont fouillées, toutes les haines réchauffées, toutes les passions appelées au combat : c'est la harangue qui précède le signal.

L'intention est manifeste ; par bonheur, le péril
l'est moins. S'il est difficile de vaincre la Vendée, il
ne l'est pas de la soumettre et de la pacifier : ce
secret nous a été révélé par Napoléon ; il a été connu
de l'infortuné Travot, qui en a fait récemment une
épreuve si noble et si efficace : c'est là le crime que
les ultra-royalistes n'ont pu lui pardonner. Un mouvement, une crise, peuvent avoir lieu ; mais aujour-
d'hui la guerre civile n'est pas même possible. Si,
grâce au parti qui pousse aveuglément à une révolution, des troubles éclataient, et que la Vendée se
soulevât ; gardez-vous d'y toucher, demeurez en observation ; elle s'affaissera d'elle-même, et bientôt il
n'y aura plus de Vendée. M. de Châteaubriand a vu
l'armée vendéenne par les yeux de l'espérance, comme
il a vu ses trophées par les yeux de l'imagination :
il raconte comme il prédit ; ses histoires ne sont pas
moins d'invention que ses prophéties ; les faits, sous
sa plume, ne sont que des regrets ou des vœux.

La réfutation cependant n'est pas chose aisée. A qui
ne vise qu'à l'effet l'exactitude n'importe guère ; il lui
faut des couleurs, et non pas des autorités ; la fiction
même le sert mieux, et par elle il s'est déjà emparé
des avenues de l'imagination, que l'historien cons-
ciencieux n'a pas encore rassemblé ses matériaux. Ce
n'est pas tout : certains royalistes s'arrogent le pri-
vilége de tout dire, et en usent sans ménagement,

tandis qu'il ne nous est pas même permis, pour repousser leurs attaques, d'employer sans choix les armes de la vérité. Il y a des faits constatés qu'on doit taire, et qui réfuteraient pour toujours des récits forgés à plaisir. Quels que soient les désavantages de notre position actuelle, nous soutiendrons une lutte que nous n'avons point engagée. Les aveux du parti que nous combattons seront contre ce parti nos meilleurs moyens de défense : c'est à cette source déjà qu'à puisé la *Bibliothèque historique ;* c'est de là que lui vient ce *rapport* (1), monument de fureur et d'impuissance, double caractère qui se manifeste dans toutes les relations royalistes des *campagnes* de la Vendée.

Il existe des *mémoires* d'une horrible naïveté, que Renée Bordereau, dite Langevin, publia en 1814, et qui furent cités avec éloge dans la plupart des journaux de cette époque. Ils jettent fort peu de jour sur la partie politique de la guerre de la Vendée ; mais ils sont très-propres à en faire ressortir la partie morale. Rien ne ressemble plus à une suite de brigandages que les combats dont la Langevin, d'ailleurs fort brave, est l'historien et l'héroïne. Ce sont des maisons habitées par des *bleus*, que l'on pille et que l'on brûle ; des voyageurs républicains, ou sup-

---

(1) *Bibliothèque historique*, neuvième volume, pag. 290.

posés,..tels, que l'on détrousse ; des *intrus* (des prêtres constitutionnels) que l'on dévalise ou que l'on pend ; ce sont toujours des surprises dans les bois, sur les grands chemins, la nuit, à la manière des bandes que de pareils exploits conduisent à une fin très-peu glorieuse partout ailleurs que dans la Vendée.

Tout cela est raconté avec une sorte d'onction par la Langevin ; on dirait que M. de Châteaubriand lui doit ses plus douces inspirations. *Je sabrais à droite et à gauche avec ardeur*, dit-elle ; *je cassai mon sabre sur la tête d'un bleu. A moi seule j'en ai tué plus de vingt ce jour-là. Je suis sûre qu'il y eut dans la ville plus de huit cents femmes veuves. Dieu nous secondait.* Puis elle ajoute : *Je trouvai mon oncle propre à la tête d'une compagnie républicaine ; je lui coupai le cou sans que je l'aie vu souffler* (1).

Tels sont les héros de M. de Châteaubriand ; voilà l'heureux temps qu'il chante, et dont il invoque le

---

(1) Ce trait d'éloquence n'est pas sans modèle dans l'antiquité. Clytemnestre, dans Eschyle, dit en racontant le meurtre de son époux : « .... Il tombe à mes pieds ; je le » frappe encore, et ce dernier coup l'envoie chez Pluton. » Il expire : son sang rejaillit sur moi, rosée qui m'a paru » plus douce que les eaux du ciel ne le sont pour les produc- » tions de la terre ». Mais nous devons rendre cette justice à la Langevin , qu'elle n'a prétendu imiter personne, et que si elle agit et parle comme une reine , c'est sans le savoir.

retour. Une pudeur nationale avait fait jeter, par les vainqueurs eux-mêmes, un voile sur ces sanglantes querelles de famille ; il l'arrache, et nous fait contempler de vive force ce spectacle révoltant.

Nous le repousserons malgré lui ; nous en détournerons nos regards pour les porter au-delà, sur des scènes et sur des personnages dont l'aspect produit une tout autre impression ; nous pénétrerons derrière la toile où se tenaient les fils qui faisaient mouvoir et se battre tant d'illustres marionnettes. Là cesse le grandiose et le terrible ; là commence l'histoire des héros en déshabillé. En vain M. de Châteaubriand, par tactique de parti beaucoup plus que par artifice de style, a-t-il saccadé sa narration et gonflé de grands mots les petites choses ; nous avons sous les yeux le Plutarque des émigrés, qui a pesé les actions et toisé les hommes avec une franchise non suspecte, puisqu'il fut émigré, comte, courtisan, favori, agent secret, *ultra*-vendéen. Tout est par lui ramené à la simplicité, nous allions presque dire à la trivialité historique, dans des *Mémoires sur la guerre de la Vendée*, imprimés en 1806, et devenus fort rares depuis 1814. Nous allons, autant que faire se pourra, en donner l'analyse.

La première partie n'a qu'un rapport très-indirect avec la guerre de la Vendée ; c'est l'avant-scène. C'est là que le comte de V.... donne la relation de son premier voyage à Saint-Pétersbourg avec son altesse royale M. le comte d'Artois. L'étranger a toujours été pour beaucoup dans nos affaires ; alors on allait chez lui, aujourd'hui il vient chez nous ; c'est un retour de politesse tout-à-fait dans l'ordre.

L'impératrice accueille à merveille l'illustre voyageur, et le traite magnifiquement, ainsi que toute sa suite. Sa générosité pourtant n'était pas entièrement désintéressée ; c'était moins encore au prince qu'à l'homme qui pouvait faire la guerre à la France, qu'elle prodiguait les services réels, les offres et surtout les conseils qui n'étaient nullement d'une femme. Elle qui ne songeait qu'à prendre des royaumes, jugez si elle était d'avis qu'on recouvrât celui qu'on avait perdu. La guerre ! la guerre ! répétait-elle sans cesse ; oui, mais c'était la guerre civile. Cette idée, sans doute, glaçait le courage d'un prince français ; aussi l'impératrice n'obtenait-elle que des réponses évasives. Elle résolut de pousser les choses à bout : aux bijoux, aux diamans, à l'argent monnayé, elle veut joindre un cadeau significatif et qui provoque un remerciement énergique. *Elle croyait*, dit l'auteur des Mémoires, *avoir fait graver sur ce dernier présent les devoirs du prince*. Voilà bien les émigrés : porter le fer et la flamme au sein de sa patrie, est pour eux le plus saint des devoirs. Le comte de V.... continue son récit ; nous le lui empruntons littéralement :

« C'était, dit-il, une *épée* d'or, dont le pommeau
» est surmonté d'un gros diamant, sur la lame de la-
» quelle sont inscrites ces paroles : *Donnée par Dieu ,*
» *pour le roi.* Cette épée avait été bénite dans la cathé-
» drale de Saint -Pétersbourg, avec le plus grand
» cérémonial possible , par l'évêque de cette rési-
» dence. A l'audience du départ , au milieu de sa
» cour, et dans l'appareil de toute sa grandeur, l'im-
» pératrice s'avança vers lui, et en la donnant elle -
» même au prince, elle lui dit : *Je ne vous la donnerais*
» *pas si je n'étais pas persuadée que vous périrez plutôt*
» *oue de différer de vous en servir.* Sa grande âme, ha-
» bituée à penser et à agir fortement, ne négligeait
» aucun stimulant ; elle eut , dans ce moment, un air
» de grandeur et une nuance de bonté si tendre , si
» amicale, que j'en fus profondément ému. »

Je prie Votre Majesté de n'en pas douter, répondit
le prince, *avec trop peu de physionomie,* ajoute le biographe , qui ne s'aperçoit pas, sans doute, qu'il y a
beaucoup plus de dignité dans une réponse simple et
modeste que dans une sentence de théâtre. Le contraste , quoi qu'en dise le narrateur, est ici tout à
l'avantage du prince : tandis que l'impératrice oubliait
son sexe, le prince n'oubliait pas sa qualité de Français ; et avec un pareil souvenir sa physionomie ne
pouvait rien avoir d'hostile. Il paraît que hors de
France , comme en France, les royalistes ont tou-

jours trouvé leurs princes trop doux au gré de leurs
fureurs : un tel blâme les honore.

L'heure du dîner sépara la cour. Nous ignorons si
ces détails tiennent au goût particulier de l'auteur,
ou s'ils faisaient événement, au point qu'il dût en
enrichir sa chronique ; mais il y revient souvent,
comme si c'était là l'occupation la plus essentielle
des hôtes de l'impératrice. C'est ainsi qu'au milieu
des préparatifs de guerre, dont il ne dit qu'un mot,
il parle longuement de la *superbe vaisselle de campagne emballée dans des caissons très-portatifs ;* d'une
voiture qui suivait avec *des vins, des provisions, et un
très-bon cuisinier pour les dîners et soupers.* Sont-ils à
Revel, sur le point de s'embarquer? *des dîners, soupers et bals,* charment tous leurs loisirs. Sont-ils à
bord de *la Vénus,* magnifique frégate, accompagnée
du Mercure, excellent côtre? *Nous regorgions de provisions,* s'écrie-t-il, *et j'avais deux cuisiniers excellens.*
L'auteur de la relation faisait partie de l'équipage du
prince, et vivait dans son intimité. Mais gardons-
nous de mettre à la voile avant d'avoir pris connaissance des *notes secrètes* remises au comte de V... par
l'impératrice. L'heureux temps, où l'on n'était pas
obligé de solliciter l'intervention étrangère, où les
monarques venaient au devant des vœux que les royalistes formaient pour la guerre civile! Le comte
de V..., à l'insu du prince son maître, est introduit

mystérieusement et d'une manière romanesque dans
l'appartement de l'impératrice. C'est là qu'il reçoit
ses instructions et ses pouvoirs ; c'est là qu'il se donne
à l'impératrice, qui le donne au comte d'Artois,
lequel avait de la sorte un serviteur au service de
deux maîtres, et un confident qui avait des secrets
pour lui, et n'en avait point pour l'impératrice. Voilà
l'école où les émigrés ont passé leur jeunesse ; c'est
là qu'ils ont pris l'habitude de considérer les étrangers comme leurs meilleurs amis, de leur sacrifier
les intérêts de la France, de leur livrer la pensée
même de leurs princes légitimes : cette habitude, ces
sujets si soumis ne l'ont point perdue.

Le comte de V..... eut donc la mission d'exciter
dans le cœur du prince des dispositions guerrières,
de le pousser à se mettre à la tête de quelque entreprise hasardeuse ; mais nous devons à celui-ci la
justice de déclarer qu'il fut sourd à toutes les propositions de cette nature, et qu'il repoussa opiniâtrément toutes les suggestions des espris turbulens.

Le comte de V.... ne craint pas, à cette occasion, de se livrer à des emportemens, et même à
des injures qui seraient à peine croyables de la part
d'un si bon royaliste, si les royalistes de nos jours
n'avaient pas rendu ces exemples familiers. Ils trouvent le roi trop clément, ils trouvaient le comte
d'Artois trop pacifique. *Son énergie*, au dire du chro-

niqueur, *s'épuisait au bout de quelques phrases*. Malheureux qui ne se doute pas que l'énergie contre la patrie ne serait que de la fureur !

Cependant la petite flotte mouille à Copenhague, où de nouveaux dîners étaient préparés aux nobles chevaliers errans, par le roi de Danemarck. C'est là qu'une confidence du comte François d'Escars acheva de désenchanter notre belliqueux historien. Il vit clairement que les gens du prince avaient pris la résolution de borner leurs exploits à l'expédition de Chaud-Fontaines, et pressentit les véritables dispositions du chef de l'armement. Le comte d'Artois avait résolu de dénouer cette tragédie, en se retirant à Ham. Là-dessus force lettres de la part du comte de V.... à ses amis les étrangers ; plaintes amères sur l'inaction du prince ; reproches sur la conduite tenue à Coblentz : *on a gaspillé tous les secours*.... Les royalistes, comme on voit, ne sont pas mesurés dans leurs expressions, quand on s'impose d'autres lois que leurs cruels désirs.

Enfin, on débarque à Hull. Un courrier est expédié à Londres ; quelques millions de dettes excluent de cette ville peu polie quelques-uns des plus considérables de l'embarcation. Le comte de V.... continuait, dit-il lui-même, à *observer* ; c'est pour cela qu'il ne quittait pas le prince. Voilà qui explique le zèle et l'assiduité de beaucoup de courtisans qui envoient aussi à l'étranger de beaux portraits de leurs maîtres.

« Je passais, ajoute-t-il, toute ma journée avec
» M. le comte d'Artois, qui, toute la journée, me
» disait : *Mon cher comte, tu verras que tout ira bien;*
» *c'est le moment d'enfoncer son chapeau.* Comme nul
» autre détail ne suivait cette phrase si souvent
» répétée, je lui répondais que je le souhaitais,
» d'autant qu'il avait pris sur cela de grands enga-
» gemens avec l'impératrice, qui ne le perdrait pas
» de vue ».

Toujours même tactique de la part des royalistes;
ils menacent incessamment de l'étranger les princes
qui refusent d'être l'instrument de leur vengeance et
de leur ambition. Le comte de V...., que possédait
la manie des périls, tenta une dernière épreuve. N'y
tenant plus, il aborde brusquement la question, et
harangue le prince en ces termes :

« Laissez l'Angleterre, la Vendée vous attend.
» Vous avez un million; vous pouvez, en y allant,
» en avoir d'autres encore; vous êtes sur deux vais-
» seaux qui vous y porteront; enfin, vous avez une
» épée dont vous avez promis à l'impératrice de vous
» servir : restera-t-elle dans le fourreau ? »

« Je ne sais, répondit le prince, quelles ressources
» me resteront; mais, mon cher comte, je ne suis
» plus comme autrefois : je me contenterai sans peine

» de quelque retraite éloignée; cela ne me sera nul-
» lement pénible ».

Croirait-on qu'au lieu d'être touché de cette abnégation de la gloire, le comte de V.... ne put pas
même contenir son indignation ? Il éclate, il gourmande, il persiffle, il conjure, il menace : tout fut
inutile.

Tout fut inutile, répète avec l'accent du désespoir
l'historiographe de la Vendée ; et à cette exclamation
cruelle succède un torrent d'imprécations qu'il nous
est impossible de rapporter, mais dont le langage des
ultra-royalistes peut nous donner une idée assez juste.

Bref, le prince, persistant dans sa louable répu-
gnance pour les combats où il ne pouvait périr que
des Français, congédia les vaisseaux de l'impératrice,
et, avec ce qui lui restait d'argent et de présens,
gagna *incognito* la modeste retraite de Ham. Son
lot est d'y finir ses jours, dit, en terminant cette première partie, l'auteur de ces mémoires; *Dieu veuille
que je me trompe!* L'auteur s'est trompé.

Après avoir erré sur les mers avec le moderne
Ulysse (la prudence aussi-bien que les voyages autorisent la similitude), reposons-nous avec lui au château de Ham.

Dans un prochain article nous achèverons cette
analyse, dont la seconde partie nous fera pénétrer
jusqu'au cœur de la Vendée.

II.

Nous avons laissé le prince à Ham, ville de Prusse presque aussi célèbre par ses jambons que Mayence même, suivant le dictionnaire géographique, qui ne trouve rien de mieux à en dire. C'était la retraite où vivait dans le plus profond *incognito* la famille royale, que son altesse venait enfin rejoindre. Ham était le *Sans-Souci* de M. le comte d'Artois. Il s'y délassait de ses longues courses, et y terminait toutes ses expéditions. A peine arrivé, il s'empressa de tirer du fourreau et de faire admirer à son auguste frère, à ses enfans, et à un petit nombre d'amis intimes, la magnifique épée d'or, à pommeau de diamans, que Catherine II lui avait remise avec tant de grâce et de majesté. Tout le monde applaudit à la richesse du présent, et sourit au choix de la devise. On s'entretint longuement des dangers du voyage, des fêtes de Saint-Pétersbourg, et de la générosité de l'impératrice ; on parla peu de son ardeur guerrière, moins encore des créanciers de Londres, et point du tout de la dernière sortie du comte de V..., l'auteur des mémoires dont nous poursuivons l'analyse.

Celui-ci, plus fidèle aux volontés de la souveraine étrangère qu'aux goûts du prince français, ne l'avait point suivi en Prusse. Il s'était mis dans la tête de faire de l'histoire, apparemment pour avoir ensuite le plaisir de se faire historien. On conçoit qu'avec cette manie le séjour de Ham ne lui convenait guères : il se sépara très-froidement de son illustre compagnon de voyage, et courut dans la Vendée, chercher seul des aventures. A dater de ce moment, ses mémoires ne disent pas un mot de bals et de festins, sujet qui occupe une bonne moitié de la première partie ; ils se taisent également sur la route qu'ont prise les cuisiniers de l'impératrice : on ignore s'ils sont restés attachés à la vaisselle de campagne.

Je m'étais promis de détourner mes regards de l'horrible spectacle des combats ; mais j'y suis entraîné par la nature de mon entreprise qui, après la séparation des deux voyageurs que je croyais inséparables, m'enchaîne aux périlleuses destinées du comte de V... Tout est affligeant dans cette seconde partie, et j'y renoncerais si la lecture en était moins instructive. Les défaites des royalistes y sont nombreuses ; les victoires nationales y sont brillantes ; mais de tous côtés c'est le sang français qui coule, et je n'ai, pour trouver du charme à ces horreurs, ni l'imagination, ni le cœur de M. de Châteaubriand. *Il me reste le malheur de les retracer*, dirai-je bien plutôt avec le comte de V..., lequel ajoute : *malheur qui serait le plus grand, si je n'avais eu celui plus grand encore d'en être acteur et témoin.* Ces regrets contrastent un peu avec le style du nouvel historien ; ses aveux con-

trastent bien davantage avec son récit. Aussi M. de
Châteaubriand, qui n'a jamais, que je sache, porté
les armes dans la Vendée, ne craint-il pas aujourd'hui
le renouvellement d'une guerre qui arrache cette
exclamation au comte de V..., l'un de ses champions
les plus ardens : *Dieu veuille qu'elle ne se renouvelle
jamais !*

Cette seconde partie est divisée en quatre époques
par l'auteur ; la première est uniquement consacrée
à *l'expédition de Quiberon.* Le comte de V... jette d'a-
bord un coup-d'œil sur la position des armées catholiques et royales.

Des paix faites, dit-il, *par les différens chefs,
avaient paralysé les différentes armées.* Tout était donc
fini si l'étranger ne fût intervenu, et, sans son intervention, rien n'eût commencé peut-être. La Vendée
dès-lors était nulle sans l'assistance de l'Angleterre.
Le comte de Puisaye, bien pénétré de cette idée, se
rend à Londres, après avoir *signé une paix à laquelle
il jurait d'être infidèle.* Là, tout par lui est mis en
usage pour gagner la confiance du gouvernement. Il
lui promet qu'avec *quelques troupes, des armes, des
munitions et de l'argent,* il ressuscitera le zèle des
royalistes. Ses soins ne furent point infructueux, et
au bout de neuf mois il réussit à livrer de nouveau
la Bretagne au fléau de la guerre civile. Le désastre
de Quiberon fut concerté et résolu.

Ici l'auteur des mémoires entre personnellement en scène. Un homme aussi dévoué aux ennemis de la France que l'était le comte de Puisaye, ne pouvait manquer de devenir l'ami du comte de V.... Ils ne se connaissaient pas, mais une correspondance secrète s'établit bientôt entre eux, et ne tarda point à être suivie d'une entrevue. Tous deux étaient encore à Londres, où se préparait l'expédition mendiée depuis près d'un an. On s'étonne peu de voir figurer dans cette intrigue l'évêque de Dol ; mais il est naturel de révoquer en doute *les lettres de créance* que l'historien prétend avoir été octroyées par les membres de la famille royale aux chefs des chouans. Nos doutes à cet égard sont justifiés par les princes eux-mêmes, et par tout ce que nous avons vu de la conduite du comte d'Artois. Il est évident que s'ils eussent approuvé ces insurrections, ils les auraient secondées autrement que par des pleins pouvoirs, et que quelqu'un d'entre eux eût encouragé, par sa présence, ceux qui se dévouaient pour cette cause, se fût mis à leur tête et eût partagé leurs périls. On ne saurait trop le répéter ; si, dans nos tristes discordes, beaucoup de Français ont péri, on ne vit jamais au milieu d'eux un seul de leurs princes, le fer à la main : plût à Dieu qu'on en pût dire autant de toute la noblesse !

C'est un éloge que le *noble* auteur de cette relation

a moins mérité que tout autre. Aussi, quel enthousiasme pour le gouvernement anglais et pour son
agent dévoué, l'excellent patriote Puisaye ! Grâces
à celui-ci, le premier avait fait des préparatifs ca-
pables d'exterminer une province tout entière; il
faut entendre le comte de V... en faire l'énumération.

« Tout fut embarqué à Southampton ou à Ports-
» mouth. L'on mit à bord quatre-vingt mille fusils,
» de l'artillerie de toute espèce, et en assez grande
» quantité pour toutes les armées royalistes ; des
» vêtemens pour soixante mille hommes, des maga-
» sins de toute espèce, des munitions de guerre et
» de bouche en abondance, beaucoup d'argent, etc. »

Puis vient l'état du corps d'artillerie, de l'administration, des régimens parmi lesquels se trouvent
cinquante prêtres ayant à leur tête l'évêque de Dol ;
on nous laisse ignorer si celui-ci était armé d'une épée
ou d'une massue. Tels furent les secours que l'Angleterre donna pour réchauffer le royalisme de la
province de Bretagne. M. le comte d'Hecvilly, avec
les fonctions de maréchal-général-des-logis, commandait *les troupes régulières à la solde de l'Angleterre*, qui sans doute étaient pénétrées aussi du
royalisme le plus pur. Nous nommons le comte d'Hecvilly, parce qu'il doit jouer, dans ces mémoires, un
grand rôle d'incapacité.

L'amiral Waren fut chargé de l'escorte du convoi, avec deux vaisseaux de soixante-quatorze, quatre frégates, quatre chaloupes canonnières, deux corvettes et deux côtres.

L'escadre républicaine fut surprise et battue. L'armée anglo-émigrée débarque, et sur le rivage même la division éclate entre les chefs, le comte de Puisaye qui fut *très-poli*, et le comte d'Hecvilly qui fut *très-âcre*. Le narrateur, qui se déclare l'avocat du plus poli, prend occasion de cette querelle pour dire ce qu'on aurait dû faire, et trace un *tableau dépouillé d'enflure* des succès que l'on aurait infailliblement obtenus en faisant ce qu'on n'a pas fait. Cette tirade se termine par un trait évangélique à l'honneur des royalistes qui *cherchent dans le ciel leur récompense*. C'est très-bien fait à eux, mais il n'est pas nécessaire pour cela de tuer ses concitoyens sur la terre; et le ciel n'exige pas absolument que des Français attirent et conduisent dans leur patrie deux vaisseaux anglais de soixante-quatorze, quatre frégates, quatre chaloupes canonnières anglaises, deux corvettes et deux côtres anglais, et je ne sais combien de soldats qui ne sont pas Français, le tout pour ravager la France. De pareils moyens pouvaient bien ne rien gâter aux affaires des royalistes, qui ont toujours été les plus habiles, les plus nombreux et les plus vaillans; ils pouvaient bien être utiles à leur salut dans ce monde,

mais je doute que leur salut dans l'autre y ait beau=
coup gagné.

Franchement, je partage l'opinion du comte de
Puisaye, qui est aussi celle de mon historien : leur
plan de campagne me paraît le mieux entendu ; mais
le comte d'Hecvilly, qui soutenait l'avis contraire,
exhiba, en guise de raisons, des pleins pouvoirs qui
lui donnaient, au nom du gouvernement d'Angleterre, l'entière disposition de tout ce qui était à sa
solde. Cela était peu concluant pour l'armée en
général ; mais au nom de l'Angleterre il fallut s'incliner. Que de gouvernemens dont les gouvernés ne
comprennent pas la politique, et qui auraient aussi
des pleins pouvoirs d'outre-mer à exhiber, si cet
usage vendéen avait prévalu ! Mais on devine ; et le
peuple de s'incliner, ainsi que les soldats qui entre-
prenaient la conquête de Quiberon pour marcher
ensuite droit sur Paris. M. de Puisaye, dans cette
situation perplexe, expédia un courrier à Londres
pour solliciter une décision ; les événemens, plus
rapides, n'attendirent pas la réponse. Nos ministres
seraient bien embarrassés si les choses allaient aussi
vite ; mais ils peuvent tranquillement envoyer des
estafettes à Londres, à Vienne, à Berlin, voire même
à Pétersbourg, et en attendre le retour pour prendre
une détermination : les affaires et les hommes ont
aujourd'hui de la patience.

Bien que les chefs des royalistes ne s'entendissent guère entre eux, ils espérèrent qu'ils seraient entendus par le *peuple français*, auquel ils adressèrent, à cet effet, une *proclamation*. L'expression de *peuple français* était un peu révolutionnaire, et dans la bouche des chouans elle avait quelque chose de bizarre ; mais il faut faire des concessions à la difficulté des temps ; la victoire raccommode tout. Au reste, cette proclamation n'avait pas toujours tort ; la France avait cruellement souffert de ses dissensions intestines, et ceux qui venaient prolonger et aggraver ses malheurs, n'en disaient pas moins la vérité en en retraçant l'étendue.

Mais plus d'un trait de maladresse gâta les pathétiques apostrophes de M. le comte de Puisaye, général en chef, auquel les siens même disputaient ce titre. D'abord elle était signée, *M. le comte de Puisaye;* ensuite le rétablissement des priviléges y était mal déguisé sous le nom de *droits de la noblesse :* on se montra plus habile depuis. Enfin, les gens du bon ton par excellence manquèrent d'urbanité en offensant l'oreille française par les mots de *généreux ministre du monarque anglais;* et la proclamation acheva de blesser toutes les convenances par cette phrase : « Nous vous apportons des munitions, des armes et » l'appui efficace qu'une puissance *protectrice consent* » *à vous accorder;* » sans compter que des muni-

tions et des armes apportées par quelques chouans
au peuple français, pour que le peuple français fît
la guerre dans l'intérêt des chouans, font, à la réflexion, un effet fort étrange qui dut même alors
paraître ridicule. Plus tard on a fait des proclamations; mais celles-là furent suivies de quelques cent
mille baïonnettes, et elles n'étaient pas signées par
le comte inconnu de Puisaye : aussi le peuple français
a-t-il parfaitement compris ce que cela voulait dire,
et s'est-il spontanément converti à la cause des
émigrés.

Mais à l'époque de Quiberon, qu'il était loin de
ces dispositions heureuses et pacifiques ! il se fût mo-
qué alors des protestations les plus sincères d'un
million d'amis en armes, et les eût traités en ennemis, eussent-ils été appelés sur le territoire français
par tout autre que par le comte de Puisaye. La proclamation de celui-ci ne gagna ni n'effraya la nation.
Il n'y a qu'un instant que l'historien nous montrait
les républicains en fuite; les voilà qui reviennent
en poste. En vain le comte de V.... reçoit-il sur ces
entrefaites le brevet d'officier général; en vain se
porte-t-il en personne au secours du chevalier de
Tintigniac, qui avait une peur effroyable, et demandait du renfort au comte de V....

« J'arrivai, dit ce dernier, comme l'action com-
» mençait; il fut battu (ce n'est pas le parti fran-

» çais, c'est le général Tintigniac), il fut battu et
» mis dans une déroute complète. *Les royalistes se*
» *battirent fort mal*, quoique dans une excellente
» position ; ma troupe suivit le mouvement, se mit
» en fuite, et je fus abandonné, ainsi que les offi-
» ciers, au milieu des ennemis..... Je regagnai, après
» mille dangers, ma réserve de six mille hommes qui
» n'avait pas été attaquée; *je n'y vis que l'impatience*
» *de fuir* ».

Nous venons de voir les exploits de l'aile gauche ;
l'aile droite éprouvait le même sort. Cependant, à
force de bravoure et d'habileté, le comte de V.....
rassemble quelques troupes, fait volte-face, fond
sur quelques tirailleurs épars qui l'avaient poursuivi
trop loin, les taille en pièces, et, fier de cette victoire, bat en retraite. Le général Hoche commandait
les républicains. Le comte de V..... ne peut s'empêcher de louer la tactique de l'ennemi, et de per-
sifler celle du comte d'Hecvilly, le bouc émissaire
des iniquités de Quiberon.

« Ses ordres », dit l'auteur des mémoires auquel
nous empruntons ce passage, parce qu'il peint le moral
de la Vendée que nous voulons surtout faire connaître, « ses ordres étaient toujours énoncés dans le
» plus beau style de l'art; ils disaient, par exemple :
» Si vous êtes battu, vous vous retirerez sur tel
» point, successivement sur tel autre, etc., etc.....

» Vous vous retirerez ! Il fallait savoir que, lorsque
» les chouans et toutes les troupes de cette espèce
» rompent l'ennemi, elles le poursuivent à outrance,
» et que, lorsqu'elles sont rompues, elles s'épar-
» pillent à toute course ; à plus forte raison une réu-
» nion de paysans levés en masse, et nullement
» aguerris. Or, le *vous vous retirerez*, dans cette
» occasion, ne ressemblait pas mal à la dissertation
» du père Joseph, pour laquelle le grand Condé lui
» donna une croquignole sur le doigt, en lui disant :
» *Apprenez, père, qu'une grande armée ne marche pas*
» *comme le doigt d'un capucin* ».

La colère du comte de V..... contre le comte
d'Hecvilly lui arrache des aveux qui ne doivent pas
être perdus pour nous, sur les mauvaises dispositions
des paysans, sur le mécontentement des troupes
royalistes ; et il en était de même dans le pays occupé
par Georges. C'est ce Georges qui fut exécuté depuis,
et dont le père a été créé noble en 1814. La
chambre de 1815 voulait que l'infamie fût héréditaire, mais non pas que les honneurs fussent ascen-
dans. Quoi qu'il en soit, Georges, qui se servait
alors de l'épée et non du poignard, et que quelque
gloire entourait, tenait le même langage que le
comte de V..... *Ses gens*, disait-il, *étaient furieux,*
découragés, et ne consentiraient pas à se battre. Con-
sultez la *chronique* de chaque parti vendéen, soit sous

les ordres de Laroche—Jacquelein, soit sous les
ordres de Charette, chacune fait les mêmes aveux.
Il fallait user de violence, et fusiller les *paresseux*,
pour entretenir, dans la Vendée, le feu sacré du
royalisme. Une autre cause soutenait encore leur
enthousiasme ; c'étaient les terribles représailles des
républicains : il y avait fanatisme de part et d'autre.
Il suit de là, comme nous l'avons dit, qu'en cas de
soulèvement, une guerre d'observation, une guerre
défensive à la manière de Travot ferait, en peu de
mois, rentrer dans l'ordre ces sectaires si opiniâtres
des dogmes monarchiques.

L'armée républicaine, dont le comte de V.... avait
si vaillamment sabré les tirailleurs disséminés, s'a-
vançait à pas de géant ; mais le canon de l'escadre
anglaise était là : force fut d'arrêter. Les émigrés,
sans doute, peuvent beaucoup par eux-mêmes ; mais,
à cette époque du moins, le canon étranger les main-
tint en France ; car les mémoires conviennent bon-
nement que, sans lui, c'en était fait, qu'il fallait
quitter la partie. La mitraille anglaise qui écrasait
les Français donna quelque répit aux royalistes, qui
en profitèrent pour se remettre et distribuer leurs
forces ; ce qu'ils firent à l'aide des vaisseaux britanniques. Le chevalier Tintigniac, Georges, devenu
général, et Jeanjean, gagnèrent, l'un Saint-Brieux,
l'autre le Morbihan, le troisième Quimper.

Arrive, avec mille hommes, le colonel de Sombreuil, qu'attendait un si funeste destin : nous touchons à la journée de Quiberon. C'est à l'inconcevable témérité du comte d'Hecvilly que l'historien
impute les malheurs de cette journée : peut-être a-
t-il raison ; mais c'est lui-même, ce sont les intrigues
du comte de Puisaye auprès du cabinet de Saint-
James, c'est l'incorrigible et cruel entêtement des
émigrés, qu'on doit accuser avant tout, et à bien
plus juste titre. Si donc, à défaut du succès, c'est à
l'intention qu'on a récemment élevé une colonne,
ce monument n'est pas seulement impopulaire, il
est impolitique et immoral. Les royalistes succom-
bèrent victimes de leurs propres fureurs; et des fureurs parricides ne peuvent être consacrées par aucun
gouvernement sage et national.

Nous avons beau être accoutumés à l'alliance des
étrangers et des royalistes contre la patrie, nous voyons
avec un sentiment pénible des soldats anglais figurer
encore dans les rangs des émigrés à l'attaque de
Quiberon. Cette réflexion nous assiége sans cesse : que,
sans le secours de l'étranger, les émigrés eussent été
réduits à l'impuissance d'organiser la guerre civile. Il
nous est impossible de nous dissimuler qu'arrivant
avec l'ennemi en France, c'est en ennemis qu'ils
devaient être reçus par les Français. Les Français
de cette époque auraient vu de la trahison et de la

lâcheté à penser autrement. Malheureusement l'exaltation de l'honneur national les précipita dans des excès que l'invasion étrangère elle-même ne saurait excuser. Ces excès furent d'un grand secours aux émigrés : ils leur valurent des armées; ils ramenèrent au combat une population que ses goûts, l'habitude et d'inutiles tentatives avaient rendue à la culture des champs. Mais l'aurore qui doit éclairer la catastrophe de Quiberon a lui : le comte d'Hecvilly s'est imprudemment laissé devancer par elle; cette fois le canon et les soldats anglais ne le sauveront pas.

Le comte de V.... débarqua sa petite troupe; mais des boulets survinrent, et elle se rembarqua précipitamment. « Les royalistes, dit le narrateur qui » commandait cette troupe, les royalistes se condui- » sirent fort mal; tous trempèrent leurs fusils dans » la mer, pour ne pas être obligés de s'en servir : » jamais mauvaise volonté ne fut plus manifeste ». Dans le même moment le comte d'Hecvilly gravissait un tertre sablonneux, et affrontait un feu si violent, qu'*il sentit que ses deux colonnes seraient fondues avant que d'arriver*; il perd la tête, et la retraite est battue à la gauche, en même temps que la charge à la droite. Alors commença une déroute épouvantable. Le comte d'Hecvilly fut blessé à mort. Ce que dit l'historien des forces comparées des républicains et

des royalistes est tellement incroyable, que son assertion peut justement passer pour une consolation
de l'amour-propre. A l'en croire, dix-huit mille
républicains retranchés auraient été attaqués par
trois mille royalistes à découvert. Cela est fabu-
leux, et la suite des mémoires le prouve, ainsi que
le bon sens, puisqu'elle ne porte qu'au même nombre tout au plus la totalité des forces républicaines
en Bretagne.

Cet échec acheva de dissoudre une armée où ré-
gnaient bien d'autres principes de désorganisation.
Le principal auteur de cette entreprise, le comte de
Puisaye, qui a disparu de la scène pour faire place
au fougueux d'Hecvilly, devait naturellement reprendre le commandement en chef que celui-ci était
forcé d'abandonner pour toujours. Mais le comte de
Puisaye *n'était pas breveté par le roi d'Angleterre*,
personne ne voulait lui obéir. Les différens corps
d'armée étaient disséminés dans les villages, comme
s'ils étaient en quartiers d'hiver. C'est l'usage constant de ces milices, qui n'ont jamais été et qui ne
seront jamais propres à une campagne régulière.
Mais voici bien autre chose, on ne me croirait pas
si je ne citais textuellement :

« Tant de motifs de mauvaise humeur ne pouvaient
» que *réveiller le républicanisme* dans une armée presque
» entièrement composée de soldats républicains qui

» ne s'y étaient enrôlés que pour sortir des prisons,
» et qui ne pouvaient y être retenus que par des
» succès. Dès-lors il fallait s'attendre à la désertion,
» aux conspirations, aux révoltes, etc. ». Quoi ! voilà
quelles sont les recrues des hommes monarchiques !
voilà les défenseurs du royalisme ! Ils sont nombreux....., tant qu'une catastrophe ne les oblige pas
à se compter. *Camarades* , leur crièrent les Français,
venez vous joindre à nous , vous serez bien traités. Ils
n'hésitèrent pas. La douceur a toujours triomphé des
Vendéens : c'est à elle que Travot dut cette prompte
et touchante victoire que M. Canuel lui fit payer si
chèrement !

Le comte de Puisaye, qui avait conçu et réalisé
cet armement, mais dont on n'avait pas suivi le plan,
voyant qu'il ne pouvait pas *sauver la presqu'île*, dit
l'auteur des Mémoires, « crut qu'il devait au moins
» sauver sa correspondance avec l'Angleterre, avec
» nos princes, et surtout le secret et la destinée des
» affaires de Bretagne ».

Nous épargnerons au lecteur le douloureux tableau
de la situation des royalistes vaincus. Ces malheureux
Vendéens, enlevés à leurs habitations pour une cause
dont ils auraient été bien embarrassés de définir les
avantages, et maintenant blessés, mutilés, en proie
à la misère, à la faim, aux maladies contagieuses, à
la rage du désespoir, nous ont fait verser des larmes

de pitié sur leur sort, et d'indignation sur l'ambitieux égoïsme de leurs chefs.

Nous épargnons aussi à la pudeur nationale le récit des vengeances du vainqueur, irrité par d'éternelles agressions et par la violation d'une paix que les nobles avaient jurée tout haut, en jurant tout bas *d'être infidéles à leur serment*, suivant l'expression du comte de V...., noble et chouan lui-même. Nous déplorons ces cruelles vengeances et comme homme et comme citoyen ; mais elles nous laissent la consolante certitude que la guerre de la Vendée ne se renouvellera plus, puisque jamais elles ne se renouvelleront. C'est dans le cours de ces sanglantes représailles que périt le colonel Sombreuil, breveté par le roi d'Angleterre. Il fut jugé suivant toute la rigueur des lois, qui condamnent à mort quiconque porte les armes contre sa patrie. Le général Charette, à cette nouvelle, égorgea tous ses prisonniers ; nous ne pensons pas que cela fît partie de ses pleins pouvoirs.

Un épisode vient à propos nous distraire de ce spectacle hideux. Le comte de V.... et le marquis de Contades, bien escortés, faisaient un tour sur la Falaise. Le général Humbert, qui les aperçut, s'approcha d'eux, et leur fit signe qu'il désirait avoir un entretien. De part et d'autre on se porte en avant avec un seul officier, et la conversation s'engage.

« Pourquoi nous battons-nous, dit le général Hum-
» bert ? il vaudrait beaucoup mieux être d'accord.
» Que n'écrivez-vous à Tallien ? » — Le marquis de
Contades parla du roi, de Monsieur, des princes, de
l'ordre entier de la noblesse. — Écrivez à Tallien, ré-
pliquait toujours le général Humbert qui, après
diverses questions échangées et satisfaites, reprit en
partant : « Écrivez à Tallien ; nous nous re errons ».

La première époque de cette seconde partie se
termine par une récapitulation et par des observations
dont plusieurs ne manquent pas d'intérêt. Le panégyrique du comte de Puisaye, et l'oraison funèbre
très-peu louangeuse du comte d'Hecvilly, ne nous
importent guère. Ce n'est pas sur ce qu'ils ont fait
dans le cours de la guerre qu'on les jugera ; c'est
pour l'avoir suscitée qu'on les confondra dans la
même condamnation. Nous ne nous soucions pas
davantage du pompeux éloge de *l'activité inimaginable,* du *courage héroïque* de l'amiral Waren. Il a
fait contre nous son métier d'Anglais ; ce n'était point
à des Français à le prôner, encore moins à le seconder : d'autres détails peuvent être recueillis plus
utilement.

« Depuis long-temps, dit le comte de V...., tous
» les pays royalistes dépérissaient ; leur langueur
» tenait au manque absolu de moyens : cette pénurie
» les avait tous mis en état de paix..... » Ainsi la

guerre est bien du fait de l'étranger provoqué par
un petit nombre d'émigrés ; ainsi les pays royalistes
retombaient dans l'état naturel de paix et de tranquillité quand ils étaient abandonnés à eux-mêmes :
voilà ce qu'il est bon de constater. La guerre de la
Vendée n'a été et ne peut être qu'une guerre étrangère ; chaque page de cette relation nous le prouve,
et ces *observations* confirment les preuves de fait.

Une remarque, surtout, que sa contradiction avec
la vérité historique ne doit pas nous empêcher de
signaler, et qui démontre que le sentiment intérieur,
même alors qu'on y déroge dans la conduite, est le
même chez tous les Français ; une remarque que
l'historien des temps modernes prendra pour épi-
graphe, et dont l'avenir nous révélera toute l'énergie, c'est celle qui fait l'objet du paragraphe que
nous allons transcrire :

« Aucun des chefs vendéens, et particulièrement
» le général Charette, ne voulait *rendre la cause*
» *odieuse*, en appelant l'étranger parmi nous ».

Tout était perdu, l'aigreur des reproches avait
succédé au concert des opinions et des vœux ; une
lettre que le colonel Sombreuil avait écrite avant de
mourir, accusait de lâcheté et de déloyauté les chefs
royalistes (1) ; la *canaille* maudissait ses seigneurs ; le

_____

(1) « Cette lettre, disent les Mémoires du comte de V....,

comte de V.... lui-même désespérait de la cause, et se refusait obstinément aux sollicitations les plus pressantes, lorsque tout à coup la scène changea.

Mais je veux auparavant faire connaître un fait qui n'occupe qu'une petite place dans la seconde époque où nous entrons, et qui pourtant donne beaucoup à penser; je laisse parler la *chronique ven-déenne :*

« M. le comte de Puisaye avait reçu beaucoup de » lettres de sa correspondance secrète. Il en avait » plusieurs de Paris, écrites par des personnes pré- » pondérantes dans les factions qui gouvernaient alors » la France. On lui offrait des secours et des moyens » pour soutenir le parti, l'augmenter enfin de moyens » assez considérables pour l'utiliser ; mais tout cela » portait la condition de recevoir M. le duc d'Orléans, » que l'on voulait faire arriver parmi nous. Le parti » qui le soutenait était mené par les gens qui alors » étaient le plus en crédit, et pouvaient le plus dans » le gouvernement.

» Nous passâmes quelques heures sans quitter cette » conversation : le sujet m'en déplaisait; il déplaisait » aussi au comte de Puisaye. Cependant, avec une » sorte de résignation, il me dit : Enfin s'il arrive,

a plus nui au parti royaliste que le désastre de Quiberon même ».

» par nos formes, nos lois et nos usages, nous ne
» pouvons pas le renvoyer. Cette terre met sous sa
» sauve-garde le criminel qui se repent et vient servir
» la cause. Il sera le premier Bourbon qui viendra
» mettre l'épée à la main parmi nous. Il est brave, et
» malgré nous il deviendra roi. D'ailleurs, tôt ou
» tard il est probable que nous nous trouverons forcés
» de servir la royauté plus que le roi. Il faut espérer
» que les véritables viendront ; mais le premier
» Bourbon qui combattra à notre tête, forcément
» deviendra roi.

 » Je n'étais pas encore à même de saisir ces rai-
» sonnemens-là ; ils étaient parfaitement justes,
» mais ils m'indignèrent ». Et plus bas l'historien
ajoute : « *Venir, mettre l'épée à la main, être populaire*
» *et brave, tout était dit* ».

Reprenons notre récit. Tout était, disions-nous,
ruiné, abandonné, toute hostilité sérieuse avait cessé,
lorsque subitement la mer se couvre de vaisseaux de
guerre et de bâtimens de transport : c'était son altesse
royale le comte d'Artois qui arrivait, un peu tard il
est vrai, avec des secours et des moyens immenses.
Il était à bord de la frégate *le Jason ;* quelques mille
hommes l'accompagnaient. On conçoit que l'auteur
des Mémoires ne manque point ici d'exhaler ses regrets ; on conçoit non moins facilement que nous
sommes loin de les partager. Il est infiniment pro-

bable que le succès, plus long-temps disputé, n'eût pas été plus heureux, et plus de monde aurait péri. Le prince, à cette pensée, dut se réjouir lui-même du délai qui affligeait les siens.

« Il venait d'en coûter vingt-huit millions à l'An-
» gleterre pour nous secourir, dit le comte de V....:
» dans un accès de gratitude ; et sans se décourager,
» elle nous prodigue encore des secours, et dépense
» de nouveau dix-huit millions ! » Si M. le comte
de V..... existe encore, sa reconnaissance doit être moins vive ; il a vu que nous avons remboursé le fonds avec les intérêts, et que la *généreuse* Angleterre, comme il l'appelle ailleurs, nous a prêté à grosse usure son argent, et vendu chèrement sa protection.

Dans un troisième extrait, nous apprendrons l'emploi que l'on a fait des dons britanniques, et nous verrons qu'au milieu même du cliquetis des armes, et en face des champions les plus déterminés de la guerre civile, le caractère du prince ne s'est point démenti.

III.

Je ne sais pas si la Vendée est féconde en peintres; mais tout le monde sait que plusieurs de nos artistes ont dévoué leur pinceau, cette année, aux héros vendéens. Certes, lorsque David régénéra l'art avili de Raphaël, on n'aurait pas prévu l'usage que feraient

quelques élèves des leçons de ce grand maître. On
ne se serait pas douté, à cette époque, qu'en visitant
le salon français on se trouverait au milieu d'une assemblée de chouans. C'est une étrange compagnie,
même en peinture ! Le temps, comme on voit, amène
tout. Jusqu'ici on s'est borné à de simples portraits ;
espérons que la prochaine exposition nous offrira
quelques tableaux d'histoire. Déjà, dit-on, l'on nous
promet le général Charette commandant la fusillade
de ses prisonniers, Georges Cadoudal méritant les
titres de noblesse qu'il n'obtint qu'après sa mort, et
la Langevin faisant mordre la poussière à son oncle.
Le général Canuel présidant le conseil de guerre qui
jugea Travot, le vicomte Donnadieu épiant avec
une impatiente anxiété les signaux télégraphiques,
ne dépareraient pas cette galerie ; ce sont des sujets
à mettre au concours. Nous invitons les artistes, jaloux de mériter le prix, à se rendre à Rome pour y
étudier un excellent modèle ; nous voulons parler des
fresques de la salle du Vatican, où Charles IX est
représenté donnant le signal de la Saint-Barthélemi.

Me voilà bien loin de celui que, dans la Vendée,
on appelait déjà Charles X ; mais lui-même, j'en suis
sûr, si ces lignes venaient à tomber sous ses yeux,
applaudirait au sentiment qui les a dictées. J'en ai
pour garant sa vie tout entière et la louable persis-
tance qu'il mit à demeurer à bord à la vue des Ven-

déens, qui le suppliaient de prendre le commandement des armées catholiques et royales. La circonstance était critique et délicate ; le refus pouvait recevoir des interprétations aussi fausses que pénibles ; mais celui dont le parti est depuis long-temps arrêté a de grands avantages ; il résiste là où chacun s'imagine qu'il va céder ; il triomphe là où tout autre serait vaincu. Il peut montrer, par égard, quelque faiblesse dans ses paroles, mais il est ferme et invariable dans sa conduite. C'est ainsi que le prince déjoua les coupables espérances de ses prétendus amis.

La seconde époque des Mémoires nous laisse, en se terminant, le convoi de *Monsieur* en perspective ; le comte de V..... est au comble de la joie. La troisième époque s'ouvre par le même spectacle et par les mêmes ravissemens. Ceux-ci ne sont que de courte durée ; mais celui-là se prolonge bien au-delà des vœux de l'historien, qui voudrait toujours avoir quelques scènes de carnage à décrire. Ce vaisseau, à l'ancre dans la baie de Quiberon, promettant et n'accordant jamais le prince à l'impatience de guerriers farouches, va devenir le théâtre d'intrigues et de débats auxquels nous allons faire assister le lecteur.

On se rappelle que M. le comte de V.... et M. le comte d'Artois étaient en délicatesse depuis le départ de celui-ci pour la retraite de Ham. Le comte de V...

se tint donc sur la réserve ; mais son illustre ami, en bon prince, fit les avances et lui manda de se rendre à bord du *Jason*. La rancune du comte de V... céda sans peine à cette gracieuse invitation. *Monsieur*, pour lui témoigner toute sa confiance, et particulièrement toute son estime, le chargea de tout *voir*, de tout *examiner*, et de lui *rendre compte* de tout ce qui se passerait à l'armée du comte de Puisaye, qu'il se détermina enfin à rejoindre. Ce rôle *d'observateur* paraît plaire beaucoup à notre historien. Il avait observé le prince pour le compte de l'impératrice de Russie ; il observait ses compagnons d'armes et son ami, M. de Puisaye, pour le compte du prince ; et cette dernière mission lui paraît si flatteuse, qu'il ne tarit pas sur la *bienveillance* du comte d'Artois qui se confie à son *dévouement*. Ne nous étonnons donc pas si nous avons vu, depuis que les émigrés sont de retour, tant de nobles et tant de chevaliers de Saint-Louis suivre un si bel exemple.

Mais poursuivons. A l'instant où l'on apprit l'arrivée de *Monsieur*, le comte de Puisaye, général en chef, fit faire un relevé des forces de l'armée vendéenne, que la *chronique* porte à soixante mille hommes bien armés. Quoi qu'il en soit de l'exactitude de ce dénombrement, tout eut ordre de se tenir prêt à marcher, et de se porter à la côte dans le cas où l'on saurait que S. A. R. voudrait débarquer.

Il paraît, d'après la même chronique, que les troupes qui se trouvaient à bord étaient aussi assez nombreuses, et surtout bien pourvues d'artillerie, de munitions, d'armes, de provisions, d'habillemens, d'argent, etc., etc. Tant de préparatifs auraient bien de quoi effrayer ; et la jonction de tant de forces ferait craindre les plus grands malheurs, si l'on n'était rassuré par la présence du prince. Je vois donc pour la première fois, sans peine, apparaître des auxiliaires britanniques : un je ne sais quoi me dit qu'ils ne tireront point l'épée.

En effet, après douze jours de repos, on tenta une expédition. On se garda bien d'essuyer le feu de Quiberon ; on éluda l'attaque de Noirmoutier, et l'on se rejeta sur l'Ile-Dieu, dont on pouvait s'emparer sans effusion de sang.

Cependant, notre historien, en vrai partisan, avait fait, à travers l'armée républicaine, une percée fort périlleuse, et avait gagné heureusement le quartier-général, où le conseil se tenait, au milieu d'un bois, dans la cabane d'un paysan. J'arrive *comme simple chouan*, dit-il avec une modeste fierté. Monsieur le simple chouan, lui fut-il répondu, le conseil vous donne la seconde place après le général en chef. Le narrateur ne peut, à ce souvenir, cacher sa joie et son attendrissement.

Alors notre *maréchal-général-des-logis des quatre*

armées de la Bretagne (car tel est le grade auquel il
fut promu) vit les forces de la Vendée avec une lu-
nette toute nouvelle. Ces forces lui parurent immenses, prodigieuses ; *l'attitude politique, physique
et morale* de la Bretagne, *imposante ;* cette contrée,
embrasée de l'amour de la religion et du royalisme,
brisant le *joug féroce* de l'anarchie. Le pauvre homme
est dans l'extase, dans le délire ; il aperçoit *les yeux
de l'Europe fixés sur les rochers de l'Ile-Dieu ;* il fait,
en imagination, une pointe jusqu'à l'ancienne Vendée
en traversant la Loire, puis gagne précipitamment
la Vendée naissante, la Normandie, *invisiblement
conduite par une main qui ne voulait agir qu'à une condition qui n'existait pas encore,* et découvre partout
des ressources dont il ne s'était pas douté jusqu'alors,
c'est-à-dire, avant qu'il fût général en second, et
fait sortir de tous les points du territoire français
des armées de chouans. De ce recensement, qui le
place d'un trait de plume à la tête de cent mille
hommes, il passe à la revue des chefs.

Charette est le seul dont il ne trace pas un portrait flatteur ; il lui reproche une ambition effrénée ;
il le charge même d'une accusation horrible, si elle
était fondée. « Tout homme, dit-il, qui pouvait être
» son rival de gloire, était son ennemi né. Avec une
» profonde dissimulation (car on pouvait passer sa
» vie avec lui sans le connaître), il régnait dans ses

» marais, où il était plus craint qu'aimé. Son naturel
» sanguinaire *l'avait souvent teint du sang de ses frères*
» *d'armes*, lorsqu'il pouvait supposer que leur mérite
» pouvait ombrager le sien ».

Voilà ce que notre biographe dit de Charette ; il
serait curieux de savoir ce que Charette disait du
biographe ; mais ce que celui-ci raconte de lui-même
peut suffire ; ajoutez les imputations dont le comte
de Puisaye va bientôt, à son tour, être, dans son
parti, l'objet et la victime ; rappelez-vous *les dénon-*
ciations au roi, de Trottuin contre Stofflet, et dites-
moi franchement si vous ne pensez pas de tous ce que
tous pensaient de chacun.

« Ce tableau, poursuit l'historien, des différentes
» armées catholiques et royales, et la disposition de
» leurs chefs, feront aisément comprendre combien
» l'on désirait un chef suprême, dont la présence
» *effaçât toutes les haines et détruisît toutes les intri-*
» *gues......* A cette époque, M. le duc de Bourbon,
» parti d'Angleterre, était arrivé à l'Ile-Dieu, y avait
» passé quelques jours, était revenu dans la baie de
» Quiberon, d'où, immédiatement après, il était
» reparti pour l'Angleterre ». Voilà qui rappelle
le *veni, vidi....* si fameux, mais qui le rappelle
avec une variante tout à l'honneur de M. le duc,
puisqu'elle est à l'avantage de l'humanité. C'était
une leçon en exemple qu'il donnait aux chefs de

la Vendée : ces chefs endurcis n'en profitèrent
pas.

« *Monsieur*, continuent les Mémoires, qui était à
» l'Ile-Dieu avec de l'argent , des armes, de la pou-
» dre , du canon, des chevaux pour traîner cette artil-
» lerie, quelques troupes à cheval, beaucoup d'offi-
» ciers à répandre dans le parti , puisque les cadres
» étaient sur le convoi; *Monsieur*, lieutenant-général
» du royaume, qui n'avait qu'à ordonner, et dont la
» présence seule aurait quadruplé le nombre de nos
» soldats, fixait l'attention de tous les pays royalistes
» qui fondaient sur elle toutes leurs espérances. On
» disait hautement qu'il sauverait la France s'il ve-
» nait parmi nous, ou qu'il perdrait la cause dans le
» cas où il s'éloignerait de la côte ». La suite a bien
prouvé que le prince était le plus sage , et qu'il n'a
rien perdu pour attendre.

Mais sa sagesse devait être mise alors à une rude
épreuve. Les têtes étaient montées; l'illusion fasci-
nait tous les yeux, excepté les siens. L'opiniâtre comte
de V.... a beau se faire dépêcher par le conseil général vers *Monsieur; le Jason* sera aussi rebelle que
la Vénus. L'un et l'autre sont cloués aux flots dès
qu'il s'agit de descendre sur une plage homicide;
ils sont plus rapides que le vent dès qu'il faut gagner
le port de la douce hospitalité. Le comte de V....
n'en part pas moins muni , comme titre de créance,

d'un arrêté du conseil, voté d'un accord unanime,
et daté de la *première année du règne de Louis XVIII*,
et de l'an de grâce 1795. Il part ; le vent était
bon : il est bientôt à bord du vaisseau qui portait
Monsieur.

Le comte de V.... s'acquitte d'abord de ses devoirs
d'*observateur*, et fait un *rapport* détaillé de tout ce
qu'il a vu, entendu et supposé. Ce rapport, extrêmement favorable au général Puisaye, est accueilli
par une réplique dont la singularité nous a frappé.
« Mon cher comte, lui dit *Monsieur*, quand tu me
» parles de M. de Puisaye, tu me présentes la tête de
» Robespierre ; je ne puis avoir aucune confiance
» dans cet homme-là ».

Le comte de V...., surpris, persiste pourtant dans
une opinion contraire. La conversation s'engage sur
quelques chefs subalternes ; leurs noms, presque tous
roturiers, provoquent de la part de *Monsieur* de fortes
objections. Les réflexions de l'historien à ce sujet
méritent d'être citées ; elles ont, dans sa bouche,
une valeur nouvelle.

« Telle est l'effet des révolutions, d'élever les uns,
» de dégrader les autres, d'amener au maniement
» des affaires et au commandement des armées un
» homme jadis peu connu, et de faire voir un duc
» mendiant. Cela montre que, dans les partis, le
» nom de l'homme est peu de chose : son caractère

» est tout. A côté de cet homme inconnu qui se couvre
» de gloire, s'enfouit l'homme honoré d'un grand
» nom, qui, sans énergie ni valeur, le traîne dans la
» boue : portant chacun dans les deux sens sur leur
» front, l'un l'empreinte de l'honneur et du courage,
» l'autre celle de la languissante et tremblante stu-
» peur ».

La suite du rapport de vive voix achève de nous
initier à tous les mystères de la Vendée, et nous
découvre les racines profondes de l'inimitié des chefs,
et leurs perpétuelles divisions, que nous verrons
bientôt éclater. Un mot de *Monsieur* le peint à merveille ; à cette longue énumération de querelles hai-
neuses, il se contente de répondre : *Au surplus, j'ai
écrit aux chefs de se raccommoder.*

Mais la crise approche. Le comte de V.... va toucher la corde sensible. *Que faire dans ce dédale de
choses?* lui demande le prince. *Vous mettre à notre
tête,* ose répliquer sur-le-champ et sans exorde l'ambassadeur des chouans, qui, à ces mots, lui remet
une lettre du conseil, et se retire.

« Cette lettre, nous apprend-il lui-même, appe-
» lait impérieusement *Monsieur* au parti que devait
» lui dicter son intérêt ; et celui de la cause lui disait
» que tout délai flétrirait sa gloire, qu'il tenait dans
» ses mains la couronne, qu'il pouvait la placer sur
» la tête de son roi et de son frère, ou la laisser

» tomber; qu'après avoir paru sur la côte, s'il ne
» rejoignait pas les royalistes, il les plongerait dans
» la plus grande consternation, et que la perte to-
» tale du parti s'ensuivrait ; qu'au contraire sa pré-
» sence pouvait et devait tout sauver, et qu'il serait
» reçu à bras ouverts par des forces immenses ».

Le lendemain matin, le comte de V.... est appelé
auprès de *Monsieur*. La nuit porte conseil, dit-on. La
lettre remise la veille avait fort occupé les alentours
du prince. On la trouvait trop forte et trop impé-
rative. Son altesse royale était très-émue. « Il faut,
dit-elle au comte de V...., que le conseil m'écrive
en des termes moins pressans, et qui me laissent
plus maître des circonstances ». Le comte assura que
le conseil y avait mûrement réfléchi, et qu'il n'y
changerait rien. « Cependant, répliqua *Monsieur* avec
un peu d'humeur, *je ne veux pas aller chouanner* ».
Quel mot! quel sens profond il renferme! quelle
improbation manifeste des insurrections de la Vendée! Il échappe à la patience lassée par l'importu-
nité, mais enfin il échappe et frappe d'un blâme
énergique une guerre cruelle et impie.

La conversation changea bientôt d'objet, et le
prince, pour adoucir un refus qui, après tout, avait
été arraché par un excès de dévouement, revint avec
une sorte de satisfaction sur ce qu'il avait dit précédemment du comte de Puisaye. « Je suis mieux in-

formé, dit-il, M. de Puisaye mérite toute ma confiance ;
c'est l'homme qu'il vous faut pour général en chef ».
Après quoi, le porteur de dépêches militaires fut
invité à se rendre au conseil de l'état-major de
Monsieur. Il était assemblé chez M. de la Rosière.
On se doute bien que l'ambassadeur désappointé ne
va pas manquer d'épancher sa bile pour se venger
du silence auquel il a été réduit par une réplique
aussi juste qu'imprévue. En effet, écoutez-le :

« Je ne vis aucune lumière dans ce conseil. Je me
» séparai de ces vieux intrigans, trop vieillis dans les
» anciennes routines pour pouvoir se former des idées
» nouvelles, et trop usés, moralement et physique-
» ment, pour ne pas craindre une guerre qui de-
» mande une énergie qui n'appartient qu'à la jeu-
» nesse. Ainsi, au résumé, les petits plans, les petites
» idées, des intrigues, des haines particulières, quel-
» ques misérables petits complots, devaient être natu-
» rellement le travail digne de pareilles gens ». Or,
ces gens, de leur côté, disaient pis encore du conci-
liabule des chouans au milieu des forêts. Le lecteur
ne peut, sans impolitesse, refuser de les croire réciproquement.

Le dénouement se précipite. Chaque heure amène
un incident, chaque incident marche au même but ;
c'est un vrai drame. Le lendemain, c'est-à-dire le
troisième jour après la grande explication, *Monsieur*

envoie chercher le comte de V.... « Mon cher, lui
» dit-il, vous me voyez dans la plus grande agitation.
» Un côtre arrivé cette nuit d'Angleterre apporte
» des ordres pour l'évacuation de l'Ile–Dieu, et me
» rappelle immédiatement en Angleterre ». Au lieu
d'être touché de la délicatesse de cette tournure, le
comte de V.... ne montra que de l'opiniâtreté. Il fit
sonner bien haut la monarchie, la gloire et toutes ces
phrases que le *Conservateur* cadence périodiquement :
elles furent appréciées à leur juste valeur : on s'en
moqua.

Toutes ces figures de l'état–major, qui étaient, il
y a quelques jours, si mornes et si blêmes, devinrent
tout- à-coup ouvertes et riantes. On aurait dit de
gens qui échappant aux périls après de longs travaux,
touchaient au terme qui allait combler leurs désirs.
Cette réflexion, où je soupçonne quelque malignité,
appartient à mon historien qui ajoute : « Il faut le
» dire, cette joie était extrême, et cette côte, l'asile
» du courage, de la vertu et de l'honneur, n'avait
» été aperçue par eux qu'avec le sentiment de la
» crainte et de l'effroi. Soulagés de ce fardeau pé-
» nible, ils commençaient à respirer ; car ils savaient
» à quoi s'en tenir : tout dans ce moment était déjà
» décidé et convenu ». Toutes les dépêches furent
improvisées. « Je suis extrêmement pressé de partir,
dit son altesse au comte de V...., en lui remettant

ses instructions ; les Anglais ne me donnent que quelques momens ». On ne laissa le temps à aucune objection ; les alentours du prince remplissaient la chambre : ils pressaient celui-ci ; ils disaient à l'importun ambassadeur des chouans que le canot l'attendait. On l'entraînait, et *Monsieur* ne voyait plus, n'entendait plus rien. « Je partis, dit l'impitoyable comte de V...., je partis, la mort dans l'âme » ; et pourquoi ? parce qu'il était réduit à l'impossibilité de faire tuer quelques milliers de Français de plus.

Nous avons parlé des instructions que le comte de V.... prétend lui avoir été remises par *Monsieur;* je l'avoue, je les crois apocryphes, et voici mes raisons. 1°. Il y est question de hâter le moment désiré où le prince qui s'en va, reviendra se mettre à la tête des royalistes ; 2°. un secours considérable d'argent, de poudre et de cartouches, y est inégalement distribué entre MM. Charette, Stofflet, Scépeaux, etc.; 3°. on y conseille la trahison aux officiers et soldats de l'armée républicaine ; 4°. on fait dire au roi qu'il brûle du désir de témoigner son amour aux chouans en combattant à leur tête. Non, non, de telles instructions n'ont point été données au comte de V....; elles portent en elles-mêmes tous les caractères qui en démentent l'authenticité. Un chouan seul peut les avoir forgées, pour avoir ensuite le plaisir de les appeler *insidieuses,* ainsi que le fait l'incorrigible comte de V...., qui assaisonne cette respectueuse supposition d'un déluge d'imprécations.

L'auteur de ces Mémoires est évidemment un homme très-passionné. C'est un véritable ultra, idolâtre de la monarchie jusqu'à lui sacrifier le monarque, comme ces amans qui tuent leur maîtresse par excès d'amour. Le prince qu'il voulait retenir est parti; son extravagante ambassade a échoué : c'en est fait, cette Vendée, qui naguère lui apparaissait si florissante, si guerrière, si victorieuse, n'est plus à ses yeux qu'une contrée en proie au découragement, à l'insubordination, à des coups de main de brigands. Voilà, par exemple, un général Mercier qui, je ne sais pourquoi, porte le surnom de *la Vendée*, le voilà qui arrive avec un détachement pour enlever le général en chef, le comte de Puisaye. Grande rumeur, le conseil s'assemble. Le comte de Puisaye est chargé par tous les membres, et défendu par le seul comte de V.... On l'accuse, entre autres griefs, d'avoir des correspondances avec les membres de la Convention; et, sur ce point, son défenseur garde le silence. « Ce fait étant nécessai-
» rement vrai, dit-il, par la correspondance secrète
» je le savais; mais cela même était très-utile : seu-
» lement je ne voulais donner aucun développement
» à cela devant des autorités qui n'en devaient pas
» connaître ».

Ces révélations sont curieuses ; le plaidoyer laconique du général *la Vendée* ne l'est pas moins. Voici
comme il explique la tentative d'enlèvement sur la
personne du général en chef : « *Monsieur* ne lui avait
» rien articulé de défavorable au comte de Puisaye ;
» mais on désire quelquefois des choses que l'on ne
» demande pas : les personnes en qui son altesse
» royale mettait sa confiance, et qui étaient les or-
» ganes du prince, l'avaient mis à même de savoir
» à quoi s'en tenir ». Ces explications assurément
avaient bien besoin elles-mêmes d'être expliquées.
Les altercations devenant de plus en plus vives, la
discorde ne faisait que s'accroître ; il fut résolu que
le comte de V.... irait auprès de *Monsieur* débrouiller
toute cette intrigue, et chercher quelque moyen de
rétablir la paix au milieu des Vendéens, cette paix
qui les fuyait depuis qu'ils avaient eu le malheur de
dédaigner l'exemple du prince. Sur ces entrefaites,
les soldats du Morbihan, plus sages que leur chef,
refusèrent de marcher pour un coup de main que
Georges Cadoudal voulait tenter ; ils se dispersèrent
et disparurent au moment où *le Jason* fendait l'onde.
Et déjà l'inévitable comte de V...., monté sur le
Nemrod, voguait à sa poursuite. A peu de distance
de Portsmouth, il apprit que *Monsieur* était dé-
barqué, et de suite parti pour Edimbourg. Alors il

continua sa route pour se rendre à Londres, où il
arriva le 26 décembre 1795.

I V.

Dans cette analyse trop rapide, je n'ai pu faire
briller toutes les gloires, proclamer tous les noms
fameux. J'ai groupé , autour du héros principal,
quelques guerriers intrépides. Puisaye, Stofflet ,
Scépeaux, Charette, Georges Cadoudal, notre historien lui-même qui porte un nom illustre dans l'art
d'enlever ou de défendre les places, forment une
sorte de garde d'honneur qui n'abandonne jamais
la cause du prince, même en l'absence de sa personne, au salut de laquelle veillaient d'autres sujets
non moins dévoués, mais doués de vertus différentes.
A la tête de ces derniers on distingue M. le baron
de Rolle. Les Mémoires parlent beaucoup du comte
de Damas qui, après avoir fait la guerre d'Amérique,
était venu dans la Vendée signaler sa valeur par
d'autres exploits , et acquérir des titres à une autre
célébrité. M. d'Autichamp est désigné aussi d'une
manière particulière par l'auteur, comme ayant des
sentimens et des désirs conformes aux siens; comme
également ennemi de la mollesse des conseils, de
l'indécision , des froids calculs, du système métho-

dique, toutes choses *qui lui donnaient envie de rire ; quand il échappait à l'indignation.* Nous indiquerons encore M. de Bourmont, *porteur de dépêches secrètes,* et, pour l'à-propos plus que pour la grandeur des exploits, le chef de chouans, Brulon.

Libre de cette dette que j'avais à cœur d'acquitter, je rejoins, à Londres, mon historien qui, dans sa chronique, s'est empressé aussi de rendre à César ce qui appartient à César. Il n'est resté le redevable d'aucun émigré, et chacun a son lot. C'est le baron de Rolle qu'il rencontre d'abord. Le comte de V..... le trouve pénétré d'une ardeur qu'il n'avait point aperçue à l'Ile-Dieu ; et là-dessus il fait la réflexion qu'*il est plus aisé d'être courageux de loin que de près :* réflexion qui décèle évidemment un homme piqué au vif.

Sa première visite fut pour le comte de Voronsow, ambassadeur de Russie. Là, il se plaint de ce que le gouvernement anglais, en rappelant *Monsieur* aussi subitement, a fait manquer l'expédition, et il apprend que c'est *Monsieur* qui, toujours animé des mêmes sentimens, a sollicité l'ordre de son retour, et l'a devancé. Plus tard il est informé par le duc de Bourbon, auquel il témoignait quelque étonnement de sa courte apparition, que *des ordres impératifs de S. A. R. l'avaient forcé de retourner de suite en Angleterre.* Plus tard encore le prince de Rohan, descendant des ducs de Bretagne, lui confie qu'il avait reçu, par écrit, la défense d'aller en Bretagne ; enfin ces paroles du comte de Damas au comte de V.... qui le pressait de partir pour la Vendée, achèvent d'éclaircir tout ce mystère : « Tu dois juger combien mon désir » sur cela doit être grand ; mais j'ai toujours tenu » au roi et à *Monsieur* ; ils sont mes seuls appuis ; » je ne peux me conduire que d'après leur volonté : » *je sais qu'ils savent mauvais gré à ceux qui vont là,* » *et que si j'y allais, ils ne me pardonneraient jamais* ».

Cela est-il clair ? est-il assez manifeste que la Vendée n'avait pour chefs que quelques ambitieux brouillons ou quelques partisans, pour ne pas leur donner un autre nom, qui faisaient métier de la guerre civile, guerre que le roi et *Monsieur* avaient toujours eue en horreur ? Que font donc aujourd'hui ceux qui nous menacent encore de la Vendée ? Ne lèvent-ils pas l'étendard de la révolte contre les princes, eux-mêmes ? Leurs homicides complots ne sont-ils pas frappés de l'anathème royal ? Qu'en dit M. de Châteaubriand ?

Quant à notre historien, on se doute de ce qu'il va dire. Selon lui, les ministres anglais sont indignés et regrettent beaucoup leurs millions. Une foule d'idées et d'observations lui reviennent en mémoire ; il était temps ; lui et son frère se regardent sans proférer une parole ; puis le comte de V... interrompt

ce morne et long silence pour s'écrier : *Servez-les !*
et il accompagne ces trois syllabes d'un grand éclat
de rire. Il riait encore lorsqu'il reçut de *Monsieur*
une lettre très-flatteuse, à laquelle il eut l'ingratitude
de n'être pas sensible.

Cependant les nouvelles qui arrivaient de la mal-
heureuse Vendée, annonçaient une décadence et une
dissolution prochaine et entière. La consternation,
le mécontentement, la défiance, le désespoir, étaient
au comble. De toutes parts on criait à la trahison.
Ces paysans, trompés par leurs seigneurs, et dignes
seulement de commisération, demandaient leurs
princes, et répétaient : *Puisque aucun d'eux n'a voulu
venir, pourquoi ferions-nous ce qu'ils ne veulent pas
faire pour eux ?* Dépourvus de lumières, abusés par
des fanatiques, ces pauvres gens se plaignaient du
résultat, sans remonter à la cause. Ils ignoraient
qu'il ne fallait obéir qu'à l'exemple des princes, et
non pas aux instigations de leurs prétendus amis : ils
ignoraient que dans de telles circonstances les princes
n'ont point de représentans, et que vivre dans la
paix et au sein de la retraite, c'est commander aux
sujets d'en faire autant. Que de maux leur eût épar-
gnés cet exemple mieux imité, ce langage mieux
entendu ! Mais aujourd'hui de nouveaux agitateurs
trouveraient des intelligences que l'expérience a
éclairées sur les véritables devoirs du peuple ; ils

trouveraient des cœurs auxquels de douloureuses leçons n'ont laissé d'enthousiasme que pour les vertus domestiques et la défense du sol de la patrie.

Le narrateur poursuit à la fois l'histoire des désastres de la Vendée et celle des intrigues des révolutionnaires de Paris et des royalistes de Londres, qui entretenaient, dit-il, une correspondance. Ceux-ci, à l'en croire, étaient avec les royalistes de la Vendée d'une *fausseté imperturbable*. On ne pouvait savoir à quoi s'en tenir, qu'en prenant pour base le contraire de ce qu'ils manifestaient. Ils sont devenus plus francs.

C'est dans la disposition d'esprit où nous venons de le voir, que le comte de V..... écrivit à *Monsieur*, par acquit de conscience, à ce qu'il prétend. Il se dit le mandataire de *dix-huit cent mille âmes fidèles* : assertion ridicule s'il s'agit des troupes vendéennes alors presque anéanties, injurieuse s'il s'agit d'un royaume qui compte vingt-cinq millions d'habitans. On reconnaît aisément que le correspondant n'est pas dans son assiette ordinaire, surtout quand il ajoute : « Lors- » qu'on entend dire à la tribune que six cent mille » hommes ont péri sur les champs de bataille, on fait » la triste réflexion qu'aucun de ces combats n'a été » dirigé, encouragé par les Bourbons ».

Mais le comte de V..... rentre dans son caractère en terminant sa lettre ; c'est bien un coryphée de guerre civile, c'est bien un conseiller perfidement

habile, un homme doué du génie qui pousse aux réso=
lutions violentes, que l'inventeur de cette supposition,
dont lui-même feint d'être effrayé :

« Le fils du duc d'Orléans est plus brave que son
» père. Si la France (il se reprend), si les meneurs
» l'appelaient au trône, vous le verriez, *Monsieur,*
» entrer l'épée à la main, pour assurer par la valeur
» une usurpation que vous auriez peut-être le regret
» de voir reconnaître. Il volerait à une gloire que la
» postérité lui accorderait peut-être un jour ».

Ce n'était pas la première fois que le comte de V....
avait recours à cette invention d'un parti *constitutionnel* (c'est son expression), qui avait jeté les yeux
sur la branche d'Orléans. Ce parti avait, disait-il,
des ramifications jusqu'au cœur de la Vendée, même
à cette époque. Il fallait bien que cette fable eût
quelque vraisemblance, et quelle fût adroitement
accréditée; car elle jetait la terreur parmi les royalistes anglicans : le mot de *trône constitutionnel* surtout les rendait furieux; ils aimaient mieux le règne
de la Convention.

Tandis que les intrigues se multiplient en Angleterre, les événemens se précipitent dans la Vendée.
Celui qui en portait le surnom, le général Mercier,
crut voir et sentir, dit le narrateur, « qu'on avait fait
» de lui un nouveau Séide. Il se repentit, et *fit des
» aveux terribles.* Par suite de ces aveux, la décla-

» ration du conseil du Morbihan déchira le voile,
» et me laissa voir clairement des choses sur les-
» quelles je n'avais pas voulu arrêter mon opinion
» d'une manière positive. A la fin, il me fallut voir
» et apprendre tous les détails de cette machination
» aussi infâme qu'odieuse. Tous ces mêmes détails
» étaient déclinés avec le sentiment de l'horreur,
» sans ménagement pour les choses ni pour les per-
» sonnes, dans des lettres à M. de la Couterie, qui
» devait aller à Edimbourg, et ne voulut plus faire
» le voyage. Les épithètes sur les personnes, sans
» excepter celles qui, jusqu'alors, avaient été un
» objet d'idolâtrie pour les braves royalistes, étaient
» de nature telle que j'aime mieux les laisser deviner
» que de les écrire ».

Aux aveux de *La Vendée* succède la mort de Charette; il fut pris et fusillé. Il avait prévu et calculé
sa fin dans une lettre adressée par lui au roi, après
le départ de *Monsieur*. Charette écrit en homme qui
n'a plus rien à ménager. Nous ignorons jusqu'à quel
point il aura été excusé par ceux qui l'avaient investi de leur estime et de leur confiance jusqu'à le
nommer général en chef. Tout ce que nous pouvons
dire, c'est que la politesse ne brille pas dans son
laconique billet. Les généraux de Louis XIV, même
au lit de la mort, disaient des vérités de courtisan;
le farouche champion de ses neveux abuse, jusqu'à

l'injure, de leur situation et de son propre malheur. Au reste, c'est un trait de caractère comme un autre; et une pièce historique de la main d'un guerrier dont le portrait a les honneurs du Louvre, peut bien figurer dans ce recueil; voici donc cette lettre :

« Sire, la *prudence* de votre frère a tout perdu.
» Il ne pouvait paraître à la côte que pour tout
» perdre ou tout sauver. Son retour en Angleterre
» a décidé de notre sort : sous peu, il ne me restera
» plus qu'à périr inutilement pour votre service. Je
» suis, avec respect, de votre majesté, etc., etc.

» *Signé* CHARETTE ».

Au milieu de toutes ces révélations, de toutes ces récriminations, de toutes ces catastrophes, une expédition se préparait encore, sous les auspices et sous les ordres de M. le marquis de Sérent. Les meilleurs ouvriers de Londres firent les plus jolis nécessaires, les plus jolis coffres contenant une vaisselle commode, et tout ce qui constitue le plus galant équipage. Cette expédition eût été la petite pièce après la tragédie, si elle n'avait eu aussi un dénouement tragique qui coûta la vie au marquis de Sérent.

Bientôt tous les chefs de la Vendée arrivent à Londres, où ils ne cessent d'assaillir le ministère pour en obtenir de nouveaux secours. Un comité de neuf membres, dont le comte de V.... ne manque pas de faire partie, rédige un mémoire ; et comme on allait le présenter, la nouvelle du désarmement de la Vendée le rend inutile, et nécessite une autre rédaction ; elle est bientôt improvisée. Les royalistes y font sentir combien il était intéressant pour l'Angleterre que les côtes de l'ouest de la France fussent entre *les mains de ses alliés plutôt que dans celles de ses ennemis,* c'est-à-dire, entre les mains des Anglais plutôt qu'entre celles des Français. Aussi le comte de V...., tout fier, tout orgueilleux de ce mémoire où les royalistes implorent l'assistance étrangère, se fait-il gros comme la grenouille de la fable, pour nous dire : *Nous parlâmes au gouvernement comme de puissance à puissance.* Je suis sûr que c'est aussi de puissance à puissance qu'ont traité les neuf ou dix signataires de la *note secrète.*

Le comte d'Artois, menacé de nouvelles prières impératives, voulut parer le coup. Il fit savoir aux royalistes qu'ils eussent à soumettre leurs demandes à M. d'Harcourt, ministre de Louis XVIII. Ce M. d'Harcourt, dit l'historien, était d'une lenteur inimaginable, au physique et au moral ; de plus apopleptique : aussi tout fut paralysé par lui. Il est traité dans *les Mémoires* de vieillard à moitié en enfance, peut-être parce que le projet d'alliance offensive et défensive proposé à la Grande-Bretagne par quelques chefs de chouans vaincus, lui parut une puérilité.

Le parti vendéen était réduit à une exiguité qui,
avec l'entêtement, l'intrigue, l'habitude de mendier
les secours de l'étranger, la haine pour la patrie,
la soif de la domination exclusive, établit une similitude parfaite entre lui et le parti *ultrà-monarchique*
de nos jours. Il finit comme finira toute faction qui a
d'autres doctrines que celles de l'opinion publique,
d'autres intérêts que ceux de la nation. Beaucoup de
braves gens périrent les armes à la main ; quelques
instigateurs qui avaient comploté la guerre civile avec
le cabinet britannique, reçurent la mort réservée aux
citoyens coupables de haute trahison; le reste man-
gea le pain des ennemis de la France, et se conserva
pour le temps où l'on pourrait faire justice de trente
ans de révolte, traiter la patrie en pays conquis, avoir
des bourreaux pour soldats, et des échafauds roulans
pour machines de guerre. Lyon, Grenoble, Nîmes,
Avignon, Toulouse, les attendaient ; Rennes aussi
devait être une seconde fois témoin de leurs exploits.

La Bretagne pacifiée, le comité de Londres dis-
sous, le comte de V.... se rappela qu'il était au service de l'impératrice de toutes les Russies. On ne
peut, dit l'Évangile, servir deux maîtres à la fois.
Notre historien fera plus que ne demande l'Évangile,
il desservira le comte d'Artois auprès de Catherine II.
Les lecteurs ont-ils oublié qu'il est chargé de certaine
mission? Pour lui, il s'en souvient à propos. Une

chose l'embarrasse. Il faut qu'il écrive au prince une lettre d'adieux. Celui-ci, qui connaît les talens *observateurs* du comte de V...., pourrait bien prévenir contre lui, avant son arrivée, l'esprit de l'impératrice. Comment concilier les convenances et l'intérêt? Un bon conseil de l'ambassadeur de Russie, un véritable expédient de diplomate, le tira d'affaire. « Laissez - moi votre lettre pour *Monsieur*, lui dit » M. de Voronsow ; vous la daterez d'un jour de la » semaine, sans mettre la date du mois, et trois se- » maines après votre départ, je la lui ferai par- » venir ».

Enchanté de cette espièglerie, le comte de V...; écrit au prince, de comte à comte, embrasse l'ambassadeur de *sa souveraine*, monte à bord du vaisseau amiral *Pierre I*er, arrive à Pétersbourg et va conter à Catherine II ce qu'il appelle gaiement *la mystification de l'Ile-Dieu*, ce rocher où naguère lui semblaient fixés les yeux de l'univers. Que faisait cependant cette poignée de chouans qui avait survécu à la guerre et n'avait pas voulu se soumettre à la paix? Demandez-le à ceux qui voyageaient alors en Bretagne. Cette quatrième et dernière époque des Mémoires de la Vendée, qui date du mois de brumaire an 2 de la république, embrasse une partie de la première année du règne de Louis XVIII. C'est ce qui explique le titre de *Monsieur* que nous n'a-

vons pas donné à son altesse royale à la première
époque.

On s'étonnera peut-être de la multiplicité des
menus détails que renferment ces Mémoires; mais
l'auteur était un intrépide preneur de notes : son
crayon ne le quittait pas plus que son sabre dans
la mêlée. Il *notait* à cheval, il *notait* sur son genou,
il *notait* dans son lit quand il en avait un et par terre
quand il n'en avait pas. Il *notait* dans la chambre du
prince; et à Londres, s'il avait rencontré quelqu'un
dans la rue, il entrait dans un café pour *noter* sa
conversation. C'est lui-même qui veut bien nous
mettre au fait de cette habitude qui ne lui était pas
utile seulement comme historien.

Nous ne saurions le quitter sans jeter au moins
un coup-d'œil sur les observations qui couronnent
ses Mémoires. Il y règne une verve de sarcasme qui
n'est peut-être que l'accent de la vérité. Sept années
le séparaient alors des événemens dont il avait fait
une étude profonde et personnelle; beaucoup de
mystères avaient été dévoilés dans cet intervalle. Ce
résumé achèvera de nous donner une idée juste de
la guerre de la Vendée, du caractère des émigrés,
et de répondre aux phrases de M. de Châteaubriand.

A Londres seulement, dit le comte de V.... *devaient
se trouver les moyens de remettre un Bourbon sur le
trône;* « car, ajoute-t-il, quant à l'Angleterre, je

» suppose ne pas avancer une idée extraordinaire en
» disant que son cabinet, quel qu'il soit, sera toujours
» l'ami des Bourbons ».

Je continue à lui emprunter des réflexions dont
la justesse et l'application n'ont pas besoin d'être
indiquées. *Les royalistes avaient assez pour s'agiter,
pas assez pour agir ;* il parle ici des royalistes de l'intérieur ; et plus loin, il traite les royalistes émigrés
de « criailleurs, de clabaudeurs qui ne servant pas
» la cause de leurs bras, croyaient probablement
» devoir lui offrir le secours de leur langue. Il leur
» paraissait plus commode de recevoir la charité tout
» en criant, que de la gagner en la méritant. Ils
» voulaient bien parler, mais non se battre ». C'est le
même comte de V.... qui dit ensuite des républicains:
Il ne fallait pas leur montrer le péril deux fois. Puis il
revient aux royalistes de Londres, *qui recevaient de
l'argent de toutes mains et que l'opinion a jugés.* « Leur
» médiocrité larmoyante, dit-il, ne pouvant faire un
» seul pas dans la lice, essayait de s'accrocher à
» ceux qui la parcouraient, pour s'y traîner à leur
» suite, et tourmenter l'agonie de la Vendée. Ils
» obtenaient des missions par obsession ou lassitude,
» se contrariaient dans leurs rapports, se déchiraient
» entre eux, calomniaient tous les partis pour en
» servir mal un seul, et reversaient sur ceux qu'ils
» prétendaient représenter le peu de considération

» pour ne pas dire le mépris qu'ils s'attiraient par
» leur conduite ».

Ce tableau des royalistes, tracé par une main
amie, par un homme qui, plus que personne, a pu
les connaître et les apprécier, nous a paru digne d'être
offert ici. Nous devons aussi une place au portrait
d'un personnage qui a joué dans ces Mémoires un
rôle fort court, mais fort étrange.

« Un seul chef subalterne avait eu du succès vis-
» à-vis de cette horde d'intrigans, c'est le général
» Mercier, dit *La Vendée*. Ce jeune homme de vingt-
» quatre ans, brave, qui n'avait jamais vu un prince,
» en se trouvant vis-à-vis de son altesse royale,
» crut voir le bon Dieu. Voilà que la fourberie aux
» aguets en profite et s'en empare : on lui monte la
» tête ; on échauffe son imagination ; on lui dénonce
» son chef comme plus que suspect ; on lui dit que
» *Monsieur* le déteste, que ce serait un grand service
» à lui rendre que de s'en défaire. *La Vendée* croit
» faire la plus belle chose du monde en obéissant ; et
» tout en allant exécuter de pareils ordres, il était
» porteur de pleins pouvoirs, de lettres de dévoû-
» ment, d'encouragement, de confiance, d'appro-
» bation, de la part de ceux qui les lui avaient donnés.

» Le repentir prit la place de l'illusion ; on avoua
» tout ; on nomma tout par son nom, et les épithètes
» les plus dures devinrent des noms personnels......

» Un seul article de gazette eût mis chacun à sa place,
» c'est-à-dire dans la boue ; mais le ministère anglais
» ne s'est jamais abaissé jusque-là ». C'est ce que
le comte de V..... appelle le *nec plus ultrà* de la grandeur et de la générosité britannique.

Nous nous abstiendrons des détails de la prétendue
rivalité qui existait entre la cour de Blankembourg,
habitée par le roi, et celle d'Edimbourg, où régnait
Monsieur. L'historien va jusqu'à les diviser en deux
factions. Mais l'antique château d'Edimbourg, dont
les murs épais avaient *éclipsé le soleil de la Vendée*,
est celui que l'auteur ménage le moins. Il l'apostrophe
même en style tout-à-fait romantique : *Soyez contente, cour d'Edimbourg !....* Puis à chaque revers des
Vendéens il répète : *Toujours Edimbourg !* Ce mouvement a quelque chose de tragique : ne serait-ce point
là qu'un poète moderne aurait été chercher le *toujours
Achille !*

Quoi qu'il en soit, le narrateur n'abandonne point
l'hôte du château d'Edimbourg sans nous apprendre
ce qu'est devenue l'épée d'or ; elle a été vendue au
profit de quelques émigrés : un instrument de mort
a rendu la vie à de pauvres et fidèles serviteurs.

Nous avons vu les royalistes chouans, les royalistes
anglicans, les royalistes orléanistes ; il nous reste,
pour compléter les genres, à voir les royalistes républicains. Je n'ai pas assez compris ce que l'auteur

veut dire au sujet de l'affaire des sections calculée entre Paris, la Vendée et Londres, pour insister sur cet événement passager. Laissons les individus pour crayonner à grands traits les masses; c'est ce que fait notre auteur dans le morceau que nous allons mettre sous les yeux de nos lecteurs.

« On avait, dit-il, soit des agens visibles, soit des
» agens inconnus, qui, formant des factions dans les
» factions, établissant des foyers d'intrigues, dirigés
» encore par d'autres intrigans plus subalternes, qui
» souvent même étaient doublement agens et double-
» ment espions du parti royaliste et du parti républi-
» cain, payés par l'un et par l'autre, par conséquent
» vendus aux uns et aux autres, qui en embrasant
» tout, détruisant tout, minaient, contre-minaient,
» augmentaient de toutes les manières possibles tous
» les embarras que les chefs avaient déjà à organiser,
» conduire et vivifier leurs partis ».

La forme du blâme, donnée à ce fait, importe peu, l'existence du fait est tout; et les noms de ceux par qui ces agens étaient envoyés à Paris suffiraient d'ailleurs, s'ils étaient rapportés, pour revêtir les actions qu'incrimine l'historien de couleurs honorables aux yeux de beaucoup de personnes. J'ai vu exprimer une grande surprise à la métamorphose récente de révolutionnaires en royalistes : qui doute maintenant que cette métamorphose n'ait été qu'ap-

parente, et qu'ils ne soient pas en effet, au masque
près, restés les mêmes? Tout s'explique à la longue;
l'avenir nous dévoilera bien d'autres choses.

.. Nous sommes presque dispensés des nombreuses
réflexions que fait naître la lecture de cette *histoire
secrète de la Vendée*, par les observations beaucoup
moins suspectes de notre auteur. Bornons-nous à
rappeler que, dans tous les temps, même avec le secours de l'Angleterre, *les royalistes n'ont pu que
s'agiter mais non pas agir*, tant qu'ils ont manqué de
point d'appui intérieur. Rappelons encore que la
Vendée se pacifie naturellement, ou se désarme avec
facilité dès qu'elle est abandonnée à elle-même; que
le foyer d'insurrection a toujours été au dehors; que,
seule, cette Vendée aurait été peu de chose même
alors ; qu'aujourd'hui, après la triste expérience
qu'elle a faite ; après les lumières qui, du comité de
Londres, ont jailli jusqu'à elle ; après les leçons que
les Bourbons lui ont prodiguées ; qu'aujourd'hui,
disons-nous, ce n'est plus qu'un épouvantail, ou
plutôt ce n'est plus qu'une population déjà fondue
avec le reste de la France, aussi impatiente du joug
étranger, aussi fatiguée des discordes civiles. J'en
crois l'auteur des Mémoires, qui a vu les choses de
près : l'ancien fanatisme vendéen, qu'il nomme du
zèle, ne renaîtra jamais, parce qu'il a trouvé son
anéantissement *dans le sang de ceux qui ont péri, et*

dans les souvenirs amers , pour ne pas dire les justes et
profonds mécontentemens de ceux qui survivent.

Nous avons donné quelque étendue à cette analyse, non-seulement pour répondre à M. de Châteaubriand, mais parce qu'il est très-peu de citoyens de la jeune France qui aient sur la Vendée des notions exactes. Nous avons eu pour but de rétablir, dans un résumé suivi, les faits ou dénaturés ou exagérés ; de dire la vérité sur les exploits de pure création poétique, et surtout d'indiquer la physionomie de la Vendée telle qu'elle fut réellement, d'où l'on peut induire ce qu'elle est aujourd'hui. On a vu, nous ne saurions trop le répéter, que la Vendée eût été impuissante sans l'étranger ; que c'est en effet la guerre étrangère que le parti des *ultrà* nous ménage en prolongeant l'irritation vendéenne. On a vu qu'à cet égard même ce parti s'abuse ; que la Vendée, qui depuis long-temps se réduit à une très-faible portion de la Bre-tagne, n'est plus rien que par réminiscence et par de continuelles excitations ; qu'elle tend au repos comme toute la France ; que, laissée à elle-même, elle s'attachera au gouvernement qui lui garantira ce repos, comme elle l'a fait au gouvernement consulaire et impérial ; qu'elle disparaîtra comme aspérité poli-tique par l'éducation des choses et par celle des insti-tutions ; que déjà le mouvement des idées du siècle l'a plus aplanie qu'il ne semble. On peut se convaincre que, même dans son état actuel, j'allais dire dans son organisation hostile, elle n'est redoutable que de loin ; qu'elle ne saurait être mobilisée ; qu'en cas d'émeute, c'est à Paris qu'il serait aussi sûr que facile de l'atteindre et de la vaincre.

Je dirai plus : dès à présent, il n'y a point de Vendée, pas plus que de France *monarchique* à la manière des ultrà ; on ne ressuscite pas ce qui est mort depuis vingt ans. Tout se borne à quelques vieux chefs auxquels il reste des illusions, et à quelques hommes dont on peut faire des satellites, comme on en peut faire dans tous les pays et dans tous les temps. Mais que seraient-ils en face de nos soldats ? En un mot, il y a des individus vendéens, mais le génie de la Vendée est éteint ; il ne se ranime pas même au souffle de la divinité qui le fit naître. Cette extase d'amour pour tel ou tel homme qu'on n'a jamais vu, pour tel ou tel dogme inintelligible, peut se soutenir, à grands frais de style, dans un ouvrage de parti ; mais il n'est pas dans la nature que des milliers d'esprits et de caractères différens se maintiennent, de génération en génération, à ce diapason d'enthousiasme et de délire. M. de Châteaubriand lui-même a besoin de quelques intervalles de distraction. Les saintes Thérèses sont des prodiges plus rares encore en politique qu'en religion, et surtout plus ridicules ; et c'est une folie dont il est impossible que les habitans de tout une contrée soient atteints à perpétuité. Les considérations générales puisées dans la nature des choses, viennent donc encore à l'appui de l'expérience et des faits qui appartiennent spécialement à l'histoire qui nous occupe ; ainsi, nous pouvons l'affirmer hardiment : à moins que le ministère ne se fasse vendéen lui-même, il n'y aura jamais, il n'y a plus de Vendée (1).

---

(1) L'exactitude de la relation de Vauban est confirmée par le témoignage de M. de Puisaye. Il existe de ce dernier des Mémoires en six volumes *sur l'histoire du parti royaliste français*, qui sont remplis de détails non moins curieux que ceux dont nous avons tâché de donner un aperçu. Ces Mémoires ont été imprimés à Londres, et feront partie de la Collection publiée par MM. Berville et Barrière sur la révolution.

La petite guerre de la Vendée pendant les Cent jours pourrait offrir le sujet d'un cinquième chapitre assez plaisant ; on en peut juger par l'écrit de M. Canuel et par la réponse du général Lamarque.

~~~~~~

APERCU

DE

LA SESSION DES CHAMBRES.

JANVIER 1820.

LE drame contre-révolutionnaire ne languit pas :
dès la première scène l'action s'engage ; et à la fin
du premier acte tous les esprits, dans l'attente de ce
qui va suivre, sont frappés de terreur. L'impulsion
est donnée ; le drame s'achèvera, dût la catastrophe
être fatale à ses auteurs. Au moment où je parle
nous sommes en pleine réaction : tout ce que ce mot
renferme de crimes et de calamités est possible, est
prochain peut-être.

Un mois s'est écoulé depuis l'ouverture de la
session, et nous avons franchi les transitions d'une
année. Celui qui s'était endormi la veille sous la
sauvegarde des institutions, s'est réveillé le lendemain au bruit de leur prise d'assaut. Les ministres,
dans le discours du trône, donnent le signal ; deux
jours après, l'attaque commence ; le quatrième jour,
les entraves légales sont brisées par une majorité

tumultueuse. Ce poste mal défendu laisse les autres à découvert ; dans un mois ils seront envahis, et je ne réponds pour personne de ce qu'amènera le mois suivant. Si les événemens continuent d'aller à la course, la période alors pourra bien être complète : nous avons déjà vu un siècle de cent jours. Ce qu'il y a de certain, c'est que le ministère a dédaigné le bénéfice du temps, et qu'il a tout livré aux chances d'un combat.

De quel vertige sont donc tout-à-coup saisis nos hommes d'état ? Qui les pousse à jouer, de gaieté de cœur, leur sécurité et la nôtre ? Espéraient-ils eux-mêmes ce qu'ils ont obtenu ? La France était calme et résignée : souvenirs, habitudes, illusions, elle avait tout sacrifié au besoin de l'ordre et du repos : son sol, mobile et tremblant durant près d'un demi-siècle, maintenant affaissé ou raffermi, offrait enfin un appui docile à l'édifice qu'il avait deux fois renversé ; et à peine les fondemens de cet édifice sont-ils posés, qu'une inexplicable politique leur prépare des secousses nouvelles. Une nation tout entière a triomphé d'elle-même, et une caste privilégiée ne peut s'imposer quelques transactions ! L'oubli semble un supplice à une poignée d'hommes pour qui l'on a tant oublié ! Ni les leçons du passé, ni le péril, ni l'âge, ne les arrêtent : ils ont retrouvé, sans coup férir, ce qu'eux-mêmes croyaient avoir perdu pour

toujours; et les voilà qui se jettent à travers les bou-
leversemens pour regagner *un peu plus !*

Mais l'apparence nous trompe. C'est à tort que
nous datons les événemens du jour où ils éclatent;
ce que nous voyons se trame de longue main. Pour
quiconque observe et compare, ce qui arrive n'était
pas moins facile à prévoir que ne l'est le dénouement.
Le cours des choses a été détourné par les hommes
qu'il entraîne aujourd'hui. Du reste, leur conduite
est conséquente : il n'y à jamais eu de contradiction
que dans leurs paroles; les privilégiés veulent hautement ce qu'ils ont toujours voulu au fond du cœur;
et ce n'est pas eux qu'il faut accuser, c'est nous :
ils sont ce qu'ils doivent être par les éternelles lois
de la nature ; il n'y a de prodigieux dans tout cela
que notre aveuglement. Avec les mêmes causes,
l'histoire nous a montré constamment les mêmes
effets; l'arbre a porté son fruit. Exiger que les victimes de la révolution usent de la puissance qu'ils
ressaisissent, pour consommer et consacrer la révolution; demander à l'ancien possesseur qu'il sanc-
tionne la loi qui le dégrade de ses priviléges et de
ses honneurs, qui le déshérite de tout ce qui fut son
bien ou celui de sa famille; vouloir l'attacher à la
charte, c'est prétendre que les hommes soient autres
que Dieu les a faits; c'est un contre-sens en politique, en morale et en physique.

Aussi peut-on dire que, depuis quelques années, toutes les incompatibilités luttent pêle-mêle en France. Nous avons le système constitutionnel en fiction, le despotisme ministériel en réalité, l'ancien régime en perspective ; ou plutôt celui-ci est le but vers lequel on marche par des chemins et sous des masques différens : en 1814, par la ruse ; en 1815, par la violence ; en 1818, par une désorganisation systématique à l'abri d'une belle théorie ; en 1820, par l'audace. L'aristocratie, au milieu des mépris et des sifflets, a chaque jour gagné du terrain. Elle est assez forte aujourd'hui pour ne plus dissimuler : la victoire lui coûtera cher, mais elle remportera la victoire ; et, du moins, se sera-t-elle bien vengée avant de disparaître pour toujours. Et mes prédictions eussent-elles l'autorité qu'elles auraient si elles retentissaient à la tribune nationale, l'aristocratie prévenue n'en poursuivrait pas moins. Une irrésistible nécessité nous emporte, elle et nous, vers un destin inévitable. Un mouvement double et contraire est imprimé à la machine politique : l'un instantané, mais violent ; c'est la réaction : l'autre, invariable, nécessaire, universel ; c'est la révolution. Celui-ci est l'effet d'une loi générale ; celui-là n'est qu'un accident ; c'est un obstacle qui, renversé, centuple la force et l'impétuosité du torrent. Quoi donc! on a importé, reçu, cultivé avec faveur tous les germes

de contre-révolution, et l'on s'étonne de les voir se
développer et surgir à la surface, et grandir et s'é-
tendre, et tenter d'étouffer tout ce qui s'oppose à
leur accroissement, qui, par essence, est exclusif et
dominateur !

Tout est là ; le reste n'est qu'accessoire et de détail ; le ministère lui-même suit l'impulsion ; s'il était
plus national, il ferait place à un autre : nous en
avons sous les yeux une preuve récente. Les uns
s'étonnent, les autres se vantent des progrès de
l'oligarchie ; mais celle-ci a l'organisation, le pouvoir, l'argent, les places, les armes, et elle agit sur
des masses habituellement inertes, mais qui écrasent
dès qu'elles se meuvent. Son triomphe actuel et sa
défaite à venir s'expliquent donc également par la
nature des choses. Certes, la défaite ne serait pas
prochaine, si la liberté seule était compromise : ce
qui la rendra moins tardive, c'est qu'avec l'ancienne
aristocratie, l'égalité, quoi que l'on fasse, n'est pas
possible ; en ce moment même, elle a cessé d'exister.
A cette cause d'un profond ressentiment, joignez
une invincible et mutuelle antipathie, et le froissement des intérêts matériels. Il semble que la génération éteinte soit sortie du tombeau pour déposséder
la génération actuelle de ses mœurs, de ses opinions,
de ses droits, de ses propriétés ; mais cette génération
ne revit que par ses représentans, et le dénombre-

ment ne lui sera pas favorable. C'est elle-même aujourd'hui qui précipite cette époque.

Ce coup-d'œil général était nécessaire pour suivre avec fruit ce qui se passe sur le point saillant du tableau. De cette hauteur, tous les chefs de file qui n'ont pas la nation derrière eux nous paraîtront bien petits et bien ridicules. Un mot dit tout : leur armée presque tout entière campe aux chambres législatives ; ses chefs sont puissans, mais en revanche ses ennemis sont innombrables, et ses auxiliaires se composent de cette foule qui de tous temps n'a su que voler au secours du vainqueur.

C'est en présence de cette armée, depuis long-temps réduite à un simple état-major, qu'une institution, fille de la peur, nationale sans que personne s'en fût douté, appelle quelques mandataires français. Et remarquez que l'intention de la loi électorale n'est nullement démocratique, ce qui prouve que dès que vous sortez d'un cercle extrêmement rétréci, vous arrivez au peuple. Voilà donc des hommes populaires en face des hommes à priviléges ; c'est dire qu'ils sont aux prises ; mais par un phénomène au moins singulier, les derniers attaquent d'abord, et les premiers se défendent à peine. Il semble que l'inertie des masses se soit communiquée à leurs représentans. Cette conduite est une grande faute, car je ne veux point accuser le courage. M. Grégoire a été assailli

par les clameurs d'hommes avec lesquels on frémirait
d'entrer en solidarité ; et sa personne absente n'a pas
trouvé un avocat! Ce trait figurera mal dans l'histoire
de cette partie de l'assemblée représentative qu'il-
lustra, dès 1789, sous le nom de côté gauche, tant
de patriotisme, d'union, de courage et d'éloquence.
On savait où portaient les coups que recevait, de
mains qui ne sont pures ni du sang de Grenoble ni
du sang d'Avignon, un vieillard qu'honorent soixante
ans de vertus, un député que l'Isère chargeait de
son mandat ; et nul ne s'est précipité entre lui et ses
agresseurs, nul ne les a repoussés par les armes dont
ils l'autorisaient à se servir! On se fait un camp re-
tranché de considérations, de précautions oratoires,
d'inductions, de possibilités ; et cependant l'ennemi
accable son adversaire sous une grêle de calom-
nieuses personnalités, et en même temps une large
brèche est faite à la constitution. Cette journée a
décidé des autres. Je ne suis surpris que de la lenteur qui succède à cette brusque et heureuse tentative.

Quelle *adresse* pouvait présenter une chambre qui
venait de consacrer *l'épuration* et *l'indignité*? Elle a
été digne de celle des pairs, et celle-ci digne des
discours du sénat. C'est dans de telles circonstances,
c'est après avoir menacé nos garanties, calomnié les
électeurs, injurié les élus, que le ministre demande

et obtient, comme gage de confiance, la moitié du budget qu'il présentera quand il voudra. Dans le même moment les états-généraux du royaume des Pays-Bas rejetaient six lois de finances pour ne pas rester désarmés en présence d'un pouvoir qui leur inspire de justes alarmes (1). Le fonctionnaire chargé de défendre ces projets impopulaires, voit les députés et jusqu'à ses collégues fuir le banc où il siége : il demeure, pendant toute la séance, dans une solitude entière, image de son isolement au milieu de la nation; à cent lieues de là, et presque le même jour, M. Pasquier n'est pas rappelé à l'ordre, et M. Decazes est applaudi.

Dès-lors, tout semble permis. La France, pour exprimer son vœu sans quitter l'attitude pacifique, a recours aux pétitions. La chambre haute, le foyer de l'aristocratie, dévoue à une sorte d'anathème une pétition (2) réelle ou supposée, et usurpe une seconde fois les fonctions d'une cour de justice : soit menace, soit souvenir qui lui est doux, elle rappelle à la fois une exécution sanglante, et des formes déjà gothiques et ridicules du temps des parlemens. Ainsi sont attaqués presque simultanément la charte, la loi d'élection et le droit de pétition. Cet ensemble et cette rapidité de manœuvres, présage d'un avenir

(1) Voir la note de la page 220.
(2) Pétition relative aux bannis.

prochain, seraient inexplicables sans les faits anté-
rieurs que nous avons signalés. L'édifice a été con-
struit dans l'ombre et sans autre opposition que de
vaines phrases : il n'est guère plus question que de
le découvrir à propos.

Au milieu de ces grandes hostilités, quelques
transfuges se glissent inaperçus dans les rangs qu'ils
combattirent trente années. Le parti pour qui les
individus sont de véritables auxiliaires, compte ses
recrues avec ostentation, et les nomme pour les compromettre : ces noms excitent le sourire du dédain,
et la nation n'y pense plus. Elle proclame, au contraire, elle cite en exemple ceux de ses défenseurs
fidèles qui songent à ses intérêts beaucoup plus qu'à
des convenances toujours frivoles, quelquefois coupables ; qui, à la tribune, ne sont point orateurs de
salons.

Une séance qui était digne d'ouvrir la session, a
terminé l'année. Le discours sur la légion d'honneur
a démontré que notre position naturelle était l'offensive. La tribune est devenue un poste où il ne faut
reculer à aucun prix. Nous ne sommes point dans
une situation ordinaire. Notre chambre se ressent
des étranges combinaisons qui fermentent à la surface de la nation, sans pouvoir s'y mêler. Dans un
tel assemblage, ce ne sont pas les voix qui comptent,
mais les raisons. Il faut laisser au ministère la misé-

rable tactique des majorités factices, et même des minorités qui ne sont nombreuses qu'à force de concessions et de complaisances. C'est à la nation, telle que la révolution l'a faite, que la guerre est déclarée; c'est sur la nation qu'il faut agir. Dût-il être seul, un mandataire du peuple doit diré toute la vérité. Si ses collégues ne l'appuient pas, les vérités qu'il aura dites germeront ailleurs. Un député, en 1816, fut à lui seul une majorité.

Je le répète : je ne crois point au succès des représentans de la nation : je n'ai de foi que dans ceux de la nation elle-même. Tout est détourné de sa direction naturelle. Le corps législatif peut devenir, d'un jour à l'autre, un instrument contre le système représentatif. Il faut donc le considérer comme un vaste théâtre où la parole est encore libre, et comme une éminence d'où l'on peut avertir par des signaux et donner l'alarme. Que chaque député français fasse son devoir de citoyen, et laisse le reste au temps et à la force des choses.

Dirai-je toute ma pensée? La subite incursion de l'aristocratie est heureuse. Tant de gens sont prompts à s'aveugler et à s'accommoder de ce qui ne froisse que les classes auxquelles ils n'appartiennent pas! Il est bon qu'ils sentent qu'ils sont peuple aussi, et qu'il n'y a en France que deux catégories dans l'une desquelles se trouvent vingt-huit millions d'individus.

Cette masse énorme dort, mais je m'en rapporte à l'aristocratie pour la réveiller ; voyez déjà ce qu'ont produit les jésuites, les journaux monarchiques et quelques actes de l'une et de l'autre chambre.

On vient de présenter, pour rassurer les acquéreurs de domaines nationaux, un projet de loi qui ne me rassure guère. Que fait une loi révocable à côté d'une loi fondamentale ? Comment suffira-t-elle si celle-ci ne suffit pas ? Et si la charte est violée, qui répond de l'inviolabilité d'une mesure éventuelle ? Voilà une de ces absurdités qui se perdent dans le nombre ; et, au point où l'on en est venu, je défie que l'on fasse autre chose que des absurdités : qu'elles soient niaises ou atroces, leur effet plus ou moins prompt sera toujours le même. On l'a voulu.

FÉVRIER.

Le premier effet d'une crise violente est d'effacer les intermédiaires ; la chaîne des événemens se rompt un moment par la commotion ; les idées qui embrassaient un horizon étendu se groupent sur un point unique : nous venons de l'éprouver, si nous ne l'éprouvons encore. Au milieu de la stupeur générale, l'aristocratie, se trouvant dans son atmosphère naturelle, s'est tout-à-fait démasquée ; et il semble

que de ce jour seulement la France entre en révolution ; tandis que dans la réalité, la réaction, tantôt
sourde et concentrée, tantôt visible et à force ouverte,
n'a pas cessé, depuis cinq ans, de croître et d'envahir. Remarquez que tout lui est une arme nouvelle
et propice ; qu'elle est toujours en mesure, toujours
prête à saisir sa proie et à consommer son grand
œuvre. Sans cette disposition permanente, un coup
individuel, quelque terrible qu'il soit, quelque haut
qu'il frappe, ne menacerait point d'une catastrophe
générale.

L'erreur de notre part est donc de perdre de vue
le passé et de prendre l'occasion pour la cause ; cette
erreur a les conséquences fâcheuses d'un piége où
l'on serait parvenu à nous faire tomber ; sincère ou
simulée, elle donne aux circonstances un caractère
factice, hors de toute proportion avec l'ensemble des
événemens ; elle engage la lutte sur un terrain malheureux, sur un point excentrique ; par elle, on aide
à la tactique que l'on combat, et qui consiste à rat-
tacher un système à un fait isolé, lequel parait gagner
en étendue politique tout ce que lui prêtent l'abondance des mots et la direction exclusive de la pensée.
Le diapason ainsi donné, il n'est discours d'apparat
et lugubres apologies, qu'une certaine situation de
l'âme ne substitue au langage noble et sévère du citoyen et de l'honnête homme. Celui-ci, fort de sa

conscience, n'a pas peur d'une stupide accusation de complicité, et dès-lors il n'a peur de rien. Il ne se laisse point détourner de sa route, et fait, au milieu de menaçantes clameurs, la part de la morale, celle des convenances, et la part immense des intérêts de la nation.

Sous quelques formes, par quelques mains qu'ils aient été commis, déplorons tous les assassinats qui ont ensanglanté cette époque ; formons un faisceau de tant de douleurs que nous n'avons pas manifestées toutes avec une égale liberté ; de tant de crimes qui n'attestent que trop la renaissance des germes si long-temps étouffés de nos discordes civiles ; réclamons un état de choses qui seul en préviendra le retour.

Quelle était, il y a une semaine, la position de la France et l'attitude de ses mandataires ? La France nouvelle était déjà ouvertement menacée dans le petit nombre de garanties qu'elle avait obtenues ; ces garanties elles-mêmes étaient sans liaison avec le système général de l'administration qui se déguisait à peine sous quelques formes constitutionnelles. On a dit quelquefois que nous vivions sous un double gouvernement, l'un ostensible, l'autre caché : à celui-ci appartenait la puissance réelle, dont l'autre masquait et tempérait l'exercice ; c'était, en quelque sorte, le bon et le mauvais génie de la France. Cette

idée assez populaire exprimait le sentiment que chacun avait des contradictions de notre situation politique ; mais il est vrai de dire que si les apparences
n'ont pas toujours été d'accord avec la réalité, cette
réalité n'a pas cessé d'être le régime monarchique.
Nous oserons inviter le lecteur à se reporter à notre
Aperçu de la situation de la France (1), publié il y a
six mois. Ce que nous avons dit alors, ce qu'on nous
blâma d'avoir dit, est aujourd'hui pleinement justifié.
Il n'y a point changement ; il y a démonstration plus
franche, et cette démonstration éclatait avant l'événement qui lui sert maintenant de prétexte. La position de la France est donc, sauf la terreur, ce qu'elle
était il y a une semaine ; elle était alors, sauf quelques illusions dissipées, telle que la trouva le discours
de la couronne. Alors seulement la nation et l'aristocratie commencèrent à être visiblement en présence.
Cette dernière se montra tout entière dans son mépris
pour sa rivale : cent mille pétitions la trouvèrent
dédaigneuse et impassible ; elle ne se douta pas même
que les signataires qu'elle traitait de factieux n'étaient
que des conseillers paisibles et prudens ; ses ennemis
mortels ne réclament point : ils attendent. Elle révolta
les uns, elle ulcéra les autres.

Cependant la chambre des députés offrait le spec-

_____

(1) Page 196.

tacle d'une représentation mutilée, délibérant sous
vingt influences divergentes, et parlant de maintenir
les institutions au milieu de la violation flagrante de
la Charte. Les uns enveloppaient d'une sorte de jargon
constitutionnel des idées toutes monarchiques ; ils
marchaient d'accord vers un but certain ; les autres,
divisés par petits groupes, ou vendaient au pouvoir
non leurs opinions (ils n'en ont pas), mais leurs
votes ; ou capitulaient avec les circonstances chaque
jour changeantes ; ou transigeaient par facilité d'humeur ; ou marchandaient les principes pour un acte
de déférence et de faiblesse ; ou, dans un mouvement
de générosité, promettaient de sauver la France , si
leurs nouveaux amis se montraient religieux observateurs des formes et de l'étiquette. Les plus fidèles,
les plus courageux mandataires avaient fléchi sous
l'empire tyrannique des concessions ; ils avaient sacrifié à de trompeuses espérances de majorité, leur
influence personnelle, leur autorité nationale ; ils
étaient loin en deçà de l'opinion, qui grandissait
chaque jour. Le génie futile des salons avait envahi
la tribune ; une politesse diplomatique ôtait à la
conduite sa droiture, au langage son énergie. On
ne disait plus la vérité que par insinuation. Au dedans, au dehors, des conventions tenaient le patriotisme captif, sous peine de compromettre l'alliance
d'où l'on attendait une majorité que l'on perdait à

chaque épreuve importante ; il n'était permis à personne de se dévouer à la chose publique. Ainsi, la France comptait encore d'excellens citoyens à la chambre ; mais elle n'y trouvait plus de représentans.

L'avantage, en définitive, demeurait donc toujours aux plus francs et aux plus hardis. En vain consignait-on dans les procès-verbaux de quelques comités secrets, l'intention beaucoup plus que la proposition de lois nationales ; elles étaient repoussées sous le nom d'ajournement ; la majorité, au mépris de la charte, s'opposait à la convocation des colléges électoraux ; la députation restait incomplète au moment de la crise ; les finances étaient votées au gré du ministère ; des piéges se glissaient dans une loi qui devait rassurer les acquéreurs de domaines nationaux ; on passait à l'ordre du jour sur la mesure la plus nécessaire, la plus urgente, sur l'organisation constitutionnelle de la garde nationale, seule barrière à opposer au débordement de la contre-révolution. Celle-ci, à chaque séance, gagnait une victoire, et, dans l'intervalle, la mettait à profit, et en assurait de plus décisives. La dernière, celle qui allait renverser la loi d'election, seul instrument d'un gouvernement représentatif à venir, cette victoire qui livrait pour quelques instants la France nouvelle à l'aristocratie, se préparait, se concertait, et d'une ou d'autre manière, allait être remportée lorsqu'elle le fut quelques jours plus tôt.

Tout est bon à l'aristocratie. L'esprit de corps ne connaît ni affections, ni générosité : elle a le pire esprit de corps. Elle parvient comme elle règne ; elle exploite le meurtre d'un prince, comme elle exploita un nom, une loi, des souvenirs, la superstition : elle bénit le sang qui cimente son triomphe. C'est à nous de nous garder d'un aveugle entraînement. Ne perdons pas les traces de la réaction, quand bien même elle reprendrait pour quelque temps encore sa marche tortueuse. Ce n'est point par des contre-marches qu'on la déjouera. Le grand mal a été de ne pas la combattre de front dans la personne de quiconque la secondait. Il y a deux mois que l'offensive était le seul moyen de défense : un acte d'accusation contre le ministère, était un coup porté à l'aristocratie ; c'était un manifeste en faveur des intérêts nationaux, une déclaration de principes au nom de tous les Français. Des résistances calmes, légitimes, constitutionnelles, se créaient ; les regards savaient où se reposer : voilà où était l'habileté, et non dans ces puérils traités, où l'on stipule l'abandon réciproque de nuances d'opinion, pour composer un tout qui semble uniforme, et qui, n'étant ni homogène, ni compacte, se rompt au premier choc. Jamais des choses grandes ne furent le résultat de ces transac-

tions méticuleuses qui excluent tout mouvement généreux et spontané. Le courage dans le péril est le
comble de l'art. S'asservir aux habitudes des temps
ordinaires, dans des circonstances extraordinaires,
c'est évidemment se montrer au-dessous du rôle
dont on s'est chargé, c'est se déclarer vaincu d'a-
vance. L'Assemblée constituante eût-elle existé
quinze jours, si elle n'eût paré à toutes les attaques
par une résolution qui croissait avec la fureur de ses
ennemis, et qui servait également à la préserver des
embûches, et à la garantir contre la force ouverte?
Le résolution est la présence d'esprit d'une assemblée. Que pouvaient par eux-mêmes, au milieu des
satellites qui les tenaient assiégés, les états-généraux
de 1789? toute leur force était dans la nation, et ils
triomphèrent. C'est là aussi qu'est la force des députés fidèles à ses intérêts. Si, à la chambre, ces
députés se comptent par individus, n'ont-ils pas les
masses derrière eux? Qu'ils soient prodigues de vérités, et ils se multiplient.

Trois lois, auxquelles un abus de mot passé en
usage donne ce nom, trois lois qui nous ravissent,
avec la liberté individuelle, la presse pour nous
plaindre, des représentans pour réclamer, qui ne
nous laissent pas même le régime constitutionnel
nominal; qui désarment les citoyens en armant les
vengeances et le despotisme de quelques hommes;

qui proclament, chez le peuple le plus ami de l'égalité, le règne de l'aristocratie et le triomphe des priviléges ; trois lois qui proscrivent en effet toutes les
lois, sont en ce moment soumises aux deux chambres. Ce serait un phénomène inoui sous un gouvernement représentatif : c'est la preuve incontestable
que nous ne vivons point sous un tel gouvernement,
et que la monarchie absolue, comme nous l'avons
répété tant de fois, est en pleine possession de la
France. La réaction est opérée, sauf un point, la
domination de l'aristocratie. Ou je me trompe fort,
ou c'est le seul que la nation ne permettra pas de
franchir. Le combat même n'est pas uniquement
entre le peuple et la noblesse : celle-ci rencontre un
obstacle plus élevé mais plus facile à faire fléchir.
Dans cet état de choses, un député, fût-il seul, peut
devenir une puissance avec du talent et de l'énergie :
il peut décider de l'avenir.

Mais si l'obstacle dont nous parlons cède, il y a
irruption de l'aristocratie ; il y a dès-lors révolution
complète. La seconde chambre est dissoute, pour
devenir, par une composition nouvelle, une extension de la chambre haute épurée. La terreur naît
de là force des choses ; une sorte de gouvernement
de Venise s'établit ; d'incalculables excès signalent
sa politique jusqu'au moment (si ce moment ne les
prévient pas) où les citoyens lèveront la tête ; par un

instinct simultané, se serreront, et par cette unique démonstration, verront ceux qui planaient au-dessus d'eux, tomber naturellement, se dissiper, s'évanouir sans résistance. Il n'y aura qu'un concert général de risées après le premier cri d'indignation.

La faiblesse de l'aristocratie devant laquelle tant de gens tremblent est si réelle, qu'elle-même en a le sentiment. Elle s'adosse tantôt contre le trône, tantôt contre l'étranger. Elle se jette, pour agir, sous la protection d'un événement qui préoccupe les esprits; elle se fait précéder d'un fantôme d'opinion qui frappe les imaginations isolées; elle se crée ainsi une clientelle qui n'est pas plus la sienne que celle de tous les pouvoirs qui se sont succédé; elle met à profit, pour être à la fois invisible et présente, toutes les traditions de la tyrannie. La preuve que sa force n'est pas en elle, c'est qu'il se mêle toujours quelque chose de ridicule même à ses actes les plus odieux. Ses fureurs sont atroces et puériles; sa cruauté même trahit le secret de sa faiblesse. Il y a, au reste, de la part de l'aristocratie, conviction profonde de ses droits, croyance religieuse pour le dogme de sa suprématie. C'est en sûreté de conscience qu'elle tue. Il faut qu'elle ne soit plus ou qu'elle domine : j'entends qu'elle ne soit plus, comme être collectif; les individus vivaient, sous l'empire, sans péril pour les intérêts de la révolution.

La question, compliquée aux yeux de la multitude pendant les trois dernières sessions, est donc aujourd'hui réduite à ses termes les plus simples. Tout ce qui était au dedans est maintenant au dehors; tous les masques sont tombés. Il faut que l'aristocratie chasse la nation des colléges électoraux, pour être tout à la fois le pouvoir exécutif et législatif, c'est-à-dire l'état tout entier, le souverain avec des sujets divisés et dociles, ou que l'aristocratie aille se perdre dans la nation. C'est ce que l'aristocratie ne veut à aucun prix. Places, honneurs, trésors, elle a tout, et n'est pas satisfaite, si elle n'obtient la domination exclusive; elle y touche : s'en emparera-t-elle d'assaut, *per fas et nefas*, comme elle en manifeste la volonté? Achèvera-t-elle enfin cette fois ce qu'une nouvelle occasion perdue ajournerait trop long-temps? Ou bien sera-t-elle contrainte à des demi-mesures, à des conquêtes moins rapides, quoique non moins certaines? Continuerons-nous 1814 ou 1815? Telle est en ce moment la seule alternative sur laquelle nous serons éclairés par la marche du nouveau ministère.

C'est assez dire quelle doit être la contenance des bons citoyens, celle des députés français, tant que la tribune ne leur sera pas fermée; c'est assez dire quelle sera l'inévitable issue. Ne nous laissons pas plus tromper qu'intimider; et surtout point de transactions d'une part, quand de l'autre la guerre déclarée est une guerre à mort.

MARS.

Le gouvernement constitutionnel, ou plutôt le simulacre qui nous en tenait lieu, n'est plus. L'arbitraire règne sous son nom propre. Il y a bien encore, en France, réunion d'individus, organisation matérielle, mouvement machinal qui tient à l'habitude; mais il n'y a déjà plus de société politique, puisque le lien essentiel est rompu, puisque le pacte est déchiré, puisque la sûreté des personnes est sans garantie. Heureusement, de ce que tout est permis, il n'en résulte pas que tout soit possible.

Le régime légal a disparu; la tyrannie ministérielle n'est pas constituée; le monarque ne gouverne pas par ordonnance; l'aristocratie ne s'est pas saisie de toute l'autorité visible; les représentans du peuple disputent encore le terrain : il y a, en ce moment, anarchie morale; c'est évidemment un état de transition : qui a des yeux et ose le nier? Hé bien! celui-là même avoue que la France est poussée à une révolution. Le lecteur peut se rappeler une époque où les rênes flottaient ainsi d'un pouvoir fugitif à un pouvoir éphémère. En brisant toutes les institutions, on avait livré la France à la merci d'un homme; menacée d'une dissolution prochaine, la France accepta le despotisme d'un seul comme un bienfait ; mais s'emparer du despotisme en de telles circonstances et le maintenir, n'appartient pas à tout le monde.

Cette session, dès son ouverture, nous apparut comme un drame contre-révolutionnaire dont les scènes rapides amèneraient en peu de mois un dénouement conforme à l'exposition. Nous reconnûmes, en suivant la trace des faits, que ce drame n'était lui-même que la fin d'une action plus lente, plus voilée, qui marche sans interruption réelle depuis 1815, et qui date de 1814. Il devint palpable que c'était l'effet nécessaire d'une première cause, fruit d'événemens au-dessus de la prévoyance humaine ; et qu'une nécessité non moins impérieuse rendrait à la révolution refoulée un cours d'autant plus impétueux qu'un obstacle accidentel l'aurait plus long-temps et plus violemment interrompu. Nous touchons à la démonstration historique de cette vérité.

L'émigration restaurée, cette représentation vivante de l'ancien régime, nous a donné la mesure de l'implacable opiniâtreté de l'aristocratie ; elle a porté jusqu'au prodige la manifestation de son instinct de domination exclusive, de sa croyance fanatique en sa supériorité héréditaire. Ni la voix de l'expérience, ni le langage de la raison, ni les cris d'horreur qui retentissent autour d'elle, ni le bruit de la chute d'une monarchie voisine qu'a perdue une opiniâtreté semblable, n'ont pu l'arrêter ; et c'est dans toute l'énergie de l'expression qu'elle est atteinte de l'esprit de vertige et d'erreur. Du reste, nous pouvons dire du ministère d'aujourd'hui ce que nous disions de celui d'hier : ce n'est qu'un instrument que la réaction brisera du jour où il cessera d'être souple : un peu plus, un peu moins cachée, c'est toujours la réaction qui, imposée par l'invasion étrangère, accomplit son inévitable cours, moins inévitable encore que celui de la grande révolution où elle ira se perdre et s'abîmer sans retour.

Il faut que chez certains hommes le génie stationnaire soit une loi de nature ; leur tendance à redevenir ce qu'ils furent est invincible. C'est un ressort qui cède à la force, mais qui, moins comprimé, retourne constamment au point d'où il est parti. Ainsi les Stuarts se crurent exilés, même après être remontés sur le trône, tant qu'ils n'eurent pas reconquis le sceptre absolu qui tomba de leurs mains une seconde et dernière fois. Ainsi, une contrée limitrophe nous offre la leçon contemporaine d'un prince qui n'a rien appris et rien oublié, et auquel neuf insurrections n'ont pas prouvé que la terreur, fût-elle de droit divin, est une politique aussi insensée que cruelle. L'île Léon le trouve tel que le laissa Valençay ; s'il fléchit, ce fut devant l'étranger heureux, jamais en faveur de la patrie suppliante : que

celle-ci se relève, il tremblera ; mais les concessions
de la peur auront encore quelque chose de menaçant
où percera le maître capitulant avec des esclaves
révoltés, sauf à les mettre aux fers s'il redevient le
plus fort. Tel fut aussi le caractère du prince deux
fois déchu de la couronne britannique. On s'étonne
qu'une pareille expérience ne profite point aux rois.

Un spectacle qui passerait toute créance si nous
ne l'avions sous les yeux, c'est celui dont la France
est témoin. Que les leçons d'un autre siècle soient
perdues, je le veux ; mais qu'on se précipite sur les
pas d'un gouvernement qui chancelle ; qu'on s'engage, par choix, dans la route dont sa chute actuelle
signale les écueils ; qu'on proclame l'arbitraire quand
ce gouvernement laisse échapper, en signe de détresse, le mot de constitution, alors qu'on avait eu
le bonheur de commencer par où il finit : voilà un
de ces exemples de la fatalité que l'histoire semblera
un jour avoir emprunté au domaine de la fiction.
Mais non ; ce qu'il plaît de nommer fatalité n'est que
la conséquence naturelle d'une manière d'être inhé-
rente à tels hommes et à telle position, à toutes
les époques comme dans tous les pays.

Je n'expliquerai point, quant à ce qui nous concerne, les causes de cette manière d'être permanente
et commune à tous dans les mêmes circonstances ;
mais il est permis de rappeler que Ferdinand VII

quitta l'Espagne et y rentra sans sortir de l'atmosphère politique où il fut élevé. Les mêmes habitudes s'émigrèrent et furent restaurées avec lui. Le cortége des vieilles idées qui bercèrent son enfance et nourrirent sa jeunesse l'accompagna partout, comme on dit que des villages ambulans voyageaient, au milieu des déserts de la Russie, avec cette impératrice fière de donner des lois à une contrée si florissante et si populeuse. C'est ainsi que lorsque tout change autour d'eux, les rois seuls, au centre d'un monde factice, ne changent pas. Je serais peu surpris de voir S. M. Catholique s'applaudissant dans l'exil des fautes qui l'auraient contrainte de se soustraire à l'indignation de l'Espagne.

Un dernier trait achève de peindre l'aveuglement des hommes dont nous parlons ; c'est au sein de la publicité qui révèle tout, c'est en présence d'une assemblée où rien ne se dissimule, qu'ils accomplissent des projets qu'ils ne sauraient trop ensevelir dans l'ombre. Ils sentent combien ils ont besoin du mystère ; ils l'invoquent, mais ne l'obtenant pas assez vite à leur gré, ils n'en poursuivent pas moins ; et, changeant de tactique, ils se font une arme de ce qui est un obstacle. Ils proclament d'avance ce qu'on leur arracherait plus tard comme un aveu ; ils préviennent l'anathème national en s'y dévouant d'eux-mêmes ; ils se donnent hautement des démentis qu'ils recevraient de leurs adversaires ; ils se frappent, pour les émousser, des traits qu'on leur prépare ; ils blasent l'étonnement avant qu'il se soit manifesté ; et ce *dévergondage* aristocratique (car il faut appeler les choses par leur nom) a pour quelques-uns une apparence de grandeur, pour beaucoup d'autres un air de force et de puissance. Mais, revenu de cette sorte d'étourdissement, le Français se partage entre le sentiment de mépris et l'idée de ridicule qui s'attachent à un ancien préfet de police à la tête de deux cents *ultrà*, demandant à haute voix, comme témoignage de confiance, le pouvoir absolu que Napoléon, adoré d'un million de soldats, exerçait et n'avouait pas.

Non, non ! cette parodie de magnanimité de la part de gens qui ont supputé combien devait leur rapporter un assassinat, ne trompera personne : on ne se joue pas avec la publicité comme avec la conscience de quelques créatures ; il faut la tuer pour avoir quelques chances de succès ; et déjà, grâces au ciel, il est trop tard. On ne viole pas la morale publique comme la lettre morte d'une constitution ; l'outrage est fait et pèse sur la tête de ses auteurs. La publicité présente nous a sauvés des ténèbres mêmes de l'avenir : en vain le glaive exceptionnel brille entre vos mains ; une loi déshonorée est une arme impuissante.

Le côté droit, du moins, a le vernis de l'ambition et l'excuse du fanatisme ; mais les recrues plébéïennes, qui toutes n'ont pas de places à conserver, et dont quelques-unes sont beaucoup plus riches que leurs chefs, qui m'expliquera leur vote servile, et ce besoin d'être parjures à leur mandat, et l'office auquel elles se prêtent, et ce plaisir dont elles ne jouissent qu'avec elles-mêmes, de lancer, du sein de leur obscurité, des fléaux sur la France ?

Je me tais sur les fonctionnaires qui veulent concilier un peu de réputation avec la faveur du pouvoir quel qu'il soit. La probité n'a rien de commun avec les tours de force de l'esprit dont le bon sens public n'est pas dupe. C'est du vote bien plus que des discours qu'il tient compte. Au reste, la droiture du cœur et la rectitude du jugement sont plus inséparables qu'on ne pense ; et tel qui croit, dans une grande crise, n'avoir hasardé que l'honneur, perd aussi sa place.

L'assemblée aujourd'hui n'a plus de centre ; elle se divise, par ses votes, en côté gauche et en côté droit, en représentans de la nation et en représentans de l'émigration ; celle-ci, dans l'une et l'autre chambre, a la majorité numérique ; en France, cela est un peu différent. Voilà pourquoi la contre-révolution, consommée dans l'enceinte des délibérations législatives par une victoire qui vaut une défaite, n'a encore subi que le moindre choc. Il est aisé de décréter la tyrannie ; l'organiser, sans appui dans la nation et en l'absence des baïonnettes étrangères, est une autre entreprise. Quelques victimes peuvent être bien douces à des ressentimens personnels ; mais c'est une satisfaction qu'un peu plus tard on paiera cher.

Ce qui est arrivé est un bien, puisque c'est la manifestation éclatante du mal que le mystère eût rendu plus long et plus dangereux. La délibération a été féroce : que sont donc les intentions ? Quelle sera donc l'exécution de la loi si l'on ose l'exécuter ; que dis-je, si l'on ose la promulguer ? Mais qu'importe ? nos ennemis ont divulgué leur secret, leur éternelle pensée. Un ajournement même ne rassurerait pas la nation ; car l'aristocratie, alors qu'elle renonce ostensiblement à ses desseins, les ajourne en effet. On vient de mentir au discours du trône dont les promesses, qui ne doivent jamais être vaines, nous flattaient d'une liberté individuelle mieux affermie ; on a vingt fois juré et vingt fois foulé aux pieds la charte ; on a révoqué le *cinq septembre* lui-même qui a prévenu une catastrophe : après cela qu'espérer, à quels sermens se fier ? Mais nous n'en sommes pas encore à l'époque des protestations ; et le décret de Madrid doit être séditieux à Paris, aux yeux de nos ministres.

Tandis qu'un monarque, naguère absolu, s'abaisse devant la souveraineté de la volonté générale, c'est à notre tour de voir l'autorité constitutionnelle répudier les lois et dédaigner l'expression pacifique du vœu national; c'est à notre tour d'entendre vanter les douceurs du pouvoir discrétionnaire, d'entendre repousser par des hurlemens les amendemens de l'humanité, les supplications de la pitié; d'entendre accuser la France par des ministres qui n'échappent eux-mêmes à une accusation que par un outrage à la morale publique et aux lois fondamentales; c'est à notre tour d'écouter les hommes du gouvernement, proclamant sous le nom de *partialité* le règne de la vengeance et des proscriptions. Quelle horreur ! s'écrie un député de gauche, témoin de la sinistre naïveté d'un ministre auquel applaudissent le centre et le côté droit qui, *pressés de jouir*, comme l'a dit un autre député, interrompent par des clameurs une discussion qu'ils ne peuvent soutenir par des raisons, et étouffent par leurs cris les vérités qui les importunent moins qu'elles ne les retardent ! Quels esclaves que tout cela ! disait Tibère et répète M. Manuel.

Mais la morale n'a pas seule été vengée; la politique a fait en quelques jours les progrès qu'elle n'avait pas faits en plusieurs années; l'opinion a trouvé des organes aussi éloquens que sincères; la nation enfin a reconnu ses représentants; les vérités

23

qui sont dans tous les cœurs ont retenti à la tribune : de ce moment, le salut de la France est assuré ; elle a été comprise ; elle entend à son tour ; la chaîne patriotique est formée ; il n'est plus au pouvoir de personne de la rompre.

Tandis que M. de la Bourdonnaye, plus franc que ses amis, avouait que c'était bien avec la nation que son parti était en hostilité permanente ; que c'était bien la nation que l'on enveloppait dans une immense catégorie de suspects ; que c'était bien la nation que l'on accusait pour l'enchaîner par la terreur, seul moyen de gouvernement d'une minorité anti-nationale ; que c'était bien la nation qu'on se proposait d'épurer par l'exil et les cachots ; tandis que le génie même de la servitude courbait le dos, suivant la belle expression d'un orateur, pour servir de marche-pied à l'aristocratie ; tandis qu'un favori obtenait pour adieux une preuve de bienveillance que cent mille pétitionnaires sollicitaient en vain, tandis qu'un ministre en cheveux blancs avait le malheur d'attacher son nom à la défense d'une loi inhumaine, et au renversement des institutions fondamentales de son pays ; tandis que ce spectacle tout à la fois effrayant et honteux était donné au monde ; une minorité imposante offrait une digne et noble représentation de la France, dont elle soutenait également les libertés et l'honneur.

M. Lafayette prenait à témoins l'Amérique, la France de 1789, et l'Espagne, que les nations étaient beaucoup plus disposées à s'accommoder de la pratique de leurs droits imprescriptibles que de la théorie des dictatures de police ; M. d'Argenson rappelait ce qui se passa en 1814, lorsque Monsieur, comte d'Artois, fut nommé lieutenant-général du royaume par le sénat : « La nation, disait-il, s'est » convaincue que, dès-lors, les droits de la cou- » ronne reposaient sur la Charte et en étaient insé- » parables ». M. Martin de Gray repoussait l'acte d'accusation que le ministère a osé proposer contre la nation ; sans la sûreté des personnes, il ne voyait plus ni gouvernement ni ordre social ; M. Dupont regardait la loi comme un signal de révolutions ; M. Benjamin-Constant était convaincu qu'aucun des intérêts créés par les transactions de trente années ne sera complétement respecté, et il prenait acte de cette prophétie. M. Bignon déclarait que c'est constituer la France en révolution que d'organiser l'arbitraire ; M. Manuel avait l'honneur d'être rap- pelé à l'ordre pour avoir dénoncé, comme ennemie de la liberté, la faction qui rappela à l'ordre le défenseur des protestans de Nîmes et d'Avignon, et qui triomphe de nouveau ; le général Foy la stigma- tisait par l'apostrophe qu'il adressait à cette poignée de misérables que nous voyons dans la poussière depuis trente ans, et qui n'a dominé qu'à la faveur des baïonnettes étrangères ; le général Sébastiani se croyait encore à Constantinople ; M. Méchin s'en rapportait à la France, pour distinguer la voix de ses fidèles serviteurs, et faire à chacun sa part ; le général Demarçay invitait à jeter un regard au-delà des Pyrénées ; M. Kératry protestait d'avance contre les succès désavoués par l'opinion : « Ils brisent les couronnes, disait-il, quand elles ne sont pas de fer : s'il arrivait, poursuivait-il en s'adressant à ses collègues, que la France succombât par vous dans les hostilités actuelles, soyez certains qu'elle se relèvera par d'autres : alors on verra la patrie tendre les mains à ceux qui l'auront sauvée ; et, dans ce cas, à vous la honte, à eux la gloire et la reconnaissance publique ». Ainsi parlait M. Chauvelin, l'infatigable défenseur de la liberté, protestant contre le secret dont quelques députés s'efforcent d'environner les séances de la chambre, comme pour y étouffer, avec la publicité des délibérations, les remords de leur conscience. Ainsi parlaient ou votaient MM. Daunou, Jobez, Devaux, Sappey, Casimir Perrier, repoussant cet arbitraire qu'impose à la France une majorité de quelques voix, cette loi que rejette M. de Corcelles, comme attentatoire à nos libertés, calomnieuse pour la France, provoquant à la guerre civile, et ne laissant de ressource à la nation que dans

sa noble énergie. Au moment même où sortait de
l'urne législative l'arrêt de mort de la liberté légale,
un courrier extraordinaire de Madrid apportait à
Paris la nouvelle que le roi d'Espagne avait cédé,
en proclamant la constitution des cortès, à la noble
énergie de la nation espagnole ; et par un concours
inouï d'événemens, le côté gauche ne proclamait
pas une vérité qu'un exemple historique ne vînt, à
point nommé, l'appuyer d'une nouvelle et irrésistible
preuve.

L'attitude du côté gauche, trop long-temps incertaine, est donc aujourd'hui toute nationale. Que
ne l'a-t-elle été dès le principe ? Le côté gauche se
serait ainsi constitué, il y a deux mois, ce qu'il commence à devenir, puissance morale. Et la puissance
subjugue les faibles et entraîne les neutres ; voilà ce
qui serait arrivé à la chambre, dont la majorité ne se
serait peut-être point fixée au côté droit s'il n'avait
pris les devants par son audace, et l'ascendant par une
marche uniforme et décidée. Mais quoiqu'elle ait pris
position un peu tard, la phalange française a organisé la victoire et par les coups qu'elle a portés et
par ceux qu'elle a bien moins reçus que la nation
elle-même : d'une part, la route est tracée ; de l'autre,
les batteries sont démasquées.

L'avenir est désormais presque sans voile ; il n'y a
pas grand mérite à prédire ; la pensée est unanime.

L'aristocratie fera-t-elle beaucoup de victimes ? On pouvait craindre, non pour la chose, mais pour les hommes, il y a un mois : aujourd'hui la rapidité des événemens et la franchise des discours rassurent. Il en est résulté une telle combinaison d'odieux, de ridicule, de mépris, que les plus coupables intentions semblent frappées d'inanité, et les plus atroces mesures, d'inertie. A chaque instant on croit voir cet échafaudage de tyrannie oligarchique s'écrouler de lui-même au milieu des huées universelles ; c'est une bastille qui sera prise à coups de sifflets.

Après avoir enchaîné les personnes, on n'hésitera guère à leur imposer silence ; la presse va donc succomber : l'arbitraire et la publicité s'excluent. Puisse la partie de la chambre qui a joint ses boules serviles aux votes de l'ambition, faire taire sa conscience aussi facilement que les feuilles publiques ! Gare aux huit jours de liberté qui restent encore ! La publicité qu'on va étouffer est meurtrière.

DE LA LITTÉRATURE

DISTINCTE

DE LA POLITIQUE.

Cette distinction est-elle juste ? ne l'est-elle pas ? Évidente aux yeux de quelques personnes, elle le paraît beaucoup moins à quelques autres : ces dernières vont jusqu'à douter qu'il existe entre la politique et la littérature une différence réelle ; et, pour justifier leur opinion, les exemples, du moins, ne manquent pas.

Voyez Chénier, disent-elles, victime naguère d'une méprise semblable : il écrit à Voltaire en style digne de ce poète philosophe ; son génie, s'échauffant dans l'entretien d'un grand homme, enfante des vers sublimes, étincelans de pensées fortes et de nobles vérités ; il compose un chef-d'œuvre littéraire : ce fut un délit politique.

Quoi de plus littéraire que le *Télémaque*, dont la politique de Louis XIV fit arrêter l'impression, disgracier l'auteur, et que des courtisans appelaient un crime de lèse-majesté ? Quel rang assignons-nous dans nos bibliothèques aux *Lettres provinciales*, qui

fixèrent la langue française? A ce titre seul, un littérateur peut-il ne les pas avoir lues? Un homme d'état,
au contraire, s'embarrassera-t-il de cette lecture? Quel
ouvrage pourtant subit une proscription plus sévère
que ce modèle de goût, d'esprit, de dialectique et
d'éloquence? S'il est littéraire aujourd'hui, il fut
politique autrefois. Maintenant aussi le *Journal des
Théâtres* est réputé littéraire : l'eût-il été au temps
de cet empereur romain, comédien couronné? l'eût-
il été même aux plus beaux jours du héros des bal-
lets de Versailles? Il est vrai qu'il le fût redevenu
sous l'amant de madame de Maintenon, et qu'il eût
alors légué son importance à la *Gazette Ecclésias-
tique*; celle-ci un peu plus tard, et sous le vieux
monarque, frappé de l'idée de la mort, fût entrée
en partage de cette importance officielle avec la
Gazette de Santé; et l'une et l'autre l'auraient transmise, quelques années après, au *Journal des Modes*,
feuille éminemment politique sous le règne des jeunes
favorites, et dont la censure est impérieusement com-
mandée par le salut de l'état.

Un guerrier, à la tête de soldats dévoués, envahit
un empire pour en changer le gouvernement : des
citoyens paisibles se hasardent à lui faire quelques
observations qu'il interrompt brusquement, par ces
mots : « Je ne suis pas venu ici pour parler politique;
hâtez-vous de répandre les proclamations de mon gé-

néral, dont la présence vous démontre les avantages d'une révolution ». La révolution s'opère ; un nouveau régime politique s'établit : le guerrier persiste à ne voir dans sa démarche que l'exécution d'une consigne. Avait-il tort, avait-il raison ? Politiques d'épée, politiques de plume, quel est votre avis ?

Quel est le vôtre aussi, illustres professeurs dans l'art de gouverner ? Si j'ai bien saisi votre pensée, la politique proprement dite se renferme dans la théorie de cette science ; sous ce rapport, elle n'a rien de commun avec la littérature, pourvu que celle-ci, à son tour, borne son ambition aux règles de l'art d'écrire : mais ce n'est là qu'une division d'ordre, un intitulé de chapitres dans le grand livre des conceptions de l'esprit humain. Passez de la théorie à la pratique, mille alliances se forment, et la limite disparaît.

Et, par une bizarrerie remarquable, ce n'est pas cette politique qui examine la nature des gouvernemens en général, qui en soulève les bases fondamentales, qui en explore les premiers élémens, qui remonte à l'origine des sociétés, ce n'est pas la politique d'Aristote, de Machiavel, de Pufendorff, de Montesquieu, de Rousseau, que l'on redoute toujours le plus : c'est tout ce qui n'est politique, en quelque sorte, que par induction et accidentellement ; c'est une nouvelle, c'est une leçon de morale, c'est un trait d'humanité, c'est un acte de religion, c'est une preuve de courage; c'était une découverte d'astronomie au temps de Galilée, de physique sous la Sorbonne, de médecine sous telle université; aux yeux de ce parlement, c'était un système ancien, une invention récente aux yeux de cet autre : une académie voit de la politique dans les lettres appliquées à la philosophie; un ministre grammairien dans le *Dictionnaire des Synonymes*, un administrateur dans les chiffres, un mandarin dans l'alphabet, la cour de Richelieu dans les beautés du *Cid*, et Vitellius dans le poëme de la *Gastronomie*. Qu'est-ce donc que la littérature? qu'est-ce donc que la politique?

La politique! elle est plus innocente, elle est mille fois moins dangereuse que la littérature, vous aurait jadis répondu un homme d'état de Syracuse. Que Philoxène aborde la question des droits du peuple et du devoir des rois, il le peut encore; mais que sa verve lyrique se montre circonspecte : qu'il blâme même le gouvernement, mais que la muse du prince lui soit toujours sacrée : qu'importe qu'il s'afflige sur une bataille perdue, s'il vante la victoire remportée aux jeux olympiques? Il osera impunément faire des vœux pour la liberté de sa patrie, s'il en proclame le tyran un nouvel Apollon : qu'il parle politique enfin avec franchise; mais s'il est sincère en poésie, les carrières l'attendent.

Ainsi raisonnent, non sans rire probablement, les défenseurs d'un système qu'il nous serait difficile d'adopter ; car il prouve, à notre avis, toute autre chose que ce qu'il veut prouver. Véritable Prothée, la politique, à l'en croire, est tout ce qui heurte la passion, tout ce qui déconcerte la flatterie, tout ce qui développe l'intelligence, tout ce qui répand la lumière ; et dès lors il est simple que la littérature se trouve enveloppée dans cette vaste catégorie. Mais rappelons-nous qu'avec la littérature aussi, nous avons vu se dépouiller de leur caractère, pour emprunter celui de la politique, et la médecine et la physique et l'astronomie elle-même. Dira-t-on pour cela que ces sciences diverses n'ont pas une nature qui leur soit propre, et qu'elles conservent essentiellement la physionomie qu'elles ont passagèrement usurpée ? Que résulte-t-il, en effet, des exemples que nous venons de parcourir ? Que l'acception d'un mot peut devenir aussi capricieuse que le pouvoir, aussi mobile que les circonstances, aussi souple que la servitude, et offrir un prétexte permanent aux plus changeantes volontés ; mais la chose exprimée par ce mot, n'en a pas moins sa réalité constante et fixe. Vous avez cru embrasser une définition dans toute son étendue ; vous avez poursuivi l'erreur humaine dans ses fantaisies les plus extravagantes.

Si vos exemples prouvaient quelque chose, les exemples contraires ne nous manqueraient pas à notre tour. Voyez, dirions-nous, le sceptique Montaigne agitant les plus graves questions religieuses et politiques aux temps du fanatisme politique et religieux, et ne passant que pour un homme de lettres sans conséquence ; la Boétie tonnant contre le despotisme, du vivant de Charles IX ; son livre publié trois années après la Saint-Barthélemi, et ne paraissant qu'une éloquente amplification ; Molière et Boileau perçant des traits du ridicule et de la satire la noblesse qui ne cesse point de considérer leurs écrits comme littéraires, titre qu'aucun ministre de l'époque ne s'avisa de contester ni aux discours républicains de l'auteur de Sertorius et de Cinna, ni aux immortelles flétrissures empreintes par l'auteur de *Britannicus* sur le front des tyrans et de leurs esclaves. Avouez, qu'en vous rendant exemple pour exemple et paradoxe pour paradoxe, nous établirions que la politique même est, au fond, de la littérature, tout aussi-bien au moins que vous établissiez que la littérature est quelquefois plus politique que la politique même.

Rentrons donc dans le vrai, et revenons au simple bon sens. Oui, la littérature est distincte de la politique, comme elle l'est des sciences et des beaux-arts, auxquels elle se marie souvent. La littérature fait le style, et le style est le vêtement de la pensée : que la pensée s'exerce sur tel ou tel sujet, le style obéissant l'accompagne, l'enveloppe, et en dessine l'empreinte. Tout ce qui est écrit ou parlé se compose de deux élémens, de la substance et du mode, du fonds et de la forme : que le fonds appartienne à l'histoire naturelle, à la morale ou à la politique, la forme est toujours du domaine de la littérature. Il arrive que celle-ci est le sujet même que l'on traite, comme dans Quintilien et la Harpe : alors elle fournit tout à la fois et la forme et le fonds; elle est, pour ainsi dire, le héros et l'historien. L'erreur consiste à lui assigner pour emploi unique la moindre peut-être de ses nombreuses et brillantes fonctions. Lisez les écrivains célèbres, et vous verrez toutes les matières, toutes les idées, toutes les connaissances, toutes les situations la réclamer tour à tour. Législateur, prophète, soldat, prêtre, philosophe, roi, citoyen ont invoqué, ont obtenu ses faveurs; mais, divinité secourable, et non point exclusive, elle se prête à toutes choses, et n'appartient à aucune.

Mais voulût-on réduire la littérature à s'alimenter d'elle-même, et à rouler dans son propre cercle, ses bornes mêmes offriraient un champ plus vaste qu'on ne pense. La littérature est à la fois l'ensemble des productions littéraires, la connaissance de ces productions et des règles qui nous servent à les appré-

cier, et à produire à notre tour ; et, pour nous renfermer dans des limites plus étroites encore, comment
recevoir, donner ou suivre des conseils sur l'art d'é-
crire, si l'on ne s'enquiert d'abord *du temps, du lieu,*
des personnes ? Du temps, c'est de lui que vous ap-
prendrez quel sujet plus heureux il vous importe de
choisir, car il n'est point de succès pour qui n'est
pas de son siècle ; du lieu, car, pour être adopté par
ses concitoyens, il faut, avant tout, être de son pays ;
des personnes, car les goûts, les mœurs et les caractères sont aussi divers que les climats et les époques,
et qui ne sait plaire, ne se fait point écouter : cette
triple règle littéraire est également nécessaire, générale, et féconde en instructions.

Ainsi, dans les âges plus rapprochés de la nature
sauvage, la campagne, les astres, la famille obtinrent
le premier culte de l'éloquence ; plus tard, la patrie,
les arts, la guerre furent les dieux qui reçurent son
hommage, ou plutôt le partagèrent ; enfin elle se vit
captivée, agrandie, perfectionnée par la morale, la
politique, les sciences, la philosophie et par toutes
les conquêtes de la civilisation. A chacune de ces
époques, la littérature modifia ses formes, et nous
arriva enfin riche de tant de développemens succes-
sifs et de la variété infinie de ses applications. La
décadence et la renaissance des lettres amenèrent
l'étude des modèles anciens, les préceptes sur le

style, les traités de rhétorique, l'imitation. La littérature se replia sur elle-même pour se reconnaître,
s'interrogea en quelque sorte pour se retrouver et
se remettre dans la bonne voie. La forme fut le fonds
de beaucoup d'ouvrages : le temps le voulait ainsi,
et déjà même la littérature prenait un plus noble
essor.

La Grèce et l'Italie enfantèrent chacune deux
poëmes épiques : c'était tout à la fois et le temps des
exploits chevaleresques, et le lieu des poétiques fic-
tions. Les grands hommes et les grands événemens
de l'antiquité républicaine léguèrent à la postérité
la majesté de l'histoire et les prodiges de la tribune;
modèles sublimes, si long-temps sans imitateurs, magnifique héritage, dont la dernière portion fut seule
recueillie en France, tandis que l'une et l'autre
sont échues à l'Angleterre, notre aînée en liberté; et ce lot inégal dans la succession oratoire
et historique d'Athènes et de Rome, s'explique toujours par les époques, les circonstances et les hommes,
auxquels il faut encore demander compte et du mauvais goût, et de la frivolité de certaines productions;
et de l'apologue, unique, mais admirable dédommagement de la stérilité littéraire des empires absolus; et de l'absence même de toute littérature dans
les contrées et sous les gouvernemens dont l'âpreté,
également rebelle à toute inspiration, mutile la pen-

sée dans son germe, et dessèche l'imagination avant qu'elle puisse éclore.

Soit que l'on veuille porter un jugement sur un écrivain, soit que l'on veuille devenir écrivain soi-même, la connaissance et l'appréciation des temps, des lieux et des personnes, sont donc indispensables, cette étude est essentiellement liée à celle de la littérature elle-même ; et de là surgit la question de l'influence de la société sur la littérature, question dont l'examen a produit cette observation profonde, que la littérature est l'expression de la société.

Or, la société aujourd'hui est palpitante d'intérêts politiques : la politique appelle à son secours la litté-rature, qui fait alliance avec elle, mais comme auxi-liaire et sans cesser d'être distincte et d'être elle-même, comme elle ne cesse pas, encore une fois, d'être de la littérature, soit qu'avec Aristote, Pline ou Buffon, elle ennoblisse l'histoire des animaux ; soit qu'elle soupire l'amour avec Sapho, Tibulle, Ovide, Lafontaine et Chaulieu ; soit qu'elle dicte de poétiques leçons aux agriculteurs, par la bouche d'Hésiode, de Virgile et de leurs modernes disciples ; soit qu'elle chante les héros et célèbre les combats avec Homère et le Tasse ; soit qu'elle fasse revivre et perpétue le passé dans les annales des Thucidide, des Xénophon, des Tite-Live, des Salluste, des Tacite, des Robertson ; soit qu'en faveur du seul

Pascal, elle donne du charme aux disputes scolas-
tiques, ou qu'elle attendrisse la morale austère de
Fénélon ; soit qu'elle pare de ses plus riches couleurs
et la philosophie de Voltaire, et la politique des
Montesquieu et des Jean-Jacques ; soit enfin qu'elle
rende les peuples attentifs aux accens généreux des
Démosthène, des Cicéron, des Fox et des Mira-
beau.

Certes, il n'est venu à l'esprit de personne que
ces compositions, ou quelques-unes d'entre elles, ne
fussent pas susceptibles d'un examen littéraire ; non-
seulement elles en sont susceptibles, mais elles ont
été l'objet d'un grand nombre de critiques de cette
nature. Tel est aussi l'examen auquel s'offrent, comme
toutes les autres, les productions de notre temps ; et
ce dernier mot dit assez que la littérature aujourd'hui
doit embrasser des rapports nouveaux, non pour sortir de sa sphère, mais pour ne pas la parcourir d'une
manière incomplète et futile.

Si la tribune, la chaire, le barreau, le théâtre
ont chacun leur public qui a ses mœurs, ses goûts
et presque sa langue particulière ; si la prose et la
poésie ont aussi la leur ; si le style didactique, po-
lémique, oratoire, se reconnaît à des marques diverses
et certaines ; s'il n'est point d'écrivain digne de ce
nom, sans l'observation délicate de ces nuances, et
l'accent, pour ainsi dire, propre à chacun de ces

24

dialectes; si les différentes branches de la littérature
sont si variées entre elles: à combien plus forte raison
la littérature d'un siècle tel que le nôtre, si plein
de faits, d'expériences, d'idées, si remarquable entre
les siècles, doit-elle avoir un caractère à elle, et
puiser à des sources auxquelles il est impossible de ne
pas remonter, sans violer toutes les lois et blesser
toutes les convenances littéraires ! Un mot suffira
pour expliquer, en terminant, notre pensée à cet
égard : nous avons vu l'élégie interrompre les douces
larmes que Chénier versait à Auteuil en présence de
Boileau, pour faire entendre la voix de Melpomène
indignée à la vue de Saint-Cloud, dont elle évoque
tour à tour les souvenirs de gloire et d'esclavage;
nous avons vu le plus français, et jusqu'ici le plus
modeste des genres, la chanson s'élever tout-à-coup
jusqu'à l'ode, et mêler, sans effort, à la naïveté
de Marot la majesté de la muse épique. Ces deux
traits, et ils ne sont pas seuls, peignent l'influence
de l'époque, et annoncent que notre siècle aussi
aura sa littérature.

NOUVEL APERCU

DE

LA SITUATION DE LA FRANCE.

AVRIL 1820.

Voici la France dans une de ces situations indécises et transitoires qui disparaissent pour la postérité, bien qu'elles soient du plus haut intérêt pour les contemporains. C'est un intervalle où l'action, suspendue en apparence, se complique en effet par l'hésitation même, et menace d'un éclat soudain; cet intervalle, vu à distance historique, n'est qu'un jour, lendemain et veille des plus grands événemens. Saisissons, pour les analyser avant qu'ils ne nous échappent, les symptômes fugitifs de cet état intermédiaire; et, riches d'expérience et d'étude, nous entrerons plus mûrs et plus dignes dans l'ordre de choses qui se prépare et qui s'avance.

Le jeune ministre qui, par un concours de circonstances qu'expliquent les révolutions des empires moins encore que les intrigues de sérail, présida cinq ans aux destinées d'une grande nation, avait

précisément ce qu'il faut pour ébranler un gouvernement affermi, et pour prolonger l'agonie d'une
administration chancelante. Son caractère souple et
indéterminé, l'absence de qualités tranchantes en
bien ou en mal, sa marche douteuse et irrégulière,
conservaient un reste d'équilibre au char politique,
qui tantôt reculait devant l'obstacle, tantôt se re-
mettait d'un cahot par un cahot en sens contraire.
Ainsi cheminait, à pas incertains et brusques, le
char de l'état, lorsque son guide, n'apercevant enfin
que péril et point d'issue dans la route où il s'était
imprudemment engagé, se retira sain et sauf, laissant
à de plus hasardeux les rênes qui, de ses mains, tombèrent entre les mains de plusieurs.

Alors nous eûmes la monnaie d'un ministre in-
habile et imprévoyant ; alors il ne nous resta pas
même le triste avantage d'une incapacité uniforme
et des vices d'un seul ; alors se consomma une coalition de vues étroites, d'ambitions serviles, d'au-
daces honteuses ; et naquit un triumvirat de petits
hommes surgis, par aventure, aux grandes places.
Il semble que la corruption politique ait aussi ses
insectes qu'elle lance à la surface, écume éphémère
que précipite ou expulse la fermentation par qui tout
se purifie dans la nature.

Tel est le règne que nous traversons ; tels sont les
prête-noms d'un pouvoir moins invisible que jamais.

C'est à ce pouvoir que la majorité législative obéit ; et cette majorité, ou ce qui la décide, par sès places actuelles, par des engagemens secrets, par une influence active, est partie intégrante du pouvoir qui, de cette manière, propose, vote et promulgue les mesures qu'il exécute.

De cette étrange confusion résultent deux choses : la première, que l'aristocratie, par l'organe des ministres qu'elle a en même temps le plaisir de déconsidérer, n'hésite dans aucune de ses prétentions ; qu'elle avoue hautement des projets qu'elle est sûre de voir seconder ; qu'enfin elle parle avec cette assurance que donne la certitude du succès ; la seconde, que l'opinion scandalisée refuse tout assentiment à ce jeu concerté d'avance ; que la force morale décroît à mesure que l'autorité nominale grandit ; et que l'administration, sous des formes gigantesques, ne peut déguiser sa petitesse réelle, contraste qui la frappe de ridicule et d'impuissance. Ceux qui la composent ostensiblement ont beau se pavaner dans l'habit qui leur sert d'enseigne, la sagacité publique ne voit en eux que les hommes de paille de l'aristocratie ; et que sont alors les complaisans de tels hommes ?

Tout suit de là : le ministère, cuirassé de lois d'exception, est vulnérable partout : les traits pleuvent sur lui à la chambre, où il a la majorité ; dans

les écrits, bien que la presse soit esclave ; dans toutes
les conversations, bien que la liberté soit enchaînée
à son profit. Il se proclame despote d'une voix de
Stentor ; puis, effrayé lui-même du bruit qu'il a fait,
il publie un commentaire mielleux du despotisme.
On n'a pas voulu le craindre ; il espère qu'on se
laissera tromper, et, pour donner plus de crédit à
son apologie de l'arbitraire, il emprunte le nom d'un
homme qui a fait ses études constitutionnelles en
Russie, d'un ministre qui n'a ni porte-feuille, ni
responsabilité ; d'un diplomate qui a signé, en congrès ennemi, la ruine de nos institutions nationales.
Au reste, félicitons ce patriote du ton de douceur
qu'il a bien voulu prendre, et dont il n'a trouvé
d'exemple ni dans sa famille, ni dans ses propres
antécédens ; c'était en d'autres termes, en effet, qu'il
parlait des Français décimés à Waterloo, et qu'il
demandait l'arrêt de mort d'un maréchal de France.

L'administration ne forme pas un tout plus homogène que la majorité sur laquelle elle s'appuie.
Chaque ministre a des vues différentes des vues de
son collègue : l'un veut être fort, l'autre veut être
fin ; celui-ci est prêt à donner le signal aux Suisses,
celui-là insiste pour qu'on ne fasse mouvoir que des
armées d'espions ; ils ne s'accordent que pour céder
à une impulsion étrangère. Comme individu, chacun
est en contradiction avec sa place, avec lui-même

ou avec la conduite honorable des siens. Il suffit ,
pour les réfuter, d'opposer à ce qu'ils disent, ce qu'ils
ont dit ; à ce qu'ils font, ce qu'ont fait leurs parens :
tel s'insulte par un démenti, tel autre insulte à son
père : nous avons vu repousser, comme une épigramme, une concession de respect à la vieillesse ;
tant leur position est fâcheuse, tant le terrain qu'ils
occupent est malheureusement choisi !

Il est si malheureux, en effet, que le ministère ne
peut s'y mouvoir qu'à contre-sens, et qu'il s'y trouve
en lutte perpétuelle avec la nature des choses : il a
rendu séditieux le cri de *vive la charte*, et hostile
l'humanité. Vainement on inculperait les intentions ;
en supposant même la malveillance, il faut convenir
qu'il est bien maladroit de lui avoir fourni de pareilles armes. Quelles seront donc celles de l'autorité ? Rendons-lui grâce d'avoir ridiculisé le despotisme en s'en affublant.

On conçoit, par analogie, quels doivent être les
agens secondaires d'une semblable administration :
ce ne sont pas des agens, elle n'en saurait avoir, ce
sont des suppôts. Parmi les plus dignes de ce nom,
l'opinion place les geoliers de la pensée humaine,
chargés d'attacher le bâillon à tout écrivain indépendant. Il semblait que du moins on aurait dissimulé l'opprobre de la chose par le choix des hommes ;
mais quel homme qui se respecte fût descendu, à la

face de l'Europe, à ce vil métier ? C'est donc à l'ineptie unie à la bassesse qu'est confiée la direction de l'esprit public. Il est certaines fonctions qui sont dévolues de droit à l'impuissance ; et qui se sent nul, se plaît à mutiler autrui. Grâces encore une fois soient rendues au ministère ! Il vient de flétrir à jamais la censure en la rétablissant. Cet aréopage, d'une espèce nouvelle, se soustrait à tous les regards : il s'assemble sous la protection du nombre, du secret et de la police : là, les amours-propres, la cupidité, la flatterie, toutes les honteuses passions se cotisent pour deviner l'intention d'un rédacteur de journal ; tout noble essor est comprimé, tout mouvement généreux est proscrit, toute défense est interdite alors que l'attaque est permise ; la partialité est la loi de ce tribunal aux gages de l'accusateur : il a de l'intelligence à force de servilité, et supplée l'esprit par le labeur. Voilà les juges de la pensée en France ; voilà les directeurs suprêmes de l'opinion ; voilà les manœuvres que le *Moniteur* ose comparer à un jury, pour déshonorer sans doute cette belle institution qui pèse au pouvoir !

Je regretterais l'espace que j'accorde à ces détails peu nobles, s'ils ne faisaient une partie essentielle du tableau que je me suis imposé le devoir de tracer : heureusement pour l'honneur de la nation que ce tableau n'est lui-même qu'un imperceptible détail dans le vaste ensemble dont la France attend et hâte le complément ! Le temps approche où l'oubli le plus profond aura fait justice de ce qui n'a de consistance en ce moment que par le mépris, et de proportions que dans une sphère politique où tout est petit, bas, éphémère, absurde. Le caractère principal de cette transition qu'absorbera l'époque est une imitation burlesque d'un gouvernement fort par le génie de son chef, par une gloire immense, par des entreprises grandes et nationales, par une égalité réelle en l'absence de la liberté, par une indépendance extérieure incontestable, enfin par des racines populaires. Prendre d'un tel pouvoir, sans compensation, ce qu'il avait d'acerbe, et l'exagérer, est, il faut l'avouer, la plus insolente comme la plus sotte des parodies. Les résultats en font foi : l'administration est atteinte de la plus incurable des maladies morales et politiques. Aussi se voit-elle abandonnée par ceux de ses amis naturels qui ont quelque soin de leur dignité : les regards ne tombent un instant sur elle que pour se porter au-delà; on sait que sa tâche est de détruire; qu'elle est la coignée de l'aristocratie ; que celle-ci, impatiente, s'apprête à fonder sa domination sur les débris des institutions constitutionnelles, concessions momentanées dont il est temps enfin d'affranchir l'antique monarchie.

Fatal triomphe pour les vainqueurs que celui qui

fera succéder l'horreur au mépris ! Quel gouvernement nous promettent des hommes qui ont organisé
l'assassinat, soldé les Trestaillons, réveillé dans leurs
satellites lassés le goût du sang ! Quelles ordonnances
feront les auteurs des *circulaires* de Nîmes ! Éton-
nons-nous à présent de cet effroyable contraste des
rigueurs déployées contre la franchise de quelques
écrivains et de l'impunité accordée à des sicaires !
L'impunité ! c'est à des récompenses qu'ils ont droit :
tous les foudres de la justice sont pour les citoyens
qui parlent d'humanité ; les Verdets sont les sujets
fidèles : un généreux magistrat s'est dévoué aux poi-
gnards en révélant leur nouvelle prise d'armes : ce
sont là les soldats de la monarchie ; les héros de la
Loire sont des brigands. Aussi est-ce à d'autres braves
qu'est prodigué l'or de la France ; ses habitans froissés, ruinés, ont vu les énormes tributs qu'ils paient,
partagés entre l'ennemi et les bandes de Nîmes ; on
promet un nouveau butin à leurs nouveaux exploits :
tel est le règne qui nous attend, qui a déjà commencé ; tels sont les hommes dont les chefs exercent
déjà l'autorité, et en seront bientôt publiquement in-
vestis. Déplorable fureur qui forcera la nation à
chercher le repos et l'honneur dans une catastrophe !

Voilà donc le mystère de ce double gouvernement
qui touche à la fin d'une lutte intestine ; celui qui
se cachait, l'emporte une seconde mais dernière fois,

la France indignée nous en répond. Ce triomphe
bien court, si même il n'est prévenu, est le dernier degré de la transition par laquelle le Directoire
de l'époque nous conduit à un état stable et digne
de la nouvelle France : le cours de la réaction est
accompli; la révolution interrompue va reprendre
le sien (1).

(1) Au moment où s'imprime cette note, il n'y a pas encore tout-à-fait une année accomplie depuis la première
publication de cet Aperçu de la situation de la France ; et
déjà le cours de la réaction expire, et déjà la révolution
interrompue reprend sa marche et entraîne presque tous
les peuples voisins de la France. Le flot, arrêté dans sa
pente, a gagné en étendue ce qu'il perdait en rapidité; il
s'est creusé un lit plus vaste, et il a fertilisé les terres les
plus ingrates en apparence et les plus rebelles aux bienfaits
de la liberté. Fermée en France, l'issue s'est ouverte plus
large en Espagne et en Italie, et semble se tracer, par le
Piémont, le chemin par lequel le cercle doit être parcouru.
Une digue minée et qui chancelle déjà, reste seule à
franchir. Tel est le fruit de tant d'efforts contre la nature
des choses; tel est le dénoûment de tant d'intrigues dont
les auteurs obtinrent une réputation d'habileté à défaut
d'une renommée plus honorable : que ces grands politiques
paraissent aujourd'hui a tout le monde, comme ils nous
semblaient il y a quatre ans, petits et dignes de pitié !
(*Voy.* pag. 135.)

DU

GOUVERNEMENT OCCULTE.

MAI 1820.

On ne laisse pas à la France le temps de s'étonner ; elle passe sans intervalle d'une découverte déplorable à une effrayante révélation : chaque instant lui apporte le secret trahi de quelque horrible mystère ; de toutes parts le crime enfoui perce la terre et se fait jour. Que sommes-nous donc réservés à connaître quand tous les voiles seront déchirés ?

Déjà on peut le pressentir ; déjà les aveux de la tribune font pénétrer les réticences ; déjà l'on entrevoit des vérités dont le soupçon seul est effroyable. Jusqu'à présent nos regards, tantôt attendris, tantôt indignés, tantôt pleins d'épouvante, n'avaient rencontré du moins que des victimes isolées, des forfaits partiels, des catastrophes locales ; nous avions successivement appris les sanglantes prévarications de la justice, les attentats multipliés des agens du pouvoir, les assassinats commis sous toutes les formes, sur tous les points, individuellement et en masse ;

nous regrettions des morts illustres, des milliers de braves lâchement égorgés ; nous faisions le long dénombrement des Français qui ont misérablement péri depuis 1815, et des Français plus infortunés qui vivent encore dans l'exil, dans les cachots, dans la détresse, mutilés au physique ou au moral ; nous avions ouï parler des sentences télégraphiques, du fatal tombereau, des massacres du midi ; une lueur affreuse avait jailli jusque sur le cadavre de Fualdès (1) ; nous gémissions sur les réparations tardives ; nous ne pouvions expliquer des impunités scandaleuses ; nous assistions, navrés, inquiets, à un spectacle tout à la fois bizarre et sinistre, sorte d'énigme politique dont nous cherchions le mot avec un sentiment d'effroi.

Ce pressentiment n'était point trompeur : nous devions bientôt, d'atrocités en atrocités, de meurtre en meurtre, à la trace du sang français, remonter à la cause première et redoutable de tant d'effets monstrueux qui, devant elle, s'effacent et sont à peine dignes d'être remarqués. Oui, tant de scènes si hideusement diverses sont liées entre elles, se rattachent à un même fil, appartiennent à un drame unique, immense, et qui, tissu avec art et profondeur, se déroule avec méthode et opiniâtreté. Oui, il existe une cons-

_____

(1) Discours de M. de Serre.

piration permanente qui, tantôt cachée, tantôt presque à découvert ; qui, tantôt par la ruse, tantôt par
la force, marche à un but certain, à un but qu'elle est
sur le point d'atteindre ; cette conspiration enveloppe
la France, qu'elle a soumise à l'empire combiné du
glaive, du poignard et des cachots.

Voilà des assertions terribles, inouies peut-être :
je n'en avance aucune dont la preuve morale ne jail-
lisse de la séance du 25 avril, et que je ne puisse
confirmer par des preuves historiques : j'oserai le
faire. Noble magistrat de Nîmes, vous n'aurez point
donné un exemple inutile de courage, de patriotisme
et d'humanité !

Une première fois, en 1816, les bandes du midi
sont dénoncées à la tribune de la chambre des députés
par un orateur dont la voix est aussitôt couverte par
les cris de la majorité, qui semble ainsi prendre l'assassinat sous sa protection ; depuis, une foule d'apologies de la terreur de 1815 ont été publiées par les
écrivains du même parti ; plus tard, l'organisation
secrète des sicaires de l'ouest est signalée par un pair
de France auquel un ministre n'oppose qu'une vague
dénégation, tandis qu'un autre ministre avoue avec
douleur l'impuissance où il se trouve de sévir contre
certains coupables. Dans l'intervalle, des écrits ouvrent un libre passage à la vérité comprimée si long-
temps ; mille plaintes s'élèvent, mille accusations

retentissent, mille preuves sont accumulées; quelques victimes obtiennent un simulacre de réparation ; une ou deux condamnations tardives sont prononcées; le plus grand nombre des complices, loin d'être inquiété, reçoit des éloges; des assassins avérés restent impunis. Quelques hommes habitués à réfléchir ouvrent les yeux, et frémissant d'avoir entrevu, gardent le silence. La masse des citoyens, soit préoccupation, soit candeur, s'arrête à un sentiment de surprise qui bientôt fait place à de nouveaux intérêts. Cependant l'assassinat demeure organisé, et les affiliations resserrent leurs premiers nœuds : tout symptôme extérieur a cessé; un système de ténèbres et de silence est adopté, les manœuvres moins apparentes continuent avec plus d'habileté; le temps enfin, et surtout la légèreté du caractère français, changent tellement les choses, que les accusés osent devenir accusateurs; que, tout dégoûtans de meurtres, ils s'intitulent les honnêtes gens; que, convaincus, ils défient la justice et bravent l'opinion ; que, de la même main qui transcrit une circulaire homicide, ils signent un acte d'administration publique; que, de la même main qui tient les fils d'une vaste conjuration, qui la protége, qui la guide, ils lancent les foudres contre de paisibles et d'innocentes réunions. Tant de bonheur les rend hardis, imprudens, téméraires : ce bonheur ne se dément pas; ils prennent la résolution de brusquer la victoire ; ils attaquent de front les institutions qui les gênent : les hommes de 1815 déclarent qu'ils veulent s'affranchir des entraves constitutionnelles; des pétitions les supplient de renoncer à leur entreprise ; ils n'en poursuivent l'exécution qu'avec plus de hauteur ; l'armée des sicaires est passée en revue, soldée, équipée ; survient, au milieu de cette marche rapide, un coup fatal qui, loin de les consterner, les anime et n'est pour eux qu'un moyen de plus dont ils s'emparent à l'instant. D'un côté, il sert d'ordre du jour et de signal à leurs satellites; de l'autre, de machine pour abattre leur ennemi le plus puissant, lequel en effet est renversé par eux ; il tombe beaucoup moins pour avoir résisté que pour n'avoir pas tout cédé ; il tombe, et le pacte est signé entre ses successeurs et les chefs de la faction, entre le pouvoir visible et le pouvoir invisible; et la ruine des garanties légales est achevée, sauf une barrière, une seule qu'on va briser violemment, lorsque tout-à-coup, et avant la dernière irruption, part, de la tribune même, la plus formidable interpellation qui jamais ait été faite à un gouvernement debout.

Ils étaient là les hommes de ce gouvernement, et quelle a été leur attitude ! ils étaient là aussi les hommes suspects de complicité, et quels ont été leurs discours ! Le ministre à cheveux blancs a le premier comparu. Grand Dieu! n'est-ce donc point assez des exemples d'immoralité qui sont prodigués aux peuples par les complaisans du pouvoir? Faut-il que le pouvoir lui-même, unissant dans la même personne les signes extérieurs qui surprennent le respect, et le langage qui révolte tout cœur généreux, traîne la vieillesse à la tribune, comme on la travestit au théâtre, et offre officiellement le scandale du plus déplorable contraste !

Le ministre sexagénaire affecte l'ironie et l'incrédulité en parlant des *frayeurs* du magistrat de Nîmes ; c'est d'un style léger et presque badin qu'il commente les hauts faits des *implacables* du Midi ; il n'aperçoit pas, *sous d'aussi noires couleurs* que le pétitionnaire, *l'état actuel du département du Gard* ; les symptômes dénoncés lui semblent imaginaires ; du reste, on a tort de *ranimer les inquiétudes par des discussions superflues* ; mais le plus grand tort, celui que M. Siméon tance avec amertume, celui qui passe tous les crimes de la bande organisée, c'est la résolution qu'a prise l'honorable magistrat de recourir au *circuit d'une pétition.* Que ne *dénonçait-il les coupables au procureur du roi?*

Tel a été le mot d'ordre et du centre et de la droite. Vainement M. de Saint-Aulaire a-t-il réduit tous les doutes à l'absurde ; vainement a-t-il invoqué la notoriété publique, dénoncé de nouveau la *ligue* qu'il n'a pas voulu appeler conspiration, et

25

attesté, lui qui doit en savoir quelque chose, qu'il est un parti qui reconnaît un autre roi que le roi lui-même ; vainement a-t-il déclaré, en le prouvant, que le gouvernement visible n'avait jamais été *le maître chez lui* ; et M. de Corbières, et M. Bourdeau, et M. Lainé et tous leurs amis, se sont unanimement récriés contre la *voie inusitée* à laquelle M. Madier de Montjau avait eu recours, contre l'éclat qu'il avait préféré aux formes silencieuses de la dénonciation juridique.

Quels aveux dans ce détour et dans ces réticences ! Quoi ! ce que divulgue la pétition est donc vrai ? Toute la série des conséquences qu'en a tirées M. Devaux, et que l'on n'a point réfutées, est donc vraie aussi ? Tous les faits qu'ont rappelés M. Manuel et M. Benjamin Constant, et qui décèlent un gouvernement occulte, sont donc vrais encore ?

Ainsi, c'est une vérité constante qu'un pouvoir invisible existe, qui a fait les *Notes secrètes*, le *Moniteur royaliste*, les *Circulaires de Nîmes* ; c'est-à-dire qui, au dehors, traite avec l'ennemi contre la France, et, au dedans, organise le brigandage et le meurtre. Ainsi un pouvoir invisible existe, qui maîtrise, ou renverse, ou dirige l'autorité visible ; qui a des ramifications immenses, des estafettes, des trésors, des Séides. C'est là, nous le répétons, une vérité presque trahie par intervalles, aujourd'hui certaine et patente.

Mais a‑t‑on bien réfléchi où conduisait cette étrange découverte? Quel pouvoir est si riche, si fort, si sûr de l'impunité? Serait-ce le même qui nous ravit en ce moment nos dernières garanties, qui demain sera ostensiblement, législativement le maître? Quoi! demain la France serait tout entière sous le joug des chefs de file de la contre‑révolution?

A ce mot, je vois déjà l'autorité prête à sévir contre ma franchise; et pourquoi ne sévirait‑elle pas plutôt contre les auteurs de circulaires mystérieuses, et contre ceux qui leur obéissent si ponctuellement? pourquoi donne‑t‑elle à l'éclat qui met le crime au grand jour et appelle sur lui la vengeance des lois, le nom de scandale que mérite bien plutôt le crime encouragé par l'impunité? pourquoi tant de doutes et de lenteurs quand il s'agit de forfaits exécrables; et pour d'honorables actions, une indignation si prompte, de si impatientes, de si infatigables poursuites? Comment! il y a faveur pour le scélérat, et partialité contre l'honnête homme sous l'administration qui nous régit encore? que sera donc celle qui se prépare? quelles inductions tirer d'une semblable connivence?

Et s'il y a connivence, en effet, où en sommes‑nous? que signifie l'appareil dérisoire d'un rapport, d'une discussion, d'une délibération, du renvoi aux

ministres? et si, par hasard, des membres du gouvernement invisible siégeaient dans les chambres? si
ceux-là étaient chargés de faire une enquête, qui ont
donné les ordres? ceux-là, de punir les coupables
qui ont fait les circulaires? Du moins peut-on douter
du zèle de M. Bellart à poursuivre ceux que depuis
cinq ans il n'a pas poursuivis, de sa sollicitude à faire
justice des crimes que quelques hommes ont mis une
sollicitude si ardente à soustraire à la justice de
l'opinion; du moins peut-on témoigner quelque incrédulité sur la clairvoyance de M. Pasquier qui,
depuis qu'il est ministre, n'a rien vu, rien aperçu,
n'a rien su, rien entendu dire, rien soupçonné des
troubles actuels du Gard; qui sourit de pitié à la nouvelle qui lui en parvient, pour la première fois, par
l'organe de M. Madier de Montjau. Du moins peut-
on concevoir quelques inquiétudes sur l'efficacité des
mesures que prendront et des magistrats et des ministres qui se montrent si peu inquiets, qui s'étonnent
même du bruit que l'on fait pour si peu de chose.
Oh! que leur zèle aurait moins de tiédeur si, dans
un sens contraire, des mesures de sévérité étaient
réclamées de leur conscience et de leur justice!

En assistant à la séance qui nous occupe, je me
transportai en imagination au sénat romain, à cette
époque que, depuis peu, on a souvent rappelée. Je
supposai Catilina consul, comme il avait failli l'être,

et ses principaux complices sénateurs, comme ils l'étaient en effet ; je me figurai Cicéron, recommandable mais simple citoyen, dénonçant aux pères conscrits des correspondances mystérieuses et criminelles, des bandes armées, enfin une vaste et atroce conjuration, dont il indiquait mais dont il ne nommait pas le chef. Qu'aurait fait le consul Catilina ? qu'auraient dit ses affidés, que protégeaient leurs chaises curules ?

Catilina, sans doute, froidement surpris d'une si invraisemblable accusation, aurait raillé les frayeurs imaginaires de l'orateur, tout en ménageant son caractère personnel ; il aurait blâmé un éclat propre à exciter de fausses alarmes : Que ne s'adressait-il confidemment, eût-il dit, à l'intègre Lentulus, mon subordonné ; à Cépanus, mon ami ; à Cassius, ce fidèle exécuteur de mes ordres ? justice eût été faite, sans bruit et sans scandale. Toutefois personne, dans une telle circonstance, n'a plus d'intérêt que moi à connaître la vérité, à punir les coupables, s'il en existe, ce que je ne crois pas ; et j'aperçois d'ici un grand nombre de mes honorables collégues qui partagent cette opinion, et qui, sous mes auspices et conjointement avec moi, feront une enquête dont je rendrai un compte exact et scrupuleux au sénat et au peuple romain.

Que serait-il arrivé si, chose possible, Catilina

avait eu la majorité ? Catilina eût été nommé son
propre surveillant et son propre juge ; Lentulus eût,
aux frais de l'état, expédié de nouvelles circulaires ;
Cépanus, distribué de nouvelles armes ; Cassius, sacrifié de nouvelles victimes ; et Rome bientôt eût été
la proie des conjurés.

Le même sort, oui, le même sort menace la
France : une conjuration se trame contre elle depuis
cinq ans; ni l'or ni le fer ne manquent aux conjurés
qui, parmi eux aussi, comptent des sénateurs, des
tribuns et un consul peut-être ; dans peu cette mons-
trueuse association aura pour elle jusqu'aux lois
mêmes.

Dans leurs rangs, la publique voix désigne la
tourbe des sicaires salariés, d'anciens chefs de
chouans, des conspirateurs soustraits par la fuite à
l'échafaud, des terroristes chargés, dès 1793, de
déshonorer la révolution, des émigrés vieillis dans
les complots ; et ces hommes qui, en Angleterre
même, formaient une cour rivale de la cour de
Louis XVIII (1); et ces fanatiques de contre-révolution qui ont résolu *d'organiser une Vendée dans
toute la France*, qui sourient d'espérance à la Saint-
Barthélemi de Cadix, qui sont plus que suspects de
n'être point étrangers aux horreurs de la révolution

(1) *Voyez* Vauban, *Histoire secrète de la Vendée.*

française qu'ils voulaient souiller, n'ayant pu l'empêcher ; qui, de retour, ont renoué leurs trames, en ont couvert le sol, n'ont cessé d'en tenir les fils, et administrent enfin comme on complotterait ailleurs. Je n'ai pas besoin de les nommer, ces hommes (1).

C'est à la cour, c'est dans les postes les plus éminens, c'est à l'abri de l'impunité, et presque de l'inviolabilité du trône, qu'ils tracent des circulaires de sang (2), qu'ils ont miné sourdement nos institutions, et qu'ils achèvent enfin ouvertement l'œuvre depuis si long-temps commencé de la réaction.

Que si les ministres de 1820 essayaient de m'attaquer sur ces imputations, je ferais comparaître, pour me défendre, les ministres de 1815.

(1) Voyez *Bibliothèque historique*, *Preuves de fait que nous vivons sous une monarchie pure*, 13e vol., pag. 183. *Voyez*, comme pièces justificatives du paragraphe ci-dessus, *Histoire secrète de la Vendée*, Affiliation royaliste, Affaire le Guevel et Legal, Lettre de M Lauze de Perret; Mémoires de Maubreuil, de Fauche-Borel, de Puisaye, de Froment, du baron d'Imbert; Note secrète; Lettre de Sabattier à M. Langeron; Argus politique de M. de Chabannes; Mémoire adressé à Louis XVI sur les moyens de rétablir l'autorité royale; les affaires de Lyon, de Grenoble, du Gard, de l'Ouest, etc., etc., etc.

(2) On se souvient que les poursuites dirigées contre le *Moniteur royaliste* et le *Furet* firent découvrir les dépôts de ces pamphlets jusque chez des gens de la domesticité du palais.

« Sire, disaient-ils au roi, en lui envoyant leur
» démission, l'amour de la patrie n'existait plus que
» sous les bannières tricolores : le parti qui s'appelait
» *royal* proscrivait dans ses projets les lois et les
» hommes qui ne commandaient pas la subversion
» de l'ordre établi, la France dût-elle s'anéantir
» sous ses propres ruines, et votre majesté ne régner
» que sur des provinces désertes. Ce parti devint
» hostile dans le midi, dans l'ouest et dans le nord,
» parce qu'il se crut soutenu par l'autorité. Bientôt
» il nous fallut lutter contre l'ignorance, les pas-
» sions, la haine des *personnes qui vous entourent ;*
» elles s'immiscèrent *dans le gouvernement ;* des ordres
» furent donnés, des mesures furent prises *auxquels*
» *nous n'eûmes point part.* Des *commissaires royaux*
» allèrent allumer dans les provinces les feux de la
» guerre civile, mettre aux séditieux *les armes à la*
» *main.....* Nos ordres ne furent point écoutés ; les
» magistrats que nous envoyâmes en votre nom furent
» immolés par ceux qui agissaient au nom du roi ;
» nous demeurâmes sans pouvoir. Des *instructions*
» *secrètes* rendaient nuls nos efforts et nos instruc-
» tions, que les grands de *votre cour* appelaient *crime,*
» *attentat à votre couronne.....* Nous ignorâmes long-
» temps que des traités secrets nous *livraient aux*
» *étrangers »......*

Il est un fait que l'imminence du péril me force à

rappeler. Tout le monde a lu la pétition de M. Madier de Montjau : la vérité est connue sur les gardes nationales du Gard ; elle ne l'était point sans doute de *Monsieur*, comte d'Artois, lorsque S. A. R., à l'occasion de l'ordonnance du 26 juillet 1818, portant dissolution de ce corps dans le département, fit adresser à l'inspecteur la lettre dont voici un extrait :

Paris, le 12 août 1818.

Monsieur le comte,

La garde nationale du Gard s'est montrée digne d'elle-même jusqu'au dernier moment. *Monsieur* n'attendait pas moins de cet excellent corps et des chefs distingués qui le dirigent. S. A. R. me charge de vous dire, Monsieur le comte, qu le souvenir du dernier cri qu'il a fait entendre, en donnant un dernier témoignage aussi manifeste qu'honorable de sa soumission aux volontés du roi, restera dans son cœur, à côté du souvenir de la belle et glorieuse conduite qu'il a tenue en 1815.

Signé baron KENTZINGEN.

Pour extrait conforme,

Le maréchal-de-camp, comte Charles DE VOGUÉ.

Celui-ci, en conséquence, écrivit à MM. les officiers, sous-officiers et gardes nationaux, la lettre qu'on va lire :

« Si la garde nationale du Gard a trouvé dans son amour pour le roi, dans sa conscience d'avoir toujours fait son devoir, le dédommagement du douloureux sacrifice que S. M. a trouvé nécessaire, elle trouvera la récompense de sa soumission dans l'auguste bienveillance de *Monsieur,* aussi-bien que dans les témoignages de satisfaction de S. A. R. Sans cesse prête à justifier la réputation honorable qu'elle s'est acquise, et fidèle à ses principes, elle se ralliera toujours comme elle s'est dispersée, à la volonté du meilleur des rois. Je m'empresse donc de lui transmettre l'expression touchante des sentimens de S. A. royale, à laquelle il est impossible de rien ajouter ».

Nous laisserons l'esprit du lecteur se reposer sur cette double missive ; et c'est par elle que nous terminons ce que nous avions à dire de la pétition de M. Madier de Montjau, des affiliations royalistes, de la conjuration contre-révolutionnaire, des assassinats qui ont épouvanté le midi de la France, des bandes secrètement organisées et armées, du système législatif actuel, de la séance du 25 avril et du *gouvernement occulte.* Nous ajouterons cependant :

Chaque jour voit tomber quelqu'un des voiles qui couvrent le gouvernement occulte ; la séance du 28 ne permet plus de doute sur sa réalité. C'est à coups de sabre que les agens de ce pouvoir poursuivent la destitution de ceux qu'ils veulent remplacer; c'est la liste civile qui soudoie et récompense ces agens. Ils provoquent publiquement, officiellement, au meurtre, quand ce n'est pas publiquement qu'ils assassinent pour s'en voir remercier par des lettres officielles. Une organisation clandestine s'étend d'un bout de la France à l'autre, sous les auspices d'une administration patente, et dans peu cet état de choses sera légal !

Les impôts sont énormes, le commerce végète, le prix du pain augmente, celui du travail diminue, et des millions arrachés, sous la forme de budget, à la nation pressurée, enrichissent des chefs de bandes, soldent des sicaires, entretiennent sur toutes les routes des estafettes, messagères de vengeance et de brigandages; et dans peu cet état de choses sera légal !

Nos braves sont dans la misère; la Légion d'honneur revendique inutilement ce qui lui appartient; les employés et beaucoup d'autres citoyens sont frappés, sous mille prétextes, de véritables réquisitions forcées; tous les grands travaux publics, monumens nationaux, entreprises utiles, demeurent interrompus; cependant la France paye annuellement un milliard que se partagent les missionnaires, les Verdets, les suppôts visibles et invisibles du double gouvernement, les Suisses, les auteurs et les scribes de circulaires, de placards, d'ordres du jour, d'adresses, de proclamations, et ceux dont on achète le silence ou les discours, ou les votes, ou les arrêts; et dans peu, et grâce à la nouvelle loi d'élection, un tel état de choses sera légal !

Un mystère odieux dont aucun temps d'anarchie et de démoralisation n'a offert le phénomène, est aujourd'hui connu, est une vérité palpable; et ses auteurs, tranquilles, impunis, tout‑puissans, n'en marchent pas moins à l'accomplissement de leurs desseins ! Le gouvernement occulte va devenir le gouvernement légal : c'est légalement que la garde nationale du Gard reprendra les armes, et toutes les gardes nationales du royaume seront organisées légalement sur ce modèle : là se trouveront les électeurs et les éligibles, et de là sortira une chambre qui fera légalement tout ce qu'a fait et tout ce que n'a pu faire la chambre de 1815. Tel est le régime constitutionnel que nous prépare l'aristocratie : encore une loi, encore une semaine, et le triomphe des héros de Nîmes, d'Avignon, de Lyon, de Grenoble, sera voté par acclamation (1) !

---

(1) Peut-être n'a-t-on pas oublié que l'auteur de cet écrit, traduit devant la cour d'assises, fut acquitté, à l'unanimité, par le jury. Interrompu deux fois par le président, l'accusé n'acheva point sa défense; et en cela il

céda beaucoup moins encore aux vives sollicitations de ses
amis qu'à l'impatience de l'auditoire, qui voulait entendre
MM. Dupin et de Jouy. Après avoir lu un tiers de sa
défense, il passa aux derniers feuillets. Il y aurait des observations utiles à faire sur l'esprit que porte le public aux
causes qu'il va voir juger. Tantôt il y assiste avec la frivolité d'un spectateur au théâtre, et il exige que la pièce ait
les justes proportions et la variété nécessaires au divertisse-
ment qu'il se promet ; tantôt il prend un intérêt si drama-
tique au prévenu qu'il veut à tout prix le voir sauver. Alors
il écoute avec défaveur tout ce que celui-ci peut dire dans
l'intérêt unique de la vérité, et abstraction faite de sa personne. Cette disposition, fâcheuse dans de bonnes intentions, gagne jusqu'aux jurés ; et si le prévenu persiste et
encourt la condamnation, toute bienveillance se retire de
lui ; ce n'est plus qu'une tête exaltée, qu'un homme qui
court après l'honneur d'être victime. Quelque chose de
semblable s'est manifesté à l'audience où a été absous l'écrit
sur le *gouvernement occulte :* l'accusé s'est donc abstenu de
dérouler les preuves nouvelles qu'il voulait apporter beaucoup moins à l'appui de son innocence que dans l'intérêt de
la cause générale ; et le public, moins bien informé sur ce
point, a été satisfait sur l'autre ; le dénouement s'est trouvé
conforme à ses désirs.

La défense dont il est ici question, fruit de plusieurs
mois de recherches, de la lecture d'un grand nombre de
documens curieux et de notes imprimées et manuscrites, ne
peut plus guère servir qu'à la composition d'un mémoire
sur cette partie de notre époque ; je ne l'ai donc point
consignée dans ce recueil ; mais vu la nature des circonstances qui nous pressent, et l'air de prophétie qu'elles dou-

nent à plusieurs passages de ces Opuscules, je demande la
permission de transcrire la fin du plaidoyer qui fait le sujet
de ces réflexions, et qui a été prononcée en présence des
juges:

« . . . . . . Que vous faut-il de plus, Messieurs ? qu'attend
votre conviction pour éclater? Est-il beaucoup de procès
sur lesquels se répande, avant l'arrêt, autant de lumières ?
ai-je assez multiplié les témoignages imposans que demande
M. le ministre des affaires étrangères ? Et pourtant je n'ai
pas parlé de la pièce principale, de la pièce de conviction.
Je consens que l'on récuse l'irrécusable *note secrète*, dont
l'apparition fut suivie de la disgrâce officielle de M. de
Vitrolles ; je consens qu'on la dise apocryphe quand elle a
dans sa seule existence tous les caractères d'authenticité ;
qu'on la suppose inventée, bien que l'invention fût plus
étonnante que la réalité, bien que les inventeurs ne soient
pas poursuivis; j'y consens. Il me suffit que vous ne puissiez
pas récuser la lettre du maire de Passy annexée aux pièces
du procès de Louvel, cette lettre qui atteste que le gouvernement occulte a promis protection, puissance et richesse
à qui voudrait servir ses ressentimens. M. le ministre des
affaires étrangères n'exigeait de deux conditions qu'une
seule pour établir la preuve du *fait grave* qui est en question,
et moi je les ai accomplies l'une et l'autre.

» Que vous faut-il encore ? La solennité du compte que
M. Madier de Montjau est appelé à rendre à la barre de la
cour de cassation? Plût à Dieu que l'on eût ajourné jusque-là
le verdict d'où va dépendre ma ruine ou mon salut ! Certes,
on ne traite pas avec cette pompe un vil imposteur, et tel serait
le magistrat de Nîmes s'il eût avancé des faits calomnieux.
Tant d'égards ne sont pas accordés à l'auteur d'une atroce

invention; ces égards sont à nos yeux d'un heureux augure.
Les ministres, qui doivent savoir quelque chose de ce que
leur apprend M. Madier, n'en usant avec lui ni comme
avec un insensé ni comme avec un monstre, dénotent plus
qu'ils ne pensent ce qu'est l'accusation dans la conduite
qu'ils tiennent avec l'accusé.

 » Et moi cependant, quel sera mon sort, puisqu'il doit être
décidé avant celui du magistrat de Nîmes? Attendrai-je
dans une prison qu'on le proclame bon citoyen? et pour
avoir suivi son exemple, apprendrai-je sous les verroux que
mon guide et mon modèle triomphe aux acclamations publiques? Ce grand procès commence à peine à s'instruire;
si plus tard, si dans peu le compte impérativement de-
mandé à M. Madier oblige ce magistrat à des révélations
qui saisissent cette même cour de quelques-uns des prévenus dans la conspiration du gouvernement occulte, rece-
vrai-je pour société dans mon cachot l'un de ceux qui ne
peuvent être coupables sans que je sois innocent? Enfin,
Messieurs, tôt ou tard la vérité cessera d'être contestée;
depuis long-temps les massacres du Midi ne le sont plus;
tout ceci bientôt sera de l'histoire. Quelle douleur pour
vous, alors que j'aurais été reconnu sincère et peut-être courageux, de vous rappeler que je languis, sur votre déclaration, dans un réduit fait pour les criminels! Quoi! mes
amis, mes parens passeraient devant votre porte, ils vous
verraient et pourraient s'écrier : Voilà les hommes qui ont
condamné celui qui nous est cher, pour avoir dit un peu trop
tôt la vérité! Hélas! il ne la dira plus. Désormais, sa santé
affaiblie par un coup si sensible, par l'horreur d'une longue
détention (car, sur un mot de votre bouche, elle peut être
de cinq années, cette détention), par le dénuement qui en

sera la suite nécessaire, ne lui permettra plus de se rendre coupable d'un pareil crime, à présent que ce crime est vertu, à présent que les choses ont repris leur véritable nom. Et moi, après avoir passé une effrayante portion de ma vie dans un séjour infect, après avoir consumé ce qui me reste de jeunesse à lutter contre la misère et à dévorer l'opprobre d'une destinée partagée avec des voleurs, je serai rendu à une liberté flétrie par mes souvenirs et mes maux ! Tout retentira de la vérité que j'ai osé dire ; vous-mêmes ne la révoquerez point en doute ; alors aussi je passerai devant votre porte, et mes sanglots se mêleront à ces paroles : Ils m'ont condamné !

» Messieurs, je n'ai plus rien à dire : prononcez ».

———————

Il faut un terme à tout, même à l'opposition la plus décidée, quand cette opposition ne trouve plus d'aliment dans la conduite du ministère. Or, tout le monde est d'accord sur le changement ministériel qui s'est opéré en France au profit de la morale et de la liberté ; j'ai dû en conséquence changer aussi de langage, sous peine de passer pour un opiniâtre, un incorrigible, un séditieux. On verra, dans le morceau qui termine ce recueil, que j'ai su me convertir à propos, que je n'ai point fermé les yeux à l'éclat de la vérité, que j'ai cédé enfin, de bonne grâce, à l'opinion publique, et rendu pleinement justice aux hommes que j'avais trop long-temps accusés. Peu familiarisé encore avec le style de l'apologie et de l'éloge, j'ai eu plus d'une fois recours aux pages éloquentes des écrivains dans les rangs desquels j'entre nouvellement : une critique sévère pourrait me reprocher de nombreux larcins ; quelques auteurs de brochures de circonstances et de discours d'apparat au-

~~~~~~

L'OPTIMISTE.

—

ESSAI HISTORIQUE ET ORATOIRE.

1er JUIN 1820.

LECTEUR, je ne veux ni surprendre ta bonne foi,
ni abuser de tes loisirs ; je t'en préviens donc dès
l'abord : si, entraîné par l'exemple, tu vois tout ce

---

raient le droit de revendiquer, dans *l'Optimiste*, des lam-
beaux entiers que je leur restitue d'avance par cet aveu
ingénu : la plupart des expressions heureuses dont j'ai
enrichi cet *Essai historique et oratoire* sont puisées aux
sources les plus pures, et je ne prétends ici qu'à l'honneur
de les avoir enchassées avec quelque symétrie. Puisse ma
franchise désarmer la rigueur de nos Aristarques modernes !
Puisse surtout mon retour tardif, il est vrai, mais public,
mais éclatant vers les doctrines du pouvoir être accueilli
avec une indulgence qui rejaillisse jusque sur les fautes qui
l'ont précédé ! Puisse-t-il enfin me faire pardonner les
écrits consignés dans ce volume, beaucoup moins comme
des productions de l'esprit, que comme les erreurs de ma
jeunesse, qu'à l'exemple de saint Augustin, mon patron,
je confesse en toute humilité à quiconque voudra bien
me lire.

qui t'environne d'un œil chagrin et mécontent ; si
ton oreille est familiarisée, par une longue habitude,
avec l'amertume et la véhémence du langage ; si des
conversations populaires ont façonné ta bouche à
l'expression du blâme, du mépris et de l'indignation ;
lecteur, ces pages ne sont point écrites pour toi ;
laisse tomber, sans poursuivre, cet opuscule naïf,
uniquement dédié au petit nombre d'hommes privilégiés qui partagent l'extase à laquelle je dois mes
inspirations.

Ambitionne qui voudra la gloire de Tacite : son
génie, pour éclater, eut besoin d'un spectacle qui
répugne à tout cœur sensible. Quels sujets d'étude
que les siens ! A peine aujourd'hui pouvons-nous
croire à leur réalité. Le fourbe et cruel Tibère ; Claude,
non moins cruel dans son imbécillité ; des princes
qu'aucune expérience ne dompte, qu'aucune étincelle
de raison n'éclaire ; des femmes qu'aucune vengeance
ne désaltère, et qui, dans leurs habitudes viriles, ne
gardent d'un sexe et n'empruntent à l'autre que ce
qui peut offrir un tout plus difforme ; une cour où
brillent le déshonneur et la trahison ; où l'on est en
conspiration permanente contre le peuple ; où le projet d'une liste de proscription ou d'un assassinat
assaisonne les plaisirs de la bonne chère ; un sénat
vendu à toutes les tyrannies, complice de tous les
crimes et de toutes les sottises ; une législation plus

immorale et plus funeste que l'absence de toute loi·
des affranchis que les plus viles complaisances, la
rapine, la délation, le meurtre ont élevés au rang de
ministres favoris ; une armée d'espions et de sicaires
organisée et récompensée ; la bravoure suspecte et
souvent punie ; la majesté de Rome souillée aux yeux
du monde par l'indignité de ses maîtres ; la liberté,
tantôt dérisoirement proclamée, tantôt foulée aux
pieds solennellement ; toutes les idées du juste et de
l'injuste, du vice et de la vertu, de l'honneur et de
l'infamie, toutes les lois sociales et naturelles mé-
connues, bouleversées, perverties par le pouvoir :
tels furent et les hommes et les choses de l'époque
contemporaine que Tacite peignit de si sombres et si
énergiques couleurs ; mais, je le répète, qui voudrait, pour marcher sur ses traces, être contem-
porain aussi d'une époque semblable ? Qui voudrait
acheter à ce prix le renom de grand et profond historien ? J'en appelle à toute âme généreuse : Tacite
lui-même n'échangerait-il pas, sans regret, le règne
le plus éloquemment hideux de ses annales pour le
temps où nous vivons ?

Quelle différence, en effet, et combien je bénis
le destin qui, partout où se promènent et se reposent
mes regards, ne m'offre que vertus à raconter, que
félicités à décrire, que scènes ou touchantes, ou
sublimes, à transmettre aux méditations de la pos-

térité ! Si je contemple la France comme nation, elle m'apparaît libre au dedans, indépendante au dehors. Son attitude, tout à la fois formidable et pacifique, imprime à l'étranger ce respect amical, d'où découle la réciprocité de déférences et d'avantages dans les relations commerciales et diplomatiques. Ses ambassadeurs, choisis parmi les plus illustres citoyens et les plus patriotes, s'en montrent les dignes représentans ; et autant naguère, dans des jours d'allégresse et d'épanchement, la reconnaissance du gouvernement fut prodigue de cités populeuses, de territoires fertiles, de forteresses inexpugnables ; autant sa politique aujourd'hui, surveillante jalouse, tient nos frontières fermées, et en quelque sorte murées, pour prévenir jusqu'à l'invasion des nouvelles, des idées et des innovations étrangères. Sur ces mêmes limites qu'un million de baïonnettes fut invité à franchir, l'apparition d'un seul porte-enseigne serait considérée comme un signal de guerre par ceux-là mêmes qui accueillirent et fêtèrent l'étranger ; la vue d'un seul drapeau, qui ne serait point la bannière des lis, soulèverait tous les Français indignés ; tant les choses ont heureusement changé en peu d'années ! tant le patriotisme éteint s'est rallumé dans tous les cœurs !

Et cette imaginaire supposition me conduit à une bien douce réalité, au spectacle de notre organisation

militaire. Quelle armée est plus complète et plus
aguerrie que la nôtre? Quels soldats plus dévoués
sont commandés par des officiers plus habiles? Quels
capitaines, en Europe, oseraient joûter avec les
nôtres? Aussi nos jeunes légions ont-elles sous les
yeux l'exemple de nos vieilles phalanges, si dignement récompensées de leurs glorieux travaux : elles
affronteraient mille morts sous des chefs qui savent
ainsi apprécier les services, honorer le mérite et le
courage. Je me tais sur les Suisses : personne n'ignore
combien ils sont Français ; la défense de la patrie ne
saurait être remise en de meilleures mains ; et si le
ministère ne les payait pas avec exactitude et générosité, il faudrait ouvrir, en leur faveur, une sous-
cription nationale.

Derrière cette avant-garde imposante se développe,
en innombrables bataillons, une milice vraiment
citoyenne, où tout propriétaire est admis, dont tout
prolétaire est exclu ; une discipline aussi impartiale
que constitutionnelle y est sévèrement entretenue :
c'est grâce à elle que les troubles du Gard ont été
si promptement apaisés ; sans elle que de sang eût
coulé dans le midi ! que de forfaits eussent été commis
impunément ! que d'associations criminelles eussent
offert le scandale d'une sorte d'inviolabilité ! que
d'assassins, riches du salaire de leurs exploits, vou-
draient s'enrichir encore ! Rendons grâces aux soins

paternels d'une administration qui, par l'excellente
organisation des gardes urbaines, a préservé la France
des plus déplorables attentats, et nous donne, pour
le présent et pour l'avenir, tant de gages de sécurité.

Cette administration, par l'immense mérite des
hommes qui la composent, par leurs vertus publiques
et privées, fait l'admiration et le désespoir des états
voisins. Il entre une sorte de vénération dans leurs
rapports avec S. Exc. le ministre des affaires étrangères ; tout le monde a ouï parler de l'explication
qu'il a si majestueusement soutenue avec le nouvel
envoyé d'Espagne, et la terreur de celui-ci. On se
plaît à reconnaître dans l'illustre vieillard qui pré-
side à l'intérieur une grande jeunesse d'esprit et de
talent ; on s'accorde à exalter dans M. le ministre des
finances un désintéressement et une intégrité dont
toute sa carrière fournit la preuve ; on ne tarit pas
sur les éloges dus au caractère, aux exploits, au
cœur généreux et français de M. le ministre de la
marine ; M. le ministre de la police, moins touché
de la gloire que du désir de remplir dignement son
poste, et fidèle aux usages de l'armée dont il est le
chef, s'ensevelit dans un mystérieux et modeste *incognito* ; M. le ministre de la guerre résiste avec
courage à l'entraînement des souvenirs, aux séduc-
tions de la fraternité militaire, pour céder à la paci-

fique ambition d'officiers monarchiques, et à la voix
évangélique de son éminence le grand aumônier; et
l'on verrait les félicitations que reçoit M. le président
des ministres, depuis la Crimée jusqu'à Aix-la-
Chapelle, enfler son porte-feuille, si ce ministre en
avait un.

Partout ailleurs un gouvernement suffit : la France,
plus richement dotée, en possède deux : l'un secret,
l'autre ostensible ; de là pondération, balancement,
équilibre ; de là émulation et concurrence pour le
bonheur des citoyens ; de là enfin un corps de réserve
administrative toujours prêt, ressource infaillible à
tout événement ; le ministère pourrait être moissonné
en un jour sans que la chose publique en souffrît :
un ministère est là qui le remplacerait à vue. En ce
moment surtout, une pareille substitution serait
moins sensible que jamais, tant il y a intelligence,
accord, et, pour ainsi dire, identité dans le double
gouvernement qui se dévoue au salut de l'état !
identité sans doute, et dont le noble modèle se
trouve dans l'homme lui-même; ainsi que l'homme,
le gouvernement de France se compose d'une partie
visible et matérielle que l'on peut appeler le corps,
et d'une partie invisible et impulsive qui en est l'âme
et la volonté : trop long-temps le corps se montra
rebelle ; sa docilité aujourd'hui laisse tout pouvoir
à l'âme, et nous en ressentons les heureux effets.

Notre charte est pleine de vie et de force ; nos lois sont éminemment nationales ; notre chambre est fière d'une majorité indépendante et toute française ; nous avons un sénat conservateur des libertés publiques ; les agens de l'autorité sont partout respectés et chéris ; nos magistrats ont une intégrité si clair-voyante, qu'ils surprennent le crime sous le masque de la justice et de l'humanité, et qu'ils reconnaissent l'innocence et la vertu sous les apparences du crime ; la religion règne et triomphe sous la garde de la gendarmerie ; les missions prospèrent sous la protection des Verdets ; les paysans boivent à la santé de leurs anciens seigneurs ; les acquéreurs de domaines nationaux fraternisent avec les émigrés ; l'industrie a reconquis ses droits légitimes ; le sol, fertilisé par elle dans les campagnes, voit, dans les villes, s'élever et se presser à sa surface des manufactures florissantes, des monumens utiles et patriotiques ; les mers sont couvertes de nos vaisseaux marchands ; enfin les impôts, répartis également, sont inaperçus au milieu de la prospérité générale : tel est, dans le cadre le plus raccourci, le tableau des bienfaits du double gouvernement dont la restauration nous présente le phénomène.

DEUXIÈME PARTIE.

OCTOBRE 1820.

Ainsi naguère, comme par une prophétique illumination, j'entonnais le cantique de la louange ministérielle; et déjà le soleil de juin s'emparait de l'horizon, ignorant quels exploits il allait éclairer. Oh! qui pourra donner au chantre de ce mois héroïque, cette force et cette majesté si nécessaires en un si grand sujet? A quels termes assez pompeux aura-t-il recours dans le récit de prodiges si nouveaux de tactique et de valeur? Comment peindra-t-il cette intrépide cavalerie foulant aux pieds, sans perdre un seul homme, des milliers de fuyards; ceux-ci arrêtés, pour jamais, dans leur course rapide par le plomb plus rapide encore; ceux-là interrompus dans leurs clameurs constitutionnelles par le sabre monarchique; les uns cernés par les baïonnettes de la clémence, les autres atteints par le bâton de la noblesse, et tous dispersés à l'aspect du canon de la légitimité? Que la révolution et l'usurpation ne viennent plus nous parler de leur gloire militaire : jamais victoire ne fut plus complète et plus prompte, et ne coûta moins de larmes aux vainqueurs ; j'en atteste les chefs de l'ancienne armée qui, dans cette occasion, ont effacé, en quinze jours, les travaux de quinze an-

nées : jamais aussi soldats, au retour d'une campagne
lointaine, ne reçurent de plus éclatans témoignages
d'estime et de satisfaction ; jamais miracles de patriotisme et de bravoure n'obtinrent un tribut plus
solennel d'admiration et de reconnaissance : les mémorables paroles qui consacrèrent le triomphe de
juin, vivront dans les fastes de l'histoire, pour l'instruction des âges futurs.

Cependant, à la chambre, les représentans de
l'aristocratie rivalisaient de zèle avec les dragons et
les gendarmes. Dans une sainte horreur contre la
licence nationale, ils offraient au pouvoir notre dernier droit avec nos dernières libertés , et le pouvoir
généreux, à la vue du spectacle que présentait la
place de la Concorde, n'acceptait qu'avec restriction
et imposait lui-même quelques bornes à la prodiga-
lité législative.

C'est ici l'occasion, et je la saisis avec empressement, de rompre, à l'égard de M. le garde des
sceaux, un silence qui ne fut point une omission. Je
n'accorde l'éloge qu'au mérite qui a fait ses preuves :
les siennes, je l'avouerai, n'étaient point complètes
avant sa rentrée au *forum ;* mais, depuis ce temps,
il a égalé, il a surpassé la plupart de ses collégues.
Heureuse convalescence ! que de titres, sans elle, le
député, le ministre, le Français auraient de moins !
De combien de Catilina on pourra dire dans peu, *ils*

ont vécu, grâce au rétablissement du Cicéron de l'époque! disons mieux, grâce à son dévouement; car il s'est arraché, malade encore, aux ondes calmantes qui lui étaient si nécessaires, pour affronter la tribune aux harangues ; on l'a vu, la fièvre dans le sein, gourmander l'exaltation populaire, et, presque mourant, léguer aux séditieux amis de la charte des fers et des supplices. Un jour (c'était le moment où la révolution osait revendiquer sa garantie dernière), l'orateur défaillant, et la voix presque éteinte, s'opiniâtrait dans la lutte; on le crut sur le point d'expirer, et peu s'en fallut que le ministère n'eût à se glorifier d'un Decius. C'eût été, sans doute, une manière nouvelle d'imiter l'exemple d'un patriote enthousiaste. Allez, Romain de nos jours, héros tel que n'en a pas connu l'antiquité ; allez, sous les auspices d'Esculape, puiser dans des eaux salutaires des forces que vous employez si noblement; rapportez-nous, pour la session qui va s'ouvrir, la même sensibilité de cœur, la même lucidité d'esprit, la même abnégation de ce que l'homme a de plus cher.

Du ministre de la justice à un tribunal célèbre par son impartialité, de l'éloquent promoteur de l'affranchissement de la presse à la *commission de censure* qu'il protége de son vote et de sa solidarité, la transition est simple et naturelle. La malveillance se plaît à répandre le bruit que, sous la censure,

les journaux sont esclaves; c'est une calomnie évidente: les journaux sont libres pour quiconque défend
la cause de l'autorité et propage ses doctrines; la
hardiesse, la licence même leur est permise. Ainsi
les vérités qu'ils proclament, se dégagent des erreurs
de la contradiction, et règnent seules au milieu du
silence et de la conviction universelle; ainsi les plus
vives attaques demeurent sans réplique, et, par une
admirable combinaison, la guerre d'un côté n'amène
jamais de l'autre que la paix; ainsi tous les échos de
la France renvoient les mêmes sons partis d'un centre
unique, et, fidèles organes de l'opinion, redisent,
uniformément, les vertus, les talens des dépositaires
du pouvoir, et le bonheur et l'enthousiasme publics.
Il était difficile peut-être de créer un tribunal qui
fût plus en harmonie avec nos mœurs et nos institutions, et qui démontrât plus clairement aux plus aveugles que l'équité, la raison, la bonne foi sont du côté
des adversaires des libéraux. Mais que dirons-nous
des douze apôtres qui ont accepté une aussi honorable mission ? Sans remonter jusqu'à l'austère Caton
qui, comme on sait, fut censeur dans son temps,
nous trouverons assez de preuves des bienfaits dont
la morale, la littérature et la liberté leur sont chaque
jour redevables dans les actes mêmes de ceux qui
exercent ce noble ministère, que dis-je? dans leurs
noms seuls.

On conviendra qu'une telle magistrature, dans notre siècle, dans un pays tel que la France, ne pouvait être dévolue qu'à des hommes d'une réputation tout à la fois immense et intacte, et d'une incontestable supériorité. Hé bien! je le demande : qui n'est pénétré de vénération pour M. Raoul-Rochette? qui refuse son admiration à M. Auger, et son estime à M. d'Erbigny? qui n'a ouï parler en Europe de MM. Lageard de Cherval, Rothe de Nugent, Andrezel, Roussel et Mazure? M. Vieillard, le panégyriste de tous les Trajan de l'époque, ne se voit-il pas lui-même chanté avec eux? Enfin peut-on ne pas applaudir aux convenances qui ont soumis les piquantes productions de l'auteur des *Lettres sur Paris* à la férule de M. Lourdoueix, et les travaux des Benjamin Constant et des Châteaubriand au coup-d'œil de M. Baudus? J'ignore quels sont les Baudus et les Lourdoueix de chaque département; mais je ne doute pas qu'ils ne respirent, au milieu de leurs concitoyens, ce parfum de bonne renommée qui forme l'atmosphère habituelle des censeurs de la capitale.

Je veux, par des preuves palpables et des exemples présens, fermer, une bonne fois, la bouche aux détracteurs de la politique qui nous régit. Ils ne cessent d'opposer, avec malignité, 1818 à 1820. Alors tout était calme, disent ces ennemis de l'ordre; aujourd'hui on n'entend parler que de tumulte et de conspirations. Il est vrai ; mais durant ce calme, qui pouvait calculer les suites du moindre orage ? N'était-il pas d'un pilote prudent de chercher les périls pour obtenir l'expérience, de s'assurer, par le choc, de la solidité du vaisseau, et de ne pas s'endormir sur la foi des vents favorables avant de s'être aguerri aux tempêtes ? Quelles leçons le ministère ne s'est-il pas données à lui-même depuis une année ? Grâce à sa prévoyante témérité, il y a eu des troubles à Paris, à Lyon, à Grenoble, à Nantes, à Rouen, à Brest, à Rennes, à Bordeaux, à Saumur, que sais-je ? sur presque tous les points de la France ; et l'ordre civil et l'ordre militaire se sont agités. Hé bien ! qu'en est-il advenu ? Le gouvernement s'est mesuré avec ses ennemis, et le gouvernement est resté vainqueur. Cet heureux essai lui a donné la conscience de ses forces. Les prisons se sont ouvertes pour le bourgeois et pour le soldat', pour la jeunesse et pour l'âge mûr, pour le riche et pour le pauvre, et se sont fermées sur eux tranquillement ; les légions s'épurent tran-quillement, comme elles se licenciaient à la Loire ; les Suisses continuent tranquillement le service du Louvre ; les juges du maréchal Ney poursuivent tran-quillement le procès d'un grand nombre d'officiers, et les élections départementales, sous la double loi qui confie nos journaux et nos personnes aux soins du ministère, se préparent avec tranquillité. Achève,

France, tes glorieuses destinées ; fais que nous pos-
sédions à la chambre les Sesmaisons et les Bouville,
les Canuel et les Donnadieu ; que, grâce à toi, l'entreprise commencée à la session dernière se perfectionne à la session prochaine ; que l'œuvre électorale,
alors ébauchée, sorte accomplie de l'urne des grands
colléges, et que l'on ne voie plus figurer sur les bancs
de tes députés, un Dupont, un d'Argenson, un Martin
de Gray, un Lafayette ; ou les Chauvelin, les Manuel,
les Beauséjour, les Benjamin Constant échapper aux
expéditions chevaleresques de nos jeunes preux (1).

---

(1) Je ne saurais mieux faire à cet égard que de citer un
passage remarquable du *Drapeau blanc*. L'article auquel je
vais emprunter ces citations est de M. Martainville, auquel la
langue est redevable de ce mot heureux adressé à un citoyen
par celui qui l'écrasait *contre la pierre*, suivant une expression non moins heureuse du prophète David : «Va, disait
l'athlète vainqueur à son adversaire atteint près d'une mu-
raille du coup mortel, *je te lithographie*». Cette répartie est
consignée dans le *Drapeau blanc* du mois de février ; nous
jouissions alors de la liberté de la presse. Voici ce que
publie la même feuille sous la censure * : « .... A Paris, le
» 3 juin, *des citoyens se sont permis de châtier* des turbulens,
» des séditieux qui, au cri français de *vive le roi*, opposaient
» un cri que les honnêtes gens joignent volontiers au pre-
» mier, mais dont les factieux avaient fait le mot d'ordre
» de la rébellion ».

« .... A Saumur, des jeunes gens signifièrent l'invitation

* N° 296 , dimanche 22 octobre 1820.

Achève France, nation si justement surnommée *la Grande*, et fais rougir l'Espagne de ses Quiroga, Naples de ses carbonari, et le Portugal de ses cités inhospitalières envers les troupes de l'étranger.

Mais quel bruit d'un mâle augure vient frapper mon oreille ? Quels augustes vagissemens s'élèvent au milieu des ténèbres, et interrompent le silence du palais de nos rois ? O nuit miraculeuse, nuit favorable où retentit, comme le canon de la victoire, cette triomphante nouvelle : madame la duchesse accouche, madame la duchesse est accouchée d'un garçon ! Aussitôt, l'accoucheur, les témoins et la lumière pénètrent à la fois dans l'appartement de la princesse, déjà mère (1)... *La Providence a fait son devoir*, suivant la belle parole d'un ministre des autels ; mais ce prodige de la Providence passe mon intelligence et mes forces, et ne peut être dignement raconté que par l'auteur du roman d'Atala ; c'est à lui, à lui seul qu'il appartient de célébrer *ce berceau qui porte les destinées du monde* (2) ; comment, au-

_____

» de vider les lieux à M. Benjamin Constant, parlant a sa
» personne. Ils eurent tort, sans doute : ils se sont arrogé
» un droit qui est du ressort de l'autorité. A elle seule
» appartient de décider si la présence d'un individu com-
» promet la tranquillité publique ; c'est ainsi qu'elle peut
» expulser des vagabonds, des charlatans, etc. ».

(1) Voyez le procès-verbal.

(2) Expression consacrée par un grand écrivain.

jourd'hui, sa veine est-elle si tardive? Quelques
nuages élevés au sujet de l'heureux enfantement
offusquent-ils encore les yeux du défenseur de la foi
catholique? L'Achille du royalisme se renfermera-
t-il dans sa tente pour s'être vu enlever la vertueuse
Aniche (1), et le chevalier du *Drapeau blanc* aura-t-il

---

(1) Ceci a besoin de quelques explications pour les personnes qui n'auraient pas lu le *Journal des Débats*. Madame
Aniche est de Bordeaux; mais le nom d'Achille ne doit
point induire à penser qu'il soit ici question d'une Briséis
bordelaise. Madame Aniche, déjà célèbre par son procès
avec l'*Ermite en province*, est d'un âge mûr. Elle est venue
à Paris, au nom des dames de la halle de Bordeaux, féliciter
l'illustre mère et offrir un berceau à l'enfant-duc. Il paraît
que M. de Châteaubriand se flattait d'être choisi pour la
présentation de madame Aniche à la cour, et que M. de
Sèze a obtenu la préférence. Le noble rival, désappointé, n'a
pu dissimuler son dépit. La querelle a eu de l'éclat dans les
hautes régions de la société. Une correspondance publique
s'en est suivie, et, comme de raison, le *Journal des Débats*
a servi de courrier. Des révélations intéressantes ont été
accompagnées de traits piquans; mais nous devons à la
vérité de dire que le meilleur ton et la plus grande politesse ont présidé au combat dont l'ambassadrice des halles
était l'objet ou du moins l'occasion, et où figuraient les
noms de MM. Ripaille et Soulier à côté de celui de madame Aniche. M. Martainville n'est entré en scène qu'un
peu plus tard, et, dans un article très-court, il a résumé
l'affaire de MM. de Sèze et Châteaubriand avec beaucoup
d'adresse et de dignité. Comme ces détails contemporains

27

vainement interposé son affectueuse autorité entre deux illustres rivaux ?

Non, non; et les altercations d'un zèle si pur se changeront bientôt en embrassemens à la vue du Dieudonné, qui déjà étouffe dans ses bras enfantins les serpens de la discorde. Que de bienfaits ont signalé sa venue! que de grâces ont été promises! que de faveurs ont été accordées! quel simple citoyen n'a été transporté d'allégresse, en apprenant les nouvelles marques d'honneur prodiguées aux grands de la cour? et quel exilé, errant loin de sa patrie, n'a lu avec attendrissement et gratitude l'édit qui rappelle les déserteurs? Vous qui descendez du ciel, au milieu de présages si touchans, Messie de la légitimité, hâtez la conversion des hommes égarés, sans lesquels l'âge d'or de la monarchie renaîtrait parmi nous! Noble rejeton des

seront sans doute recueillis par l'histoire, nous nous sommes fait un devoir d'expliquer avec quelque étendue un texte qui pourrait paraître obscur à la postérité. Le lecteur qui voudra prendre une connaissance complète des faits n'a qu'à feuilleter le *Journal des Débats* du mois d'octobre. Madame Aniche a été présentée au roi, qu'elle a, dit-on, voulu haranguer en style romantique sur les affaires présentes, sur la politique, sur les mesures de rigueur que réclament les honnêtes gens; mais à la troisième ou quatrième période, sa majesté l'a interrompue en lui disant : *Madame Aniche, parlons du berceau.*

lis, vous croissez au milieu d'eux, vous êtes nourr des mêmes sucs, vous grandirez sous leur influence, vous leur ressemblerez, et j'ai la consolation, en terminant cette faible esquisse de la félicité présente, de voir en vous le gage de sa perpétuité (1).

---

(1) Six mois écoulés depuis la première publication de cette seconde partie, laissent une lacune qui semble exiger une troisième partie. La matière est riche pour l'*optimiste ;* mais la langue, aussi ingrate que la nation, se refuse à varier les formules de l'éloge en faveur de ceux qui sont prodigues de belles actions; et l'esprit français est si bizarre, qu'il se fatigue d'admirer alors qu'on ne se lasse point d'acquérir de nouveaux titres à son admiration. Nous nous imposons donc un silence pénible ; mais le bonheur, la gloire, la liberté de la France parleront pour nous, et la censure qui interdit la parole aux députés libéraux achèvera de convaincre tout le monde que leurs adversaires ont raison.

FIN.

TABLE DES MATIÈRES

CONTENUES

DANS CE VOLUME.

FIN DE LA TABLE DES MATIÈRES.

IMPRIMERIE DE MOREAU, RUE COQUILLIERE, N° 27.